DIVERGENTE

DIVERGENTE

VERONICA ROTH

Tradução
Lucas Peterson

Rocco

Título original
DIVERGENT

Copyright © 2011 *by* Veronica Roth

Todos os direitos reservados. Nenhuma parte desta obra pode ser reproduzida ou transmitida por qualquer forma ou meio eletrônico ou mecânico, inclusive fotocópia, gravação ou sistema de armazenagem e recuperação de informação, sem a permissão escrita do editor.

Edição brasileira publicada mediante acordo com a
HarperCollins Children's Books, uma divisão da HarperCollins Publishers

Direitos para a língua portuguesa reservados
com exclusividade para o Brasil à
EDITORA ROCCO LTDA.
Rua Evaristo da Veiga, 65 – 11º andar
Passeio Corporate – Torre 1
20031-040 – Rio de Janeiro, RJ
Tel.: (21) 3525-2000 – Fax: (21) 3525-2001
rocco@rocco.com.br
www.rocco.com.br

Printed in Brazil/Impresso no Brasil

Preparação de originais
AUGUSTO CARAZZA

Cip-Brasil. Catalogação na publicação.
Sindicato Nacional dos Editores de Livros, RJ

R754d   Roth, Veronica, 1988-
           Divergente / Veronica Roth; tradução de Lucas Peterson. – 1ª ed.
        – Rio de Janeiro: Rocco, 2021.
                 (Divergente; 1)
        Tradução de: Divergent
        ISBN 978-65-5532-181-4

        1. Ficção. 2. Literatura infantojuvenil americana. I. Peterson, Lucas.
        II. Título. III. Série.

21-73832   CDD-808.899292
                                                                               CDU-82-93(73)

Meri Gleice Rodrigues de Souza – Bibliotecária – CRB-7/6439

O texto deste livro obedece às normas do
Acordo Ortográfico da Língua Portuguesa.

*Para minha mãe,
que me presenteou com o momento em que Beatrice
percebe a força de sua mãe e se pergunta como não
a havia percebido antes.*

CAPÍTULO
UM

HÁ UM ÚNICO espelho em minha casa. Fica atrás de um painel corrediço no corredor do andar de cima. Nossa facção permite que eu fique diante dele no segundo dia do mês, a cada três meses, no dia em que minha mãe corta meu cabelo.

Sento-me em um banco e minha mãe permanece em pé atrás de mim com a tesoura, aparando. Os fios caem no chão, formando um anel loiro e sem graça.

Ao terminar, ela afasta os cabelos do meu rosto e os amarra em um nó. Reparo em como parece calma e em como está concentrada. Ela tem muita experiência na arte de perder-se em pensamentos. Não posso dizer o mesmo de mim.

Espio minha imagem no espelho quando ela não está prestando atenção, não por vaidade, mas por curiosidade. Um rosto pode mudar muito em três meses. No meu reflexo, vejo um rosto estreito, olhos grandes e redondos e um longo e delgado nariz. Ainda pareço uma criança, apesar de ter completado dezesseis anos em algum momento dos últimos meses. As outras facções celebram aniversários, mas nós, não. Seria um ato de autocomplacência.

— Pronto — diz ela, ao prender o nó com um grampo.

Seus olhos surpreendem os meus no espelho. É tarde demais para desviar o olhar, mas em vez de me censurar ela sorri, encarando nosso reflexo. Franzo levemente as sobrancelhas. Por que ela não me repreendeu?

— Hoje é o dia, afinal — diz ela.

— Sim — respondo.

— Você está nervosa?

Por um momento, encaro meus olhos no espelho. Hoje é o dia do teste de aptidão que me mostrará a qual das cinco facções eu pertenço. E amanhã, na Cerimônia de Escolha, escolherei uma; escolherei o caminho que vou trilhar pelo resto da minha vida; escolherei se devo ficar com minha família ou abandoná-la.

— Não — digo. — Os testes não precisam mudar nossas escolhas.

— Certo. — Ela sorri. — Vamos tomar o café da manhã.

— Obrigada. Por cortar meu cabelo.

Ela beija meu rosto e desliza o painel sobre o espelho. Acredito que minha mãe poderia ter sido linda em um mundo diferente. Seu corpo é magro sob o manto cinza. As maçãs de seu rosto são salientes e seus cílios são longos, e, quando ela solta o cabelo à noite, ele cai ondulante sobre seus ombros. Mas, como integrante da Abnegação, ela é obrigada a esconder sua beleza.

Andamos juntas até a cozinha. Nas manhãs em que meu irmão prepara o café, a mão de meu pai acaricia meus cabelos enquanto ele lê o jornal e minha mãe cantarola ao limpar a mesa – é justamente nessas manhãs que eu me sinto mais culpada por querer deixá-los.

+ + +

O ônibus fede a fumaça. Cada vez que passa sobre um trecho irregular de asfalto, sacode-me de um lado para o outro, mesmo que eu esteja apoiada no banco para me manter parada.

Meu irmão mais velho, Caleb, está em pé no corredor, segurando a barra de metal acima de sua cabeça para manter-se firme. Não somos parecidos. Ele tem o cabelo escuro e o nariz curvado do meu pai, e os olhos verdes e covinhas nas bochechas da minha mãe. Quando era mais novo, esse conjunto de traços parecia estranho, mas agora lhe cai bem. Se não fosse um membro da Abnegação, tenho certeza de que as meninas da escola reparariam nele.

Também herdou o talento da minha mãe para o altruísmo. Ofereceu seu assento no ônibus sem hesitar a um rabugento membro da Franqueza.

O homem veste um terno preto e uma gravata branca: o uniforme padrão da Franqueza. Sua facção valoriza a honestidade e enxerga a verdade em branco e preto. Por isso se vestem assim.

Os intervalos entre os prédios diminuem e as estradas ficam mais regulares à medida que nos aproximamos do centro da cidade. O edifício que um dia foi chamado de Sears Tower, e que hoje chamamos de Eixo, surge em meio à névoa, como uma pilastra escura no horizonte. O ônibus passa sob os trilhos elevados. Nunca entrei em um trem, embora eles nunca parem de circular e haja trilhos por toda a parte. Apenas os integrantes da Audácia andam de trem.

Há cinco anos, pedreiros voluntários da Abnegação restauraram algumas das ruas. Começaram os consertos pelo centro e seguiram em direção aos limites da cidade, até que seus materiais se esgotaram. As ruas da região onde moro ainda são rachadas e desiguais e não é seguro dirigir por elas. Mas isso não importa, porque nós não temos carro.

A expressão de Caleb permanece tranquila enquanto o ônibus treme, balança e arranca pela estrada. Com o manto cinza dependurado em seu braço, ele segura a barra de ferro para manter o equilíbrio. Percebo pelos movimentos constantes de seus olhos que está observando as pessoas ao redor, esforçando-se para enxergar apenas elas, e não a si mesmo. A facção da Franqueza valoriza a honestidade, mas a nossa facção, a Abnegação, valoriza o altruísmo.

O ônibus para em frente à escola e eu me levanto, espremendo-me para passar entre o integrante da Franqueza e o banco da frente. Ao tropeçar sobre os sapatos do homem, me apoio na mão de Caleb. Minhas calças são longas demais e eu nunca fui muito graciosa.

O edifício dos Níveis Superiores abriga a mais antiga das três escolas da cidade: Níveis Inferiores, Níveis

Medianos e Níveis Superiores. Como todas as outras construções ao redor, ele é feito de vidro e aço. Há uma enorme escultura de metal em frente ao edifício que os integrantes da Audácia costumam escalar depois das aulas, desafiando uns aos outros a subir cada vez mais alto. No ano passado, vi uma das integrantes cair e quebrar a perna. Fui eu que corri para chamar a enfermeira.

— Testes de aptidão hoje — digo. Caleb não é nem um ano mais velho que eu, então somos da mesma série.

Ele acena com a cabeça ao atravessarmos a porta de entrada. Meus músculos contraem-se quando entramos no prédio. Há um clima de fome no ar, como se cada aluno de dezesseis anos estivesse tentando devorar o máximo possível deste dia. É bem provável que não caminhemos mais por estes corredores depois da Cerimônia de Escolha. Quando escolhermos nossas novas facções, elas se encarregarão de nos oferecer o restante dos nossos estudos.

Nossas aulas hoje durarão metade do tempo, para que possamos assistir a todas antes do teste de aptidão, que ocorrerá depois do almoço. Meu coração já está acelerado, só de pensar.

— Você não está nem um pouco preocupado com o que ele pode revelar? — pergunto a Caleb.

Paramos na bifurcação do corredor, de onde ele seguirá em uma direção, para a aula de Matemática Avançada, e eu em outra, para a aula de História das Facções.

Ele franze sua testa ao olhar para mim.

— Você está?

Poderia dizer-lhe que tenho me preocupado há semanas a respeito do que o teste de aptidão vai me revelar: Abnegação, Franqueza, Erudição, Amizade ou Audácia?
No entanto, apenas sorrio e digo:
— Não muito.
Ele sorri de volta.
— Bem... tenha um bom dia.
Sigo para a aula de História das Facções, mordendo o lábio inferior. Ele não respondeu minha pergunta.

Os corredores são estreitos, embora a luz que entra pelas janelas crie a ilusão de espaço, e são um dos poucos lugares em que pessoas da nossa idade e de facções diferentes se misturam. Hoje, os estudantes apresentam uma energia diferente, uma sensação de último dia.

Uma menina de cabelos longos e encaracolados grita "ei!" perto do meu ouvido, acenando para um amigo distante. Uma manga de jaqueta esbarra na minha cara. De repente, um garoto da Erudição vestindo um casaco azul me empurra. Perco o equilíbrio e bato no chão com força.

— Sai da frente, Careta — diz ele rispidamente, e segue pelo corredor.

Meu rosto esquenta. Levanto-me e me ajeito. Algumas pessoas pararam quando eu caí, mas nenhuma ofereceu ajuda. Seus olhares apenas me acompanham até o final do corredor. Esse tipo de coisa tem acontecido com outros integrantes da minha facção há meses. Os membros da Erudição têm divulgado relatórios antagônicos em relação à Abnegação, e isso tem afetado nosso relacionamento na escola. As roupas cinza, o corte de cabelo simples e o comportamento modesto da nossa facção deveriam me ajudar a esquecer de mim mesma e fazer com que as outras pessoas se esquecessem de mim também. Mas agora eles fazem de mim um alvo.

Paro em frente a uma janela da Ala E e espero a chegada dos membros da Audácia. Faço isso todas as manhãs. Às 7h25 em ponto, eles provam sua coragem ao pular de um trem em movimento.

Meu pai chama os integrantes da Audácia de "endiabrados". Eles têm *piercings*, tatuagens e usam roupas escuras. Sua principal função é proteger a grade que circunda nossa cidade. Proteger de quê, eu não sei.

Eles deveriam me deixar chocada. Eu deveria me perguntar o que a coragem, que é a virtude que mais valorizam, tem a ver com um anel de metal pendurado no nariz. No entanto, sigo-os com os olhos por onde quer que andem.

O apito do trem toca alto e o som ressoa em meu peito. O farol do trem pisca enquanto a composição se desloca violentamente e passa em frente à escola, com suas rodas rangendo contra os trilhos de metal. Ao passarem os últimos vagões, uma quantidade enorme de jovens com roupas escuras se atira do trem em movimento, alguns caindo e rolando no chão, outros pisando em falso por um momento antes de recobrarem o equilíbrio. Um dos garotos coloca o braço em volta dos ombros de uma menina, rindo.

Assisti-los é uma atividade vã. Desvio o olhar da janela e atravesso a multidão até a sala de História das Facções.

CAPÍTULO DOIS

Os testes começam depois do horário de almoço. Sentamo-nos em mesas extensas no refeitório, e os administradores chamam dez nomes por vez, um para cada sala de testes. Sento-me ao lado de Caleb e de frente para a nossa vizinha, Susan.

O trabalho do pai de Susan exige que ele circule bastante pela cidade, o que lhe permite ter um carro e levá-la e trazê-la da escola todos os dias. Ele também se ofereceu para nos levar, mas, como Caleb costuma dizer, preferimos sair mais tarde para não incomodá-lo.

É claro que não queremos.

Os administradores, em sua maioria, são voluntários da Abnegação, embora haja um voluntário da Erudição em uma das salas de teste e um da Audácia em outra, pois, segundo as regras, membros da Abnegação, como nós, não podem ser testados por pessoas da nossa própria facção.

As regras também ditam que não devemos nos preparar de maneira alguma para os testes, portanto não sei o que esperar deles.

Desvio o olhar de Susan para as mesas com integrantes da Audácia, do outro lado do refeitório. Eles estão rindo, gritando e jogando cartas. Em outro conjunto de mesas, jovens da Erudição conversam entre livros e jornais, em sua busca constante por conhecimento.

Um grupo de meninas da Amizade, vestidas de amarelo e vermelho, está sentado em círculo no chão do refeitório, brincando de um tipo de jogo com as mãos enquanto entoam cantigas. De vez em quando, elas soltam um coro de risadas quando alguém é eliminado da brincadeira e obrigado a sentar no meio da roda. Na mesa ao lado delas, garotos da Franqueza fazem gestos enfáticos com as mãos. Parecem discutir algo, mas não deve ser nada sério, porque alguns deles estão sorrindo.

Na mesa da Abnegação, permanecemos sentados em silêncio enquanto esperamos. Os costumes das facções ditam até como devemos nos comportar nos momentos de inatividade e estão acima das preferências individuais. Duvido de que todos da Erudição queiram estar sempre estudando, ou que todo membro da Franqueza aprecie um debate acalorado, mas, como eu, eles não podem desafiar as normas de suas facções.

Caleb é chamado no grupo seguinte. Ele caminha com confiança em direção à saída do refeitório. Não preciso desejar-lhe sorte para acalmá-lo. Ele sabe onde é seu lugar, e acredito que sempre soube. Minha memória mais antiga dele é de quando tínhamos quatro anos. Ele me deu uma bronca por não ceder minha corda de pular a uma menininha no pátio que não tinha com o que brincar.

Hoje em dia, não me dá mais sermões com tanta frequência, mas seu olhar de reprovação já está marcado em minha mente.

Já tentei explicar que meus instintos são diferentes dos dele. A ideia de ceder meu assento ao homem da Franqueza no ônibus nem passou pela minha cabeça. Mas ele não entende. "Apenas faça o que você deve fazer", é o que sempre diz. Para ele, as coisas são simples assim. Deveriam ser para mim também.

Meu estômago aperta. Fecho os olhos e mantenho-os fechados durante dez minutos, até Caleb voltar e se sentar novamente.

Ele está pálido como um fantasma. Esfrega as palmas das mãos nas pernas, como eu costumo fazer quando quero enxugar o suor e, quando as levanta novamente, seus dedos tremem. Abro a boca para perguntar algo, mas as palavras me escapam. Não posso perguntar-lhe a respeito dos resultados, e ele não pode me contar.

Um voluntário da Abnegação chama a próxima lista de nomes. Dois da Audácia, dois da Erudição, dois da Amizade, dois da Franqueza, e então:

— Da Abnegação: Susan Black e Beatrice Prior.

Levanto-me porque sou obrigada, mas se pudesse permaneceria sentada ali para sempre. Sinto-me como se houvesse uma bolha no interior do meu peito que cresce a cada segundo, ameaçando rasgar-me de dentro para fora.

Sigo Susan pela porta de saída. As pessoas por quem eu passo provavelmente não conseguem nos diferenciar uma da outra. Usamos as mesmas roupas e cortamos nossos cabelos loiros da mesma maneira. A única diferença é que Susan talvez não sinta como se estivesse prestes a vomitar, e não me parece que suas mãos estejam tremendo tanto que ela precise segurar a manga de sua camisa para contê-las.

Do lado de fora do refeitório, uma fileira de dez salas nos aguarda. Elas são utilizadas apenas para os testes de aptidão, portanto nunca entrei em nenhuma delas. Ao contrário das outras salas da escola, são separadas por espelhos, e não por vidros. Vejo meu reflexo, pálido e apavorado, ao caminhar em direção a uma das portas. Susan sorri nervosamente para mim ao entrar na sala 5 e eu entro na sala 6, onde uma mulher da Audácia está me esperando.

Ela não tem a aparência tão severa quanto os integrantes mais jovens da Audácia que conheço de vista. Tem olhos pequenos, escuros e angulosos, e veste um blazer preto e uma calça jeans. Só quando ela se vira para fechar a porta percebo a tatuagem em sua nuca, um gavião branco e preto com um olho vermelho. Se não estivesse com o coração na garganta, perguntaria a ela qual é o significado de sua tatuagem. Deve haver algum.

Espelhos cobrem as paredes internas da sala. Posso ver meu reflexo de todos os ângulos: o tecido cinza escondendo o formato das minhas costas, meu pescoço longo, minhas mãos com juntas protuberantes, ruborizadas pelo fluxo de sangue. O teto brilha com o branco da luz.

No centro da sala, há uma cadeira reclinada como a de um dentista, com uma máquina ao lado. Parece ser um lugar onde coisas terríveis acontecem.

— Não se preocupe — diz a mulher —, não dói.

Seu cabelo é preto e liso, mas sob a luz percebo que nele há traços de cinza.

— Sente-se e fique à vontade — pede ela. — Meu nome é Tori.

Sento-me desengonçadamente na cadeira e reclino o corpo, encostando a cabeça sobre o apoio. As luzes machucam meus olhos. Tori está ocupada com a máquina à minha direita. Tento me concentrar nela, e não nos fios em suas mãos.

— Por que o gavião? — pergunto de repente, enquanto ela prende um eletrodo em minha testa.

— Você é a primeira pessoa curiosa que conheço da Abnegação — diz ela, erguendo a sobrancelha ao olhar para mim.

Estremeço e meus braços ficam arrepiados. Minha curiosidade foi um erro, uma traição aos valores da Abnegação.

Cantarolando um pouco, ela prende outro eletrodo em minha testa e explica:

— Em certas partes do mundo antigo, o gavião simbolizava o sol. Quando fiz esta tatuagem, pensei que, se eu carregasse o sol sempre comigo, não teria medo do escuro.

Tento me controlar para não fazer outra pergunta, mas não consigo evitar.

— Você tem medo do escuro?

— Eu *tinha* medo do escuro — corrige-me ela. Prende o eletrodo seguinte em sua própria testa, depois conecta um fio a ele. Ela encolhe os ombros. — Hoje, serve como um lembrete do medo que superei.

Tori fica em pé atrás de mim. Aperto o braço da cadeira com tanta força que as juntas das minhas mãos ficam brancas. Ela puxa alguns fios em sua direção e liga-os a mim, a ela e à máquina atrás dela. Depois, me entrega o frasco com um líquido transparente.

— Beba isto — diz.

— O que é? — Minha garganta parece estar inchada. Engulo em seco com força. — O que vai acontecer?

— Não posso falar. Apenas confie em mim.

Expiro o ar dos meus pulmões e derramo o conteúdo do frasco em minha boca. Meus olhos se fecham.

+ + +

Quando abro os olhos novamente, apenas um instante havia se passado, mas estou em outro lugar. Estou novamente em pé no refeitório da escola, mas todas as longas mesas estão vazias, e vejo, através das paredes de vidro, que está nevando. Há dois cestos diante de mim, sobre uma das mesas. Dentro de um deles vejo um pedaço de queijo e no outro uma faca do tamanho do meu antebraço.

Ouço uma voz feminina atrás de mim que diz:

— Escolha.

— Por quê? — pergunto.

— Escolha — ela repete.

Olho para trás, mas não vejo ninguém. Volto-me novamente para os cestos.

— O que farei com eles?

— Escolha! — ela grita.

Quando ela grita comigo, meu medo se desfaz, dando lugar à teimosia. Fecho a cara e cruzo os braços.

— Se é assim que você quer — diz ela.

Os cestos desaparecem. Ouço uma porta rangendo e viro-me para ver quem é. O que vejo não é uma pessoa, mas um cachorro com nariz pontudo, parado a alguns metros de mim. Ele se agacha, esgueirando-se em minha direção, e seus lábios se abrem, revelando seus dentes. Um rosnado soa do fundo de sua garganta, e percebo que um pedaço de queijo talvez fosse bastante útil agora. Ou uma faca. Mas já é tarde demais para isso.

Penso em correr, mas o cachorro seria mais rápido do que eu. Tentar derrubá-lo à força também seria impossível. Minha cabeça começa a latejar. Preciso tomar uma decisão. Se eu conseguisse pular sobre uma das mesas e usá-la como escudo... Não, sou baixa demais para pular sobre as mesas e não sou forte o bastante para virar uma delas de lado.

O cachorro rosna, e posso quase sentir o som vibrando dentro do meu crânio.

No meu livro de Biologia, está escrito que cachorros conseguem sentir o cheiro do medo por causa de uma substância química secretada pelas glândulas humanas quando nos sentimos acuados; a mesma substância é secretada por animais que cachorros costumam caçar.

O cheiro do medo leva-os a atacar. O cachorro aproxima-se de mim lentamente, suas unhas raspando no chão.

Não posso correr. Não posso lutar. Mas já consigo sentir o cheiro pútrido do bafo dele e tento não pensar no que ele pode ter acabado de comer. Não há qualquer traço branco em seus olhos, apenas um brilho negro.

O que mais sei a respeito dos cachorros? Sei que não devo encará-los. Isso seria um sinal de agressividade. Lembro-me de ter pedido um cão de estimação ao meu pai quando era mais nova, e agora, enquanto observo o chão em frente às patas do cachorro, não consigo entender o que me levou a pedir tal coisa. Ele se aproxima, ainda rosnando. Se encará-lo é sinal de agressividade, o que seria um de submissão?

Respiro alto, mas de maneira regular. Ajoelho-me no chão. A última coisa que quero agora é me deitar em frente ao cachorro, deixando o rosto na mesma altura de seus dentes, mas essa é a minha melhor opção. Estico as pernas para trás e me apoio sobre os cotovelos. O cachorro esgueira-se em minha direção, cada vez mais perto, até eu conseguir sentir a sua respiração em meu rosto. Meus braços estão tremendo.

Ele late em meu ouvido, e cerro os dentes para não soltar um grito de medo.

Sinto algo áspero e molhado tocando minha bochecha. O cachorro para de rosnar e, ao levantar minha cabeça para olhá-lo, vejo que está arfando. Ele lambe meu rosto. Franzo a testa e sento-me sobre os calcanhares. O cachorro apoia suas patas sobre meus joelhos e lambe meu queixo.

Faço uma careta e enxugo sua baba da minha pele, depois solto uma risada.

— Você até que não é uma fera tão amedrontadora, não é mesmo?

Levanto-me devagar para não assustá-lo, mas ele parece ter se tornado um animal completamente diferente daquele que eu havia encarado alguns segundos antes. Estico a mão com cuidado, para que consiga puxá-la de volta se for preciso. Ele encosta a cabeça na minha mão. De repente, sinto-me feliz por não ter escolhido a faca.

Pisco os olhos e ao abri-los vejo uma criança do outro lado do refeitório usando um vestindo branco. Ela estica os braços e berra:

— Cachorrinho!

Quando ela começa a correr em direção ao cachorro que está do meu lado, abro a boca para tentar alertá-la, mas é tarde demais. O cachorro vira em sua direção. Em vez de rosnar, ele late e grunhe e abocanha o ar, seus músculos se contraindo como um emaranhado de cabos. Está prestes a dar o bote. Eu não penso, apenas salto; jogo meu corpo sobre o cachorro, envolvendo seu grosso pescoço com os meus braços.

Minha cabeça se choca contra o chão. O cachorro desaparece, assim como a garotinha. Estou sozinha na sala de testes, que agora está vazia. Giro o corpo devagar e não consigo me ver em nenhum dos espelhos. Abro a porta e entro no corredor, mas o lugar não é mais um corredor; é um ônibus, e todos os assentos estão ocupados.

Fico em pé no corredor e agarro uma das barras de segurança. Perto de mim, um homem lê o jornal em um dos bancos. Não consigo ver seu rosto por trás do jornal, mas consigo ver suas mãos. Elas são desfiguradas, como se houvessem sido queimadas, e seguram o jornal com força, como se quisessem amassá-lo.

— Você conhece este sujeito? — ele pergunta. Aponta para a foto na primeira página do jornal. Na manchete, está escrito: "Assassino Brutal é Finalmente Preso!" Olho fixamente para a palavra "assassino". Há tempos não leio essa palavra, mas até sua forma me enche de pavor.

Na foto sob a manchete, há um jovem com um rosto simples e barba. Tenho a sensação de que o conheço, mas não consigo me lembrar de onde. Ao mesmo tempo, tenho a sensação de que seria má ideia revelar isso ao homem.

— E então? — Percebo um tom de raiva em sua voz. — Você o conhece ou não?

Uma má ideia; não, uma péssima ideia. Meu coração dispara e agarro a barra do ônibus com força para evitar que minhas mãos tremam e me denunciem. Se eu disser a ele que conheço o homem no jornal, algo horrível vai acontecer comigo. Mas posso convencê-lo de que não o conheço. Posso simplesmente limpar a garganta e dar de ombros, mas isso seria uma mentira.

Limpo a garganta.

— Você o conhece ou não? — repete ele.

Dou de ombros.

— E então?

Sinto meu corpo tremer. Meu medo é irracional; isso é apenas um teste, não é real.

— Não — digo com um tom tranquilo. — Não tenho a menor ideia de quem ele é.

O homem se levanta e finalmente consigo ver seu rosto. Ele está usando óculos escuros e sua boca é retorcida, como se estivesse rosnando. Sua bochecha é marcada por cicatrizes, como suas mãos. Ele inclina-se, aproximando-se do meu rosto. Seu hálito cheira a cigarros. *Isso não é real*, repito em meus pensamentos. *Não é real.*

— Você está mentindo — diz ele. — Você está *mentindo*!

— Não estou.

— Eu posso ver em seus olhos que você está mentindo.

Eu endireito minha postura.

— Não, você não pode.

— Se você o conhecesse — diz ele com uma voz fraca —, poderia me salvar. Poderia me *salvar*!

Eu o encaro com olhos semicerrados.

— Bem — digo, e firmo o maxilar —, eu não o conheço.

CAPÍTULO
TRÊS

Acordo com as palmas das mãos suadas e o peso da culpa no peito. Estou deitada na cadeira da sala espelhada. Ao inclinar a cabeça, vejo Tori atrás de mim. Ela contrai os lábios e retira os eletrodos de nossas cabeças. Espero que ela diga algo sobre o teste, que já terminou, ou me informe que me saí bem, embora eu não ache que seja possível se sair mal em um teste como esse. Mas ela não diz nada, apenas desconecta os fios da minha cabeça.

Ergo-me na cadeira e enxugo as palmas das mãos em minhas calças. Devo ter feito algo de errado, mesmo que tudo tenha se passado apenas na minha mente. Será que Tori está com esse olhar estranho porque não sabe como me dizer que sou uma pessoa terrível? Eu queria que ela apenas desembuchasse logo.

— Isso — diz ela — foi intrigante. Com licença, já volto.

Intrigante?

Levanto os joelhos até meu peito e enterro o rosto neles. Queria ter vontade de chorar, porque as lágrimas talvez me proporcionassem uma sensação de libertação, mas a vontade não me veio. Como é possível ser reprovado em um teste para o qual é proibido se preparar?

À medida que o tempo passa, vou ficando mais tensa. Sou obrigada a enxugar minhas mãos a toda hora, sempre que o suor se acumula. Ou será que estou fazendo isso apenas para me acalmar? E se eles disserem que não me encaixo em nenhuma das facções? Eu teria que viver nas ruas, com os sem-facção. Não conseguiria viver assim. Viver sem facção não significa apenas viver na pobreza e no desconforto; significa viver afastado da sociedade, separado da coisa mais importante da vida: a comunidade.

Minha mãe me disse certa vez que não podemos sobreviver sozinhos e, mesmo se pudéssemos, não desejaríamos tal destino. Sem uma facção, não temos qualquer propósito ou razão de viver.

Balanço a cabeça. Não posso pensar assim. Tenho que me manter calma.

Finalmente, a porta se abre e Tori entra novamente na sala. Agarro os descansos da cadeira.

— Desculpe por deixá-la preocupada — diz Tori. Ela para ao lado dos meus pés, com as mãos nos bolsos. Sua aparência é tensa e pálida.

— Beatrice, seus resultados foram inconclusivos — diz. — Normalmente, cada estágio da simulação elimina uma facção ou mais, mas no seu caso apenas duas foram descartadas.

Eu a encaro.

— Duas? — pergunto. Minha garganta está tão apertada que é difícil falar.

— Caso você tivesse demonstrado uma aversão automática à faca e escolhido o queijo, a simulação a teria guiado para um cenário diferente e confirmado sua aptidão para a Amizade. Isso não ocorreu, e por isso descartamos a Amizade. — Tori coça a nuca. — Normalmente, a simulação progride de maneira linear, isolando uma facção pela eliminação das outras. As escolhas que você fez não permitiriam que a Franqueza, a próxima possibilidade, fosse descartada; portanto, fui obrigada a alterar a simulação para colocá-la no ônibus. Lá, sua insistência em ser desonesta eliminou a possibilidade da Franqueza. — Ela sorri um pouco. — Não se preocupe. Só quem é realmente da Franqueza fala a verdade naquela situação.

Um dos nós em meu peito se desfaz. Talvez eu não seja uma pessoa terrível, afinal.

— Na realidade, isso não é completamente verdade. Pessoas que dizem a verdade são da Franqueza... e da Abnegação — diz ela. — O que nos leva a um problema.

Meu queixo cai.

— Por um lado, você se atirou sobre o cachorro e não permitiu que ele atacasse a menininha, o que caracteriza--se como uma reação da Abnegação... mas, por outro, quando o homem lhe falou que a verdade o salvaria, você continuou recusando-se a revelá-la. — Ela suspira. — Não fugir do cachorro sugere a Audácia, mas pegar a faca também, e não foi isso que você fez.

Ela limpa a garganta e continua:

— Sua resposta inteligente ao cachorro sugere um forte alinhamento com a Erudição. Eu não tenho a menor ideia de como interpretar a sua indecisão no primeiro estágio, mas...

— Espere — interrompo-a. — Então você não tem nenhuma ideia de qual é a minha aptidão?

— Sim e não. Minha conclusão — explica ela — é que você apresenta aptidão para a Abnegação, a Audácia e a Erudição. Pessoas que apresentam resultados assim são...
— Ela olha para trás, como se esperasse ser surpreendida por alguém. — ...são chamadas de... *Divergentes*. — Sussurra a última palavra tão baixo que quase não a ouço, e um olhar tenso e preocupado volta a dominar seu semblante. Ela segue a lateral da cadeira e se inclina em minha direção.

— Beatrice — diz ela —, você não deve compartilhar essa informação com ninguém, sob quaisquer circunstâncias. Isso é muito importante.

— Não devemos revelar nossos resultados. — Aceno com a cabeça. — Sei disso.

— Não. — Tori agora se ajoelha ao lado da cadeira e apoia seus braços sobre o descanso. Nossos rostos estão a poucos centímetros de distância. — Isso é diferente. Não estou dizendo que você não deve revelar o resultado agora; o que quero dizer é que não deve revelá-lo a ninguém, *nunca*, não importa o que aconteça. A Divergência é algo extremamente perigoso. Você entendeu bem?

Não entendi. Como é possível que resultados inconclusivos nos testes sejam perigosos? Mesmo assim, aceno

com a cabeça. Não quero compartilhar o resultado do meu teste com ninguém, de qualquer maneira.
— Tudo bem. — Solto os braços da cadeira e me levanto. Sinto-me tonta.
— Sugiro — diz Tori — que você vá para casa. Você tem muito o que pensar, e esperar com os outros não será bom para você.
— Preciso avisar ao meu irmão aonde estou indo.
— Eu o avisarei.
Levo a mão à minha testa e fixo o chão ao sair da sala. Não tenho coragem de olhá-la nos olhos. Não tenho coragem de pensar a respeito da Cerimônia de Escolha amanhã.
Agora a escolha é minha, independente do resultado do teste.
Abnegação. Audácia. Erudição.
Divergente.

+ + +

Decido não pegar o ônibus. Se eu chegar cedo em casa, meu pai vai reparar quando conferir o registro caseiro no fim do dia, e serei obrigada a explicar o que aconteceu. Decido, então, caminhar. Terei de falar com Caleb antes que comente qualquer coisa com nossos pais, mas ele sabe manter segredo.
Caminho no meio da estrada. Como os ônibus costumam circular colados ao meio-fio, é mais seguro caminhar assim. Às vezes, nas ruas perto da minha casa, consigo ver os locais onde as faixas amarelas costumavam estar. Não precisamos mais delas agora que os carros são

tão raros. Também não precisamos de sinais de trânsito, mas eles continuam pendurados de maneira precária sobre algumas partes das estradas, como se fossem desabar a qualquer momento.

As renovações na cidade ocorrem de maneira lenta, e o espaço urbano se tornou uma mistura de prédios novos e limpos e construções velhas e decadentes. A maior parte dos novos edifícios fica próxima ao pântano, que há muito tempo costumava ser um lago. A agência de voluntários da Abnegação para a qual minha mãe trabalha é responsável por grande parte das renovações.

Quando tento enxergar o estilo de vida da Abnegação de maneira distanciada, considero-o lindo. Ao assistir a minha família mover-se em harmonia; quando somos convidados para um jantar e todos ajudam na limpeza depois, sem que ninguém tenha que pedir; quando vejo Caleb ajudar um estranho a carregar suas compras, apaixono-me por essa vida novamente. Mas, quando tento viver isso por conta própria, tenho dificuldade. O processo nunca me parece genuíno.

Mas escolher uma facção diferente significa renunciar à minha família. Permanentemente.

O trecho da cidade repleto de esqueletos de construções e calçadas rachadas pelo qual caminho fica logo após o setor da Abnegação. Há locais em que a estrada desabou completamente, revelando sistemas de esgoto e galerias subterrâneas vazias que eu deveria evitar; e outros têm um fedor tão forte de esgoto e lixo que sou obrigada a tapar o nariz.

É neste local que vivem os sem-facção. Por não terem conseguido completar a iniciação para a facção que escolheram, são obrigados a viver na pobreza, encarregando-se dos trabalhos que ninguém mais quer fazer. São faxineiros, peões de obra e garis; fabricam tecidos e guiam trens e ônibus. Como pagamento por seu trabalho, recebem comida e roupa, mas, como diz minha mãe, não o bastante.

Vejo um homem sem facção parado em uma esquina adiante. Usa roupas marrons em farrapos e tem uma papada sob o queixo. Ele me encara e eu o encaro de volta, sem conseguir desviar o olhar.

— Perdão — diz ele. Sua voz é áspera. — Você poderia me dar algo para comer?

Sinto um nó na garganta. Uma voz severa na minha cabeça me diz para olhar para o chão e continuar andando.

Não. Eu balanço a cabeça. Não devo temer este homem. Ele precisa de ajuda e devo ajudá-lo.

— É... sim — digo. Enfio a mão na minha mochila. Meu pai me ensinou a sempre carregar algum tipo de comida na mochila, exatamente para esse tipo de situação. Ofereço um pequeno pacote de fatias de maçã desidratadas ao homem.

Ele estica o braço, mas, em vez de pegar o pacote, agarra meu pulso. Sorri para mim. Há uma falha entre seus dentes dianteiros.

— Nossa, como você tem olhos bonitos — diz ele. — É uma pena que o resto seja tão sem graça.

Meu coração dispara. Tento soltar a mão, mas ele aperta meu pulso com mais força. Sinto um odor pungente e desagradável em seu bafo.

— Você parece ser um pouco jovem demais para estar andando por aí sozinha, querida — ele diz.

Paro de tentar soltar o braço e endireito meu corpo. Sei que pareço jovem; ele não precisa me lembrar disso.

— Sou mais velha do que pareço — respondo. — Tenho dezesseis anos.

Ele abre os lábios, revelando o molar cinza com uma cavidade escura na lateral da boca. Não sei se está sorrindo ou fazendo uma careta.

— Então, hoje é um dia especial para você, não é mesmo? O dia anterior à sua *escolha*?

— Me solta — digo. Há um zumbido em meus ouvidos. Minha voz soa clara e firme. Não é o que eu esperava ouvir. Parece a voz de outra pessoa.

Estou pronta. Sei o que fazer. Imagino-me puxando o cotovelo para trás e batendo no homem. Vejo o pacote de maçãs voando na direção oposta. Escuto meus passos enquanto corro. Estou preparada para agir.

Mas, de repente, o homem solta meu pulso, pega o pacote de maçãs e diz:

— Escolha com sabedoria, menininha.

CAPÍTULO QUATRO

Chego a minha rua cinco minutos antes do que o normal, de acordo com o meu relógio, que é o único adorno que a Abnegação permite que usemos, por ser um objeto prático. Meu relógio tem uma correia cinza e uma superfície de vidro. Inclinando-o da maneira certa, consigo ver vagamente meu reflexo sobre os ponteiros.

Todas as casas da minha rua têm o mesmo tamanho e formato. Elas são feitas de cimento cinza, com poucas janelas, em um formato retangular minimalista e econômico. Seus jardins são cobertos de grama selvagem e suas caixas de correio são compostas de um metal simples. Para certas pessoas, a composição pode parecer deprimente, mas considero a simplicidade das casas acolhedora.

O motivo para a simplicidade não é o desprezo pela singularidade, como as outras facções já afirmaram em certas ocasiões. Nossas casas, nossas roupas, nossos cortes de cabelo, tudo é projetado para que nos esqueçamos de nós mesmos e para nos proteger da vaidade, da cobiça e da inveja, que são apenas formas de egoísmo. Se possuímos pouco e queremos pouco, e se somos todos iguais, não invejamos ninguém.

Esforço-me para amar essa filosofia.

Sento-me nos degraus da entrada de casa e espero a chegada de Caleb. Ele não demora muito. Depois de alguns minutos, vejo figuras com mantos cinza subindo a rua. Ouço risadas. Na escola, tentamos não chamar atenção, mas quando chegamos em casa permitimo-nos brincadeiras e diversão. Mesmo assim, minha inclinação natural para o sarcasmo não é bem-vista. O sarcasmo sempre ocorre à custa de terceiros. Talvez seja realmente melhor que a Abnegação me obrigue a reprimi-lo. Talvez eu não precise deixar minha família. Talvez, se me esforçar para me encaixar na Abnegação, meu esforço se transforme em realidade.

— Beatrice! — diz Caleb. — O que aconteceu? Você está bem?

— Estou bem. — Ele está com a Susan e com o irmão dela, Robert, e Susan me olha de maneira estranha, como se eu fosse uma pessoa diferente da que ela conhecia de manhã. Dou de ombros. — Quando o teste acabou, me senti mal. Deve ter sido aquele líquido que eles nos deram. Mas já estou me sentindo melhor.

Tento sorrir de maneira convincente. Pareço ter convencido Susan e Robert, que não demonstram mais qualquer tipo de preocupação em relação à minha estabilidade mental, mas Caleb me encara com os olhos semicerrados, como costuma fazer sempre que suspeita de que alguém esteja escondendo a verdade.

— Vocês dois vieram de ônibus hoje? — pergunto. Não me importo com a maneira pela qual Susan e Robert voltaram para a casa, mas preciso mudar de assunto.

— Nosso pai teve que trabalhar até tarde — diz Susan —, e ele nos disse que precisávamos reservar um tempo para pensar antes da cerimônia de amanhã.

Meu coração dispara quando ela fala da cerimônia.

— Se quiserem, podem passar aqui em casa mais tarde — diz Caleb educadamente.

— Obrigada. — Susan sorri para Caleb.

Robert ergue a sobrancelha e olha para mim. Estivemos trocando olhares há um ano, assim como Susan e Caleb têm se paquerado da maneira naturalmente hesitante dos membros da Abnegação. Caleb segue Susan com os olhos à medida que ela desce a rua. Sou obrigada a agarrar seu braço para arrancá-lo de seu estado de deslumbramento. Puxo-o para dentro de casa e fecho a porta atrás de nós.

Ele se vira para mim. Suas sobrancelhas escuras e retas se aproximam uma da outra, formando uma ruga entre elas. Com esse semblante, ele fica mais parecido com minha mãe do que com meu pai. Posso facilmente imaginá-lo vivendo o mesmo tipo de vida que meu pai viveu: ficando na Abnegação, aprendendo um ofício, casando-se com Susan e criando uma família. Será maravilhoso.

Talvez eu não esteja aqui para ver.

— Agora você me dirá a verdade? — pergunta ele gentilmente.

— A verdade é — digo — que eu não devo falar a respeito do teste. E que você não deve perguntar.

— Você ignora tantas regras, e não pode ignorar esta? Nem por algo tão importante? — Suas sobrancelhas se aproximam ainda mais, e ele morde o canto da boca. Embora suas palavras sejam de acusação, ele parece estar tentando arrancar informações de mim, como se realmente quisesse que eu respondesse.

Encaro-o com olhos semicerrados.

— E você pode? O que aconteceu no seu teste, Caleb?

Nossos olhares se encontram. Ouço o apito de um trem, tão distante que poderia ser o som do vento passando por um corredor. Mas o reconheço. Parece um chamado dos membros da Audácia, convidando-me a juntar-me a eles.

— Só... não diga nada aos nossos pais sobre o que aconteceu, tudo bem? — digo.

Ele continua a me encarar por alguns segundos, depois assente com a cabeça.

Quero subir para meu quarto e me deitar. O teste, a caminhada e meu encontro com o homem sem-facção me exauriram. Mas meu irmão preparou o café da manhã no início do dia, minha mãe preparou nossos almoços e meu pai fez o jantar ontem, o que significa que é a minha vez de cozinhar. Eu respiro fundo e entro na cozinha para começar a preparar a comida.

Minutos depois, Caleb junta-se a mim. Cerro meus dentes. Ele ajuda com tudo. O que mais me irrita a seu respeito é sua bondade natural, seu altruísmo inato.

Caleb e eu trabalhamos juntos em silêncio. Cozinho ervilhas no fogão. Ele descongela quatro pedaços de frango. A maior parte do que comemos é congelada ou enlatada, porque as fazendas hoje em dia estão muito longe. Minha mãe me disse que, há muito tempo, havia pessoas que se recusavam a comprar alimentos geneticamente modificados, pois achavam que eles não eram naturais. Hoje em dia, não temos nenhuma opção.

Quando meus pais chegam em casa, o jantar está pronto e a mesa está posta. Meu pai solta sua bolsa na entrada e beija minha cabeça. Algumas pessoas consideram-no um homem teimoso, talvez até teimoso demais, mas ele também é carinhoso. Tento enxergar apenas seu lado bom; tento mesmo.

— Como foi o teste? — pergunta-me ele. Coloco as ervilhas em uma saladeira.

— Foi tudo bem — digo. Eu não poderia mesmo ser da Franqueza. Minto com muita facilidade.

— Ouvi dizer que houve algum tipo de problema em um dos testes — diz minha mãe. Como meu pai, ela trabalha para o governo, mas coordena projetos de melhoria urbana. Ela recrutou voluntários para a aplicação dos testes de aptidão. Mas geralmente organiza trabalhadores para ajudar os sem-facção com alimentação, moradia e oportunidades de emprego.

— É mesmo? — diz meu pai. É raro haver algum problema com os testes de aptidão.

— Não sei exatamente o que aconteceu, mas minha amiga Erin me disse que algo deu errado em um dos testes, e por isso os resultados tiveram que ser transmitidos oralmente. — Minha mãe coloca um guardanapo ao lado de cada prato da mesa. — Parece que o aluno ficou doente e teve que ir para casa mais cedo. — Ela ergue os ombros. — Espero que ele esteja bem. Vocês ouviram alguma coisa a esse respeito?

— Não — diz Caleb, e sorri para minha mãe.

Meu irmão também não poderia pertencer à Franqueza.

Sentamo-nos à mesa. Sempre passamos a comida para a direita e ninguém come antes que todos estejam servidos. Meu pai dá as mãos a meu irmão e a minha mãe, e eles dão as mãos ao meu pai e a mim, e meu pai agradece a Deus pela comida, pelo trabalho, pelos amigos e pela família. Nem todas as famílias da Abnegação são religiosas, mas meu pai diz que não devemos dar atenção a tais diferenças, ou elas nos dividirão. Não sei exatamente o que pensar a respeito disso.

— Então — fala minha mãe para meu pai. — Qual é o problema?

Ela segura a mão dele e acaricia suas juntas com o dedão em pequenos movimentos circulares. Olho para suas mãos unidas. Meus pais se amam, mas raramente demonstram afetividade diante de nós dessa maneira. Eles nos ensinaram que o contato físico é algo poderoso, por isso o tenho evitado desde a minha infância.

— Me diga o que o está incomodando — diz ela.

Encaro meu prato. Os sentidos aguçados da minha mãe costumam me surpreender, mas agora eles parecem me repreender. Por que eu estava tão absorta em meus próprios problemas que não percebi o olhar profundo de preocupação e a postura carregada do meu pai?

— Tive um dia difícil no trabalho hoje — diz ele. — Bem, na verdade, foi o Marcus quem teve um dia difícil. Não é certo dizer que fui eu.

Marcus é um companheiro de trabalho do meu pai; ambos são líderes políticos. A cidade é regida por um conselho de cinquenta pessoas, todas representantes da Abnegação, já que, pelo seu comprometimento com o altruísmo, nossa facção é considerada incorruptível. Nossos líderes são selecionados por seus pares de acordo com a impecabilidade de seu caráter, sua força moral e sua capacidade de liderança. Representantes de cada uma das outras facções podem se pronunciar nas audiências sobre determinados assuntos, mas a decisão final é sempre do conselho. E embora o conselho teoricamente decida em conjunto, Marcus é um membro especialmente influente.

As coisas têm funcionado dessa maneira desde o começo da grande paz, quando as facções foram formadas. Acho que o sistema é mantido porque tememos o que pode acontecer se acabar: a guerra.

— Isso tem a ver com o relatório que a Jeanine Matthews divulgou? — pergunta minha mãe. Jeanine Matthews é a principal representante da Erudição, selecionada pelo nível do seu QI. Meu pai costuma reclamar bastante dela.

Eu olho para eles.

— Um relatório?

Caleb me lança um olhar de advertência. Não devemos falar na mesa de jantar a não ser que nossos pais nos façam uma pergunta direta, o que raramente acontece. Meu pai costuma dizer que nossos ouvidos receptivos são uma dádiva para eles. Eles nos oferecem seus ouvidos receptivos depois do jantar, na sala da família.

— Sim — responde meu pai. Suas pálpebras se contraem. — Aqueles arrogantes e hipócritas... — Ele interrompe sua fala e limpa a garganta. — Desculpem-me. Mas ela divulgou um relatório atacando o caráter de Marcus.

Ergo as sobrancelhas.

— E o que estava escrito no relatório?

— Beatrice — sussurra Caleb.

Abaixo a cabeça, virando o garfo várias vezes na mão até que o calor no meu rosto se dissipe. Não gosto de ser repreendida. Especialmente por meu irmão.

— Estava escrito — meu pai diz — que a violência e a crueldade de Marcus em relação a seu filho foram as razões pelas quais o rapaz escolheu a Audácia, e não a Abnegação.

Poucas pessoas nascidas na Abnegação escolhem deixá-la. Quando algo assim ocorre, não esquecemos. Há dois anos, o filho de Marcus, Tobias, deixou nossa facção e se juntou à Audácia, e isso o deixou arrasado. Tobias era seu único filho e sua única família, depois que a mulher falecera ao dar à luz o segundo filho. O bebê morreu minutos depois.

Nunca vi o Tobias. Ele raramente frequentava os eventos comunitários e nunca acompanhou o pai aos jantares em nossa casa. Meu pai costumava comentar que achava isso estranho, mas nada disso importava mais.

— Cruel? O Marcus? — Minha mãe balança a cabeça. — Aquele pobre homem. A última coisa de que ele precisa agora é que o lembrem de sua perda.

— Você quer dizer, da traição de seu filho? — diz meu pai friamente. — Isso não deveria me surpreender. Há meses que os membros da Erudição têm usado esses relatórios para nos agredir. E este não será o último. Tenho certeza de que outros virão.

Mais uma vez, eu não deveria me pronunciar, mas não consigo me conter.

— Por que eles estão fazendo isso? — pergunto.

— Por que você não aproveita este momento para escutar o que seu pai tem a dizer, Beatrice? — diz minha mãe gentilmente. Ela me apresenta a pergunta como uma sugestão, e não como uma ordem. Olho para Caleb do outro lado da mesa, e vejo seu olhar de desaprovação.

Encaro minhas ervilhas. Não sei se consigo viver essa vida de obrigações por muito mais tempo. Não sou boa o bastante nisso.

— Você sabe o motivo — fala meu pai. — Porque nós temos algo que eles querem. Valorizar o conhecimento acima de todas as coisas provoca uma sede de poder que leva o ser humano a lugares sombrios e vazios. Devemos ser gratos por evitarmos isso.

Aceno com a cabeça. Sei que não escolherei a Erudição, embora os resultados do meu teste tenham sugerido essa opção. Eu sou, afinal, filha do meu pai.

Meus pais tiram a mesa depois do jantar. Eles não deixam Caleb ajudar, porque devemos nos reservar esta noite em vez de nos reunirmos na sala da família, para que possamos pensar a respeito dos resultados de nossos testes.

Minha família poderia me ajudar a escolher, se eu pudesse compartilhar com eles meus resultados. Mas não posso. O aviso de Tori ressoa em minha memória a cada vez que fraquejo em minha decisão de me manter calada.

Caleb e eu subimos as escadas e, ao chegar ao topo, antes de nos separarmos para entrar em nossos quartos, ele me para, colocando uma mão em meu ombro.

— Beatrice — diz ele, fixando meus olhos. — Devemos pensar em nossa família. — Há algo de estranho em sua voz. — Mas também devemos pensar em nós mesmos.

Encaro-o por alguns segundos. Essa é a primeira vez que o vejo pensar em si mesmo ou falar algo que não pareça altruísta.

Fico tão assustada com seu comentário que digo apenas o que devo dizer:

— Os testes não precisam mudar nossas escolhas.

Ele esboça um sorriso.

— Será que não?

Ele aperta meu ombro e entra em seu quarto. Espio o interior e vejo uma cama desarrumada e uma pilha de livros em sua mesa. Ele fecha a porta. Queria poder dizer-lhe que estamos passando pela mesma situação. Queria poder conversar com ele da maneira que eu quero, e não da maneira que eu devo. Mas admitir que preciso de ajuda seria demais para mim, e por isso desisto da ideia.

Entro no meu quarto e, ao fechar a porta, me dou conta de que a decisão pode ser simples. Escolher a Abnegação exigiria uma grande demonstração de altruísmo da minha parte, e escolher a Audácia exigiria uma grande demonstração de coragem, e talvez apenas a escolha entre uma das duas facções já seja uma comprovação de onde eu pertenço. Amanhã, essas duas qualidades se enfrentarão dentro de mim, e apenas uma poderá vencer.

CAPÍTULO CINCO

O ÔNIBUS QUE pegamos até a Cerimônia de Escolha está cheio de pessoas com camisas e calças cinza. Um anel claro de luz solar atravessa as nuvens como a ponta acesa de um cigarro. Nunca fumarei um cigarro, já que eles estão ligados intimamente à vaidade, mas há um grupo de integrantes da Franqueza fumando em frente ao edifício quando saltamos do ônibus.

Tenho que inclinar a cabeça para trás para conseguir enxergar o topo do Eixo, e mesmo assim parte dele desaparece em meio às nuvens. O Eixo é o maior prédio da cidade. Da janela do meu quarto, consigo ver as luzes das duas torres em seu topo.

Sigo meus pais ao descermos do ônibus. Caleb parece calmo, mas eu também pareceria se soubesse o que fazer. No entanto, sinto como se meu coração fosse saltar para fora do peito a qualquer momento, e seguro o braço do meu irmão para me estabilizar enquanto subimos os degraus da entrada do prédio.

O elevador está lotado, então meu pai oferece nosso lugar a um grupo de integrantes da Amizade. Em vez de usar o elevador, subimos pela escada, seguindo-o sem questionamentos. Servimos de exemplo para os outros membros da nossa facção, e logo estamos cercados por uma massa de tecido cinza, subindo as escadas de cimento à meia-luz. Entro no ritmo dos passos da multidão. O som uniforme dos pés em meus ouvidos e a homogeneidade das pessoas ao meu redor me convencem de que eu poderia escolher isso. Eu poderia ser incluída ao pensamento de colmeia da Abnegação, projetando-me sempre para fora de mim mesma.

Mas então minhas pernas começam a doer, fico com dificuldade em respirar e mais uma vez me distraio comigo mesma. Precisamos subir vinte andares de escadas até a Cerimônia de Escolha.

Meu pai abre a porta do vigésimo andar e a segura como um sentinela até que cada membro da Abnegação tenha passado. Eu teria esperado por ele, mas a multidão me empurra em frente, para fora do vão da escada e para dentro do salão no qual decidirei o destino do resto da minha vida.

O salão é organizado em círculos concêntricos. No círculo externo, ficam os indivíduos de dezesseis anos de cada facção. Ainda não somos considerados membros; nossas decisões hoje nos tornarão iniciandos, e viraremos membros se conseguirmos completar a iniciação.

Organizamo-nos em ordem alfabética, de acordo com os sobrenomes que talvez deixemos para trás. Eu me coloco entre Caleb e Danielle Pohler, uma menina da Amizade com bochechas rosadas e vestido amarelo.

O círculo seguinte contém fileiras de cadeiras para as nossas famílias. Elas são organizadas em cinco seções, uma para cada facção. Nem todos os integrantes das facções vêm à Cerimônia de Escolha, mas há um número suficiente de pessoas para formar uma multidão.

A responsabilidade em conduzir a cerimônia se alterna entre as facções a cada ano, e este ano pertence à Abnegação. Marcus fará o discurso de abertura e lerá os nomes em ordem alfabética inversa. Caleb escolherá antes de mim.

No círculo central, localizam-se cinco recipientes de metal, tão grandes que, se me encolhesse, caberia dentro deles. Cada um dos recipientes contém uma substância que representa uma das facções: pedras cinza para a Abnegação, água para a Erudição, terra para a Amizade, brasas acesas para a Audácia e vidro para a Franqueza.

Quando Marcus pronunciar meu nome, andarei até o centro dos três círculos. Não falarei nada. Ele me oferecerá uma faca. Farei um corte em minha mão e derramarei meu sangue dentro do recipiente da facção que eu escolher.

Meu sangue nas pedras. Meu sangue fervendo nas brasas.

Antes de os meus pais se sentarem, param diante de nós. Meu pai beija a minha testa e apoia a mão sobre o ombro de Caleb, sorrindo.

— Nos vemos em breve — diz ele. Não há qualquer traço de dúvida em suas palavras.

Minha mãe me abraça, dissipando quase completamente qualquer traço de determinação que eu tenha conseguido manter até agora. Cerro os dentes e olho para o teto, de onde luminárias esféricas estão penduradas, preenchendo o salão com uma luz azulada. Ela me abraça pelo que parece ser muito tempo, mesmo depois que abaixo os braços. Antes de me soltar, ela vira a cabeça e sussurra em meu ouvido:

— Eu te amo. Não importa o que aconteça.

Franzo a sobrancelha enquanto ela se afasta de mim. Ela sabe o que poderei fazer. Deve saber, ou não se sentiria obrigada a dizer aquilo.

Caleb segura minha mão, apertando-a tanto que me machuca, mas eu não largo a dele. A última vez que seguramos as mãos um do outro dessa maneira foi no funeral do meu tio, enquanto meu pai chorava. Precisamos da força um do outro agora, assim como precisávamos naquele dia.

As pessoas se organizam lentamente no salão. Eu deveria estar observando os membros da Audácia; deveria estar absorvendo o máximo de informação possível, mas a única coisa que consigo fazer é observar as luminárias do outro lado do salão. Tento me perder no seu brilho azul.

Marcus fica em pé sobre o pódio, entre as seções da Erudição e da Audácia, e limpa a garganta diante do microfone.

— Sejam bem-vindos — diz ele. — Sejam bem-vindos à Cerimônia de Escolha. Sejam bem-vindos à maneira com a qual honramos a filosofia democrática de nossos antepassados, que afirma que cada homem tem o direito de escolher seu próprio caminho no mundo.

Ou, penso então, um dos cinco caminhos predeterminados. Aperto os dedos de Caleb com a mesma força com que ele aperta os meus.

— Nossos dependentes agora têm dezesseis anos. Eles se encontram no precipício da maturidade, e agora é responsabilidade deles decidir que tipo de pessoas serão. — A voz de Marcus é solene, distribuindo igualmente o peso de cada palavra. — Há décadas, nossos antepassados perceberam que a culpa por um mundo em guerra não poderia ser atribuída à ideologia política, à crença religiosa, à raça ou ao nacionalismo. Eles concluíram, no entanto, que a culpa estava na personalidade humana, na inclinação humana para o mal, seja qual for a sua forma. Dividiram-se em facções que procuravam erradicar essas qualidades que acreditavam ser responsáveis pela desordem no mundo.

Volto meu olhar para os recipientes no centro do salão. No que eu acredito? Não sei; não sei; não sei.

— Os que culpavam a agressividade formaram a Amizade.

Os integrantes da Amizade trocam sorrisos. Eles se vestem de maneira confortável, com roupas vermelhas ou amarelas. Sempre que os vejo, parecem-me bondosos, amorosos, livres. Mas me juntar a eles nunca foi uma opção para mim.

— Os que culpavam a ignorância se tornaram a Erudição.

Eliminar a opção da Erudição foi a única parte fácil da minha escolha.

— Os que culpavam a duplicidade fundaram a Franqueza.

Nunca simpatizei com a Franqueza.

— Os que culpavam o egoísmo geraram a Abnegação.

Eu culpo o egoísmo; culpo mesmo.

— E os que culpavam a covardia se juntaram à Audácia.

Mas eu não sou altruísta o bastante. Tenho tentado há dezesseis anos e simplesmente não sou altruísta o bastante.

Minhas pernas ficam dormentes, como se tivessem perdido toda a vitalidade, e me pergunto como serei capaz de andar quando eles chamarem meu nome.

— Trabalhando juntas, as cinco facções têm vivido em paz há anos, cada uma contribuindo com um diferente setor da sociedade. A Abnegação supriu nossa demanda por líderes altruístas no governo; a Franqueza providenciou líderes confiáveis e seguros no setor judiciário; a Erudição nos ofereceu professores e pesquisadores inteligentes; a Amizade nos deu conselheiros e zeladores compreensivos; e a Audácia se encarrega de nossa proteção contra ameaças tanto internas quanto externas. Mas o alcance de cada facção não se limita a essas áreas. Oferecemos uns aos outros muito mais do que pode ser expressado em palavras. Em nossas facções, encontramos sentido, encontramos propósito, encontramos vida.

Penso no lema que li no meu livro didático sobre a História das Facções: *A facção antes do sangue*. Mais do que às nossas famílias, pertencemos às nossas facções. Será que isso é realmente verdade?

Marcus conclui:

— Longe delas, não sobreviveríamos.

O silêncio que se segue às suas palavras é mais pesado do que outros silêncios. Carrega o peso do nosso maior medo, maior até do que o medo da morte: o medo de se tornar um sem-facção.

Marcus continua:

— Portanto, celebramos hoje uma ocasião feliz: o dia em que recebemos novos iniciandos, que trabalharão conosco em prol de uma sociedade e um mundo melhores.

Uma salva de palmas. Elas soam abafadas. Tento manter-me completamente parada, porque, quando consigo manter meus joelhos fixos e meu corpo duro, paro de tremer. Marcus lê os primeiros nomes, mas não consigo distinguir as sílabas. Como saberei quando ele chamar o meu?

Um por um, cada jovem de dezesseis anos deixa a fila e se dirige ao centro do salão. A primeira garota a decidir escolhe a Amizade, a mesma facção de onde veio. Vejo suas gotas de sangue pingarem sobre a terra, depois ela se coloca atrás dos assentos da facção, sozinha.

O salão está em constante movimento; um novo nome e uma nova pessoa escolhendo, uma nova faca e uma nova escolha. Reconheço a maioria das pessoas, mas duvido que eles saibam quem sou.

— James Tucker — anuncia Marcus.

James Tucker, da Audácia, é a primeira pessoa a tropeçar a caminho dos recipientes. Ele abre os braços e recupera o equilíbrio antes de cair no chão. Seu rosto fica vermelho e ele caminha rápido até o meio do salão. Já no centro, olha para o recipiente da Audácia, depois para o da Franqueza: as chamas laranja que crescem cada vez mais alto e o vidro que reflete a luz azulada.

    Marcus oferece a faca. O garoto respira fundo, inflando o peito e, ao expirar, aceita-a. Então passa a lâmina na palma da mão de maneira violenta e estende o braço para o lado. Seu sangue se derrama sobre o vidro e ele é o primeiro de nós a trocar de facção. O primeiro transferido. Ouve-se um murmúrio na seção da Audácia, e encaro o chão.

    Eles o verão como um traidor de agora em diante. Seus familiares da Audácia terão a opção de visitá-lo em sua nova facção daqui a uma semana e meia, no Dia da Visita, mas não irão, porque ele os abandonou. Sua ausência assombrará os corredores e ele se tornará um vazio que não conseguirão preencher. Com o passar do tempo, o vazio desaparecerá, como ocorre quando um órgão é removido e os fluidos corporais preenchem o espaço que deixou. Os humanos não conseguem tolerar o vazio por muito tempo.

— Caleb Prior — diz Marcus.

    Caleb aperta minha mão uma última vez e, ao se afastar, encara-me por um longo tempo. Observo seus pés movendo-se em direção ao centro do salão e suas mãos firmes ao aceitarem a faca que Marcus lhe entrega movem-se com destreza quando uma aperta a lâmina contra a outra. Ele fica parado, enquanto o sangue forma uma pequena poça na palma da sua mão, e seus lábios se contraem.

Ele expira. Depois inspira. Depois, estende a mão sobre o recipiente da Erudição, e seu sangue pinga para dentro da água, escurecendo o tom de vermelho contido nela.

Ouço uma comoção que rapidamente se transforma em gritos de protesto. Mal consigo pensar. Meu irmão, meu irmão altruísta, um transferido? Meu irmão, nascido para a Abnegação, na *Erudição*?

Ao fechar os olhos, vejo a pilha de livros sobre a mesa de Caleb, e suas mãos trêmulas esfregando-se em suas pernas depois do teste de aptidão. Como não fui capaz de perceber, quando ele me disse ontem que eu deveria pensar em mim mesma, que ele também estava oferecendo esse conselho a si mesmo?

Observo os membros da Erudição, que ostentam sorrisos presunçosos e se acotovelam. Os da Abnegação, geralmente plácidos, agora se comunicam em sussurros tensos e encaram o outro lado do salão, onde está a facção que se tornou nossa inimiga.

— Atenção — diz Marcus, mas a multidão não lhe dá ouvidos.

— Silêncio, por favor! — grita ele.

O silêncio domina o salão. Exceto por um zumbido agudo.

Ouço meu nome e um tremor me propulsiona para a frente. Na metade do caminho em direção aos recipientes, tenho certeza de que escolherei a Abnegação. Tudo me parece claro. Já posso imaginar-me amadurecendo como uma mulher que se veste com túnicas da Abnegação, casada com Robert, o irmão de Susan, trabalhando como voluntária nos finais de semana, na paz da rotina, nas noites tranquilas diante da lareira, na certeza de que estarei segura e, se não totalmente feliz, certamente mais feliz do que me encontro agora.

Percebo que o zumbido que ouço vem dos meus próprios ouvidos.

Olho para Caleb, que agora está em pé atrás da seção da Erudição. Ele me encara de volta e acena levemente com a cabeça, como se soubesse o que estou pensando e concordasse comigo. Meus passos fraquejam. Se Caleb não pertence à Abnegação, como posso pertencer? Mas que escolha tenho agora que ele nos deixou e sou a única que restou? Ele não me deixou opção.

Tensiono o maxilar. Serei a filha que fica; preciso fazer isso por meus pais. Preciso.

Marcus me oferece a faca. Eu encaro seus olhos, de um tom azul-escuro, uma cor estranha, e a aceito. Ele acena com a cabeça, e me viro na direção dos recipientes. Tanto o fogo da Audácia quanto as pedras da Abnegação estão à minha esquerda, um recipiente em frente ao meu ombro e o outro atrás dele. Seguro a faca com a mão direita e encosto a lâmina na palma da esquerda. Rangendo os dentes, passo a lâmina sobre minha pele. Arde um pouco, mas quase não reparo na dor. Levo minhas duas mãos ao peito e respiro com dificuldade.

Abro os olhos e lanço meu braço para a esquerda. O sangue pinga no carpete, entre os dois recipientes. Depois,

com um suspiro que não consigo conter, lanço meu braço para a frente, e meu sangue faz as brasas chiarem.
 Sou egoísta. Sou corajosa.

CAPÍTULO SEIS

P‌REGO OS OLHOS no chão e me coloco atrás dos iniciandos nascidos na Audácia que escolheram voltar para sua facção de origem. Todos eles são mais altos do que eu, e, mesmo quando levanto a cabeça, a única coisa que consigo ver são ombros vestidos de preto. Quando a última garota faz sua escolha, a Amizade, chega a hora de ir embora. A Audácia é a primeira a deixar o salão. Passo diante dos homens e mulheres vestidos de cinza da facção a qual eu costumava pertencer, olhando fixamente para a nuca da pessoa que caminha na minha frente.

Porém, preciso ver meus pais uma última vez. Olho para o lado logo antes de passar por eles e imediatamente me arrependo. Os olhos do meu pai queimam os meus com uma expressão de acusação. A princípio, ao sentir um calor atrás dos meus olhos, penso que ele descobriu uma maneira de atear fogo em mim, de me punir pelo que fiz, mas não. A verdade é que estou quase chorando.

Ao seu lado, minha mãe sorri.

As pessoas atrás de mim me empurram em frente, para longe dos meus pais, que estarão entre as últimas pessoas a ir embora. Eles talvez até fiquem para ajudar a empilhar as cadeiras e limpar os recipientes. Viro a cabeça para procurar Caleb em meio à multidão da Erudição atrás de mim. Ele está entre os iniciandos, apertando a mão de outro transferido, um rapaz que costumava pertencer à Franqueza. O sorriso leviano em sua boca é um sinal de traição. Meu estômago aperta e viro o rosto. Se isso é tão fácil para ele, talvez devesse ser fácil para mim também.

Olho para o rapaz à minha esquerda, que costumava ser da Erudição e agora está tão pálido e nervoso quanto eu deveria estar. Passei tanto tempo tentando decidir qual facção deveria escolher que não parei para considerar o que aconteceria se optasse pela Audácia. O que espera por mim na sede da facção?

A multidão da Audácia que nos empurra segue em direção às escadas, e não aos elevadores. Pensei que só a Abnegação usasse as escadas.

De repente, todos começam a correr. Ouço vaias e gritos e risadas por todo lado, e o estrondo de dezenas de passos se movendo em ritmos diferentes. Para a Audácia, usar as escadas não é um ato de altruísmo; para eles, é um ato de selvageria.

— O que diabos está acontecendo? — grita o garoto ao meu lado.

Apenas balanço a cabeça e continuo correndo. Estou sem fôlego quando alcançamos o primeiro andar, e o grupo da Audácia sai em alvoroço para a rua. Lá fora, o ar está gelado e o céu rebate o laranja do sol que se põe, refletido no vidro negro do Eixo.

Os integrantes da Audácia se espalham pela rua, bloqueando a passagem de um ônibus, e eu corro mais rápido para alcançar o final da multidão. À medida que corro, minha confusão se dissipa. Faz muito tempo que não corro para lugar nenhum. A Abnegação aconselha seus membros a evitar qualquer coisa feita por puro divertimento, e o que estamos fazendo agora não é nada mais do que isso: meus pulmões ardendo, meus músculos doendo, o prazer selvagem de uma genuína corrida. Sigo os integrantes da Audácia enquanto descem a rua e viram a esquina, e então ouço um som familiar: o apito do trem.

— Ah, não — resmunga o garoto da Erudição. — A gente vai ter que pular para dentro daquilo?

— Sim — digo, sem fôlego.

Ainda bem que passei tanto tempo assistindo aos integrantes da Audácia chegarem à escola. A multidão se espalha em uma longa fila. O trem se aproxima pelos trilhos de aço com as luzes piscando e o apito tocando alto. As portas dos vagões estão abertas para que os membros da Audácia embarquem, e é exatamente isso o que eles fazem, grupo por grupo, até que apenas os iniciandos fiquem de fora. Os iniciandos nascidos na Audácia já estão acostumados a isso, e em um segundo só sobram os transferidos.

Eu e mais algumas pessoas nos colocamos à frente do grupo e começamos a correr. Acompanhamos o vagão por alguns metros, depois nos lançamos para o lado. Não sou tão alta e forte quanto algumas das outras pessoas, e não consigo puxar meu corpo para dentro do vagão. Seguro uma barra ao lado da porta, enquanto meu ombro se choca contra a parede do trem. Meus braços tremem, até que finalmente uma garota da Franqueza me agarra e me puxa para dentro. Agradeço, esbaforida.

Ouço um grito e olho para trás. Um menino baixo e ruivo que era da Erudição estica os braços e tenta alcançar o trem. Perto da porta, uma garota da Erudição estende o braço para tentar alcançar sua mão, esforçando-se ao máximo para puxá-lo para dentro, mas ele está longe demais. Ele cai de joelhos sobre os trilhos enquanto nos afastamos no trem, depois apoia a cabeça em suas mãos.

Sinto-me inquieta. Ele acabou de ser reprovado na iniciação da Audácia. Agora é um sem-facção. Isso poderia acontecer a qualquer momento.

— Você está bem? — pergunta-me animadamente a garota da Franqueza que me ajudou. Ela é alta, sua pele é marrom-escura e seu cabelo é curto. É bonita.

Faço que sim com a cabeça.

— Meu nome é Christina — diz ela, estendendo-me a mão.

Faz muito tempo que não aperto a mão de alguém. Na Abnegação, as pessoas cumprimentam-se com acenos de cabeça, como sinal de respeito. Seguro sua mão sem convicção, sacudindo-a duas vezes, e espero não ter apertado fraco demais, ou forte demais.

— Beatrice — respondo.
— Você sabe aonde estamos indo? — Ela precisa gritar para ser ouvida em meio ao barulho do vento, que sopra cada vez mais forte pelas portas abertas. O trem está acelerando. Eu me sento. Será mais fácil manter o equilíbrio se eu estiver mais próxima do chão. Ela levanta a sobrancelha enquanto olha para mim.
— Um trem em disparada é sinônimo de ventania — digo. — E o vento pode nos empurrar para fora. Sente-se.

Christina senta-se ao meu lado, depois empurra o corpo para trás para apoiar as costas na parede.

— Acho que estamos indo para a sede da Audácia — digo —, mas não sei onde ela fica.

— Será que alguém sabe? — Ela balança a cabeça, sorrindo. — Eles parecem ter simplesmente brotado de algum buraco no chão.

O vento varre o vagão e os outros transferidos, empurrados pelas rajadas, caem uns sobre os outros. Vejo Christina rir sem conseguir ouvi-la e consigo até esboçar um sorriso.

À minha esquerda, a luz alaranjada do pôr do sol rebate nos prédios de vidro, e consigo enxergar vagamente as fileiras de casas cinza onde costumava ficar a minha moradia.

Hoje seria a vez de Caleb preparar o jantar. Quem irá assumir seu lugar, minha mãe ou meu pai? E, quando forem esvaziar o quarto dele, o que encontrarão? Imagino os livros escondidos entre a cômoda e a parede, os livros sob o colchão. A sede por conhecimento da Erudição preenchendo todos os espaços escondidos do quarto. Será que ele sempre soube que escolheria a Erudição? E, se já sabia, por que eu não fui capaz de perceber?

Que bom ator ele foi. Pensar nisso me dá náuseas, porque, apesar de eu também tê-los abandonado, pelo menos não fui capaz de dissuadi-los da mesma maneira. Todos já sabiam que eu não era altruísta.

Fecho os olhos e imagino minha mãe e meu pai sentados à mesa de jantar, em silêncio. Será que o fato de a minha garganta apertar ao pensar neles é um resquício de altruísmo, ou será egoísmo, porque sei que nunca mais serei a filha deles?

+ + +

— Eles estão pulando do trem!

Levanto a cabeça. Meu pescoço dói. Estive agachada assim, com minhas costas encostadas na parede, por pelo menos meia hora, escutando o ruído do vento e assistindo à paisagem borrada da cidade passar por nós. Endireito o corpo. O trem desacelerou nos últimos minutos, e vejo que o menino que gritou estava certo: os integrantes da Audácia nos vagões dianteiros estão pulando do trem para um telhado que passa ao lado. Os trilhos estão a sete andares de altura.

A ideia de pular de um trem em movimento até um telhado, sabendo que há um vão entre os trilhos e a beirada do prédio, me dá ânsia de vômito. Eu me levanto e ando, cambaleante, até o lado oposto do vagão, onde os outros transferidos se organizam em fila.

— Também temos que pular, então — diz uma garota da Franqueza. Ela tem um nariz enorme e dentes tortos.

— Ótimo — responde um garoto da Franqueza. — Isso faz muito sentido, Molly. Pular sobre um telhado a partir de um trem em movimento.

— Fomos nós que escolhemos isso, Peter — afirma a garota.

— Bem, eu é que não vou — diz um garoto da Amizade, atrás de mim. Sua pele é morena e ele está usando uma camisa marrom. É o *único* transferido da Amizade. Lágrimas escorrem sobre suas bochechas.

— Você tem que pular — diz Christina —, ou será reprovado. Vamos, vai dar tudo certo.

— Não, não vou. Prefiro ser um sem-facção a morrer!

— O menino da Amizade balança a cabeça. Parece estar em pânico. Continua a balançar a cabeça enquanto olha para o telhado, que se aproxima cada vez mais.

Não concordo com ele. Eu preferiria morrer a me tornar vazia como os sem-facção.

— Você não pode forçá-lo a pular — digo, olhando para Christina. Seus olhos marrons estão arregalados, e ela comprime tanto os lábios que eles mudam de cor. Ela me oferece a mão.

— Vamos — diz. Levanto a sobrancelha e olho para a mão que ela me oferece. Estou prestes a falar que não preciso de ajuda, quando ela continua: — Eu simplesmente... não conseguirei pular a não ser que alguém me arraste junto.

Seguro sua mão e nos dirigimos à beirada do vagão. Quando ele alcança o telhado, eu conto:

— Um... dois... *três*!

No três, nós nos lançamos para fora do trem. Depois de um momento em que me sinto suspensa no ar, meus pés se chocam contra o chão sólido do telhado e sinto uma pontada de dor nos calcanhares. A aterrissagem violenta lança meu corpo contra o telhado, e meu rosto vai de encontro aos cascalhos. Solto a mão de Christina. Ela está rindo.

— Isso foi divertido — diz ela.

Christina se encaixará perfeitamente no espírito aventureiro da Audácia. Todos os iniciandos, exceto o garoto da Amizade, conseguiram alcançar o telhado, alguns de maneira melhor; outros, pior. Molly, a menina da Franqueza com dentes tortos, segura o tornozelo e faz uma cara de dor; e Peter, o menino da Franqueza com o cabelo brilhante, sorri orgulhosamente. Ele deve ter caído em pé.

De repente, ouço um grito. Viro a cabeça, procurando a origem do som. Uma garota da Audácia está em pé na beirada do telhado, olhando para a calçada abaixo e berrando. Atrás dela, um garoto da Audácia segura sua cintura para evitar que ela caia.

— Rita — diz ele. — Rita, acalme-se. Rita...

Caminho até a beirada e olho para baixo. Há um corpo na calçada; uma menina, com os braços e pernas retorcidos de maneira estranha e com o cabelo espalhado em um círculo ao redor da cabeça. Meu estômago aperta e olho para os trilhos do trem. Nem todo mundo conseguiu alcançar o telhado. Nem mesmo os integrantes da Audácia estão seguros.

Rita cai de joelhos, chorando. Viro o rosto para não ver. Quanto mais eu olhar para ela, maior a probabilidade de começar a chorar também, e não posso chorar na frente dessas pessoas.

Tento convencer a mim mesma, da maneira mais severa possível, que é assim que as coisas funcionam aqui. Fazemos coisas perigosas e pessoas morrem. Pessoas morrem e seguimos em frente, em direção ao próximo perigo. Quanto mais rápido eu assimilar isso, maiores serão minhas chances de sobreviver à iniciação.

Não tenho mais certeza de que conseguirei sobreviver.

Decido contar até três, e depois disso seguirei em frente. *Um*. Lembro o corpo da garota na calçada e sinto um calafrio. *Dois*. Ouço os soluços de Rita e os murmúrios de consolação do menino atrás dela. *Três*.

Franzo os lábios e me distancio de Rita e da beirada do telhado.

Meu cotovelo arde. Levanto a manga da minha camisa para examiná-lo, com as mãos tremendo. Um pedaço de pele se soltou, mas o machucado não está sangrando.

— Nossa, que *escândalo*! Uma Careta está exibindo um pedaço do corpo!

Levanto a cabeça. "Careta" é a gíria usada para designar os integrantes da Abnegação, e sou a única da facção no local. Peter aponta para mim, rindo debochadamente. Ouço mais risadas. Meu rosto esquenta, e abaixo a manga da minha camisa.

— Escutem todos! Meu nome é Max! Sou um dos líderes da sua nova facção! — grita um homem do outro lado do telhado. Ele é mais velho que os outros, com rugas profundas em sua pele escura e cabelos cinza em suas têmporas, e fica em pé sobre a mureta na beirada do telhado como se aquilo fosse uma calçada. Parece não se importar com o fato de que alguém acabou de cair dali e morrer. — Alguns andares abaixo de nós, encontra-se a entrada para membros do nosso complexo. Quem não tiver coragem de pular, não pertence a este grupo. Nossos iniciandos terão o privilégio de ir primeiro.

— Você quer que nós pulemos do *telhado*? — pergunta uma garota da Erudição. Ela é alguns centímetros mais alta do que eu, com cabelo castanho-claro e lábios carnudos. Está boquiaberta.

Não entendo por que ainda ficaria chocada com isso.

— Sim — diz Max. Ele parece estar se divertindo.

— Tem água lá embaixo ou algo do tipo?

— Quem sabe? — Ele ergue as sobrancelhas.

O grupo em frente aos iniciandos se divide em dois, abrindo um caminho largo para nós. Eu olho ao redor. Ninguém parece muito interessado em pular do prédio e todos evitam olhar para Max. Alguns limpam pequenos machucados e retiram os cascalhos que ficaram presos a suas roupas. Eu olho para Peter. Ele está cutucando uma de suas cutículas, tentando agir de maneira casual.

Sou orgulhosa. Algum dia irei me meter em confusão por causa disso, mas hoje meu orgulho me torna corajosa. Caminho em direção à beirada do telhado e ouço risadinhas atrás de mim.

Max abre caminho, liberando minha passagem. Caminho até a mureta e olho para baixo. O vento golpeia minhas roupas, fazendo o tecido estalar. O prédio onde estamos fica em um dos lados de uma praça, que conta com mais três outros edifícios. No centro da praça, há um enorme buraco no concreto. Não consigo ver o que há no fundo.

Isso é apenas uma tática para nos amedrontar. Alcançarei o fundo do buraco em segurança. Esse pensamento é a única coisa que me ajuda a subir na mureta. Meus dentes estão batendo. Não posso voltar atrás agora. Não com todas as pessoas atrás de mim apostando que vou fracassar. Minhas mãos tateiam a gola da minha camisa e encontram o botão que a mantém fechada. Depois de algumas tentativas, solto os botões e tiro a camisa.

Estou usando uma camiseta cinza sob a camisa. Ela é a roupa mais apertada que tenho e ninguém jamais me viu vestida com ela. Amasso minha camisa em uma bola e olho para trás, para Peter. Lanço a bola de tecido sobre ele com o máximo de força que consigo, contraindo meu maxilar. A camisa se choca contra seu peito. Ele me encara. Ouço vaias e gritos atrás de mim.

Olho novamente para o buraco. Os pelos em meus braços arrepiam-se e meu estômago revira-se dentro da barriga. Se eu não pular agora, não conseguirei pular nunca mais. Engulo em seco.

Não penso. Apenas dobro os joelhos e pulo.

O vento sopra em meus ouvidos à medida que o chão se aproxima, crescendo e expandindo; ou me aproximo do chão, com o coração batendo tão forte que dói e com cada músculo do meu corpo tensionado, enquanto a sensação de queda aperta meu estômago. Sou envolvida pelo buraco e caio para dentro da escuridão.

Atinjo algo duro, que cede sob meu peso e depois sustenta meu corpo. O impacto arranca o ar dos meus pulmões e eu bufo, esforçando-me para recuperar a respiração. Meus braços e pernas ardem.

Uma rede. Há uma rede no fundo do buraco. Olho para os prédios acima e começo a rir, em uma mistura de alívio e histeria. Meu corpo treme e cubro o rosto com as mãos. Acabei de pular de um prédio.

Preciso pisar em terra firme novamente. Vejo algumas mãos estendidas para mim da beirada da rede, então agarro a primeira que consigo alcançar e uso-a para me puxar para fora. Rolo o corpo para fora da rede e quase caio de cara no chão de madeira, mas ele me segura.

"Ele" é o jovem dono da mão que agarrei. Tem o lábio superior fino e o inferior grosso. Seus olhos são tão fundos que os cílios encostam-se à pele sob suas sobrancelhas, e são de um tom azul-escuro, uma cor lúdica, adormecida e prolongada.

Suas mãos seguram meus braços, mas ele me solta assim que me coloco em pé novamente.

— Obrigada — digo.

Estamos em uma plataforma a três metros do chão. Ao redor de nós, há uma vasta caverna.

— Não acredito — diz uma voz que vem de trás do rapaz. Ela pertence a uma garota de cabelos escuros e três argolas de prata na sobrancelha direita. Ela ri de mim. — Uma Careta, a primeira a pular? Isso é inédito.

— Existe uma razão para ela tê-los deixado, Lauren — diz ele. Sua voz é profunda e ressoa no ar. — Qual é o seu nome?

— É... — Não sei por que hesito. Mas o nome "Beatrice" simplesmente não parece mais adequado.

— Pode pensar — afirma ele, esboçando um sorriso. — Essa é sua única chance de escolher um.

Um lugar novo, um nome novo. Posso começar do zero aqui.

— Tris — digo com firmeza.

— Tris — repete Lauren, sorrindo. — Faça o anúncio, Quatro.

O garoto, Quatro, olha para trás e grita:

— A primeira a pular: Tris!

Uma multidão surge à medida que meus olhos se acostumam com a escuridão. Eles comemoram e lançam os punhos para o ar, e então outra pessoa aterrissa na rede. Ela cai gritando. É Christina. Todos riem, mas em seguida começam a comemorar novamente.

Quatro apoia a mão nas minhas costas e diz:

— Seja bem-vinda à Audácia.

CAPÍTULO SETE

Quando todos os iniciandos já estão novamente em terra firme, Lauren e Quatro nos guiam por um túnel estreito. As paredes são de pedra e o teto é em declive, fazendo com que eu sinta como se estivesse descendo para o centro da terra. Há longos intervalos entre as áreas iluminadas do túnel, e nas áreas escuras entre a luz fraca de uma lâmpada e outra, sinto que perdi o caminho, até que um ombro esbarra contra o meu. Nos locais iluminados, sinto-me segura novamente.

O garoto da Erudição à minha frente para de repente, e esbarro nele, batendo com o nariz em seu ombro. Recuo um pouco e esfrego a mão no nariz, recuperando-me da pancada. Todo mundo parou, e nossos três líderes se voltam para nós com os braços cruzados.

— É aqui que nos separamos — diz Lauren. — Os iniciandos nascidos na Audácia vêm comigo. Acho que *vocês* não precisam de um tour do local.

Ela sorri e acena na direção dos iniciandos nascidos na Audácia. Eles se separam do grupo e partem em meio às sombras. Vejo o último deles sumir na escuridão e olho para os que restaram. A maior parte dos iniciandos era da Audácia, portanto só restam nove pessoas. Destas, sou a única que era da Abnegação, e não há ninguém da Amizade. O resto do grupo é da Erudição e, por incrível que pareça, da Franqueza. Ser honesto o tempo todo deve exigir coragem. Eu não saberia dizer.

Quatro fala conosco em seguida.

— Eu geralmente trabalho na sala de controle, mas durante as próximas semanas, serei seu instrutor — diz ele.

— Meu nome é Quatro.

— Quatro? Como o número? — pergunta Christina.

— Sim — responde ele. — Você tem algum problema com isso?

— Não.

— Ótimo. Nós estamos prestes a entrar no Fosso, que vocês um dia irão aprender a amar. Ele...

Christina ri jocosamente.

— Fosso? Que ótimo nome.

Quatro caminha até Christina e aproxima o rosto do dela. Seus olhos se estreitam e por um instante ele simplesmente a encara.

— Qual é o seu nome? — pergunta ele calmamente.

— Christina — responde ela baixinho.

— Bem, Christina, se eu quisesse aguentar os espertinhos da Franqueza, teria me juntado à sua facção — diz ele, irritado. — A primeira lição que você aprenderá de mim é como manter sua boca calada. Entendeu bem?

Ela acena que sim com a cabeça.

Quatro se dirige às sombras no fim do túnel. O grupo de iniciandos segue-o em silêncio.

— Que canalha! — resmunga ela.

— Acho que ele não gosta que riam dele — respondo.

Percebo que é melhor eu tomar cuidado com Quatro. Ele me pareceu tranquilo quando estávamos na plataforma, mas há algo no seu jeito calmo que me inquieta agora.

Quatro empurra uma porta dupla e entramos no lugar que ele chamou de "Fosso".

— Ah — sussurra Christina. — Agora entendi.

"Fosso" é realmente a melhor maneira de descrever o lugar. É uma caverna subterrânea tão grande que, do fundo, onde estou, não consigo ver o outro lado. Paredes de rochas desniveladas se agigantam por vários andares sobre minha cabeça. Há espaços reservados para comida, roupas, acessórios e atividades de lazer, construídos nas paredes de pedra. Caminhos estreitos e degraus entalhados nas rochas conectam esses espaços. Não há qualquer barreira para impedir que pessoas despenquem das passagens.

Uma área inclinada de luz laranja estende-se por uma das paredes de pedra. O teto do Fosso é composto de painéis de vidro e, sobre eles, há um edifício que permite a entrada da luz solar. O prédio deve ter parecido apenas mais uma construção urbana quando passamos por ele de trem.

Luminárias azuis estão penduradas em intervalos aleatórios sobre os caminhos de pedra e se parecem com as que iluminavam o Salão de Escolha. À medida que a luz do sol se torna mais fraca, elas se tornam mais fortes.

Há pessoas por todo lado, todas vestidas de preto, e todas falando, gritando e gesticulando expressivamente. Não vejo nenhum idoso em meio à multidão de pessoas. Será que existe alguém velho na Audácia? Será que eles não duram tanto tempo ou são simplesmente mandados embora quando não conseguem mais saltar de trens em movimento?

Um grupo de crianças corre tão rápido por um caminho estreito, sem qualquer grade de proteção, que meu coração acelera, e quase grito para que corram mais devagar, para que não se machuquem. Lembro-me das ruas ordenadas da Abnegação: uma fileira de pessoas na direita passando por uma fileira de pessoas na esquerda, sorrisos contidos, cabeças inclinadas para baixo e silêncio. Meu estômago aperta. Mas há algo de maravilhoso no caos da Audácia.

— Sigam-me — diz Quatro —, e lhes mostrarei o abismo.

Ele faz um sinal para que sigamos em frente. A aparência de Quatro parece mansa, se comparada à da maioria dos integrantes da Audácia, mas, quando ele se vira, vejo o trecho de uma tatuagem saindo de trás da gola de sua camiseta. Ele nos guia para o lado direito do Fosso, que está completamente escuro. Forço os olhos e vejo que o chão em que estou pisando termina em uma grade de metal. Ao nos aproximarmos dela, ouço um ruído alto: água, água correndo rapidamente, chocando-se contra as rochas.

Olho para baixo. O chão termina em um desfiladeiro íngreme, e vários metros abaixo de nós há um rio. A água se choca violentamente contra a parede abaixo de mim e uma nuvem de gotículas é lançada para o alto. À minha esquerda a água é mais calma, mas à direita ela se torna branca em sua batalha contra as rochas.

— O abismo serve para nos lembrar que há um limite tênue entre a coragem e a estupidez! — grita Quatro. — Um salto intrépido para dentro dele tomaria a sua vida. Isso já ocorreu antes e ocorrerá novamente. Que isso lhes sirva de aviso.

— Isso é incrível — diz Christina, enquanto nos afastamos da grade.

— É realmente incrível — respondo, assentindo com cabeça.

Quatro guia o grupo de iniciandos pelo Fosso, em direção a um enorme buraco na parede. O aposento que se encontra além do buraco é iluminado o bastante para que eu perceba para onde estamos nos dirigindo: um refeitório repleto de pessoas e ruídos de talheres. Ao entrarmos, os integrantes da Audácia se levantam. Eles nos aplaudem. Batem os pés no chão. Gritam. O barulho me cerca e me preenche. Christina sorri e, logo depois, também sorrio.

Procuramos assentos livres. Christina e eu encontramos uma mesa praticamente vazia em um dos cantos do salão, e acabo me sentando entre ela e Quatro. No centro da mesa, há uma bandeja com uma comida que não conheço: pedaços circulares de carne entre fatias redondas de pão. Seguro um deles entre meus dedos, sem saber ao certo o que fazer.

Quatro me cutuca com o cotovelo.

— Isto é carne — diz ele. — Coloque isto dentro. — Ele me passa um pequeno pote que está cheio de um molho vermelho.

— Você nunca comeu hambúrguer? — pergunta Christina, com os olhos arregalados.

— Não — respondo. — É assim que se chama?

— Os Caretas comem comida simples — diz Quatro, acenando para Christina.

— Por quê? — pergunta ela.

Dou de ombros.

— A extravagância é considerada autocomplacente e desnecessária.

Ela solta uma risadinha.

— Não me admira que você tenha partido.

— Claro — digo, girando os olhos para cima. — Foi só por causa da comida.

Quatro contorce o canto da boca.

As portas do refeitório se abrem e o silêncio domina o espaço. Eu olho para trás. Um jovem entra, e o salão fica tão silencioso que consigo ouvir seus passos. Seu rosto é perfurado por tantos *piercings* que eu mal consigo contá-los, e seu cabelo é longo, escuro e ensebado. Mas não é isso o que faz com que ele pareça ameaçador, e sim a expressão fria em seus olhos, que varrem o refeitório.

— Quem é esse? — sussurra Christina.

— Seu nome é Eric — Quatro responde. — Ele é um de nossos líderes.

— Sério? Mas ele é tão jovem.

Quatro a encara severamente.

— A idade não importa aqui.

Percebo que ela está prestes a perguntar algo que eu também gostaria de saber: *Então o que importa?* Mas os olhos de Eric param de vagar pelo refeitório e ele começa a se dirigir a uma mesa. Começa a se dirigir à *nossa* mesa, sentando-se ao lado de Quatro. Não nos cumprimenta, e por isso também não o cumprimentamos.

— E então, não vai me apresentar? — pergunta, acenando a cabeça para mim e para Christina.

— Essas são Tris e Christina — diz Quatro.

— Olha só, uma Careta — diz Eric, rindo de mim. Seu riso puxa os *piercings* de seus lábios, esticando as perfurações que eles ocupam e fazendo com que eu me contraia de nervoso. — Vamos ver quanto tempo você vai durar.

Penso em responder algo, talvez para convencê-lo de que *vou* durar, sim; mas as palavras me escapam. Não sei por que, mas não quero que Eric olhe para mim mais do que já olhou. Na verdade, não quero que olhe para mim nunca mais.

Ele batuca com os dedos na mesa. As juntas da sua mão têm cicatrizes, exatamente onde elas se abririam se ele socasse algo com muita força.

— O que você tem feito, Quatro? — pergunta ele.

Quatro ergue um dos ombros.

— Nada demais — responde.

Será que eles são amigos? Meu olhar se alterna entre Eric e Quatro. Tudo o que Eric fez, desde sentar ali e perguntar a Quatro a respeito de sua vida, sugere que eles sejam amigos, mas a maneira como Quatro está sentado, tenso como uma corda esticada, sugere algo diferente. Talvez sejam rivais, mas como isso poderia ser possível, se Eric é um líder e Quatro, não?

— Max me disse que ele está tentando falar com você há tempos, mas que você nunca aparece — diz Eric. — Ele pediu para eu descobrir o que está acontecendo.

Quatro encara Eric por alguns segundos antes de dizer:

— Diga a ele que estou satisfeito no cargo em que me encontro.

— Então, ele quer oferecer-lhe um emprego.

Os anéis na sobrancelha de Eric refletem a luz da sala. Talvez Eric enxergue Quatro como uma possível ameaça ao seu cargo. Meu pai costuma dizer que aqueles que desejam o poder e o alcançam vivem com medo de perdê-lo. É por isso que devemos entregar o poder àqueles que não o desejam.

— Parece que sim — afirma Quatro.

— E você não está interessado?

— Há dois anos que não estou interessado.

— Bem — diz Eric. — Vamos esperar que ele se toque, então.

Ele dá um tapa no ombro de Quatro, um pouco forte demais, e se levanta. Quando faz isso, eu imediatamente relaxo o corpo. Não havia percebido que estava tão tensa.

— Vocês dois são... amigos? — digo, incapaz de conter minha curiosidade.

— Fomos da mesma turma de iniciandos — diz ele. — Ele se transferiu da Erudição.

Esqueço completamente de tomar cuidado com Quatro.

— Você também é um transferido?

— Pensei que teria problemas com a garota da Franqueza perguntando demais — afirma ele friamente. — Agora tenho uma Careta na minha cola também?

— Deve ser porque você é tão acolhedor — digo diretamente. — Sabe? Quase como uma cama de pregos.

Ele me encara e não desvio o olhar. Ele não é um cachorro, mas valem as mesmas regras. Desviar o olhar é sinal de submissão. Encará-lo é sinal de desafio. É uma escolha minha.

Meu rosto esquenta. O que acontecerá quando a tensão estourar?

No entanto, ele apenas fala:

— Cuidado, Tris.

Meu estômago pesa como se eu tivesse acabado de engolir uma pedra. Um membro da Audácia sentado em outra mesa convida Quatro a juntar-se a eles, e volto-me para Christina. Ela ergue as duas sobrancelhas.

— O que foi? — pergunto.

— Estou desenvolvendo uma teoria.

— E o que diz a sua teoria?

Ela segura o hambúrguer, sorri, e diz:
— Que você está pedindo para morrer.

+ + +

Depois do jantar, Quatro desaparece sem nos dar qualquer satisfação. Eric guia-nos por uma série de corredores sem dizer aonde estamos indo. Não entendo por que um líder da Audácia ficaria responsável por um grupo de iniciandos, mas talvez seja só por esta noite.

No final de cada corredor há uma lâmpada azul, mas entre uma e outra o caminho é escuro, e eu preciso tomar cuidado para não tropeçar no chão desnivelado. Christina caminha ao meu lado em silêncio. Ninguém nos mandou ficar calados, mas não se ouve uma palavra.

Eric para em frente a uma porta de madeira e cruza os braços. Nos aglomeramos a seu redor.

— Para quem não sabe ainda, meu nome é Eric — diz. — Sou um dos cinco líderes da Audácia. Levamos o processo de iniciação muito a sério aqui, por isso me voluntariei para supervisionar a maior parte do seu treinamento.

Só de imaginar isso, sinto náuseas. Um líder da Audácia supervisionando a nossa iniciação já é ruim o bastante, mas o fato de ser o Eric apenas piora a situação.

— Existem algumas regras básicas aqui — diz ele. — Vocês devem estar na sala de treinamento às oito da manhã todo dia. O treinamento acontecerá todos os dias, das oito da manhã às seis da tarde, com um intervalo para o almoço. Vocês estarão livres para fazer o que quiserem depois das seis. Vocês também terão direito a um intervalo entre cada estágio da iniciação.

O termo "fazer o que quiser" fica marcado na minha mente. Em casa, eu nunca podia fazer o que queria, nem por uma única noite. Deveria antes pensar nas necessidades dos outros. Na verdade, nem sei o que gosto de fazer.

— Vocês só estão autorizados a sair do complexo acompanhados por alguém da Audácia — acrescenta Eric. — Atrás desta porta fica o quarto onde vocês irão dormir durante as próximas semanas. Vocês notarão que há dez camas, mas apenas nove de vocês. Imaginamos que uma proporção maior de iniciandos chegaria até aqui.

— Mas éramos doze no início — protesta Christina. Fecho os olhos e espero ela ser repreendida. Ela precisa aprender a ficar calada.

— Sempre há pelo menos um transferido que não consegue chegar ao complexo — diz Eric, cutucando as cutículas. Ele dá de ombros. — De qualquer maneira, no primeiro estágio da iniciação, nós mantemos os iniciandos transferidos e os nascidos na Audácia separados, mas isso não quer dizer que vocês serão avaliados separadamente. Ao final da iniciação, suas classificações serão determinadas em comparação com as dos iniciandos nascidos na Audácia. E eles já estão em vantagem. Então, eu imagino que...

— *Classificações?* — pergunta a menina de cabelo castanho-claro à minha direita. — Para que seremos classificados?

Eric sorri e, na luz azulada, seu sorriso parece maléfico, como se tivesse sido talhado em seu rosto com uma faca.

— A classificação de vocês servirá a dois propósitos — diz. — Primeiramente, determinará a ordem pela qual vocês escolherão um emprego após a iniciação. Há um número limitado de cargos *desejáveis* à disposição.

Meu estômago aperta. Pelo seu sorriso, pressinto, assim como pressenti no instante em que entrei na sala do teste de aptidão, que algo ruim está prestes a acontecer.

— O segundo propósito — fala ele — é que apenas os dez iniciandos com os melhores resultados se tornarão membros.

Sinto uma pontada de dor no estômago. Ficamos imóveis como estátuas. E então Christina diz:

— *O quê?*

— Há onze nascidos na Audácia, e nove de vocês — conclui Eric. — Quatro iniciandos serão eliminados no início do primeiro estágio. Os outros serão eliminados depois do teste final.

Isso significa que, mesmo tendo passado por todos os estágios da iniciação, seis iniciandos serão eliminados no final e não se tornarão membros. Pelo canto do olho, percebo que Christina está olhando para mim, mas não consigo encará-la de volta. Meus olhos estão grudados em Eric e não conseguem se mover.

Minhas chances, como a iniciandas mais baixa e a única transferida da Abnegação, não são boas.

— O que faremos se formos eliminados? — pergunta Peter.

— Vocês deixarão o complexo da Audácia — diz Eric de maneira indiferente —, e passarão a viver com os sem-facção.

A menina com cabelo castanho-claro coloca as mãos sobre a boca e soluça, tentando reprimir o choro. Lembro-me do homem sem-facção com os dentes cinza, agarrando o pacote de maçãs das minhas mãos. Seu olhar vago me encarando. Mas, em vez de chorar como a garota da Erudição, sinto-me mais fria. Mais dura.

Eu me tornarei um membro. Eu conseguirei.

— Mas isso... não é justo! — diz Molly, a garota de ombros largos da Franqueza. Embora suas palavras soem raivosas, ela parece estar aterrorizada. — Se eu apenas *soubesse...*

— Você está dizendo que, se soubesse disso antes da Cerimônia de Escolha, não teria escolhido a Audácia? — grita Eric. — Por que se é isso que quer dizer, pode ir embora agora mesmo. Se você realmente é uma de nós, a possibilidade de fracassar não deveria importar para você. E, se importa, então você é covarde.

Eric empurra a porta do dormitório e ela se abre.

— Vocês nos escolheram — diz ele. — Agora nós escolheremos vocês.

+ + +

Deitada na cama, escuto a respiração de nove pessoas.

Eu nunca havia dividido um quarto com meninos antes, mas não tenho outra opção aqui, a não ser que queira dormir no corredor. Todos os outros iniciandos colocaram as roupas que a Audácia nos forneceu, mas eu resolvo dormir com as roupas da Abnegação, que ainda guardam o cheiro de sabão e de ar puro, o cheiro de casa.

Eu costumava ter meu próprio quarto. Da minha janela, via-se o gramado do jardim da minha casa e, depois disso, o horizonte enevoado da cidade. Estou acostumada a dormir em um ambiente silencioso.

O calor se acumula atrás dos meus olhos à medida que penso na minha casa, e, quando pisco, uma lágrima escorre sobre meu rosto. Cubro a boca para abafar o soluço de tristeza.

Não posso chorar, não aqui. Preciso me acalmar.

Vai ficar tudo bem aqui. Poderei contemplar meu reflexo no espelho sempre que desejar. Poderei me tornar amiga da Christina e cortar meu cabelo curto e deixar que outras pessoas limpem suas próprias bagunças.

Minhas mãos tremem e as lágrimas se acumulam com mais rapidez em meus olhos, ofuscando minha visão.

Não importa se na próxima vez em que eu vir meus pais, no Dia da Visita, eles tenham dificuldade em me reconhecer, se é que vêm mesmo. Não importa que eu sinta uma dor no peito toda vez que me lembro dos seus rostos, mesmo que seja por apenas um segundo. Sofro até quando me lembro do rosto de Caleb, mesmo que suas mentiras tenham me machucado. Sincronizo minha respiração com as dos outros iniciandos. Nada disso importa.

Um ruído sufocado interrompe o som das respirações, seguido por um forte soluço. Ouço o ranger das molas de um colchão e o movimento de um corpo pesado em uma das camas, seguido de mais soluços, abafados inutilmente por um travesseiro. Os soluços vêm do beliche ao lado do meu; eles pertencem a Al, um menino da Franqueza que é o maior e mais alto entre todos os iniciandos. Ele é a última pessoa que eu esperava ver desfalecer dessa maneira.

Seus pés estão a poucos centímetros da minha cabeça. Eu deveria consolá-lo; deveria *querer* consolá-lo, pois fui educada para isso. No entanto, sinto apenas nojo dele. Alguém com uma aparência tão forte não deveria se comportar de maneira tão fraca. Por que ele não chora em silêncio como todos nós?

Engulo em seco com força.

Se minha mãe soubesse o que estou pensando, sei o que faria comigo. Os cantos de sua boca iriam curvar-se para baixo. Suas sobrancelhas iriam franzir-se sobre seus olhos, não em uma careta de repreensão, mas quase de estafa. Esfrego a palma da mão sobre as minhas bochechas.

Al soluça outra vez. Quase posso sentir o som de seu soluço chiando em minha própria garganta. Ele está a apenas poucos centímetros de distância de mim, eu deveria tocá-lo.

Não. Abaixo minha mão e me viro de lado, olhando para a parede. Ninguém precisa saber que não quero ajudá-lo. Posso manter isso em segredo. Meus olhos se fecham e sinto o peso do sono, mas sempre que chego perto de dormir ouço Al novamente.

Talvez meu problema não seja o fato de eu não poder ir para casa. Sentirei falta da minha mãe e do meu pai e de Caleb e da luz do fogo de noitinha e do estalar das agulhas de costura da minha mãe, mas essa não é a única razão para essa sensação de vazio em meu estômago.

Talvez meu problema seja que, mesmo que eu voltasse para casa, lá não seria meu lugar, em meio a pessoas que se doam sem pensar e se importam com os outros de maneira tão natural.

Pensar nisso me leva a ranger os dentes. Aperto o travesseiro contra meus ouvidos para bloquear o choro de Al e adormeço com uma poça úmida apertada contra a bochecha.

CAPÍTULO OITO

— A PRIMEIRA coisa que vocês vão aprender hoje é como atirar com uma arma. A segunda é como vencer uma briga. — Quatro coloca uma arma em minha mão sem olhar para mim e continua caminhando. — Felizmente, se vocês estão aqui é porque já sabem subir e descer de um trem em movimento, portanto não preciso ensiná-los isso.

Não é nenhuma surpresa para mim que a Audácia espere que estejamos sempre em alerta e preparados para correr, mas eu contava com mais do que seis horas de descanso antes que a corrida começasse. Meu corpo ainda está pesado de sono.

— A iniciação é dividida em três estágios. Mediremos seu progresso e os classificaremos de acordo com sua performance em cada um deles. Os estágios não têm peso igual na determinação da sua posição final; portanto, é possível, embora improvável, que sua posição na classificação mude drasticamente durante o processo.

Olho fixamente para a arma em minha mão. Nunca esperei um dia segurar e, muito menos, disparar uma arma. Ela me parece perigosa, como se eu pudesse ferir alguém apenas por segurá-la.

— Acreditamos que o preparo vence a covardia, que definimos como a falha em agir diante do medo — diz Quatro. — Portanto, cada estágio da iniciação é projetado para prepará-los de uma maneira diferente. O primeiro estágio prioriza o estado físico; o segundo, o emocional; o terceiro, o mental.

— Mas o que... — Peter boceja enquanto fala. — O que atirar com uma arma tem a ver com... coragem?

Quatro gira a arma em sua mão, encosta o cano contra a testa de Peter e a engatilha. Peter fica paralisado, de queixo caído, com o bocejo travado em sua boca.

— Acorde — diz Quatro rispidamente. — Você está segurando uma arma carregada, seu idiota. Aja de acordo.

Ele abaixa a arma. Assim que a ameaça imediata passa, os olhos verdes de Peter assumem um olhar duro. Surpreende-me o fato de ele conseguir reprimir uma resposta à ameaça, depois de passar a vida inteira falando o que lhe vem à cabeça na Franqueza, mas ele consegue, e suas bochechas coram.

— Mas, respondendo a sua pergunta... você terá muito menos chances de borrar suas calças e chamar a mamãezinha se estiver preparado para se defender. — Quatro para de caminhar ao alcançar o fim da fileira e vira para o outro lado. — Essa informação também pode lhes ser útil mais adiante, no primeiro estágio. Portanto, observem com atenção.

Ele encara a parede na qual estão pendurados os alvos: uma placa quadrada de compensado para cada um de nós, com três círculos vermelhos no centro. Ele separa os pés, segura a arma com ambas as mãos e atira. O estrondo é tão alto que machuca meus ouvidos. Estico o pescoço para ver o alvo. A bala perfurou o círculo central.

Olho para o meu alvo. Meus familiares nunca aprovariam que eu usasse uma arma. Eles diriam que as armas são usadas para a autodefesa, quando não para a violência, e são, portanto, instrumentos de proveito próprio.

Afasto minha família dos meus pensamentos, separo os pés, deixando-os paralelos aos meus ombros, e seguro delicadamente a empunhadura da arma com as duas mãos. Ela é pesada e difícil de levantar e afastar do corpo, mas quero mantê-la o mais longe possível do meu rosto. Aperto o gatilho, primeiro cautelosamente, depois com mais força, afastando o rosto da arma. O som fere meus ouvidos e o coice lança minhas mãos para trás, em direção ao meu nariz. Eu tropeço, apoiando-me na parede atrás de mim para me equilibrar. Não sei onde foi parar a bala, mas sei que não foi nem perto do alvo.

Atiro mais uma vez, e mais outra e outra, e nenhum dos tiros chega perto.

— Estatisticamente — diz Will, o garoto da Erudição ao meu lado, sorrindo —, você já deveria ter acertado o alvo pelo menos *uma* vez, mesmo que fosse sem querer.

Seu cabelo é loiro e desgrenhado, e ele tem uma ruga entre as sobrancelhas.

— É mesmo? — pergunto, em tom sincero.

— Sim — diz ele. — Acho que você está desafiando as leis da natureza.

Cerro os dentes e encaro o alvo, decidida a pelo menos me manter firme desta vez. Se eu não for capaz de aprender nem a primeira lição que eles nos deram, como serei capaz de chegar ao final do primeiro estágio?

Aperto o gatilho com força, e desta vez estou preparada para o coice. O disparo lança minhas mãos para trás, mas meus pés permanecem firmes no chão. Vejo um buraco de bala no canto do alvo, e ergo a sobrancelha ao olhar para Will.

— Viu como eu estava certo? As estatísticas não mentem — afirma ele.

Eu esboço um sorriso.

Depois de mais cinco tentativas, consigo acertar o centro do alvo, fazendo com que uma corrente de energia percorra meu corpo. Estou desperta, com os olhos bem abertos e as mãos quentes. Abaixo a arma. Há uma certa sensação de poder em controlar algo que pode causar tanta destruição, ou em controlar qualquer coisa, na realidade.

Talvez este seja realmente o meu lugar.

+ + +

Quando finalmente chega a hora de fazermos um intervalo para o almoço, meus braços estão latejando de segurar a arma por tanto tempo, e tenho dificuldade em esticar os dedos. Massageio-os a caminho do refeitório. Christina convida Al a se sentar conosco. Toda vez que olho para ele, lembro-me de seus soluços de choro, então evito encará-lo.

Mexo nas ervilhas com o garfo e meus pensamentos me levam de volta ao teste de aptidão. Quando Tori me alertou dos perigos de ser Divergente, aquilo me pareceu estar estampado em meu rosto, como se qualquer deslize meu pudesse fazer com que alguém descobrisse. Até agora, isso não tem sido um problema, mas mesmo assim não me sinto segura. E se eu acabar baixando a guarda e algo terrível acontecer?

— Como assim? Você não se lembra de mim? — pergunta Christina para o Al enquanto prepara um sanduíche.

— Há apenas alguns *dias*, nós estudávamos na mesma turma de Matemática. E *não sou* uma pessoa muito quieta.

— Eu passava a maior parte do tempo dormindo nas aulas de Matemática — responde Al. — Era a primeira aula do dia!

E se o perigo não ocorrer agora? E se ele me atingir daqui a anos, quando eu já não estiver mais esperando por ele?

— Tris — diz Christina. Ela estala os dedos na frente do meu rosto. — Tem alguém em casa?

— O quê? O que foi?

— Perguntei se você se lembra de ter frequentado alguma aula comigo — diz ela. — Não leve isso a mal, mas eu provavelmente não me lembraria de você mesmo que a gente tivesse. Para mim, todo mundo da Abnegação tinha a mesma aparência. Aliás, eles continuam tendo, mas agora você não é mais um deles.

Eu a encaro. Ela não precisa me lembrar disso.

— Desculpe, estou sendo mal-educada? — pergunta ela.

— Estou acostumada a simplesmente falar o que me vem à cabeça. Minha mãe costumava dizer que as boas maneiras são apenas uma forma mascarada de enganação.

— Talvez seja por isso que as nossas facções não costumam se relacionar — digo, rindo um pouco. Os membros da Franqueza e da Abnegação não se odeiam como os da Erudição e da Abnegação, mas se evitam. A verdadeira inimizade da Franqueza é com a Amizade. Eles afirmam que aqueles que buscam a paz acima de tudo irão sempre enganar os outros para tentar manter as coisas tranquilas.

— Posso sentar aqui? — pergunta Will, batucando os dedos contra a mesa.

— O que foi? Não está a fim de ficar com seus amigos da Erudição? — questiona Christina.

— Eles não são meus amigos — afirma Will, colocando seu prato sobre a mesa. — O fato de virmos da mesma facção não significa que nos damos bem. Além disso, o Edward e a Myra estão namorando e prefiro não ficar segurando vela.

Edward e Myra, os outros dois transferidos da Erudição, estão sentados a algumas mesas de distância, tão perto um do outro que seus cotovelos se esbarram quando eles cortam a comida. Myra para de cortar e beija Edward. Eu os olho com atenção. Vi poucos beijos durante minha vida.

Edward vira a cabeça e pressiona seus lábios contra os de Myra. O ar chia entre meus dentes e desvio o olhar. Parte de mim espera que eles sejam repreendidos. Outra parte imagina, com certo desespero, como deve ser a sensação de sentir um lábio contra os meus.

— Será que eles precisam ser tão *descarados*? — digo.

— Ela só beijou ele. — Al franze a testa ao olhar para mim. Quando ele faz essa cara, suas sobrancelhas encostam em seus cílios. — Não é como se eles estivessem pelados.

— Um beijo não é algo que se faça em público.

Al, Will e Christina, todos, sorriem debochadamente para mim.

— Que foi? — pergunto.

— Você está deixando transparecer a Abnegação dentro de você — diz Christina. — Não há nada de errado em demonstrar um pouco de afetividade em público.

— É. — Dou de ombros. — Bem... acho que serei obrigada a me acostumar com isso.

— Ou você pode continuar sendo frígida — fala Will, com os olhos verdes cintilando maliciosamente. — Se você quiser, é claro.

Christina joga um pão nele. Ele o agarra no ar, depois arranca um pedaço com uma mordida.

— Não seja mau com ela — diz ela. — A frigidez faz parte da natureza dela. Assim como ser um sabichão faz parte da sua.

— Eu não sou *frígida*! — exclamo.

— Não ligue para isso — pede Will. — É adorável. Olha só, você está toda vermelha.

Seu comentário apenas faz com que meu rosto esquente ainda mais. Todos os outros riem. Tento me forçar a rir também e, após alguns segundos, as risadas começam a vir naturalmente.

A sensação de voltar a rir é boa.

+ + +

Depois do almoço, Quatro nos guia a uma nova sala. Ela é enorme, com um chão de tábuas que rangem coberto por rachaduras e com um enorme círculo pintado no centro. Na parede esquerda, há uma placa verde: um quadro-negro. Minha professora dos Níveis Inferiores usava algo assim, mas há tempos eu não via um. Talvez tenha algo a ver com as prioridades da Audácia: primeiro vem o treinamento, depois a tecnologia.

Nossos nomes são escritos no quadro em ordem alfabética. Pendurados em um dos lados da sala, com intervalos de cerca de um metro entre eles, encontram-se sacos de pancadas.

Alinhamo-nos atrás deles e Quatro fica em pé no centro, onde todos podem vê-lo.

— Como eu disse hoje de manhã — diz Quatro —, o próximo passo é aprender a lutar. O objetivo desta etapa é ensiná-los a agir; preparar seus corpos para que respondam a ameaças e desafios. Algo de que vocês vão precisar, se quiserem viver como integrantes da Audácia.

Não consigo nem imaginar como é a vida na Audácia. Tudo o que consigo pensar é em terminar a iniciação.

— Hoje, nos concentraremos na parte técnica, e amanhã vocês começarão a lutar uns contra os outros — diz Quatro. — Por isso, sugiro que prestem atenção. Aqueles que não aprenderem rápido vão se machucar.

Quatro lista tipos diferentes de socos, demonstrando-os à medida que os apresenta, primeiro no ar e depois no saco de pancadas.

Vou me familiarizando com eles à medida que treinamos. Como no caso da arma, preciso de algumas tentativas até descobrir como devo me posicionar e como movimentar meu corpo da mesma maneira que ele. Os chutes são mais complicados, embora ele nos ensine apenas o básico. O saco de pancadas machuca minhas mãos e pés, deixando minha pele vermelha, e quase não se move, não importa o quão forte eu bata. Ao meu redor, ouço os sons de pele se chocando contra tecido.

Quatro caminha em meio ao grupo de iniciandos, observando-nos enquanto repetimos os movimentos. Quando ele para diante de mim, meu estômago revira, como se alguém estivesse torcendo-o com um garfo. Ele me encara, seus olhos fitando meu corpo da cabeça aos pés, sem se demorar em parte alguma: um olhar prático e científico.

— Você não tem muita musculatura — diz ele. — Isso significa que é melhor usar os joelhos e cotovelos. Você conseguirá concentrar mais força neles.

De repente, ele pressiona a mão contra minha barriga. Seus dedos são tão longos que, enquanto a palma da sua mão encosta em um lado das minhas costelas, as pontas dos dedos alcançam o outro. Meu coração bate com tanta

força que o meu peito dói, e eu o encaro com os olhos arregalados.
— Nunca se esqueça de manter a tensão aqui — diz ele, com a voz tranquila.

Quatro recolhe a mão e continua andando. Sinto a pressão de sua palma mesmo depois que ele já se afastou. É estranho, mas preciso parar e recobrar o fôlego por alguns segundos antes de voltar a treinar.

Quando Quatro nos libera para o jantar, Christina me cutuca com o cotovelo.

— Pensei que ele fosse partir você ao meio — afirma ela, torcendo o nariz. — Tenho pavor dele. Deve ser aquele jeito tranquilo de falar.

— É. Ele é... — Olho para trás e o encontro. Ele é quieto e impressionantemente seguro de si. Mas não fiquei com medo de que pudesse me machucar — ...certamente intimidante — digo, finalmente.

Al, que caminha à nossa frente, vira em nossa direção quando chegamos ao Fosso e anuncia:

— Quero fazer uma tatuagem.

Atrás de nós, Will pergunta:

— Uma tatuagem de quê?

— Não sei. — Al solta uma risada. — Só quero sentir que realmente deixei minha velha facção para trás. Parar de chorar a respeito disso.

Quando nenhum de nós responde, ele diz:

— Eu sei que vocês me ouviram.

— É, então vê se aprende a chorar mais baixo! — Christina cutuca o braço largo de Al. — Acho que você tem razão.

Já estamos na metade do caminho para ingressar na Audácia. Se quisermos entrar de verdade, é melhor nos parecermos com eles.

Ela lança um olhar em minha direção.

— Não. Eu não vou cortar o cabelo — digo —, nem pintá-lo de uma cor estranha. Nem perfurar minha cara.

— E seu umbigo? — pergunta ela.

— E seu mamilo? — diz Will com deboche.

Começo a resmungar.

Agora que o treinamento de hoje acabou, podemos fazer o que quisermos até a hora de dormir. Só de pensar nisso, sinto-me tonta, mas pode ser apenas cansaço.

O Fosso está repleto de pessoas. Christina anuncia que encontraremos Al e Will no estúdio de tatuagem e me arrasta em direção a um dos departamentos de roupas. Tropeçamos pelo caminho, subindo cada vez mais alto acima do chão do Fosso e espalhando pedras com nossos sapatos.

— Qual é o problema com minhas roupas? — digo. — Não estou usando mais nada cinza.

— Elas são feias e enormes. — Ela suspira. — Por que você não deixa eu te ajudar? Se você não gostar das roupas que eu escolher, nunca mais precisará vesti-las, juro.

Dez minutos depois, encontro-me em frente a um espelho no departamento de roupas, usando um vestido preto até os joelhos. A saia não é muito larga, mas também não fica colada nas minhas coxas, como a primeira que ela escolheu e me recusei a vestir. Meus braços nus arrepiam-se. Ela retira o elástico do meu cabelo e eu o balanço para desfazer a trança, fazendo com que ele caia ondulando sobre meus ombros.

Ela pega um lápis preto.

— Delineador — diz.

— Você não vai conseguir fazer com que eu fique bonita.

— Fecho os olhos e fico parada. Ela passa a ponta do lápis pela base dos meus cílios. Imagino-me diante da minha família com essas roupas, e meu estômago aperta como se eu fosse passar mal.

— Quem se importa em ficar bonita? Meu objetivo é fazer com que você se destaque.

Abro os olhos e, pela primeira vez, encaro abertamente meu reflexo. Meu ritmo cardíaco acelera, como se eu estivesse quebrando as regras e fosse ser repreendida. Será tão difícil romper com a mentalidade da Abnegação imbuída em mim quanto puxar um único fio em uma peça complexa de tecelagem. Mas encontrarei novos hábitos, novos pensamentos, novas regras. Eu me tornarei uma nova pessoa.

Meus olhos sempre foram azuis, mas um azul fraco, acinzentado. Com a ajuda do delineador, no entanto, eles ficam penetrantes. E, com o cabelo emoldurando meu rosto, minha feição parece mais delicada e ampla. Não sou bonita. Meus olhos são grandes demais e meu nariz é muito longo. Mas Christina tem razão, meu rosto se destaca.

Olhar para mim mesma agora não é como me ver pela primeira vez; é como ver outra pessoa pela primeira vez. Beatrice era uma garota que eu eventualmente via de relance no espelho e que se mantinha calada na mesa de jantar. A pessoa que vejo agora prende o meu olhar e se recusa a libertá-lo; esta é Tris.

— Viu só? — diz Christina. — Você está... impressionante.

Dadas as circunstâncias, este é o melhor elogio que poderia me oferecer. Eu sorrio para ela pelo espelho.

— Gostou? — pergunta ela.

— Sim. — Aceno com a cabeça. — Eu pareço... outra pessoa.

Ela solta uma risada.

— Isso é bom ou ruim?

Encaro-me novamente. Pela primeira vez, a ideia de deixar para trás minha identidade da Abnegação não me deixa nervosa; apenas me dá esperança.

— É bom. — Balanço a cabeça. — Desculpe, é que eu nunca pude olhar para meu próprio reflexo por tanto tempo.

— É mesmo? — Agora é Christina que balança a cabeça. — A Abnegação é mesmo uma facção estranha.

— Vamos ver o Al se tatuar — digo. Apesar de ter deixado minha antiga facção para trás, ainda não estou pronta para criticá-la.

Quando eu morava com minha família, minha mãe e eu íamos buscar pilhas de roupas praticamente idênticas a cada seis meses, mais ou menos. É fácil distribuir produtos quando todos usam as mesmas coisas, mas no complexo da Audácia tudo é mais variado. Cada integrante da facção recebe uma quantidade específica de pontos para gastar por mês, e o vestido custa um ponto.

Christina e eu corremos pelo caminho estreito que leva ao estúdio de tatuagem. Quando chegamos lá, Al já está sentado na cadeira, e um homem baixo e magro, com mais tinta do que pele espalhada pelo corpo, está traçando uma aranha em seu braço.

Will e Christina folheiam livros com desenhos, cutucando-se sempre que encontram algum de que gostem. Quando sentam um ao lado do outro, noto a enorme diferença entre eles: Christina é morena e magra e Will é pálido e largo. Mas percebo também a semelhança entre seus sorrisos despreocupados.

Vagueio pelo estúdio, observando as obras de arte penduradas nas paredes. Hoje em dia, os únicos artistas pertencem à Amizade. A Abnegação considera que a arte não tem utilidade prática e que sua apreciação é um desperdício de tempo que poderia ser usado ajudando os outros, portanto, embora eu já tenha visto obras em livros didáticos, é a primeira vez que me encontro em um local decorado com arte. Os quadros fazem com que o estúdio pareça mais intimista e acolhedor, e eu poderia passar horas admirando-os sem ver o tempo passar. Passo levemente meus dedos na parede. A imagem de um gavião em uma das paredes me lembra a tatuagem de Tori. Embaixo dela, vejo o desenho de um pássaro voando.

— É um corvo — diz uma voz atrás de mim. — Bonito, não?

Ao virar-me, deparo com Tori. Sinto como se estivesse de volta à sala do teste de aptidão, com os espelhos

por toda a minha volta e os fios ligados à minha testa. Não esperava vê-la novamente.
— Olha só quem está aqui! — Ela sorri. — Pensei que nunca mais fosse vê-la. Beatrice, não é?
— É Tris, na verdade — digo. — Você trabalha aqui?
— Sim, trabalho. Tirei apenas alguns dias de folga para aplicar os testes. Mas passo a maior parte do tempo aqui.
— Ela bate os dedos contra o queixo. — Reconheço seu nome. Você foi a primeira a pular, não foi?
— Sim, fui.
— Parabéns.
— Obrigada. — Encosto a mão no desenho do pássaro.
— Escute, preciso conversar com você sobre... — Olho para Will e para Christina. Não posso colocar Tori contra a parede agora; eles iriam fazer perguntas — ...uma coisa. Qualquer hora dessas.
— Acho que isso não seria boa ideia — diz ela, em tom baixo. — Eu a ajudei da melhor maneira que pude, mas agora você terá que se virar sozinha.

Contraio os lábios. Ela tem respostas; sei que tem. Se não quiser revelá-las agora, terei que arrumar uma maneira de extraí-las dela em outra ocasião.
— Você quer fazer uma tatuagem?
O desenho do pássaro prende minha atenção. Minha intenção não era colocar um *piercing* ou fazer uma tatuagem quando vim para cá. Sei que uma tatuagem seria mais uma barreira que eu construiria entre mim e minha família; uma barreira que eu nunca mais poderia derrubar. E,

se minha vida aqui continuar da maneira como tem sido, esta será a menor das barreiras entre nós.

— Sim — digo. — Quero três destes pássaros voando.

Aponto para minha clavícula, mostrando a direção na qual quero que voem, até o coração. Um pássaro para cada membro da família que deixei para trás.

CAPÍTULO
NOVE

— JÁ QUE VOCÊS estão em número ímpar, haverá um que não lutará hoje — diz Quatro, afastando-se do quadro na sala de treinamento. Ele lança um olhar em minha direção. O espaço ao lado do meu nome está em branco.

O nó em meu estômago se desfaz. Uma prorrogação.

— Isso não é nada bom — diz Christina, cutucando-me com o cotovelo. Ela atinge um dos meus músculos doloridos e faço uma careta de dor. Hoje, a maioria dos meus músculos estão doloridos.

— Ai!

— Desculpe — diz ela. — Mas olha: vou ter que enfrentar o Tanque.

Christina e eu nos sentamos juntas durante o café da manhã, e mais cedo ela fez uma barreira para me esconder no dormitório enquanto eu trocava de roupa. Nunca tive um amigo como ela antes. Susan era mais amiga do Caleb do que minha, e o Robert apenas seguia Susan para onde quer que ela fosse.

Na realidade, acho que nunca tive amigo nenhum. É impossível estabelecer uma amizade de verdade quando ninguém acha que deve aceitar a ajuda de terceiros ou falar de si mesmo. Isso não acontecerá aqui. Já sei mais sobre a Christina do que jamais soube a respeito de Susan, e só se passaram dois dias.

— O Tanque? — Localizo o nome de Christina no quadro. Ao seu lado, está escrito "Molly".

— É, a versão ligeiramente mais afeminada do Peter — ela diz, apontado com a cabeça em direção a um grupo de pessoas do outro lado da sala. Molly é tão alta quanto Christina, mas é a única semelhança entre elas. Ela tem ombros largos, pele bronzeada e um nariz arredondado.

— Esses três — Christina aponta para Peter, Drew e Molly, consecutivamente — têm sido praticamente inseparáveis desde que nasceram. Eu os odeio.

Will e Al encaram-se na arena. Posicionam as mãos na frente do rosto para se proteger, exatamente como Quatro nos ensinou, girando um ao redor do outro. Al é cerca de quinze centímetros mais alto que Will, e duas vezes mais largo. Ao olhar para ele, percebo que mesmo seus traços faciais são grandes: nariz grande, lábios grandes, olhos grandes. A luta não vai durar muito tempo.

Olho para Peter e seus amigos. Drew é mais baixo que Peter e Molly, mas tem o porte físico de um trator, e seus ombros estão sempre curvados. Seu cabelo é vermelho alaranjado: a cor de uma cenoura envelhecida.

— Por que você não gosta deles? — pergunto.

— O Peter é pura maldade. Quando éramos crianças, ele arrumava briga com pessoas de outras facções, e, quando um adulto chegava para apartar a confusão, chorava e dizia que a outra criança é que tinha começado tudo. E é claro que eles acreditavam, já que éramos da Franqueza e não podíamos mentir.

Ela solta uma risada, depois torce o nariz e diz:

— Drew é apenas um subalterno. Duvido que consiga pensar qualquer coisa por conta própria. E Molly... é o tipo de pessoa que queima formigas com uma lente de aumento só para vê-las sofrer.

Na arena, Al atinge a mandíbula de Will com um soco forte. Meu rosto se contrai ao ver aquilo. Do outro lado da sala, Eric brinca com uma das argolas em sua sobrancelha e ri de maneira debochada enquanto observa Al.

Will cambaleia para o lado, com uma mão sobre o rosto, e bloqueia o soco seguinte de Al com a outra mão. Pela careta que faz, dá para perceber que o soco dói tanto em sua mão quanto se o houvesse atingido diretamente. Al é lento, mas forte.

Peter, Drew e Molly lançam olhares furtivos em nossa direção, depois aproximam suas cabeças, cochichando.

— Acho que eles perceberam que estamos falando deles — digo.

— E daí? Eles já sabem que eu os odeio.

— Sabem? Como?

Christina lança um sorriso falso para os três, acenando com mão. Eu abaixo a cabeça e minhas bochechas esquentam. Não deveria mesmo estar fofocando. A fofoca é uma forma de autocomplacência.

Will encaixa o pé em uma das pernas de Al e a puxa para trás, derrubando-o no chão. Al levanta-se desajeitado.

— Porque eu já falei pra eles — diz Christina, rangendo os dentes enquanto sorri. Seus dentes de cima são retos, mas os de baixo são tortos. Ela olha para mim. — Nós tentamos ser bastante honestos a respeito do que sentimos na Franqueza. Muitas pessoas já me disseram que não gostam de mim. E muitas não disseram. E daí?

— Mas nós... não deveríamos ferir o sentimento das pessoas — digo.

— Gosto de imaginar que meu ódio por eles é uma forma de ajudá-los — afirma ela. — De lembrá-los de que não são as pessoas mais importantes do mundo.

Eu rio um pouco disso, depois volto novamente minha atenção para a arena. Will e Al se encaram por mais alguns segundos, mais vacilantes do que antes. Will afasta o cabelo pálido dos olhos. Eles olham para Quatro, como se esperassem que terminasse a luta, mas ele permanece de braços cruzados, sem esboçar qualquer reação. A alguns metros, Eric olha para o relógio.

Depois de andar em círculos por alguns segundos, Eric grita:

— Vocês estão achando que isso aqui é diversão? Querem fazer uma pausa para tirar uma soneca? Lutem!

— Mas... — Al ergue o tronco, abaixa a mão e continua. — Vocês estão contando pontos? Quando termina a luta?

— Termina quando um de vocês não for mais capaz de continuar — diz Eric.

— De acordo com as regras da Audácia — explica Quatro —, um de vocês também poderia entregar a luta.

Eric encara Quatro com os olhos semicerrados.

— De acordo com as *antigas* regras — diz ele. — Nas *novas* regras, ninguém pode entregar a luta.

— Um homem valente sabe reconhecer a força dos outros — responde Quatro.

— Um homem valente nunca se entrega.

Quatro e Eric se encaram por alguns segundos. Sinto como se estivesse enxergando duas faces da Audácia: a face honrável e a face brutal. Mas até eu sei que, nesta sala, é Eric, o mais jovem líder da Audácia, que detém a autoridade.

Gotas de suor escorrem da testa de Al; ele as seca com as costas da mão.

— Isso é ridículo — diz Al, balançando a cabeça. — Qual é o propósito de eu bater nele? Nós somos da mesma facção!

— Ah, então você acha que vai ser fácil assim? — pergunta Will, sorrindo. — Vamos. Tenta me bater, seu lerdo.

Will ergue as mãos novamente. Vejo um olhar determinado nele que não estava lá antes. Será que realmente acha que conseguirá vencer? Al só precisaria socar sua cabeça com força mais uma vez para apagá-lo de vez.

Isso se o Al conseguir atingi-lo. Tenta um soco, mas Will desvia, com a nuca brilhando de suor. Ele desvia de outro soco, movimentando-se rapidamente para trás do adversário e chutando suas costas com força. Al é lançado para a frente, depois vira-se novamente para Will.

Quando eu era mais jovem, li um livro sobre ursos pardos. Havia a foto de um em pé, apoiado sobre suas pernas traseiras, com as patas da frente esticadas, rosnando. Al se parece com ele agora. Ele avança sobre Will, segurando seu braço para que ele não consiga fugir, e desfere um soco poderoso contra seu queixo.

Vejo os olhos de Will, que têm um tom verde opaco como aipo, apagando-se. Eles giram para cima e a tensão deixa seu corpo por inteiro. Escorrega das mãos de Al, como um peso morto, e desaba no chão. Um calafrio atravessa minha espinha e invade meu peito.

Al arregala os olhos e agacha-se ao lado de Will, dando pequenos tapas em sua bochecha com uma das mãos. O silêncio toma conta da sala enquanto esperamos que Will recobre a consciência. Durante alguns segundos, nada acontece, e ele permanece deitado no chão com os braços dobrados sob seu corpo. De repente, ele pisca, claramente desnorteado.

— Levante-o — diz Eric. Ele lança um olhar voraz sobre o corpo caído de Will, como se aquilo fosse uma refeição e estivesse semanas sem comer. A curvatura de seus lábios é cruel.

Quatro vira-se para o quadro-negro e desenha um círculo ao redor do nome de Al. Vitória.

— Próxima luta: Molly e Christina! — grita Eric. Al coloca o braço de Will sobre os ombros e o arrasta para fora da arena.

Christina estala os ossos dos dedos. Eu lhe desejo sorte, mas não sei se isso lhe servirá de alguma coisa. Christina não é fraca, mas é muito mais magra que Molly. Espero que seu peso a ajude.

Do outro lado da sala, Quatro apoia Will pela cintura e o guia para o lado de fora. Al fica parado na porta por um instante, observando enquanto eles partem.

O fato de Quatro sair da sala me deixa nervosa. Deixar-nos sozinhos com Eric é como contratar uma babá cujo passatempo preferido é amolar facas.

Christina empurra o cabelo para trás das orelhas. Seu cabelo vai até a altura do queixo, é preto e seguro atrás por presilhas prateadas. Ela estala mais um dedo. Parece nervosa, o que não é de se estranhar. Quem não estaria nervoso depois de ver Will desabar como um saco de batatas daquele jeito?

Se os conflitos da Audácia terminam sempre com apenas uma pessoa em pé, não estou certa do que acontecerá comigo nesta parte da iniciação. Será que serei como o Al e permanecerei em pé ao lado do corpo caído de outra pessoa, sabendo que fui eu que a coloquei lá, ou como o Will, indefeso no chão? Será que meu desejo por vitória é um sinal de egoísmo ou de coragem? Seco as palmas úmidas das minhas mãos no tecido da calça.

Acordo do devaneio quando Christina acerta um chute na lateral do corpo de Molly, que perde o ar, depois range os dentes como se estivesse prestes a rosnar. Uma mecha de cabelo ralo cai sobre seu rosto, mas ela não o afasta.

Al está em pé a meu lado, mas estou muito concentrada na nova luta para olhar para ele, ou parabenizá-lo pela vitória, se é que ele quer ser parabenizado. Não tenho muita certeza.

Molly ri com deboche de Christina e, de repente, mergulha com as mãos esticadas em direção a seu tronco. Atinge-a em cheio, derrubando e prendendo a adversária contra o chão. Christina se debate, mas Molly é pesada e nem se move.

Molly soca Christina, que desvia a cabeça. Mas ela apenas volta a socar mais uma vez, e mais outra, até que seu punho atinge o queixo da adversária, depois o nariz e a boca. Sem pensar, agarro o braço de Al e o aperto com o máximo de força que consigo. Preciso segurar-me em algo. Sangue escorre da lateral do rosto de Christina, respingando no chão ao lado de sua bochecha. É a primeira vez na minha vida que rezo para que alguém desmaie.

Mas ela não desmaia. Christina grita e consegue soltar um dos braços. Soca a orelha de Molly, desequilibrando-a, e consegue se libertar. Ajoelha-se e leva uma mão ao rosto. O sangue que escorre de seu nariz é grosso e escuro e cobre os dedos em segundos. Ela grita mais uma vez e rasteja para longe de Molly. Percebo pelo movimento dos seus ombros que ela está soluçando de dor, mas meus ouvidos estão latejando e não consigo ouvi-la.

Por favor, desmaie.

Molly chuta a lateral de Christina, derrubando-a de costas no chão. Al solta sua mão e me puxa para bem perto dele. Eu travo os dentes para evitar soltar um grito. Não simpatizei com o Al na primeira noite, mas ainda não me tornei uma pessoa cruel; ver Christina com as mãos sobre as costelas faz com que eu queira me meter entre ela e Molly.

— Pare! — berra Christina, quando Molly se prepara para dar mais um chute. Ela ergue uma mão. — Pare! Eu... — Ela tosse. — Eu não aguento mais.

Molly sorri, e suspiro, aliviada. Al suspira também, e sinto-o respirar com força ao meu lado.

Eric caminha para o centro da arena, movendo-se lentamente, e para ao lado de Christina com os braços cruzados. Ele diz tranquilamente:

— Perdão, mas o que você disse? Que você não aguenta mais?

Christina ajoelha-se com dificuldade. Ao levantar a mão, ela deixa uma marca vermelha no chão. Tapa o nariz para parar o sangramento e assente com a cabeça.

— Levante-se — diz ele. Se tivesse gritado, talvez eu não sentisse vontade de botar os bofes para fora. Se tivesse gritado, eu saberia que é só isso o que ele planejava fazer: gritar. Mas sua voz é contida e suas palavras são precisas. Agarra o braço de Christina, levanta-a com um puxão e a arrasta para fora.

— Sigam-me — diz.

E nós o seguimos.

+ + +

Sinto o ronco do rio ressoar em meu peito.

Aproximamo-nos da grade. O Fosso está praticamente vazio; o dia ainda está na metade, embora pareça sempre ser noite.

Se houvesse pessoas ao redor, duvido que alguém ajudaria Christina. Para começar, estamos com o Eric, e além disso, a Audácia conta com regras diferentes, nas quais a brutalidade não é considerada uma violação.

Eric empurra Christina contra a grade.

— Suba — diz ele.

— O quê? — pergunta ela, como se esperasse que Eric voltasse atrás, mas seus olhos arregalados e sua palidez demonstram que sabe que isso não acontecerá. Ele não desistirá.

— Suba na grade — repete Eric, pronunciando as palavras lentamente. — Se você conseguir se pendurar sobre o abismo por cinco minutos, esquecerei sua covardia. Se falhar, não permitirei que prossiga com a iniciação.

A grade é estreita e feita de metal. As gotas que respingam do rio cobrem a superfície, deixando-a escorregadia e fria. Mesmo que Christina seja corajosa o bastante para se pendurar na grade por cinco minutos, talvez não consiga se segurar. Ou escolhe se tornar uma sem-facção ou arrisca a própria vida.

Ao fechar os olhos, imagino seu corpo se chocando contra as pedras escarpadas do rio e sinto um calafrio de medo.

— Tudo bem — diz ela, com a voz trêmula.

Ela é alta o bastante para passar a perna por cima da grade. Seu pé treme. Apoia os dedos do pé na beirada enquanto passa a outra perna por cima da grade. Virada para nós, seca as mãos nas calças e segura a grade com tanta força que as juntas dos seus dedos ficam brancas. Em seguida, tira um dos pés da beirada do abismo. Depois o outro. Vejo seu rosto entre as barras da grade, determinado, com os lábios apertados um contra o outro.

Ao meu lado, Al liga o cronômetro do relógio.

Durante o primeiro minuto e meio, Christina vai bem. Suas mãos se mantêm firmes ao redor da grade e seus braços não tremem. Começo a acreditar que conseguirá se safar, provando ao Eric o quão tolo ele foi em duvidar dela.

De repente, a água do rio se choca contra a parede, lançando um vapor branco sobre as costas de Christina. Seu rosto bate contra a grade e ela grita. Suas mãos escorregam e ela se segura apenas pelas pontas dos dedos. Tenta se segurar melhor, mas agora as mãos estão molhadas.

Se eu a ajudar, Eric me obrigará a me pendurar na grade também. Será que deixarei que caia e morra, ou será que aceitarei ser uma sem-facção? O que é pior: aceitar a morte de alguém com indiferença, ou se tornar um exilado de mãos vazias?

Meus pais não teriam nenhuma dificuldade em responder essa pergunta.

Mas não sou como meus pais.

Que eu saiba, Christina não chorou desde que chegamos aqui, mas agora ela contrai o rosto e solta um soluço mais alto do que o ruído do rio. Outra onda atinge a parede, molhando todo seu corpo. Uma das gotas atinge minha bochecha. Suas mãos escorregam novamente, e desta vez uma delas se solta da grade, fazendo com que fique pendurada por apenas quatro dedos.

— Vamos lá, Christina! — diz Al, em um tom de voz surpreendentemente alto. Ela olha para ele, que bate palmas. — Vamos, agarre a grade novamente. Você consegue. Agarre.

Será que eu seria forte o suficiente para sustentá-la? Será que valeria a pena tentar ajudá-la se sei que sou fraca demais para fazer qualquer coisa a respeito?

Sei por que me pergunto essas coisas: são desculpas. *A razão humana é capaz de justificar qualquer mal; é por isso que não devemos depender dela.* Isso é o que meu pai costumava dizer.

Christina lança o braço para cima, tentando agarrar a grade. Ninguém mais a incentiva, mas Al continua a bater palmas e gritar, com os olhos colados nos dela. Eu queria muito ser capaz; queria ser capaz de me mexer, mas apenas olho para ela e me pergunto há quanto tempo tenho sido tão asquerosamente egoísta.

Olho para o relógio do Al. Quatro minutos se passaram. Ele acotovela meu ombro com força.

— Vamos — digo. Minha voz sai como um sussurro. Limpo a garganta. — Falta só um minuto — digo, mais alto. A outra mão de Christina finalmente alcança a grade. Seus braços tremem com tanta força que me pergunto se não é a terra que está tremendo sob meus pés, chacoalhando minha visão, sem que eu perceba.

— Vamos, Christina! — dizemos Al e eu, e à medida que nossas vozes se unem, passo a acreditar que talvez eu seja forte o bastante para ajudá-la.

Vou ajudá-la. Se a mão dela escorregar novamente, vou ajudá-la.

Outra onda estoura, molhando as costas de Christina, e ela solta um grito agudo quando suas duas mãos se soltam da grade. Um berro escapa da minha garganta. Parece que o som vem da boca de outra pessoa.

Mas ela não cai. Segura as barras da grade. Seus dedos escorregam para baixo, até eu não conseguir mais ver sua cabeça; só consigo ver sua mão agarrada às barras de metal.

O cronômetro de Al marca cinco minutos.

— Já se passaram cinco minutos — diz, praticamente cuspindo as palavras na cara de Eric.

Eric confere seu próprio relógio. Faz isso devagar, girando lentamente o pulso, enquanto meu estômago aperta e o fôlego me escapa. Ao piscar, vejo o corpo da irmã de Rita na calçada sob os trilhos do trem, com os membros retorcidos de uma forma estranha; vejo Rita gritando em prantos; vejo a mim mesma, virando o rosto para o outro lado.

— Tudo bem — diz Eric. — Você já pode subir, Christina.

Al caminha até a grade.

— Não — diz Eric. — Ela tem que subir sozinha.

— Não, não tem — rosna Al. — Ela já fez o que você mandou. Não é uma covarde. Fez o que você mandou.

Eric não responde. Al estica os braços sobre a grade. Ele é tão alto que consegue alcançar o punho de Christina. Ela agarra seu antebraço. Al a puxa para cima, com o rosto corado de frustração, e corro até eles para ajudar. Como eu imaginava, minha altura não permite que eu seja muito útil, mas consigo agarrar o ombro de Christina depois que Al já a levantou um pouco, e nós dois a puxamos por cima da grade. Ela desaba no chão, com o rosto ainda manchado pelo sangue da luta, as costas encharcadas e o corpo tremendo.

Eu me ajoelho a seu lado. Seus olhos se levantam e encontram os meus, depois voltam-se para Al, e nós três recuperamos o fôlego juntos.

CAPÍTULO DEZ

Naquela noite, sonho que Christina está novamente pendurada na grade, mas dessa vez pelos dedos do pé, e alguém grita que só um Divergente seria capaz de salvá-la. Então, corro para puxá-la, mas alguém me empurra da beirada, e acordo antes de atingir as pedras.

Encharcada de suor e trêmula por causa do sonho, caminho até o banheiro feminino para tomar um banho e me trocar. Quando volto para o quarto, alguém pichou a palavra "Careta" em vermelho no meu colchão. A palavra também está escrita com letras menores na lateral do estrado da minha cama e no meu travesseiro. Olho ao redor, com o coração batendo forte de raiva.

Peter está atrás de mim, assobiando ao ajeitar o travesseiro. É difícil de acreditar que eu possa odiar tanto alguém com uma aparência tão amável: suas sobrancelhas são naturalmente inclinadas para cima e ele tem um sorriso largo e branco.

— Bela decoração — diz ele.

— Fiz alguma coisa contra você que eu não saiba? — pergunto. Seguro a ponta do lençol e o arranco da cama.

— Não sei se você percebeu, mas somos da mesma facção agora.

Balanço a cabeça enquanto removo a fronha do travesseiro. *Não fique nervosa.* Ele quer me tirar do sério, mas não vai conseguir. No entanto, cada vez que ele ajeita o travesseiro, sinto vontade de socá-lo na boca do estômago.

Al entra no quarto, e nem preciso pedir para ele me ajudar; ele apenas se aproxima e começa a tirar a roupa de cama comigo. Terei que limpar o estrado mais tarde. Al carrega a pilha de lençóis até o lixo, depois caminhamos juntos até a sala de treinamento.

— Ignore-o — diz Al. — Ele é um idiota e, se você não se irritar, ele vai acabar desistindo de mexer com você.

— É. — Eu encosto em minha bochecha. Elas ainda estão quentes e coradas de raiva. Tento me distrair. — Você conversou com o Will? — pergunto calmamente. — Depois da... bem, você sabe.

— Conversei. Ele está bem. Não ficou bravo comigo. — Al suspira. — Agora eu serei sempre lembrado como o primeiro cara que apagou outro.

— Há coisas piores pelas quais alguém pode ser lembrado por aqui. Pelo menos eles não vão hostilizar você.

— É, mas podemos ser lembrados por coisas melhores também. — Ele me cutuca com o cotovelo, sorrindo. — Como por ser a primeira a pular.

Eu realmente fui a primeira a pular, mas acho que minha fama na Audácia não irá muito além disso.

Limpo a garganta.

— Um de vocês teria que ser nocauteado. Se não tivesse sido ele, teria sido você.

— Eu sei, mas não quero ter que repetir aquilo. — Al balança a cabeça muitas vezes e muito rápido. Ele funga o nariz. — Não quero mesmo.

Alcançamos a porta da sala de treinamento e eu digo:

— Mas você terá que repetir.

Ele tem um rosto doce. Talvez doce demais para a Audácia.

Ao entrarmos na sala, olho para o quadro-negro. Não tive que lutar ontem, mas hoje certamente terei. Ao ver o meu nome, fico imediatamente paralisada.

Meu rival será Peter.

— Ah, não! — diz Christina, que se espreme para dentro da sala atrás de nós. Seu rosto está machucado e ela parece tentar caminhar sem mancar. Ao ver o quadro, amassa o embrulho de bolinho que está em sua mão. — Não acredito! Eles realmente vão obrigar *você* a lutar contra *ele*?

Peter é quase trinta centímetros mais alto do que eu e ontem derrotou Drew em menos de cinco minutos. O rosto de Drew hoje está quase completamente roxo.

— Você poderia fingir um desmaio depois de algumas pancadas — sugere Al. — Ninguém a culparia por isso.

— É — digo. — Talvez eu faça isso.

Encaro meu nome no quadro. Meu rosto está quente. Al e Christina estão apenas tentando ajudar, mas o fato de não acreditarem, nem por um segundo, que eu tenha alguma chance de derrotar Peter me incomoda.

Fico em um canto da sala, ouvindo distraidamente o tagarelar de Al e Christina, enquanto assisto à luta entre Molly e Edward. Ele é muito mais rápido que ela, por isso sei que Molly não irá vencer hoje.

À medida que a luta prossegue e minha irritação se dissipa, começo a ficar tensa. Quatro nos disse ontem que devemos explorar a fraqueza dos nossos adversários, mas, fora sua total falta de qualidades louváveis, Peter não possui qualquer fraqueza. Ele é alto o bastante para ser forte, mas não grande o bastante para ser lerdo; é bom em identificar os pontos fracos dos outros; é perverso e não terá nenhuma compaixão por mim. Queria acreditar que ele me subestima, mas isso não é verdade. Sou tão inexperiente quanto ele deve imaginar.

Talvez Al tenha razão, e eu deva apenas deixar que ele me bata algumas vezes, depois fingir um desmaio.

Mas não posso deixar de tentar, pelo menos. Não posso ficar em último lugar.

Quando Molly ergue-se do chão, praticamente inconsciente graças ao Edward, meu coração já está batendo com tanta força que posso sentir a pulsação nas pontas dos dedos. Não consigo lembrar a maneira certa de me posicionar. Não consigo lembrar a maneira certa de socar. Caminho até o centro da arena e minhas entranhas se contorcem à medida que Peter caminha em minha direção, ainda mais alto do que eu lembrava, com os músculos dos braços ressaltados. Ele sorri para mim. Será que vomitar em cima dele me ajudaria em alguma coisa?

Duvido.

— Você está bem, Careta? — diz ele. — Parece que vai chorar. Posso até pegar mais leve com você se começar a chorar.

Por trás dos ombros de Peter, consigo ver Quatro ao lado da porta com os braços cruzados. Ele faz um bico com a boca, como se tivesse acabado de comer algo azedo. Eric está a seu lado, batendo com o pé no chão mais rápido que o ritmo do meu coração.

Peter e eu nos encaramos frente a frente e, um segundo depois, suas mãos já estão armadas perto do seu rosto e seus cotovelos já estão dobrados. Seus joelhos também se dobram, como se ele estivesse preparado para dar o bote.

— Vamos lá, Careta — diz ele, com os olhos brilhando. — Só uma lagrimazinha. Ou que tal implorar um pouco?

Só de pensar em implorar pela clemência de Peter faz com que eu sinta um gosto de bile na boca e, então, por impulso, chuto a lateral de seu corpo. Tento chutar, na verdade, porque ele agarra meu pé e puxa-o para a frente, desequilibrando-me. Minhas costas se chocam contra o chão, mas eu liberto meu pé e me levanto, desengonçada.

Preciso ficar de pé para que ele não consiga chutar minha cabeça. É minha maior preocupação no momento.

— Pare de brincar com ela — grita Eric. — Eu não tenho o dia inteiro.

O olhar malicioso de Peter desaparece. Seu braço se contrai e uma pontada de dor atinge meu queixo e se espalha pelo meu rosto, fazendo com que as bordas da minha visão escureçam e meus ouvidos chiem. Eu pisco os olhos e sou lançada para o lado, sentindo a sala desabar e balançar ao meu redor. Não me lembro de ver seu punho vindo em minha direção.

Estou desequilibrada demais para fazer qualquer coisa, mas me afasto dele até os limites da arena. Ele se lança sobre mim, chutando minha barriga com força. Seu pé força o ar para fora dos meus pulmões e dói, mas dói tanto que não consigo respirar, embora isso talvez seja por causa do impacto do chute. Eu não sei, apenas desabo.

A única coisa que consigo pensar é em *permanecer em pé*. Empurro-me para cima, mas Peter já está me esperando. Ele agarra meus cabelos com uma mão e soca meu nariz com a outra. A dor agora é diferente, menos como uma pontada e mais como um estalo soando em meu cérebro, pontilhando a minha visão com cores diferentes: azul, verde, vermelho. Tento afastá-lo com as mãos, estapeando seus braços, e ele me soca novamente, desta vez nas costelas. Meu rosto está molhado. Meu nariz está sangrando.

Acho que estou suja de vermelho, mas estou tonta demais para olhar para baixo.

Ele me empurra e caio outra vez, arranhando as mãos no chão, piscando, mole, lenta e com calor. Eu tusso e me esforço para me levantar. Com a sala girando tão rápido ao meu redor, eu deveria continuar deitada no chão. Peter também gira em torno de mim; sinto-me como se estivesse no centro de um planeta que gira, onde a única coisa que continua parada sou eu. Algo atinge minhas costelas e quase desabo outra vez.

De pé, de pé. Vejo uma massa sólida na minha frente: um corpo. Soco com toda minha força, e minha mão atinge algo macio. Peter quase nem geme, e depois dá um tapa de mão aberta em meu ouvido, rindo enquanto recupera o fôlego. Ouço um zumbido e pisco para tentar expulsar as manchas negras que invadem meus olhos. Como elas foram parar dentro deles?

De relance, vejo Quatro empurrar a porta e sair da sala. Parece que não está mais interessado na luta. Ou talvez esteja indo descobrir o que está fazendo com que o mundo gire como um peão; eu também adoraria saber.

Meus joelhos cedem e sinto o chão frio contra minha bochecha. Algo atinge minha lateral com força e grito pela primeira vez, um berro agudo que parece pertencer a outra pessoa. Sinto outra pancada contra minha lateral, e não consigo ver mais absolutamente nada, nem o que está bem diante do meu nariz, e as luzes se apagam.

— Chega! — grita alguém.

E eu penso em *tudo* e *nada* ao mesmo tempo.

+ + +

Quando acordo, não sinto quase nada, mas o interior da minha cabeça está enevoado, como se estivesse recheado de bolas de algodão.

Sei que perdi a luta, e a única coisa que está amenizando minha dor também está fazendo com que seja difícil pensar com clareza.

— Seu olho já está roxo? — pergunta alguém.

Abro um olho. O outro permanece fechado como se estivesse colado. Will e Al estão sentados à minha direita; Christina está sentada na cama com um saco de gelo encostado em seu queixo.

— O que aconteceu com o seu rosto? — digo. Meus lábios não me obedecem direito e parecem grandes demais.

Christina solta uma risada.

— Olha quem está falando. Você quer que a gente arrume um tapa-olho pra você?

— Bem, já sei o que aconteceu com meu rosto — digo. — Eu estava lá. Mais ou menos.

— Você realmente acabou de fazer uma *piada*, Tris? — diz Will, sorrindo. — A gente deveria te dar analgésicos mais vezes, se isso fizer com que você vire uma piadista. Ah, e respondendo a sua pergunta, fui eu que espanquei a Christina.

— Não acredito que você não conseguiu derrotar o Will — diz Al, balançando a cabeça.

— Que foi? Ele é *bom* — diz ela, dando de ombros. — Além do mais, acho que finalmente descobri o que devo fazer para parar de perder. Só preciso evitar que as pessoas soquem meu queixo.

— Você não acha que já deveria ter se dado conta disso há um tempo? — Will pisca para ela. — Agora eu sei por que você não pertence à Erudição. Você não é das mais espertas, não é?

— Você está se sentindo bem, Tris? — pergunta Al. Seus olhos são castanho-escuros, quase a mesma cor da pele de Christina. Seu queixo parece áspero, e ele provavelmente teria uma barba grossa se não a raspasse. É difícil de acreditar que tenha apenas dezesseis anos.

— Sim — digo. — Só queria poder ficar aqui para sempre para nunca mais precisar ver a cara do Peter.

Mas a verdade é que não sei onde estamos. É uma sala grande e estreita, com uma fileira de camas em cada lado. Algumas das camas contam com cortinas que as separam das outras. No lado direito da sala, há uma cabine de enfermeira. Deve ser o local onde os membros da Audácia vêm quando estão doentes ou machucados. A mulher na cabine olha para nós e segura uma prancheta. É a primeira vez que vejo uma enfermeira com tantos brincos na orelha. Alguns membros da Audácia devem se candidatar para exercer funções que tradicionalmente seriam entregues a outras facções. Afinal de contas, não faria sentido que os membros da Audácia fossem até o hospital da cidade sempre que um deles se machuca.

Eu tinha seis anos quando visitei um hospital pela primeira vez. Minha mãe tinha escorregado na calçada em frente à nossa casa e quebrara o braço. Ao ouvi-la gritar, caí em prantos, mas Caleb apenas saiu correndo para chamar nosso pai sem dizer uma palavra. No hospital, uma mulher da Amizade, vestindo uma camisa amarela e com unhas impecáveis, aferiu a pressão da minha mãe e alinhou seu osso enquanto sorria.

Lembro-me de que Caleb disse à minha mãe que a fratura demoraria apenas um mês para sarar, pois era superficial. Pensei que ele estivesse apenas tranquilizando-a, já que é isso que as pessoas altruístas fazem, mas agora me pergunto se ele não estava repetindo algo que estudou; se todas as suas tendências à Abnegação não eram apenas traços disfarçados da Erudição.

— Não se preocupe com o Peter — diz Will. — Pelo menos ele vai acabar apanhando do Edward, que estuda combate direto desde que tínhamos dez anos de idade. Por pura diversão.

— Que bom — responde Christina. Ela confere o relógio. — Acho que estamos perdendo o jantar. Você quer que a gente fique aqui, Tris?

Eu balanço a cabeça.

— Estou bem.

Christina e Will se levantam, mas Al faz um sinal para que eles sigam sem ele. Ele tem um cheiro diferente, adocicado e fresco, parecido com sálvia e erva cidreira. Quando se revira na cama à noite, sinto o cheiro no ar e sei que está tendo um pesadelo.

— Só queria falar que você perdeu o comunicado do Eric. Nós vamos a uma excursão amanhã até a cerca, para aprender sobre as profissões da Audácia — diz ele. — Precisamos estar no trem às 8h15.
— Tudo bem — respondo. — Obrigada.
— Não ligue para o que a Christina diz. Seu rosto não está feio. — Ele sorri um pouco. — Quer dizer, está bonito. Está sempre bonito. Quer dizer, você está com uma aparência corajosa. Como um membro da Audácia.
Seus olhos fitam os meus de relance, e ele coça a parte de trás da cabeça. O silêncio parece crescer entre nós. Foi legal ele ter dito aquilo, mas age como se suas palavras tivessem outros significados. Espero que não. Eu não conseguiria sentir atração pelo Al; não conseguiria sentir atração por alguém tão frágil. Abro o sorriso mais largo que minha bochecha machucada permite, esperando que a tensão se dissipe.
— É melhor eu deixar você descansar — diz ele. Levanta-se para ir embora, mas antes que ele parta, eu o agarro pelo pulso.
— Al, você está bem? — pergunto. Ele olha para mim sem entender. — Quer dizer, está ficando mais fácil?
— É... — Ele dá de ombros. — Um pouco.
Al solta a mão da minha e a enfia no bolso. A pergunta deve tê-lo deixado envergonhado, porque nunca o havia visto tão vermelho. Se eu passasse as noites chorando no travesseiro, também ficaria envergonhada. Quando choro, pelo menos sei disfarçar.

— Perdi para o Drew. Depois que você lutou contra o Peter. — Ele olha para mim. — Deixei que ele me batesse algumas vezes, depois caí e não me levantei. Mesmo sendo capaz de me levantar. Calculo... calculo que, se venci do Will, mesmo que perca o resto, não ficarei em último lugar, e não terei que machucar mais ninguém.

— É realmente isso o que você quer?

Ele olha para o chão.

— Eu simplesmente não consigo. Talvez isso signifique que sou um covarde.

— Não querer machucar as pessoas não faz de você um covarde — digo, porque sei que é a coisa certa a dizer, mesmo que não tenha certeza se realmente concordo com isso.

Por um instante, ficamos parados, encarando um ao outro. Talvez eu realmente concorde com o que falei. Se ele é um covarde, não é porque não gosta de sentir dor. É porque se recusa a agir.

Ele me olha de maneira triste, e diz:

— Você acha que nossas famílias vêm nos visitar? Dizem que as famílias dos transferidos nunca vêm no Dia da Visita.

— Não sei — digo. — Não sei se a visita deles seria boa ou ruim.

— Acho que seria ruim. — Ele faz que sim com a cabeça.

— É, já é difícil o bastante como está. — Balança a cabeça mais uma vez, como se quisesse confirmar o que acabou de dizer, depois sai do quarto.

Em menos de uma semana, os iniciandos da Abnegação poderão visitar suas famílias pela primeira vez desde a Cerimônia de Escolha. Eles vão voltar para suas casas, sentar ao redor da mesa da sala e interagir com seus pais como adultos pela primeira vez.

Eu costumava esperar ansiosamente por esse dia. Costumava pensar a respeito do que diria a meus pais quando finalmente tivesse a permissão de fazer perguntas na mesa de jantar.

Em menos de uma semana, os iniciandos nascidos na Audácia encontrarão suas famílias no fundo do Fosso ou no edifício de vidro sobre o complexo e farão o que quer que seja que os membros da Audácia fazem quando se reencontram. Talvez, revezem-se lançando facas nas cabeças uns dos outros. Não duvido nada.

E os iniciandos transferidos que tenham pais tolerantes o bastante poderão vê-los também. Suspeito que não será o meu caso. Não depois do grito de raiva do meu pai durante a cerimônia. Não depois que suas duas crianças se foram.

Se eu pelo menos pudesse ter dito a eles que sou uma Divergente e que estava confusa sobre o que escolher, talvez eles tivessem entendido. Talvez tivessem me ajudado a descobrir o que exatamente é um Divergente, qual é seu significado e por que é algo tão perigoso. Mas não confiei a eles este segredo, portanto, nunca saberei.

Cerro os dentes e as lágrimas enchem meus olhos. Estou cansada de tudo isso. Estou cansada das minhas lágrimas e da minha fraqueza. Mas não há muito o que eu possa fazer para impedir que elas venham.

Não sei bem se acabo caindo no sono ou não. Mais tarde, no entanto, escapo do quarto e volto para o dormitório. A única coisa pior do que deixar Peter me colocar em um hospital é deixar que ele me faça passar a noite lá.

CAPÍTULO ONZE

NA MANHÃ SEGUINTE, não ouço o despertador nem o barulho dos passos e das conversas dos outros iniciandos se arrumando. Acordo com Christina sacudindo meu ombro com uma mão e dando tapinhas na minha bochecha com a outra. Ela já está vestida com uma jaqueta preta, com o zíper fechado até o pescoço. Se ficou com hematomas da luta de ontem, a sua pele escura ajuda a escondê-los.

— Vamos — diz ela. — Hora de acordar.

Sonhei que Peter me amarrava em uma cadeira e me perguntava se eu era uma Divergente. Eu respondia que não, e ele me socava até que eu dissesse que sim. Acordei com as bochechas molhadas.

Tento dizer alguma coisa, mas só consigo soltar um gemido. Meu corpo dói tanto que mal consigo respirar. O fato de meus olhos estarem inchados do chororô de ontem também não ajuda. Christina me oferece a mão.

O relógio marca 8 horas. Devemos estar nos trilhos do trem às 8h15.

— Vou correr e arrumar alguma coisa para comermos de café da manhã. Apenas... arrume-se. Parece que você vai precisar de um tempinho — diz ela.

Eu solto um grunhido. Tentando não dobrar a cintura, enfio a mão na gaveta sob a cama à procura de uma camiseta limpa. Minha sorte é que Peter não está aqui para ver meu esforço. Depois que Christina deixa o dormitório, fico completamente sozinha.

Desabotoo a camisa e olho para a lateral do meu corpo, que está coberto de hematomas. Fico hipnotizada pelas cores por um instante: um tom claro de verde e outro escuro de azul e marrom. Eu me troco o mais rápido que consigo e deixo meu cabelo solto porque não consigo levantar os braços para prendê-lo.

Encaro meu reflexo no pequeno espelho na parede de fundo e o que vejo é uma estranha. Ela é loira como eu, com o rosto estreito como o meu, mas não há mais nenhuma outra semelhança entre nós. *Eu* não tenho o olho roxo, o lábio cortado e um hematoma no queixo. *Eu* não sou pálida como a neve. Esta pessoa não pode ser eu, embora ela se mova sempre que eu me movo.

Quando Christina retorna com um bolinho em cada mão, estou sentada na beirada da cama, olhando para meus tênis desamarrados. Precisarei inclinar-me para amarrar os cadarços. Fazer isso me causará dor.

Mas Christina apenas me entrega um dos bolinhos e agacha-se na minha frente para amarrar meus cadarços.

Meu peito se enche de gratidão. É uma sensação terna, quase como uma dor. Talvez todos tenham um pouco de Abnegação dentro de si, mesmo que não saibam.

Bem, todos menos o Peter.

— Obrigada — digo.

— Bem, nunca chegaríamos a tempo se você tivesse que amarrá-los sozinha — diz ela. — Vamos. Você consegue comer e andar ao mesmo tempo, não consegue?

Apressamo-nos em direção ao Fosso. O bolinho é de banana com nozes. Minha mãe costumava cozinhar pães do mesmo sabor para dar aos sem-facção, mas eu nunca cheguei a experimentar. Já estava velha demais para ser mimada naquela época. Tento ignorar a pontada que sinto no estômago sempre que penso na minha mãe, enquanto sigo, meio caminhando e meio correndo, Christina, que parece ter esquecido que suas pernas são mais longas que as minhas.

Subimos a escada que leva do Fosso ao prédio de vidro acima e corremos até a porta de saída. Cada vez que meu pé toca o chão, sinto uma pontada de dor nas costelas, mas procuro ignorá-la. Alcançamos os trilhos bem na hora em que o trem está chegando, com seu apito tocando alto.

— Por que demoraram tanto? — Will grita, esforçando-se para ser ouvido sob o apito do trem.

— A Pernocas Curtas aqui se transformou em uma velha da noite para o dia — diz Christina.

— Ah, cala a boca! — respondo, um pouco chateada de verdade.

Quatro está na frente do grupo, tão perto dos trilhos que, se ele se mexesse três centímetros, o trem arrancaria seu nariz. Afasta-se para deixar algumas pessoas entrarem antes. Will tem dificuldade em entrar no vagão em movimento, caindo primeiro de barriga no chão e depois puxando suas pernas para dentro. Quatro agarra a barra de metal na lateral do vagão e salta para dentro com leveza, como se não tivesse quase dois metros de altura.

Corro lentamente ao lado do carro, contraindo o rosto, depois travo os dentes e seguro a barra de metal lateral. Isso vai doer um bocado.

Al segura meus dois braços e me levanta com facilidade para dentro do vagão. Sinto uma pontada de dor no lado do corpo, mas logo se dissipa. Vejo que Peter está atrás de Al, e minhas bochechas esquentam. Al estava apenas tentando ser gentil, por isso sorrio para ele, mas a verdade é que eu queria que as pessoas parassem de tentar ser tão gentis. Elas estão apenas dando mais oportunidades para que Peter zombe de mim.

— Você está se sentindo bem? — diz Peter, lançando-me um olhar de falsa compaixão, com os lábios rebaixados e as sobrancelhas viradas em um arco para cima. — Ou é a dor que está fazendo com que você faça essa... *Careta?*

Ele cai na gargalhada com a própria piada, e Molly e Drew começam a rir também. Molly ri de uma maneira feia, fazendo ruídos com o nariz e balançando os ombros, e Drew de maneira silenciosa, como se estivesse sofrendo de dor.

— Nossa, como você é esperto! — diz Will.

— É mesmo. Tem certeza de que você não pertence à Erudição, Peter? — diz Christina. — Fiquei sabendo que eles aceitam maricas.

Quatro, ao lado da porta, fala antes que Peter tenha a chance de responder:

— Será que vou ser obrigado a escutar essa lenga-lenga até chegarmos à cerca?

Todos ficam calados e Quatro volta-se novamente para a porta do vagão. Ele segura as barras de metal em ambos os lados, com os braços bem esticados, e inclina-se para a frente, fazendo com que a maior parte do seu corpo se projete para fora do trem, embora seus pés permaneçam fixos do lado de dentro. O vento faz com que sua camisa grude em seu peito. Tento ver a paisagem por onde estamos passando, atrás dele: um oceano de prédios abandonados e em ruínas, que se tornam menores à medida que o trem segue seu caminho.

De vez em quando, no entanto, meus olhos voltam-se novamente para Quatro. Não sei bem o que espero ou o que quero ver nele, se é que quero realmente ver alguma coisa. Mas acabo olhando-o automaticamente, sem pensar no que estou fazendo.

— O que você acha que está lá fora? — pergunto para Christina, acenando com a cabeça em direção à porta. — Quer dizer, além da cerca.

Ela dá de ombros.

— Um monte de fazendas, eu acho.

— Eu sei, mas... e além das fazendas? Do que estamos protegendo a cidade?

Ela balança os dedos em minha direção.

— De monstros!

Eu reviro os olhos.

— Até cinco anos atrás, nem havia guardas perto da cerca — diz Will. — Vocês se lembram da época em que a polícia da Audácia costumava patrulhar o setor dos sem-facção?

— Sim — digo. Também me lembro de que meu pai foi uma das pessoas que votou a favor da retirada da Audácia do setor dos sem-facção. Ele disse que os pobres não precisavam ser policiados; precisavam ser ajudados, e nós poderíamos ajudá-los. Mas prefiro não comentar a respeito disso agora, ou aqui. Este é um dos exemplos que a Erudição usa para tentar provar a incompetência da Abnegação.

— É verdade — diz ele. — Aposto que você os via toda hora.

— Por que você diz isso? — pergunto, em um tom excessivamente áspero. Não quero que me associem tanto com os sem-facção.

— Porque você tinha que passar pelo setor dos sem-facção para chegar à escola, não tinha?

— Você por acaso memorizou o mapa inteiro da cidade por pura diversão? — pergunta Christina.

— Claro — responde Will. — Você não?

Os freios do trem gritam e somos todos lançados para a frente à medida que o vagão perde velocidade. Fico feliz pelo tranco, pois ele me ajuda a levantar. Não há mais ruínas de prédios ao redor, apenas campos amarelos e trilhos. O trem para sob um toldo. Desço até a grama, apoiando-me na barra de metal para manter o equilíbrio.

Diante de mim, está uma cerca de metal, com arame farpado no topo. Ao caminhar um pouco, vejo que a cerca segue para além da minha visão, em uma linha perpendicular ao horizonte. Do outro lado da cerca, há uma aglomeração de árvores, a maior parte delas mortas, mas algumas ainda verdes. Guardas armados da Audácia também circulam pelo lado oposto.

— Sigam-me — diz Quatro. Mantenho-me perto de Christina. Embora não goste de admitir isso nem a mim mesma, sinto-me mais calma quando estou perto dela. Se Peter tentar mexer comigo, ela irá me defender.

Silenciosamente, repreendo a mim mesma por ser tão covarde. Os insultos de Peter não deveriam me incomodar, e eu deveria me concentrar em aprender a lutar melhor, e não na minha péssima performance na luta de ontem. Além disso, deveria tentar me defender sozinha, mesmo que isso fuja da minha capacidade, e não depender de outras pessoas para me proteger.

Quatro guia-nos até o portão, que tem a largura de uma casa, e bloqueia a estrada depredada que leva à cidade. Quando visitei esse local com minha família, ainda criança, seguimos em um ônibus pela estrada e além, até as fazendas da Amizade, onde passamos o dia colhendo tomates e suando as camisas.

Sinto outra pontada no estômago.

— Caso vocês não fiquem entre os primeiros cinco colocados ao final da iniciação, provavelmente é aqui que irão parar — diz Quatro ao alcançar o portão. — Uma vez que tenham se tornado guardas na cerca, vocês terão alguma chance de subir de posição, embora seja difícil. Talvez consigam ser escolhidos para patrulhar as fazendas da Amizade, mas...

— Patrulhar para quê? — pergunta Will.

Quatro ergue um ombro.

— Acho que vocês vão descobrir se forem escolhidos. Mas, como eu estava dizendo, a maior parte das pessoas que se tornam guardas na cerca durante a juventude continua exercendo essa função. Se isso lhes servir de consolo, alguns deles insistem em que não é um trabalho tão ruim quanto as pessoas pensam.

— É verdade. Pelo menos não seríamos obrigados a dirigir ônibus e limpar a sujeira dos outros como os sem-facção — sussurra Christina no meu ouvido.

— Em qual colocação você ficou? — pergunta Peter para Quatro.

Embora eu não acreditasse que Quatro fosse responder, ele encara Peter de igual para igual e diz:

— Eu fiquei em primeiro.

— E você escolheu fazer *isso*? — Os olhos de Peter são grandes, redondos e verde-escuros. Pareceriam inocentes, se eu não soubesse o tipo de pessoa que ele é. — Por que você não escolheu um emprego governamental?

— Porque eu não queria um — diz Quatro em um tom moderado. Lembro-me do que ele falou no primeiro dia sobre trabalhar na sala de controle, onde a Audácia monitora a segurança da cidade. Para mim, é difícil imaginá-lo lá, rodeado de computadores. Para mim, seu lugar é a sala de treinamento.

Aprendemos sobre as profissões de cada facção na escola. As opções da Audácia são limitadas. Podemos vigiar a cerca ou trabalhar na segurança da cidade. Podemos trabalhar no complexo da Audácia, fazendo tatuagens, produzindo armas ou até mesmo lutando com outros da nossa facção como forma de entretenimento. Ou podemos trabalhar para os líderes da Audácia. A última opção parece ser a melhor para mim.

O único problema é que já estou em uma péssima colocação. Talvez até já me torne uma sem-facção no final do primeiro estágio.

Paramos perto do portão. Alguns guardas da Audácia olham para nós, mas não muitos. Eles estão ocupados demais abrindo os dois lados do portão, que é duas vezes mais alto e muitas vezes mais largo que eles, para liberar a passagem de um caminhão.

O motorista usa um chapéu e tem uma barba e sorri. Ele para o caminhão logo depois de passar no portão e desce. A caçamba do veículo é aberta e alguns outros membros da Amizade sentam-se nos caixotes de carga. Olho para os caixotes; eles contêm maçãs.

— Beatrice? — diz um menino da Amizade.

Minha cabeça gira quando ouço meu nome. Um dos membros da Amizade que está na parte de trás do caminhão se levanta. Ele tem cabelo loiro e encaracolado e um nariz familiar, largo na ponta e estreito na base. Robert. Tento me lembrar dele na Cerimônia de Escolha e a única coisa que me vem à mente é o som da batida do meu coração nos meus ouvidos. Quem mais se transferiu? Será que Susan também? Será que sobrou algum iniciando da Abnegação este ano? Se a Abnegação estiver em decadência, a culpa é nossa; a culpa é minha, do Robert e do Caleb. Minha. Tento afastar esse pensamento da minha cabeça.

Robert salta da caçamba do caminhão. Está usando uma camiseta cinza e uma calça jeans azul. Depois de um segundo de indecisão, ele se aproxima de mim e me envolve em seus braços. Eu endureço o corpo. A Amizade é a única facção que se cumprimenta por abraços. Não movo um músculo até ele me soltar.

Seu sorriso se desfaz quando olha para mim novamente.

— Beatrice, o que aconteceu com você? O que aconteceu com seu rosto?

— Nada — digo. — É apenas o treinamento. Não é nada demais.

— *Beatrice*? — pergunta uma voz anasalada ao meu lado. Molly dobra os braços e solta uma risada. — É esse seu verdadeiro nome, Careta?

Eu a encaro.

— E você pensou que Tris fosse um apelido para quê?

— Ah, sei lá... fracote? — Ela leva a mão ao queixo. Se seu queixo fosse maior, talvez equilibrasse o tamanho do nariz, mas ele é sutil e quase se confunde com o pescoço.

— Não, espera. *Isso* não começa com Tris. Mandei mal.

— Não há necessidade de hostilizá-la — afirma Robert tranquilamente. — Eu sou o Robert, e você?

— Sou alguém que não dá a mínima para o seu nome — diz ela. — Por que você não volta para o seu caminhão? Não devemos conversar com pessoas de outras facções.

— Por que você não cai fora daqui? — disparo.

— Tudo bem. Não quero atrapalhar você e seu namorado — ela diz. E se afasta sorrindo.

Robert me olha de maneira triste.

— Eles não parecem ser pessoas muito simpáticas.

— Alguns realmente não são.

— Você sabe que pode voltar para casa, não é? Tenho certeza de que a Abnegação abriria uma exceção para você.

— E por que você acha que eu quero voltar para casa? — pergunto, com o rosto quente. — Por acaso você acha que não dou conta disso aqui?

— Não é isso. — Ele balança a cabeça. — Não é que você não consiga, é que você não deveria precisar lidar com isso. Você deveria ser feliz.

— Foi isso o que eu escolhi. Não tem volta. — Olho para o caminhão atrás de Robert. Os guardas da Audácia já terminaram de revistá-lo. O homem barbado volta para o banco do motorista e bate a porta. — Além disso, Robert, o meu objetivo na vida não é apenas... ser feliz.

— Mas não seria bem mais fácil se fosse? — diz ele.

Antes que eu possa responder, ele coloca a mão em meu ombro, depois vira-se para voltar ao caminhão. Uma garota na caçamba carrega um banjo no colo. Ela começa a dedilhar o instrumento enquanto Robert puxa o corpo para dentro, e o caminhão começa a se movimentar, levando para longe a música do banjo e a voz trêmula da menina.

Robert acena em minha direção, e mais uma vez imagino outra vida possível para mim. Imagino-me na caçamba do caminhão, cantando com a garota, mesmo que nunca tenha cantado na vida, rindo enquanto desafino, escalando árvores para colher maçãs, sempre em paz e sempre segura.

Os guardas da Audácia fecham o portão e o trancam. A tranca fica do lado de fora. Mordo o lábio. Por que eles trancam o portão pelo lado de fora, e não pelo de dentro? Parece até que não querem evitar que algo entre, mas sim que nós saiamos.

Procuro afastar esse pensamento da cabeça. Isso não faz o menor sentido.

Quatro afasta-se da grade, onde estava conversando com uma guarda feminina com uma arma apoiada no ombro.

— Estou começando a achar que você tem uma tendência a fazer escolhas precipitadas — diz ele ao se aproximar de mim.

Eu cruzo os braços.

— Foi apenas uma conversa de dois minutos.

— Não acho que a duração da conversa torne-a menos precipitada. — Ele franze as sobrancelhas e encosta a ponta do dedo no canto do meu olho machucado. Jogo minha cabeça para trás, mas ele não tira a mão, apenas inclina a própria cabeça para trás e suspira. — Sabe, se você aprendesse a atacar primeiro, se sairia melhor.

— Atacar primeiro? — digo. — E como isso pode me ajudar?

— Você é rápida. Se você conseguir desferir alguns bons golpes antes que eles consigam entender o que está acontecendo, você poderia vencer. — Ele dá de ombros, e abaixa a mão.

— Fico surpresa que você saiba disso — digo, em um tom baixo —, já que saiu na metade da minha única luta.

— Eu não queria assistir àquilo — diz ele.

O que ele quer dizer com isso?

Ele limpa a garganta.

— Parece que o próximo trem já chegou. Hora de partir, Tris.

CAPÍTULO DOZE

Eu me reviro sobre o colchão e solto um suspiro. Faz dois dias que lutei com Peter, e meus hematomas estão ganhando um tom roxo azulado. Já me acostumei a sentir dores a cada movimento que faço, e por isso já consigo me mexer melhor, mas ainda estou longe de ficar boa.

Embora eu ainda esteja machucada, fui obrigada a lutar outra vez hoje. Por sorte, desta vez minha oponente foi Myra, que não conseguiria acertar um soco nem se alguém estivesse controlando seu braço. Consegui bater bastante nela nos primeiros dois minutos. Ela caiu e ficou tonta demais para se levantar. Eu deveria estar me sentindo triunfante, mas não há nenhum mérito em socar uma garota como a Myra.

No instante em que encosto a cabeça no travesseiro, a porta do dormitório se abre e um grupo de pessoas carregando lanternas invade o quarto. Levanto o tronco do colchão, quase batendo com a cabeça no estrado da cama de cima, e me esforço para ver o que está acontecendo em meio à escuridão.

— Todos de pé! — grita alguém. Uma lanterna ilumina o ambiente por trás de uma cabeça, fazendo com que os *piercings* brilhem. Eric. Ao redor dele, estão outros membros da Audácia, entre eles alguns que eu já vi no Fosso e outros que nunca vi antes. Quatro também está entre eles.

Seus olhos se voltam para os meus e me encaram. Eu os encaro de volta, sem perceber que todos os transferidos ao redor de mim estão levantando de suas camas.

— Ficou surda, Careta? — grita Eric. Sou arrancada de meu torpor e pulo para fora do cobertor. Felizmente, durmo inteiramente vestida, porque Christina está ao lado do nosso beliche usando apenas uma camiseta, com as longas pernas à mostra. Ela dobra os braços e encara Eric. De repente, sinto que adoraria conseguir encarar alguém com tanta ousadia usando tão poucas roupas, mas sei que nunca serei capaz de fazer algo assim.

— Vocês têm cinco minutos para se trocar e nos encontrar nos trilhos — diz Eric. — Nós vamos fazer outra excursão.

Enfio os sapatos e saio correndo atrás de Christina em direção ao trem, contraindo o rosto de dor. Um pingo de suor escorre pela minha nuca à medida que subimos correndo as passagens da parede do Fosso, empurrando os membros que encontramos em nosso caminho. Eles não parecem surpresos por nos ver. Pergunto-me quantas pessoas correndo desesperadas eles veem por semana.

Chegamos logo depois dos iniciandos nascidos na Audácia. Há uma pilha escura ao lado dos trilhos. Em meio à escuridão, consigo distinguir alguns canos de armas e protetores de gatilho.

— Vamos *atirar* em alguma coisa? — Christina sussurra no meu ouvido.

Ao lado da pilha, há caixas de algo que parece munição. Aproximo-me para conferir uma das caixas, onde está escrito PAINTBALLS.

Nunca ouvi falar nisso, mas o nome já diz tudo. Solto uma risada.

— Todos peguem uma arma! — grita Eric.

Corremos em direção à pilha de armas. Como já estou mais perto, pego a primeira que vejo, que é pesada, mas não o bastante para me impedir de sustentá-la, além de uma caixa de *paintballs*. Enfio-a no bolso e penduro a arma nas costas, com a alça cruzando meu peito.

— Qual é a previsão de horário? — pergunta Eric a Quatro.

Quatro confere o relógio.

— Já está quase na hora. Será que você nunca vai conseguir decorar os horários dos trens?

— Para quê, se tenho você para memorizá-los por mim? — diz Eric, dando um empurrão no ombro de Quatro.

Um círculo de luz surge à minha esquerda, distante. Ele cresce à medida que se aproxima, iluminando a lateral do rosto de Quatro e criando uma sombra no vão sutil sob a maçã de seu rosto.

Quatro é o primeiro a embarcar no trem, e corro atrás dele, sem esperar Christina, Will e Al. Ele vira-se para trás enquanto acelero os passos ao lado do trem e estende a mão para mim. Agarro seu braço e ele me puxa para dentro. Até mesmo os músculos de seus antebraços são tesos e definidos.

Largo-o rapidamente, sem olhar para ele, e sento-me no outro lado do vagão.

Quando todo mundo já embarcou, Quatro se pronuncia.

— Nos dividiremos em dois times para um jogo de caça-bandeira. Cada time será composto igualmente de iniciandos nascidos na Audácia e transferidos. Um time sairá para esconder sua bandeira primeiro. Depois, será a vez do outro time. — O vagão balança, e Quatro segura a lateral da porta para manter o equilíbrio. — Isso é uma tradição da Audácia, portanto sugiro que a levem a sério.

— Qual será o prêmio para o time vencedor? — grita alguém.

— Este é o tipo de pergunta que alguém da Audácia nunca faria — diz Quatro, erguendo uma sobrancelha. — O prêmio será a vitória, é claro.

— Quatro e eu seremos os capitães dos seus times — diz Eric. Ele olha para Quatro. — Que tal dividirmos os transferidos primeiro?

Inclino a cabeça para trás. Se eles forem nos escolher, serei a última a ser chamada, tenho certeza.

— Você primeiro — diz Quatro.

Eric dá de ombros.

— Edward.

Quatro se apoia no batente da porta e acena com a cabeça. O luar faz com que seus olhos se acendam. Ele passa os olhos rapidamente pelos iniciandos transferidos e, sem hesitar, diz:

— Eu quero a Careta.

Risadas abafadas soam dentro do vagão. O calor se espalha pelas minhas bochechas. Não sei se devo ficar brava por estarem rindo de mim ou lisonjeada pelo fato de ele ter me escolhido primeiro.

— Você está tentando provar alguma coisa? — pergunta Eric, com seu tradicional sorriso de deboche. — Ou está apenas escolhendo os mais fracos para ter a quem culpar se você perder?

Quatro dá de ombros.

— É, por aí.

Brava. Devo ficar brava, com certeza. Franzo as sobrancelhas e olho para minhas mãos. Qualquer que seja a estratégia de Quatro, ela está pautada no fato de eu ser mais fraca que os outros iniciandos. Isso causa um gosto amargo em minha boca. Preciso provar que ele está errado. Realmente *preciso*.

— Sua vez — diz Quatro.

— Peter.

— Christina.

Isso complica minha estratégia. Christina não é um dos fracos. O que ele está planejando, afinal?

— Molly.

— Will — diz Quatro, roendo uma unha.
— Al.
— Drew.
— A última que sobrou é a Myra, então ela está no meu time — diz Eric. — Agora vamos aos iniciandos nascidos na Audácia.

Paro de prestar atenção depois disso. Se Quatro não está tentando provar alguma coisa por escolher os mais fracos, então o que será que está fazendo? Olho para cada pessoa escolhida por ele. O que temos em comum?

Quando eles chegam à metade dos iniciandos nascidos na Audácia, acho que começo a entender aonde ele quer chegar. Fora o Will e alguns outros, todos nós compartilhamos o mesmo tipo físico: ombros estreitos e fisionomia magra. Todas as pessoas do time do Eric são largas e fortes. Ontem mesmo, Quatro disse que sou rápida. Todos nós seremos mais rápidos que os do time do Eric, o que provavelmente será uma vantagem no caça-bandeira. Embora eu nunca tenha jogado antes, sei que é uma brincadeira que exige muito mais rapidez do que força bruta. Cubro um sorriso com a mão. Eric é mais brutal, mas Quatro é mais esperto.

Eles terminam de escolher os times, e Eric sorri para Quatro.

— Seu time pode começar em segundo — diz Eric.
— Não preciso de nenhum favor seu — responde Quatro. Ele sorri discretamente. — Você sabe que não preciso que eles ganhem.

— Não, o que eu sei é que você perderá começando em primeiro ou em segundo — diz Eric, mordendo um dos *piercings* em seu lábio. — Você e seu time de fracotes podem começar em primeiro, então.

Todos nos levantamos. Al lança um olhar desamparado em minha direção e eu sorrio de volta, esperando transmitir-lhe alguma tranquilidade. Se algum de nós quatro tinha que parar no time do Eric, do Peter e da Molly, é melhor que tenha sido o Al. Eles não costumam implicar com ele.

O trem está prestes a descer ao nível do solo. Desta vez, estou determinada a cair em pé.

Quando estou prestes a pular, alguém empurra meu ombro com força, quase me lançando para fora do vagão. Não olho para trás para ver quem foi: Molly, Drew ou Peter, não importa. Antes que eles tentem me empurrar de novo, eu pulo. Desta vez, estou pronta para o impulso que o trem dá à minha queda, correndo um pouco para não o quebrar e ao mesmo tempo manter meu equilíbrio. Um prazer selvagem invade meu corpo e sorrio. É apenas um pequeno feito, mas faz com que me sinta da Audácia.

Uma das iniciandas nascidas na Audácia toca o ombro de Quatro e pergunta:

— Quando o seu time venceu, onde vocês esconderam a bandeira?

— Responder isso iria contra o espírito deste exercício, Marlene — diz ele de maneira casual.

— Fala para mim, Quatro — reclama ela, lançando um sorriso sedutor em sua direção. Ele afasta a mão dela do seu braço e, por algum motivo, isso me faz sorrir.

— No Navy Pier — grita outro iniciando nascido na Audácia. Ele é alto, com pele morena e olhos escuros. É bonito. — Meu irmão estava no time vencedor. Eles esconderam a bandeira no carrossel.

— Vamos para lá, então — sugere Will.

Ninguém se opõe, então seguimos para o leste, em direção ao pântano que costumava ser um lago. Quando eu era mais nova, costumava imaginar como devia ser o lago sem a cerca construída na lama para proteger a cidade. Mas tenho dificuldade em imaginar tanta água em um único lugar.

— Estamos perto da área da Erudição, não estamos? — pergunta Christina, esbarrando no ombro de Will.

— Sim, ela fica ao sul daqui — diz ele. Vira o rosto para o lado e, por um segundo, vejo que um olhar de saudade domina seu semblante. Mas logo depois se desfaz.

Devo estar a pouco mais de um quilômetro de distância do meu irmão. A última vez que estivemos tão perto foi há uma semana. Balanço a cabeça um pouco para afastar o pensamento. Não devo pensar nele hoje. Minha prioridade deve ser passar pelo primeiro estágio. Não devo pensar nele em dia nenhum.

Atravessamos a ponte. Ainda precisamos dela, porque a lama abaixo é molhada demais para pisar. Há quanto tempo será que o rio secou?

Depois da ponte, a cidade muda. Antes, a maioria das construções ainda estava em uso, e, mesmo as que não estavam, continuavam bem cuidadas. Diante de nós agora encontra-se um oceano de ruínas de concreto e vidros quebrados. O silêncio neste trecho da cidade é macabro; parece saído de um pesadelo. É difícil enxergar meu caminho porque já passa da meia-noite e todas as luzes da cidade estão apagadas.

Marlene pega uma lanterna e ilumina a rua à nossa frente.

— Está com medo do escuro, Mar? — O iniciando da Audácia com olhos escuros debocha dela.

— Se você quiser pisar nos vidros quebrados, Uriah, fique à vontade — responde ela, nervosa. Mesmo assim, apaga a lanterna.

Já percebi que ser da Audácia, em parte, significa estar disposto a dificultar as coisas para si mesmo, para que você se torne uma pessoa autossuficiente. Vagar por ruas escuras sem uma lanterna não é algo particularmente corajoso, mas o fato é que nós não devemos depender de ajuda, nem mesmo da luz. Devemos ser capazes de encarar qualquer coisa.

Gosto disso, porque pode haver um dia em que não tenhamos uma lanterna, ou uma arma, ou alguém para nos guiar. E quero estar pronta para este dia.

Os prédios terminam um pouco antes do pântano. Uma faixa de terra se projeta para dentro da área alagadiça, e erguendo-se sobre ela há uma enorme roda branca com dezenas de compartimentos para passageiros pendurados em intervalos regulares. A roda-gigante.

— Vocês já pararam para pensar que as pessoas realmente andavam nessa coisa? Por pura *diversão* — diz Will, balançando a cabeça.

— Aposto que eles eram da Audácia — digo.

— É, mas uma versão mais fraquinha da Audácia.

— Christina ri. — Uma roda-gigante da Audácia de verdade não teria carros. A pessoa simplesmente se penduraria pelas mãos, e seja o que Deus quiser.

Seguimos a lateral do píer. Todas as construções à minha esquerda estão vazias, com letreiros arrancados e janelas fechadas, mas é um tipo de vazio organizado. Quem quer que tenha deixado estes lugares foi embora por escolha própria, e não às pressas. Alguns lugares da cidade não são assim.

— Duvido de que você pule dentro do pântano — diz Christina diz para Will.

— Você primeiro.

Alcançamos o carrossel. Alguns dos cavalos estão arranhados e desgastados, com os rabos quebrados e as selas lascadas. Quatro tira a bandeira do bolso.

— Dentro de dez minutos, o outro time escolherá seu local — diz ele. — Sugiro que vocês usem esse tempo para bolar uma estratégia. Podemos não ser da Erudição, mas o preparo mental é um dos aspectos importantes do treinamento da Audácia. Há quem diga que é o mais importante.

Ele está certo. De que serve um corpo preparado se você tem uma mente confusa?

Will pega a bandeira da mão de Quatro.

— Algumas pessoas deveriam ficar aqui montando guarda enquanto as outras vão procurar a localização do outro time — diz Will.

— Nossa, você acha mesmo? — Marlene arranca a bandeira da mão de Will. — Quem disse que você está no comando, transferido?

— Ninguém — diz Will. — Mas alguém tem que estar.

— Talvez devêssemos desenvolver uma estratégia mais defensiva. Esperar que eles venham até nós e então acabar com eles — sugere Christina.

— Essa é uma solução para os maricas — diz Uriah. — Por mim, nós os atacamos com tudo o que temos. É só esconder bem a bandeira para eles não conseguirem encontrá-la.

De repente, todos começam a conversar ao mesmo tempo, falando cada vez mais alto. Christina defende o plano de Will; os iniciandos nascidos na Audácia preferem um plano mais ofensivo; todos discutem a respeito de quem deve tomar a decisão. Quatro senta-se na beirada do carrossel, apoiando-se contra o casco de plástico de um dos cavalos. Levanta os olhos para o céu, onde não há nenhuma estrela, apenas a lua redonda nos espreitando por uma fina camada de nuvens. Os músculos dos seus braços estão relaxados e ele descansa uma mão na nuca. Parece estar quase confortável, apoiando a arma sobre o ombro.

Fecho os olhos por um instante. Por que me distraio tão facilmente quando olho para ele? Preciso me concentrar.

O que eu diria se conseguisse gritar mais alto do que toda a discussão que está acontecendo atrás de mim? Não podemos agir até sabermos onde o outro time está. Eles podem estar em qualquer lugar em um raio de três quilômetros, embora eu saiba que o pântano não é uma possibilidade. A melhor maneira de os encontrarmos não é discutindo como devemos procurá-los ou quantas pessoas devem sair em busca deles.

A melhor maneira de encontrá-los é subindo no ponto mais alto possível.

Olho de relance para ter certeza de que ninguém está me vendo. Ninguém olha para mim, então caminho até a roda-gigante com passos leves e silenciosos, apertando a arma contra as costas com uma das mãos para evitar que faça barulho.

Ao olhar para o topo da roda-gigante, minha garganta aperta. Ela é mais alta do que eu pensava; tão alta que mal consigo ver os carros balançando no topo. A única coisa boa da sua altura é que é construída para aguentar peso. Se eu escalá-la, ela não vai desabar sob meus pés.

Meu coração bate mais rápido. Será que realmente devo arriscar minha vida por isso; para ganhar um jogo apreciado pelos integrantes da Audácia?

Olhando para as enormes e enferrujadas pilastras de sustentação da roda, identifico os degraus de uma escada de mão, embora mal consiga vê-los no escuro. Cada degrau tem apenas a largura dos meus ombros e não há qualquer grade para me proteger de uma queda, mas subir por uma escada ainda é melhor do que pelas armações de metal da roda.

Agarro um dos degraus. Ele está enferrujado e é fino, e parece que pode se desfazer em minha mão. Apoio o peso no degrau mais baixo para testá-lo e salto sobre ele, checando se consegue me sustentar. O movimento faz com que minhas costelas doam, e faço uma careta.

— Tris — diz uma voz grave atrás de mim. Não sei como não me assusto com ela. Talvez seja porque estou me adaptando à Audácia, e a prontidão mental é algo que devemos desenvolver. Ou talvez seja porque a voz é grave, suave e quase tranquilizadora. Seja qual for o motivo, olho para trás. Quatro está atrás de mim com a arma presa às costas, da mesma maneira que a minha.

— Sim — digo.

— Eu vim aqui descobrir o que você acha que está fazendo.

— Estou procurando um lugar mais alto — respondo. — Não *acho* que eu esteja fazendo nada demais.

Vejo seu sorriso no escuro.

— Tudo bem. Eu vou junto.

Paro por um segundo. Ele não me olha da mesma maneira que Will, Christina e Al às vezes me olham, como se eu fosse pequena e fraca demais para ser útil, sentindo pena de mim por isso. Mas se insiste em vir comigo, deve ser porque duvida da minha capacidade.

— Eu vou ficar bem — digo.

— Não tenho dúvidas disso — responde ele. Embora não pareça ter falado de maneira sarcástica, suspeito dele. Só pode ter sido sarcasmo.

Começo a subir a escada e, quando já estou a alguns metros do chão, ele me segue. Move-se mais rápido do que eu, e logo suas mãos seguram os degraus onde meus pés acabaram de pisar.

— Então, me diga... — sussurra ele à medida que subimos. Ele parece estar sem fôlego. — Qual você acha que é o objetivo deste exercício? Refiro-me ao jogo, não à escada.

Olho para o concreto abaixo de nós. Ele já parece bem longe, mas ainda não subi nem um terço do caminho. Acima de mim há uma plataforma, logo abaixo do centro da roda. Concentro-me em chegar até lá. Nem penso em como vamos descer depois. A brisa que soprava contra o meu rosto agora bate forte contra a lateral do meu corpo. Quanto mais alto subirmos, mais forte ela ficará. Preciso estar preparada.

— Aprender táticas de estratégia — digo. — Ou talvez de trabalho em equipe.

— Trabalho em equipe — repete ele. Uma risada chia em sua garganta. Parece uma respiração nervosa.

— É, talvez não — digo. — O trabalho em equipe não parece ser uma prioridade na Audácia.

O vento aperta. Aproximo-me da pilastra branca para evitar uma queda, mas isso dificulta a subida. Abaixo de mim, o carrossel parece pequeno. Mal consigo ver minha equipe sob a tenda. Alguns deles não estão mais lá; devem ter sido enviados em uma equipe de busca.

— Deveria ser uma prioridade, sim. Costumava ser — diz Quatro.

Mas não estou escutando muito bem, porque a altura está me deixando tonta. Minhas mãos doem de tanto segurar os degraus e minhas pernas estão tremendo, mas não sei bem o motivo. Não é a altura que me assusta; ela faz com que me sinta viva e cheia de energia, com cada órgão e veia e músculo do meu corpo soando no mesmo tom.

De repente, percebo o que está me deixando tonta. É ele. Algo nele faz com que me sinta prestes a despencar. Ou derreter. Ou arder em chamas.

Minha mão quase erra o degrau seguinte.

— Agora me diz... — pede ele, em meio a uma respiração ofegante — ...qual você acha que é a conexão entre o aprendizado de estratégia e a... coragem?

Sua pergunta me lembra de que ele é meu instrutor e que devo aprender algo com esta experiência. Uma nuvem passa em frente à lua e sua luz refletida em minha mão se transforma.

— A estratégia... nos prepara para agir — digo finalmente. — Aprendemos estratégia para que possamos usá-la.

Ouço-o respirar atrás de mim, rápido e alto.

— Você está bem, Quatro?

— Você é *humana*, Tris? A uma altura destas... — Ele puxa o ar com força. — Você não está nem um pouco assustada?

Olho para trás, para o chão abaixo de nós. Se eu cair agora, morrerei. Mas não acredito que vou cair.

Uma rajada de vento bate contra o lado esquerdo do meu corpo, jogando o meu peso para a direita. Perco o fôlego e aperto os degraus, desequilibrando-me. A mão fria de Quatro segura o lado do meu quadril, e um dos seus dedos encosta em uma parte exposta de pele logo abaixo da minha camiseta. Ele me aperta, ajudando-me a me equilibrar novamente e me empurrando suavemente para a esquerda.

Agora *eu* é que não consigo respirar. Fico parada, olhando para minhas mãos, com a boca seca. Sinto a presença de sua mão que já não encosta mais em mim, de seus dedos longos e estreitos.

— Você está bem? — pergunta ele calmamente.

— Sim — respondo, com a voz falha.

Retomo a subida, em silêncio, até alcançar a plataforma. A julgar pelas pontas quebradas de barras de metal, a plataforma costumava contar com uma grade de proteção, mas agora não há mais nada. Eu me sento no chão e me arrasto até o canto, para que Quatro também tenha espaço para se sentar. Sem pensar, deixo as pernas balançarem da beirada. Quatro, no entanto, agacha-se e aperta as costas contra a pilastra de metal, respirando com dificuldade.

— Você tem medo de altura — digo. — Como você consegue sobreviver no complexo da Audácia?

— Eu ignoro o medo — diz ele. — Ao tomar decisões, finjo que ele não existe.

Eu o encaro por um instante. Não consigo evitar. Para mim, há uma diferença clara entre alguém que não tem medo e alguém que toma atitudes, apesar do medo, como ele.

Estou encarando-o há mais tempo do que deveria.

— O que foi? — diz ele calmamente.

— Nada.

Desvio o olhar e fito a cidade. Preciso me concentrar. Há um motivo pelo qual subi até aqui.

A cidade está mergulhada no breu, mas, mesmo que não estivesse, não conseguiria enxergar muito longe. Há um prédio bloqueando minha visão.

— Não estamos alto o bastante — digo. Olho para cima. Sobre minha cabeça, há um emaranhado de barras brancas, formando as armações da roda. Se eu subir com cuidado, posso apoiar o pé entre os suportes e as barras laterais e me manter segura. Ou pelo menos o mais segura possível.

— Vou subir — digo, levantando-me. Seguro uma das barras acima de mim e puxo o corpo para cima. Pontadas de dor castigam meus machucados, mas eu as ignoro.

— Pelo amor de Deus, Careta — diz ele.

— Você não precisa me seguir — respondo, estudando o labirinto de barras de metal acima de mim. Enfio o pé no encontro entre duas barras e me propulsiono mais para o alto, segurando outra barra mais adiante. Meu corpo balança por um instante, fazendo com que o coração bata com tanta força que não consigo sentir mais nada. Todos os meus pensamentos se concentram nas batidas do meu coração e movem-se no mesmo ritmo.

— Preciso, sim — diz ele.

O que estou fazendo é loucura, e tenho consciência disso. Qualquer erro, por menor que seja, ou qualquer segundo de hesitação, e minha vida já era. Um calor rasga meu peito e eu sorrio ao agarrar a barra seguinte. Puxo meu peso, com os braços tremendo, e me esforço para erguer a perna até que consiga apoiá-la em outra barra. Quando sinto que estou equilibrada, procuro Quatro abaixo de mim. Mas, em vez de vê-lo, olho diretamente para o chão.

Perco o fôlego. Imagino meu corpo desabando, chocando-se contra as barras durante a queda, e vejo os membros do meu corpo em ângulos quebrados no concreto, como os da irmã da Rita quando não conseguiu alcançar o telhado do prédio. Quatro segura uma barra com cada mão e puxa o corpo para cima com facilidade, como se estivesse apenas se levantando da cama. Mas ele não está confortável ou à vontade aqui; todos os músculos dos seus braços estão tensos. É idiotice pensar nisso quando estamos a trinta metros do chão.

Agarro outra barra e acho outro lugar para apoiar o pé. Ao olhar para a cidade novamente, vejo que o prédio já não está mais no caminho. Estou alto o bastante para ver os outros prédios no horizonte. A maior parte deles é negra contra o azul-escuro do céu, mas consigo ver as luzes vermelhas acesas sobre o Eixo. Elas piscam duas vezes mais devagar do que o ritmo do meu coração.

Sob os prédios, as ruas parecem túneis. Durante alguns segundos, vejo apenas um tapete negro cobrindo o terreno abaixo, com pequenas diferenças entre os prédios, o céu, as ruas e o chão. De repente, percebo uma pequena luz trepidando no chão.

— Está vendo aquilo? — digo, apontando para o local.

Quatro para de escalar ao alcançar as barras de metal logo atrás de mim e olha para o local que eu aponto, aproximando o queixo da minha cabeça. Sinto sua respiração na minha orelha e fico trêmula novamente, como me senti ao subir a escada.

— Estou — diz ele. Ele abre um sorriso. — Está vindo do parque no final do píer. Faz sentido. O local é cercado por campo aberto, mas as árvores oferecem alguma camuflagem. Mas parece que não o suficiente.

— Ótimo — digo. Olho para o seu rosto atrás de mim. Estamos tão perto um do outro que esqueço onde estou; reparando apenas que os cantos da sua boca são naturalmente reclinados, assim como os meus, e que ele tem uma cicatriz no queixo. — Bem... — Limpo a garganta. — Comece a descer. Seguirei você.

Quatro acena com a cabeça e começa a descer. Sua perna é tão longa que ele encontra rapidamente um apoio para o pé, passando o corpo entre as barras. Mesmo na escuridão, percebo que suas mãos estão muito vermelhas e trêmulas.

Desço um dos meus pés, apoiando o peso sobre uma das barras laterais. A barra range e se solta, chocando-se ruidosamente contra várias outras barras no caminho antes de quicar no chão de concreto. Fico pendurada nas barras, com os pés balançando no ar. Solto um arquejo abafado.

— Quatro!

Tento encontrar outro apoio para o meu pé, mas a barra mais próxima fica a mais de um metro de distância e não consigo alcançá-la. Minhas mãos estão suadas. Lembro-me de quando as enxuguei nas calças antes da Cerimônia de Escolha, antes do teste de aptidão, antes de cada momento importante, e reprimo um grito. Vou cair. Vou cair.

— Segure firme! — grita ele. — Apenas segure firme, que eu tenho uma ideia.

Ele continua a descer. Está indo para o lado errado; deveria estar vindo na minha direção, e não se afastando de mim. Olho para minhas mãos, que estão agarradas à estreita barra de metal com tanta força que as juntas dos meus dedos estão brancas. Já meus dedos estão vermelho-escuros, quase roxos. Eles não vão aguentar muito tempo.

Eu não vou aguentar muito tempo.

Fecho os olhos com força. É melhor não olhar. É melhor fingir que nada disso está acontecendo. Ouço o som do tênis de Quatro contra as barras de metal, depois seus pés descendo rapidamente os degraus da escada.

— Quatro! — grito. Talvez ele tenha ido embora. Talvez tenha me abandonado. Talvez esteja testando a minha força, a minha coragem. Puxo o ar pelo nariz e solto-o pela boca. Conto a quantidade de vezes que respiro para tentar manter a calma. Um, dois. Para dentro, para fora. No entanto, a única coisa que consigo pensar é: *Vamos, Quatro! Vamos, faça alguma coisa.*

De repente, ouço algo chiando e estalando. A barra que seguro treme e solto um grito por entre meus dentes cerrados, e me esforço para me segurar.

A roda está se movendo.

O ar envolve meus calcanhares e meus pulsos à medida que o vento começa a se mover para cima, como em um gêiser. Abro os olhos. Estou me movendo em direção ao chão. Começo a rir, tonta de histeria, à medida que o chão se aproxima cada vez mais de mim. Mas a roda-gigante está acelerando. Se eu não soltar a barra na hora certa, os carros e a estrutura de metal vão arrastar meu corpo junto com eles, e então realmente morrerei.

Todos os músculos do meu corpo tensionam à medida que acelero em direção ao chão. Quando já estou perto o bastante para ver as rachaduras na calçada, solto a barra de metal e meus pés se chocam contra o asfalto. Minhas pernas desmontam sob o peso da queda e trago os braços para junto do corpo, rolando para o lado o mais rápido que consigo. O cimento arranha meu rosto, e me viro bem a tempo de ver um dos carros descendo em minha direção, como um gigantesco sapato que está prestes a me esmagar. Rolo o corpo para o lado novamente e a parte de baixo do carro apenas esbarra no meu ombro.

Estou salva.

Cubro o rosto com as mãos. Não tento me levantar. Sei que apenas desabaria novamente se tentasse. Ouço passos, e as mãos de Quatro envolvem meus pulsos. Deixo que ele afaste minhas mãos do rosto.

Ele aninha perfeitamente uma das minhas mãos entre as suas. O calor da sua pele se sobrepõe à dor que sinto nos dedos, depois de segurar a barra de metal por tanto tempo.

— Você está bem? — pergunta, apertando sua mão contra a minha.

— Estou.

Ele começa a rir.

Um segundo depois, eu começo a rir também. Com a mão livre, empurro meu corpo para cima e me sento.

Percebo a enorme proximidade entre nós, de no máximo quinze centímetros. O espaço parece carregado de eletricidade, e sinto que deveríamos estar ainda mais perto um do outro.

Ele se levanta, puxando-me para cima. A roda ainda está girando, criando uma corrente de vento que joga meu cabelo para trás.

— Você podia ter me falado que a roda-gigante ainda estava funcionando — digo. Tento falar de maneira tranquila. — Não precisaríamos nem ter escalado.

— Eu teria dito, se eu soubesse — assegura ele. — Não podia deixar você pendurada lá daquele jeito, então arrisquei. Vamos, está na hora de roubar a bandeira deles.

Quatro hesita por um instante, depois segura meu braço, pressionando com as pontas dos dedos a parte interna do meu cotovelo. Em qualquer outra facção, me seria dado um tempo para me recuperar, mas ele é da Audácia, então apenas sorri para mim e segue em direção ao carrossel, onde os membros da nossa equipe estão guardando a bandeira. Eu corro ao seu lado, mancando. Ainda me sinto fraca, mas minha mente está desperta, especialmente com sua mão me segurando dessa maneira.

Christina está sentada em um dos cavalos, suas longas pernas cruzadas e a mão segurando a barra que sustenta o animal de plástico. Outros três iniciandos nascidos na Audácia estão entre os animais gastos e sujos. Um deles apoia a mão na cabeça de um dos cavalos, e o olho arranhado do animal me encara por trás de seus dedos. Uma menina mais velha da Audácia está sentada na beirada do carrossel e coça a sobrancelha, perfurada por três *piercings*, com o dedão.

— Onde foram parar os outros? — pergunta Quatro. Ele parece estar tão animado quanto eu e seus olhos arregalados estão radiando.

— Vocês ligaram a roda-gigante? — diz a garota mais velha. — O que diabos vocês pensam que estão fazendo? Por que não gritam logo, *Olhem para cá! Estamos aqui!* — Ela balança a cabeça. — Se eu perder outra vez este ano, será vergonhoso demais. Perder três anos seguidos?

— A roda-gigante não importa — diz Quatro. — Nós sabemos onde eles estão.

— Nós? — pergunta Christina, desviando o olhar de Quatro para mim.

— É, enquanto todos vocês estavam de bobeira, Tris escalou a roda-gigante para procurar o outro time — explica ele.

— E o que faremos agora, então? — pergunta um iniciando nascido na Audácia, em meio a um bocejo.

Quatro olha para mim. Lentamente, os olhos dos outros iniciandos, incluindo os de Christina, migram dele para mim. Eu tensiono os ombros, quase os levantando para dizer que não sei, e então uma imagem do píer estendido diante de mim me vem à mente. Tenho uma ideia.

— Vamos nos separar em dois grupos — digo. — Quatro de nós para o lado direito do píer, e três para o lado esquerdo. O outro time está no parque no final do píer, então o grupo de quatro pessoas ataca enquanto o de três passa escondido por trás deles para pegar a bandeira.

Christina olha para mim como se não me reconhecesse mais. Eu compreendo seu olhar.

— Parece um bom plano — afirma a garota mais velha, batendo uma mão contra a outra. — Então, vamos acabar logo com isso?

Christina se junta a mim no grupo que vai pela direita, assim como Uriah, que tem um sorriso branco, contrastando com sua pele bronzeada. Não havia percebido antes, mas ele tem uma cobra tatuada no pescoço. Observo por um instante como a cauda do animal se enrosca ao redor do lóbulo de sua orelha, mas então Christina começa a correr e sou obrigada a segui-la.

Preciso correr duas vezes mais rápido para conseguir equiparar meus passos curtos aos dela. Ao correr, me dou conta de que apenas um de nós conseguirá tocar na bandeira, e não importará que foi o meu plano e as minhas informações que nos levaram até ela se eu não conseguir pegá-la primeiro. Embora já esteja respirando com dificuldade, começo a correr mais rápido e quase alcanço Christina. Puxo a arma para a frente do corpo e coloco o dedo sobre o gatilho.

Alcançamos o final do píer e fecho a boca com força para silenciar minha respiração pesada. Corremos mais devagar para que nossos passos não soem tão alto, e procuro a luz trepidante que vi do alto da roda-gigante. Daqui do chão, ela é maior e mais fácil de encontrar. Aponto para ela e Christina acena com a cabeça, liderando o caminho em sua direção.

De repente, escuto um coro de vozes gritando, tão alto que me faz sair do chão. Ouço as lufadas de ar das bolas de tinta sendo disparadas e explodindo ao se chocarem contra seus alvos. Nosso time atacou e o outro time contra-ataca, deixando sua bandeira praticamente desprotegida. Uriah mira e atinge a coxa da última pessoa que guarda a bandeira, uma garota baixinha de cabelo roxo, que joga a arma no chão em um ataque de raiva.

Acelero a corrida para alcançar Christina. A bandeira está pendurada em um galho de árvore bem mais alto do que eu. Tentamos alcançá-la.

— Vamos lá, Tris — diz ela. — Você já salvou o dia. E sabe que não vai conseguir alcançá-la, de qualquer maneira.

Ela me olha de uma maneira paternalista, como as pessoas às vezes olham as crianças que cismam em agir como adultas, e arranca a bandeira do galho. Sem olhar para mim, ela se vira e dá um grito de vitória. A voz de Uriah junta-se à dela, depois ouço um coro de gritos a distância.

Uriah bate em meu ombro, e tento não me lembrar do olhar que Christina lançou sobre mim. Talvez ela esteja certa; eu já provei minha capacidade hoje. Não quero ser egoísta; não quero ser como o Eric, com medo da potencialidade dos outros.

Os gritos de triunfo se espalham, e levanto a voz para participar também, correndo em direção a meus companheiros de equipe. Christina levanta a bandeira no ar, e todos se amontoam a seu redor, segurando o seu braço para erguer a bandeira ainda mais alto. Não consigo alcançá-la, então me afasto, sorrindo.

Uma mão toca meu ombro.

— Bom trabalho — diz Quatro calmamente.

+ + +

— Não acredito que não a encontrei primeiro! — diz Will mais uma vez, balançando a cabeça. O vento que entra pela porta do trem bagunça seu cabelo.

— Você estava exercendo a função importantíssima de não nos atrapalhar — fala Christina, radiante.

Al lamenta:

— Por que eu tinha que ficar no outro time?

— Porque a vida não é justa, Albert. E o mundo está conspirando contra você — diz Will. — Ei, posso ver a bandeira outra vez?

Peter, Molly e Drew sentam-se de frente para os membros da Audácia, em um canto. Seus peitos e costas estão manchados com tinta azul e rosa, e eles parecem bem abatidos. Conversam silenciosamente, olhando de soslaio para as outras pessoas no trem, especialmente para Christina. Esse é o lado bom de não estar segurando a bandeira agora: não sou o alvo de ninguém. Pelo menos, não mais do que o normal.

— Então você subiu mesmo na roda-gigante? — diz Uriah. Ele atravessa o vagão, tropeçando levemente com o balanço do trem pelo caminho, e senta-se ao meu lado. Marlene, a garota com o sorriso sedutor, o segue.

— Sim — confirmo.

— Você foi bem esperta. Esperta tipo... alguém da Erudição — diz Marlene. — Eu sou Marlene.

— Tris — respondo.

De onde venho, ser comparado com alguém da Erudição seria um insulto, mas seu tom é de elogio.

— É, eu sei quem você é — diz ela. — É difícil se esquecer da primeira a pular.

Parece que se passaram anos desde que pulei do telhado de um prédio vestida com meu uniforme da Abnegação; parece que se passaram décadas.

Uriah tira uma das bolas de tinta de sua arma e a espreme entre o polegar e o indicador. O trem dá um tranco para a esquerda e Uriah cai sobre mim, seus dedos esmagando a bola de tinta até que um jato rosa e malcheiroso atinge meu rosto.

Marlene cai no chão e começa a rir. Limpo um pouco da tinta com a mão, lentamente, e a esfrego na bochecha dele. O cheiro de óleo de peixe se espalha pelo vagão.

— Eca! — Ele aperta a bola na minha direção outra vez, mas a abertura está do lado errado, e a tinta espirra em sua boca. Tosse e faz barulhos exagerados, como se estivesse engasgando.

Limpo o rosto novamente com a manga da camisa, rindo tanto que meu estômago dói.

Se o resto da minha vida for assim, com gargalhadas, atos corajosos e o tipo de exaustão que você sente depois de um dia gratificante, serei uma pessoa feliz. Enquanto Uriah raspa a língua com as pontas dos dedos, eu me dou conta de que a única coisa que preciso fazer é conseguir passar na iniciação, e, então, poderei ter essa vida.

CAPÍTULO TREZE

NA MANHÃ SEGUINTE, ao me arrastar para dentro da sala de treinamento, bocejando, vejo um enorme alvo em um dos cantos e, ao lado da porta, uma mesa repleta de facas. Vamos praticar com alvos outra vez. Pelo menos esse tipo de exercício não dói.

Eric está no centro da sala, com a postura tão rígida que parece que alguém trocou sua espinha por uma vara de metal. Só de olhar para ele, sinto como se o ar da sala ficasse mais pesado, me oprimindo. Quando ele ficava apenas encostado contra a parede, eu podia pelo menos fingir que ele não estava presente. Hoje, não há como fazer isso.

— Amanhã será o último dia do primeiro estágio — diz Eric —, e vocês vão lutar novamente. Mas, hoje, aprenderão a mirar. Todos devem pegar três facas. — Sua voz está mais grave do que o normal. — E devem prestar atenção enquanto Quatro demonstra a técnica correta para lançá-las.

Ninguém se move, a princípio.

— Agora!

Todos correm para pegar as adagas. Elas não são tão pesadas quanto as armas de fogo, mas mesmo assim segurá-las não me parece algo natural, e sinto como se estivesse fazendo algo proibido.

— Ele está mal-humorado hoje — murmura Christina.

— Você já o viu de bom humor alguma vez? — sussurro de volta.

No entanto, entendo o que ela quer dizer. Pelo olhar envenenado que Eric lança disfarçadamente em direção a Quatro, dá para perceber que a derrota de ontem deve tê-lo incomodado mais do que deixou transparecer. Vencer o caça-bandeira é uma questão de honra, e é muito importante dentro da Audácia. Mais importante do que a razão e o bom-senso.

Observo o braço de Quatro enquanto ele lança as facas. Depois, observo sua postura. Ele acerta o alvo todas as vezes, soltando o ar dos pulmões sempre que solta a faca.

Eric grita as instruções:

— Formem uma fileira!

A pressa é inimiga da perfeição, penso. Minha mãe me ensinou isso quando eu estava aprendendo a tricotar. Preciso pensar nesta atividade como um exercício mental, e não físico. Por isso, decido passar os próximos minutos praticando sem a faca, procurando a postura correta, aprendendo o movimento de braço adequado.

Eric caminha em passos rápidos atrás de nós.

— Acho que a Careta levou pancadas demais na cabeça! — diz Peter, a algumas pessoas de distância de mim na fileira. — Ei, Careta! Você lembra o que é uma *faca*?

Ignorando-o, pratico o lançamento mais uma vez com a faca na mão, mas sem soltá-la. Abstraio os passos de Eric atrás de mim, os deboches de Peter e a sensação contínua de que Quatro está me observando, e lanço a faca. Ela gira em torno de si mesma no ar e bate contra a tábua. A navalha não prende no alvo, mas sou a primeira a acertá-lo.

Rio debochadamente quando Peter erra mais uma vez. Não consigo me conter.

— Ei, Peter — digo. — Você lembra o que é um *alvo*?

Ao meu lado, Christina também ri, e sua faca seguinte também atinge o alvo.

Meia hora depois, Al é o único iniciando que ainda não conseguiu acertá-lo. Suas facas caem ruidosamente no chão, ou quicam na parede. Enquanto todos nós nos aproximamos da tábua para recolher nossas armas, ele procura as dele no chão.

Quando tenta e erra mais uma vez, Eric marcha em sua direção e pergunta:

— Por que você é tão devagar, Franqueza? Precisa de óculos? Quer que eu traga o alvo mais para perto?

O rosto de Al enrubesce. Ele lança outra faca um pouco à direita do alvo. Ela gira no ar e bate contra parede.

— O que foi isso, iniciando? — pergunta Eric baixinho, inclinando-se sobre ele.

Eu mordo o lábio. Isso não vai ser legal.

— Ela... ela escorregou da minha mão — gagueja Al.

— Bem, então eu acho que você deveria ir buscá-la — diz Eric. Ele olha para os rostos dos outros iniciandos, que pararam de lançar suas facas, e pergunta:

— Eu falei para vocês pararem?

As facas começam a chocar-se contra a tábua novamente. Todos nós já vimos Eric nervoso, mas desta vez é diferente. Seu olhar é quase doentio.

— Ir buscá-la? — Os olhos de Al se arregalam. — Mas as outras pessoas ainda estão jogando.

— E?

— E eu não quero ser atingido.

— Acho que você pode confiar que seus colegas iniciandos terão uma mira melhor que a sua. — Eric sorri de leve, mas seus olhos permanecem cruéis. — Vá pegar a faca.

Al não costuma se opor às coisas que a Audácia nos obriga a fazer. Não acho que seja por medo; ele apenas sabe que seria uma atitude inútil. Desta vez, no entanto, Al trava os dentes. Ele chegou ao seu limite de obediência.

— Não — diz ele.

— Por que não? — Os olhos penetrantes de Eric encaram fixamente seu rosto. — Você está com medo?

— De ser atingido por uma faca voadora? — diz Al. — Sim, estou!

Seu erro é a honestidade, e não a recusa, que Eric poderia até ter aceitado.

— Parem todos! — Eric grita.

As facas todas param, assim como as conversas. Seguro minha pequena adaga com força.

— Saiam do ringue. — Eric volta novamente o olhar para Al. — Todos menos você.

Eu solto a adaga e ela cai no chão empoeirado com um ruído surdo. Sigo os outros iniciandos até o canto da sala, e eles se acotovelam na minha frente, ansiosos para ver a cena que está fazendo com que minhas entranhas se contorçam: o Al, encarando a ira de Eric.

— Fique em pé diante do alvo — diz Eric.

As mãos grandes de Al tremem. Ele caminha até o alvo.

— Ei, Quatro. — Eric olha para trás. — Você pode me dar uma força aqui?

Quatro coça uma de suas sobrancelhas com a ponta de uma faca e se aproxima de Eric. Ele está com olheiras escuras e a boca tensa, tão cansado quanto nós.

— Você vai ficar parado aí enquanto ele lança estas facas — Eric diz para Al —, até aprender a não se esquivar.

— Isso é realmente necessário? — pergunta Quatro. O tom de sua voz parece ser de tédio, mas ele não parece estar entediado. Seu rosto e seu corpo estão tensos, alertas.

Eu fecho minhas mãos em punhos e aperto-as com força. Não importa o quão natural pareça o tom de Quatro, a pergunta ainda é um desafio. E Quatro não costuma desafiar Eric diretamente.

A princípio, Eric encara Quatro em silêncio. Quatro o encara de volta. À medida que os segundos passam, cerro os punhos com tanta força que as unhas machucam as palmas das minhas mãos.

— A autoridade aqui é minha, lembra? — diz Eric, tão baixo que mal consigo ouvi-lo. — Aqui e em qualquer outro lugar.

O rosto de Quatro fica vermelho, embora sua expressão permaneça a mesma. Ele segura as facas com mais força e as juntas de seus dedos ficam brancas à medida que se vira em direção a Al.

Meus olhos passeiam dos olhos arregalados do Al para suas mãos trêmulas, depois para o rosto determinado de Quatro. A raiva ferve em meu peito e estoura da minha boca:

— Pare!

Quatro gira a faca em sua mão, seus dedos movendo-se com dificuldade pelo fio da navalha. Ele me olha de maneira tão dura que sinto como se seu olhar me transformasse em pedra. Eu sei por que ele me olha assim. Foi idiotice da minha parte me manifestar dessa maneira em frente ao Eric; seria idiotice me manifestar mesmo se ele não estivesse aqui.

— Qualquer panaca pode ficar em pé diante de um alvo — digo. — Isso não prova nada, apenas que você está nos intimidando. E, se lembro bem, intimidação é um sinal de *covardia*.

— Então seria fácil para você — diz Eric. — Se você estiver disposta a tomar o lugar dele, é claro.

A última coisa que eu quero agora é um alvo atrás de mim, mas já não posso voltar atrás. Nem me deixei nenhuma alternativa. Atravesso o grupo de iniciandos e alguém empurra meu ombro.

— Lá se vai sua carinha bonita — chia Peter. — Não, espera aí, sua cara nunca foi bonita.

Recupero o equilíbrio e caminho em direção a Al. Ele acena com a cabeça para mim. Tento sorrir de maneira encorajadora, mas simplesmente não consigo. Fico em pé diante da tábua, e minha cabeça nem alcança o centro do alvo, mas isso não importa. Olho para as facas que Quatro está segurando: uma em sua mão direita e duas na esquerda.

Minha garganta está seca. Tento engolir, depois olho para Quatro. Ele nunca é descuidado. Ele não vai me acertar. Ficarei bem.

Inclino o queixo para cima. Não me esquivarei. Se me esquivar, provarei ao Eric que isso não é tão fácil quanto falei que era; provarei que sou uma covarde.

— Se você se esquivar — diz Quatro, lentamente, cuidadosamente —, o Al toma seu lugar novamente. Entendeu?

Faço que sim com a cabeça.

Os olhos de Quatro ainda estão fixos nos meus quando ele levanta a mão, joga o ombro para trás e atira a faca. Vejo apenas uma mancha no ar, depois ouço um ruído seco. A faca está fincada na madeira, a cerca de quinze centímetros da minha bochecha. Fecho os olhos. Graças a Deus.

— E aí, Careta, já está pronta para sair daí? — pergunta Quatro.

Eu me lembro dos olhos arregalados de Al e de seus soluços abafados de noite e balanço a cabeça.

— Não.

— Abra os olhos, então. — Ele aponta o dedo para o ponto entre seus dois olhos.

Eu o encaro, apertando minhas mãos contra os lados do meu corpo para que ninguém veja que elas estão tremendo. Ele passa uma faca da sua mão esquerda para a direita, e a única coisa que vejo são seus olhos quando a faca atinge o alvo sobre a minha cabeça. Esta parou mais perto que a outra, e sinto sua presença sobre meu crânio.

— Vamos lá, Careta — diz ele. — Deixe que outra pessoa fique aí e aguente isso.

Por que ele está tentando me persuadir a desistir? Será que ele quer que eu falhe?

— *Cala a boca*, Quatro!

Prendo a respiração enquanto ele gira a última faca em sua mão. Vejo um brilho em seus olhos quando ele joga o braço para trás e solta a faca. Ela voa, certeira, em minha direção, girando no ar. Meu corpo endurece. Desta vez, quando ela finca na madeira, minha orelha arde e sinto o sangue em minha pele. Levo a mão à orelha. Ele me cortou.

E, pelo olhar que lança em minha direção, foi de propósito.

— Eu adoraria ficar aqui mais um pouco para ver se todos vocês são tão corajosos quanto ela — diz Eric, com uma voz mansa —, mas acho que por hoje é só.

Ele aperta meu ombro. Seus dedos parecem secos e frios, e se apodera de mim com seu olhar, como se estivesse tomando posse do que eu fiz. Não devolvo seu sorriso. O que fiz não tem nada a ver com ele.

— É melhor eu ficar de olho em você — diz ele.

Sinto um formigamento de medo dentro de mim, no meu peito, na minha cabeça e nas minhas mãos. Sinto como se a palavra DIVERGENTE estivesse tatuada na minha testa, e que, se ele olhasse para mim por tempo o bastante, pudesse vê-la. Mas ele apenas tira a mão do meu ombro e continua andando.

Quatro e eu ficamos para trás. Espero até que a sala fique vazia e a porta esteja fechada para olhar para ele novamente. Ele anda em minha direção.

— A sua... — Ele começa a falar.

— Você fez isso de *propósito*! — grito.

— Fiz — diz ele em um tom moderado. — E você deveria me agradecer pela ajuda.

Eu cerro os dentes.

— *Agradecer* a você? Você quase arrancou minha orelha e ainda passou o tempo todo me provocando. Por que eu deveria agradecer?

— Sabe, já estou ficando um pouco cansado de esperar que você acorde!

Ele me olha fixamente e, mesmo me encarando, seus olhos parecem pensativos. Eles são de um tom de azul peculiar, tão escuro que são quase pretos, com um pequeno pedaço de azul mais claro no canto da íris esquerda.

— Acordar? Acordar para quê? Para o fato de que você quer provar para o Eric o quão valentão você é? Ou que você é um sádico, igual a ele?

— Não sou um sádico. — Ele não grita. Eu preferiria que ele gritasse. Me assustaria menos. Ele aproxima o rosto do meu, lembrando-me de quando fiquei deitada a poucos centímetros das presas do cão nervoso durante o teste de aptidão, e diz:

— Se eu quisesse machucar você, não acha que já teria machucado?

Ele atravessa a sala e enfia a ponta da faca na mesa com tanta força que ela finca na madeira, com o cabo voltado para o teto.

— Eu... — Começo a gritar, mas ele já se foi. Solto um urro frustrado, e enxugo parte do sangue que escorre da minha orelha.

CAPÍTULO QUATORZE

Hoje é o dia anterior ao Dia da Visita. Penso no Dia da Visita da mesma maneira que penso no fim do mundo: nada depois dele importa. Tudo o que faço é um preparo para quando ele chegar. Talvez eu veja meus pais novamente. Talvez não. Qual seria a pior situação? Não sei dizer.

Tento vestir uma das pernas da calça, mas ela fica presa logo acima do meu joelho. Franzo as sobrancelhas e olho para minha perna. Uma saliência de músculos está impedindo que o tecido passe. Deixo que a calça caia no chão, depois olho para a parte de trás das minhas coxas, onde outro músculo sobressai.

Dou um passo para o lado e paro diante do espelho. Vejo músculos nos meus braços, pernas e barriga que não conseguia ver antes. Belisco o lado da minha cintura, onde uma pequena camada de gordura costumava indicar curvas que provavelmente cresceriam no futuro. Nada.

A iniciação da Audácia secou toda a maciez do meu antigo corpo. Não sei se isso é bom ou ruim.

Pelo menos estou mais forte do que antes. Enrolo-me na toalha outra vez e saio do banheiro feminino. Espero que não haja ninguém no dormitório para me ver andando por aí assim, mas não posso usar aquelas calças.

Quando abro a porta do dormitório, um peso desaba sobre meu estômago. Peter, Molly, Drew e alguns outros iniciandos estão em um canto, rindo. Eles levantam as cabeças quando entro e começam a rir de mim. O riso anasalado de Molly é o mais alto de todos.

Caminho até meu beliche, tentando fingir que eles não estão lá, e remexo a gaveta sob minha cama procurando o vestido que Christina me obrigou a comprar. Com uma mão prendendo a toalha e outra segurando o vestido, eu me levanto, e Peter está bem atrás de mim.

O susto faz com que eu salte, quase batendo a cabeça contra o beliche de Christina. Tento me espremer para passar, mas ele bate com a mão contra a beirada da cama, bloqueando a passagem. Eu deveria ter adivinhado que eles não me deixariam em paz tão facilmente.

— Eu ainda não havia percebido que você é tão magricela, Careta.

— Me deixa em paz. — Não sei como, mas minha voz é firme.

— Não estamos no Eixo, sabia? Ninguém é obrigado a obedecer as ordens dos Caretas aqui. — Seus olhos percorrem meu corpo inteiro, não da maneira luxuriosa com a qual os homens costumam olhar as mulheres, mas cruelmente, examinando cada falha minha. Sinto as batidas do meu coração em meus ouvidos enquanto os outros aproximam-se mais, formando uma matilha atrás de Peter.

Isso não vai ser bom.

Preciso sair daqui.

Do canto do olho, vejo uma passagem livre até a porta. Se eu conseguir mergulhar por baixo do braço de Peter e correr até a porta, talvez consiga escapar.

— Olhem só para ela — diz Molly, cruzando os braços. Ela dá um sorriso cínico. — Ela é praticamente uma criança.

— Não sei não — diz Drew. — Ela até que pode estar escondendo algo sob esta toalha. Por que não damos uma espiada?

Agora! Eu mergulho sob o braço de Peter e me dirijo à porta. Algo agarra e prende a toalha enquanto me movimento, depois puxo-a com força. Vejo a mão de Peter, juntando o tecido em um punho. A toalha escapa da minha mão e sinto o ar frio em meu corpo nu arrepiando os cabelos da minha nuca.

Ouço uma sonora gargalhada e corro o mais rápido possível em direção à porta, segurando o vestido contra meu corpo para tentar cobri-lo. Desço o corredor voando, entro no banheiro e me encosto contra a porta, sem fôlego. Fecho os olhos.

Nada disso importa. Não ligo.

Um soluço escapa da minha boca e cubro-a imediatamente com a mão para silenciá-lo. Não importa o que eles tenham visto. Balanço a cabeça, como se o movimento fosse tornar o que estou pensando em realidade.

Com as mãos tremendo, eu me visto. O vestido é preto e liso, com uma gola cavada que deixa à mostra a tatuagem em minha clavícula, e bate nos meus joelhos.

Quando termino de me vestir e a vontade de chorar passa, sinto algo quente e violento remoendo minhas entranhas. Quero machucá-los.

Encaro meus olhos no espelho. Eu quero machucá-los, e é exatamente isso que vou fazer.

+ + +

Não posso lutar de vestido, então busco roupas novas no Fosso antes de andar até a sala de treinamento para minha última luta. Espero que seja contra Peter.

— Ei, onde você estava hoje de manhã? — pergunta-me Christina quando entro. Forço os olhos para conseguir enxergar o quadro-negro do outro lado da sala. O espaço ao lado do meu nome está em branco; ainda não tenho um oponente.

— Tive que resolver algumas coisas — digo.

Quatro vai até o quadro e escreve um nome ao lado do meu. *Por favor, seja o Peter, por favor, por favor...*

— Você está bem, Tris? Você parece um pouco... — diz Al.

— Um pouco o quê?

Quatro sai da frente do quadro. O nome escrito ao lado do meu é o de Molly. Não é Peter, mas é bom o bastante.

— Um pouco tensa — diz Al.

Minha luta é a última da lista, o que significa que terei que esperar três lutas até poder encará-la. Edward e Peter lutarão logo antes de nós. Ótimo. Edward é o único capaz de vencer Peter. Christina lutará contra Al, o que significa que Al perderá rápido, como tem feito a semana inteira.

— Pegue leve comigo, ok? — pede Al a Christina.

— Não prometo nada — responde ela.

A primeira dupla, Will e Myra, já se encara no centro da arena. Por alguns segundos, eles apenas se movimentam para frente e para trás, desferindo socos no ar e errando chutes. Do outro lado da sala, Quatro apoia-se na parede, bocejando.

Olho para o quadro e tento prever o resultado de cada luta. Não é muito difícil. Depois, roo as unhas e penso em Molly. Christina perdeu para ela, e isso significa que é boa. Ela tem um soco poderoso, mas não costuma mover os pés. Se não conseguir me atingir, não conseguirá me machucar.

Como já era de se esperar, a luta entre Christina e Al é rápida e indolor. Al desaba depois de levar alguns golpes fortes no rosto e não levanta, fazendo com que Eric balance a cabeça, desapontado.

Edward e Peter demoram mais tempo. Embora sejam os dois melhores lutadores, a diferença de qualidade entre eles é clara. O punho de Edward atinge o queixo de Peter com força, e eu me lembro do que Will nos falou a respeito dele, que tem estudado táticas de combate desde os dez anos de idade. Isso fica evidente durante a luta. Ele é mais rápido e esperto até mesmo que Peter.

Ao final da terceira luta, já roí minhas unhas até o talo e a fome da hora do almoço já está batendo. Caminho até a arena, sem olhar para nada e para ninguém, apenas para o centro da sala. Uma parte da minha raiva já passou, mas é fácil ressuscitá-la. Só preciso pensar no quão frio estava o ar e no quão altas foram as gargalhadas. *Olhe para ela. Ela é praticamente uma criança.*

Molly se posiciona diante de mim.

— Aquilo que eu vi na sua nádega esquerda era uma marca de nascença? — diz ela, sorrindo. — Meu Deus, você é tão pálida, Careta.

Ela atacará primeiro. Sempre ataca.

Molly lança o corpo em minha direção, concentrando todo o peso em um soco. Quando avança, eu desvio e enterro o punho em sua barriga, bem acima do umbigo. Antes que ela consiga encostar em mim, escapo com as mão levantadas, pronta para a próxima investida.

Ela não está mais sorrindo. Corre em minha direção como se estivesse tentando me derrubar, e eu me jogo rapidamente para fora do caminho. Ouço a voz de Quatro na minha cabeça, dizendo-me que a melhor arma que tenho é o meu cotovelo. Só preciso descobrir uma maneira de usá-lo.

Bloqueio o soco seguinte com meu antebraço. A pancada machuca, mas quase não percebo. Ela cerra os dentes e solta um grunhido de frustração, parecendo mais um bicho do que uma pessoa. Ela tenta desengonçadamente chutar o lado do meu corpo, mas eu me esquivo, e enquanto está desequilibrada, lanço-me para a frente e jogo o cotovelo em seu rosto. Ela puxa a cabeça para trás bem na hora, e meu cotovelo atinge seu queixo apenas de raspão.

Ela soca minhas costelas e eu tropeço para o lado, recuperando o fôlego. Com certeza, há alguma parte de seu corpo que está esquecendo de proteger. Quero esmurrar o rosto, mas sei que isso não seria inteligente. Suas mãos estão altas demais, protegendo o nariz e as bochechas, mas deixando a barriga e as costelas expostas. Molly e eu temos a mesma falha em combate.

Nossos olhares se encontram por um rápido instante.

Solto um gancho baixo, sob seu umbigo. Meu punho afunda em sua pele, forçando-a a soltar uma pesada baforada de ar pela boca, que sinto em meu ouvido. Enquanto ela recupera o fôlego, dou-lhe uma rasteira e ela se espatifa no chão, levantando uma nuvem de poeira no ar. Puxo o pé para trás e chuto suas costelas com toda a força.

Minha mãe e meu pai não aceitariam que eu batesse em alguém caído no chão.

Não me importo.

Ela se encolhe para proteger o lado do corpo, e eu chuto outra vez, acertando sua barriga. *Como uma criança.* Chuto mais uma vez, atingindo o rosto. O sangue jorra de seu nariz e se espalha. *Olhe para ela.* Outro chute acerta o peito.

Puxo o pé para trás mais uma vez, mas a mão de Quatro agarra meu braço, e ele me puxa para longe dela com uma força impressionante. Eu respiro por entre os dentes cerrados, olhando para o rosto de Molly, coberto de sangue, em um tom de vermelho-escuro, vivo e, de certa maneira, belo.

Ela solta um grunhido e ouço um gorgolejar vindo de sua garganta, depois vejo o sangue começar a escorrer dos seus lábios.

— Você já venceu — murmura Quatro. — Agora pare.

Enxugo o suor da testa. Ele olha para mim. Seus olhos estão muito arregalados; ele parece alarmado.

— Acho que você deveria ir embora — diz ele. — Vá dar uma volta.

— Estou bem — digo. — Agora eu estou bem — repito, para mim mesma.

Eu gostaria de poder dizer que me sinto culpada pelo que fiz.

Mas não me sinto.

CAPÍTULO QUINZE

O Dia da Visita. Assim que abro os olhos, eu me lembro. Meu coração salta, depois afunda quando vejo Molly arrastando-se pelo dormitório, com o nariz roxo entre esparadrapos. Quando ela sai do quarto, confiro se Peter e Drew ainda estão lá. Nenhum dos dois está, então me troco rapidamente. Não me importo mais que alguém me veja com roupas íntimas, desde que não sejam eles.

Todos os outros se trocam em silêncio. Nem mesmo Christina está sorrindo. Todos sabemos que podemos acabar indo até o térreo do Fosso, procurando em cada rosto, e não encontrar ninguém que nos pertença.

Arrumo a cama com os cantos dos lençóis bem esticados, como meu pai ensinou. Ao catar um fio de cabelo do travesseiro, vejo Eric entrar no dormitório.

— Atenção! — anuncia ele, afastando um cacho escuro de cabelo dos seus olhos. — Quero dar-lhes alguns conselhos a respeito do dia de hoje. Se, por algum milagre, suas famílias vierem visitá-los... – Ele passa os olhos pelos nossos rostos e sorri cinicamente – ...o que eu duvido que aconteça, é melhor que vocês não se mostrem muito apegados. Isso facilitará as coisas para vocês e para eles. Nós levamos o lema "facção antes do sangue" muito a sério aqui. O apego à sua família sugere que você não está inteiramente satisfeito com a nova facção, o que seria algo *vergonhoso*. Entenderam?

 Eu entendi. Captei o tom de ameaça na voz dura de Eric. A única parte do discurso que realmente importa para ele é a última: nós somos da Audácia e devemos agir como tal.

 Quando estou saindo do dormitório, Eric vem falar comigo.

 – Talvez eu tenha subestimado você, Careta – diz. – Você foi bem ontem.

 Eu olho para cima e o encaro. Pela primeira vez desde que derrotei Molly, sinto uma pontada de culpa na barriga.

 Se Eric acha que fiz algo certo, então devo ter feito errado.

 – Obrigada – respondo. Escapo rapidamente do dormitório.

 Quando meus olhos se acostumam com a baixa luminosidade do corredor, vejo Christina e Will andando na minha frente. Will está rindo, provavelmente de alguma palhaçada de Christina. Não tento alcançá-los. Não sei bem por que, mas acho que seria errado incomodá-los.

 Não sei onde Al está. Não o vi no dormitório e ele não está indo para o Fosso conosco agora. Talvez já esteja lá.

Corro os dedos pelos meus cabelos e os arrumo em um coque. Confiro minhas roupas; será que estou bem coberta? Minhas calças são justas e minha clavícula está à mostra. Eles não vão aprovar isso.

E o que importa se não aprovarem? Eu contraio a mandíbula. Esta é a minha facção agora. Estas são as roupas que minha facção usa. Paro logo antes do final do corredor.

Grupos de famílias se encontram no andar térreo do Fosso, a maioria de famílias da Audácia, com iniciandos da Audácia. Eles ainda parecem estranhos para mim: uma mãe com um *piercing* na sobrancelha, um pai com o braço tatuado, um iniciando com o cabelo roxo, um saudável núcleo familiar. Vejo Drew e Molly sozinhos em um dos cantos do local e contenho um sorriso. Pelo menos as famílias deles não vieram.

Mas a de Peter veio. Ele está ao lado de um homem alto com sobrancelhas volumosas e uma mulher baixa, de aparência fraca e cabelos vermelhos. Os dois usam calças pretas e camisas brancas, roupas típicas da Franqueza, e seu pai fala tão alto que eu quase posso ouvi-lo de onde estou. Será que eles sabem o tipo de filho que têm?

Mas, e eu... que tipo de pessoa sou, afinal?

Do outro lado do Fosso, Will está acompanhado de uma mulher que usa um vestido azul. Ela não parece ser velha o bastante para ser sua mãe, mas tem a mesma ruga entre as sobrancelhas que ele, e o mesmo cabelo dourado. Ele me disse certa vez que tinha uma irmã; talvez seja ela.

Ao seu lado, Christina abraça uma mulher morena com as roupas azuis e brancas da Franqueza. Atrás da Christina, vejo uma menina jovem, também da Franqueza. Sua irmã mais nova.

Será que me dou ao trabalho de procurar os meus pais na multidão? Eu poderia simplesmente dar meia volta e retornar ao dormitório.

De repente, vejo-a. Minha mãe está sozinha perto da grade, com as mãos juntas em frente ao corpo. Nunca a havia visto tão deslocada, com suas calças largas e cinza e sua jaqueta cinza abotoada até o pescoço, o cabelo preso de maneira simples e o rosto plácido. Começo a caminhar em sua direção enquanto as lágrimas brotam dos meus olhos. Ela veio. Veio me ver.

Acelero o passo. Ela me vê e, por um instante, sua expressão não muda, como se não me reconhecesse. Mas então seus olhos se acendem e ela abre os braços. Ela cheira a sabão e a detergente de roupas.

— Beatrice — sussurra. Ela acaricia meu cabelo.

Não chore, digo a mim mesma. Eu a abraço e pisco até conseguir me livrar da umidade em meus olhos, depois a solto e olho para ela novamente. Sorrio com lábios fechados, da mesma maneira que ela. Ela toca meu rosto.

— Olhe só para você — diz. — Está mais forte. — Ela coloca o braço sobre meus ombros. — Diga-me como você está.

— Você primeiro. — Retorno aos velhos hábitos. Devo permitir que ela fale primeiro. Não devo deixar que a conversa se concentre em mim por muito tempo. Devo me certificar de que ela não esteja precisando de alguma coisa.

— Hoje é uma ocasião especial — diz ela. — Eu vim vê-la, então vamos falar mais sobre você. Considere isso como um presente meu.

Minha mãe altruísta. Ela não deveria estar me dando presentes, não depois que eu abandonei a ela e ao meu pai. Caminho com ela em direção à grade sobre o abismo, feliz de estar ao seu lado. Não havia percebido o quão pouco afeto tive durante este período de uma semana e meia. Em casa, nós não tocávamos muito um no outro, e o máximo que vi meus pais fazendo foi segurando as mãos na mesa de jantar, mas mesmo assim era mais do que isto, mais do que aqui.

— Posso fazer só uma pergunta? — Sinto o coração pulsar em minha garganta. — Onde está o papai? Ele foi visitar Caleb?

— Ah. — Ela mexe a cabeça. — Seu pai teve que trabalhar. Olho para o chão.

— Se ele tiver se recusado a vir, você pode me falar.

Seus olhos estudam meu rosto.

— Seu pai tem sido egoísta ultimamente. Isso não significa que ele não a ame, juro.

Eu a encaro, estupefata. Egoísta, meu pai? É muito estranho ela usar um adjetivo assim, ainda mais para descrever meu pai. Olhando para ela, não consigo definir se está brava. Mas deve estar; se está chamando meu pai de *egoísta*, só pode estar brava.

— E Caleb? — pergunto. — Você o visitará mais tarde?

— Eu gostaria muito — diz ela —, mas a Erudição proibiu os visitantes da Abnegação de entrarem em seu complexo. Se eu tentasse, seria expulsa.

— O quê? — pergunto chocada. — Isso é horrível. Por que eles fariam algo assim?

— A tensão entre nossas facções está mais alta do que nunca — diz ela. — Gostaria que fosse diferente, mas há pouco o que eu possa fazer a respeito.

Imagino Caleb parado entre os iniciandos da Erudição, procurando minha mãe na multidão, e sinto uma pontada na barriga. Ainda estou com um pouco de raiva por ele ter mantido tantos segredos de mim, mas não quero que sofra.

— Isso é horrível — repito. Volto meus olhos para o abismo.

Quatro está parado sozinho diante da grade. Embora ele não seja mais um iniciando, muitos dos membros da Audácia se reúnem com suas famílias durante o Dia da Visita. Ou sua família não gosta de se reunir, ou ele não era originalmente da Audácia. De qual facção ele poderia ter vindo?

— Aquele ali é um dos meus instrutores. — Eu me aproximo dela e continuo: — Ele é um pouco assustador.

— Ele é *bonito* — diz ela.

Concordo com a cabeça sem pensar. Ela ri, e tira o braço dos meus ombros. Quero mantê-la longe do Quatro, mas, quando estou prestes a sugerir que a gente vá para outro lugar, ele olha para nós.

Seus olhos se arregalam quando vê minha mãe. Ela lhe oferece a mão.

— Olá. Meu nome é Natalie — diz ela. — Sou a mãe de Beatrice.

É a primeira vez que vejo minha mãe apertar a mão de alguém. Quatro oferece a sua lentamente, aparentando nervosismo, e sacode a mão da minha mãe duas vezes. Ambos parecem pouco à vontade com o gesto. Se ele não consegue apertar a mão de alguém com naturalidade, Quatro certamente não nasceu na Audácia.

— Quatro — diz. — É um prazer conhecê-la.

— Quatro — repete minha mãe, sorrindo. — É um apelido?

— Sim. — Ele não prolonga o assunto. Qual será o nome dele de verdade? — Sua filha está indo bem aqui. Tenho supervisionado o treinamento.

Desde quando "supervisionar" alguém significa atirar-lhe facas e dar-lhe broncas a todo instante?

— Fico feliz em saber — diz ela. — Tenho algum conhecimento a respeito da iniciação da Audácia e estava preocupada com ela.

Ele olha para mim, e seus olhos percorrem meu rosto, do nariz até o queixo. Em seguida, diz:

— Não precisa se preocupar.

Não consigo evitar a vermelhidão que invade meu rosto. Espero que não seja perceptível.

Será que ele está apenas tentando tranquilizá-la porque é minha mãe, ou será que ele realmente acredita que eu seja habilidosa? E por que me olhou daquela maneira?

Minha mãe inclina a cabeça.

— Não sei por que, mas você me parece familiar, Quatro.

— Também não consigo imaginar de onde poderia ser — responde ele, em um tom de voz subitamente frio. — Não costumo me associar a pessoas da Abnegação.

Minha mãe solta uma risada. Seu riso é leve, quase como um sopro de vento.

— Hoje em dia, poucas pessoas se associam. Sei que não é nada pessoal — diz ela.

Ele parece relaxar um pouco.

— Bem, vou deixar vocês matarem a saudade em paz.

Minha mãe e eu o observamos ir embora. O ronco do rio abaixo enche meus ouvidos. Talvez Quatro fosse da Erudição, o que explicaria seu ódio pela Abnegação. Ou talvez acredite nos artigos que a Erudição lança sobre nós. Sobre *eles*, sou obrigada a me corrigir. Mas foi gentil da parte dele dizer a minha mãe que estou indo bem, quando sei que não é isso o que ele acha.

— Ele é sempre assim? — diz ela.

— Costuma ser pior.

— Você já fez alguma amizade? — pergunta ela.

— Algumas — digo. Olho para trás e vejo Will, Christina e suas famílias. Quando Christina me vê, ela me chama com um gesto de mão, sorrindo, então eu e minha mãe atravessamos o Fosso em sua direção.

No entanto, antes que possamos alcançá-los, uma mulher baixa e gorda com uma camisa listrada de branco e preto toca o meu braço. Eu estremeço, segurando-me para não afastar sua mão com um tapa.

— Com licença — diz ela. — Você conhece meu filho? Albert?

— Albert? — repito. — Ah, você quer dizer o Al? Sim, eu o conheço.

— Você sabe onde podemos encontrá-lo? — pergunta, apontando para um homem atrás dela. Ele é alto e largo como um trator. Com certeza é o pai do Al.

— Desculpe, não o vi esta manhã. Talvez vocês o encontrem lá em cima. — Aponto para o teto de vidro acima de nós.

— Ai, meu Deus — diz a mãe dele, abanando o rosto com a mão. — Eu preferiria evitar esse caminho. Quase tive um ataque de pânico na descida. Por que vocês não instalam um corrimão? Você são todos loucos, por acaso?

Esboço um sorriso. Há algumas semanas, poderia ter me ofendido com esse tipo de pergunta, mas agora passo bastante tempo com os transferidos da Franqueza e não me surpreendo mais com sua falta de tato.

— Loucos, não — digo. — Somos audazes. Caso eu o encontre, direi que vocês estão procurando por ele.

Reparo que minha mãe está sorrindo da mesma maneira que eu. Ela não está reagindo como alguns outros pais de transferidos, girando a cabeça para todos os lados e olhando para as paredes e o teto do Fosso ou então para dentro do abismo. É claro que ela não está curiosa; ela é da Abnegação. A curiosidade não faz parte da sua cultura.

Apresento minha mãe a Will e a Christina, que me apresenta a sua mãe e a sua irmã. Quando Will me apresenta a sua irmã mais velha, Cara, ela me lança um olhar que faria uma planta secar e não estende a mão para mim. Encara minha mãe.

— Não acredito que você seja amigo de um *deles*, Will — diz ela.

Minha mãe contrai os lábios, mas é claro que não diz nada.

— Cara — diz Will, fazendo uma careta —, não precisa ser *mal-educada*.

— Não preciso, é? Você sabe quem ela é? — Ela aponta para minha mãe. — Ela é a *mulher* de um dos membros do conselho. Coordena uma "agência de voluntários" que supostamente oferece ajuda aos sem-facção. Você pensa que eu não sei que vocês estão apenas desviando os produtos para distribuir para a sua própria facção, enquanto *nós* ficamos sem comida fresca por um mês, hein? Comida para os sem-facção, uma ova!

— Desculpe — diz minha mãe, delicadamente. — Acredito que você esteja equivocada.

— Equivocada. Ah! — grita Cara. — Então vocês devem ser exatamente o que parecem, não é? Uma facção de bobos alegres e bonzinhos, sem uma gota de egoísmo no corpo. Está bem.

— Não fale assim com minha mãe — interfiro, com o rosto quente. Cerro os punhos. — Não diga mais uma palavra, ou eu juro que quebro o seu nariz.

— Calma aí, Tris — diz Will. — Você não vai socar minha irmã.

— Ah, é? — digo, erguendo as duas sobrancelhas. — Não vou, é?

— Não, você não vai. — Minha mãe segura meu ombro. — Vamos, Beatrice. Não queremos incomodar a irmã do seu amigo.

Sua voz é gentil, mas sua mão aperta meu braço com tanta força que a dor me obriga a me afastar. Ela caminha rapidamente comigo em direção ao refeitório. Logo antes de o alcançarmos, no entanto, faz uma curva fechada para a esquerda e entramos em um corredor escuro que eu ainda não conhecia.

— Mãe — digo. — Mãe, como você sabe aonde estamos indo?

Ela para ao lado de uma porta trancada e se estica na ponta dos pés, examinando a base da luminária azul pendurada do teto. Ela acena com a cabeça alguns segundos depois e olha novamente para mim.

— Eu disse para você não perguntar nada sobre mim. Estava falando sério. Está realmente tudo bem, Beatrice? Como foram as lutas? Em que posição você está?

— Posição? — pergunto. — Você sabe que eu tenho lutado? Você sabe que estão nos classificando em posições?

— O processo de iniciação da Audácia não é exatamente uma informação ultrassecreta.

Não sei o quão fácil é descobrir o que outra facção faz durante o processo de iniciação, mas suspeito que não seja *tão* fácil assim. Lentamente, eu digo:

— Estou entre os últimos colocados, mãe.

— Ótimo. — Ela acena novamente. — Ninguém presta muita atenção nos últimos colocados. Agora, isso é muito importante, Beatrice: qual foi o resultado do seu teste de aptidão?

Os avisos de Tori ecoam dentro da minha cabeça. *Não diga nada a ninguém.* Eu deveria dizer a ela que meu resultado foi a Abnegação, porque foi isso o que a Tori registrou no sistema.

Encaro os olhos da minha mãe, com o seu tom pálido de verde e um borrão escuro de cílios ao redor. Ela tem algumas rugas ao redor da boca, mas fora isso parece mais nova do que realmente é. Estas marcas ficam mais evidentes quando ela cantarola, como costumava fazer ao lavar a louça.

Ela é minha mãe.

Posso confiar nela.

— Foi inconclusivo.

— Foi o que pensei. — Ela suspira. — Muitas crianças criadas na Abnegação recebem esse resultado. Não sabemos o motivo. Mas você precisa ter muito cuidado durante o próximo estágio na iniciação, Beatrice. Não importa o que aconteça, tente se misturar aos outros. Não chame atenção para si mesma. Entendeu?

— Mãe, o que está acontecendo?

— A facção que você escolheu não importa para mim — diz ela, encostando a mão em meu rosto. — Sou sua mãe e quero apenas o seu bem.

— É porque sou uma... — Começo a dizer, mas ela aperta a mão contra meus lábios.

— Não diga isso — sussurra ela. — Nunca.

Então, Tori estava certa. Ser Divergente é realmente algo perigoso. Mas ainda não consigo entender o motivo ou o que isso tudo significa.

— Por quê?

Ela balança a cabeça.

— Não posso dizer.

Ela olha para trás, onde mal se pode ver a luz do andar térreo do Fosso. Ouço gritos e conversas, risadas e ruídos de passos. O cheiro do refeitório alcança minhas narinas, doce e espesso: pão fresco. Ao me encarar novamente, minha mãe cerra os dentes.

— Há algo que eu quero que você faça — diz ela. — Não posso visitar seu irmão, mas você pode, quando terminar a iniciação. Quero que vá até lá e peça para ele fazer uma pesquisa sobre o soro de simulação. Está bem? Você pode fazer isso por mim?

— Só se você me *explicar* um pouco isso tudo, mãe! — Cruzo os braços. — Se você quer que eu faça um passeio pelo complexo da Erudição, é melhor me dar uma boa razão para isso!

— Não posso. Desculpe. — Ela beija minha bochecha e afasta uma mecha de cabelo que caiu do coque atrás da minha orelha. — É melhor eu ir embora agora. Será melhor para você se nós não parecermos muito apegadas.

— Não me importo com o que eles acham de mim — digo.

— Mas deveria se importar — responde ela. — Suspeito que eles já estejam monitorando você.

Ela se afasta, mas eu estou estupefata demais para segui-la. Ao chegar no final do corredor, ela se vira e diz:

— Coma um pedaço de bolo por mim, está bem? O de chocolate. É delicioso. — Ela sorri de uma maneira estranha e torta, e diz:

— Você sabe que eu te amo.

E então, ela se vai.

Fico sozinha sob a luz azul vinda da luminária acima de mim, e de repente entendo:

Ela já esteve neste complexo antes. Ela se lembrava deste corredor. Ela conhece o processo de iniciação.

Minha mãe era da Audácia.

CAPÍTULO DEZESSEIS

NAQUELA TARDE, VOLTO para o dormitório, enquanto todos estão com suas famílias, e encontro Al sentado em sua cama, encarando o espaço na parede onde o quadro-negro costuma ficar. Quatro retirou o quadro ontem para calcular nossas colocações no primeiro estágio.

— Aí está você! — digo. — Seus pais estavam te procurando. Eles te encontraram?

Ele balança a cabeça.

Sento a seu lado na cama. Minha perna tem praticamente metade da grossura da dele. Está usando bermudas pretas. Em seu joelho, há um machucado roxo e uma cicatriz.

— Você não quis vê-los?

— Não queria que eles me perguntassem como estou indo — diz ele. — Eu teria que dizer, e eles saberiam se estivesse mentindo.

— Bem... — Esforço-me para encontrar algo para dizer.

— E qual é o problema em como você está indo?

Al solta uma risada forçada.

— Perdi todas as lutas desde minha vitória contra o Will. Não estou indo nada bem.

— Mas foi uma escolha sua. Você não poderia dizer isso a eles?

Ele sacode a cabeça.

— Meu pai sempre quis que eu viesse para cá. Quer dizer, eles diziam que queriam que eu ficasse na Franqueza, mas só porque era isso o que eles deveriam dizer. Eles sempre admiraram a Audácia, tanto meu pai quanto minha mãe. Eles não entenderiam se eu tentasse explicar.

— Ah. — Bato com os dedos em meu joelho. Depois olho para ele. — É por isso que você escolheu a Audácia? Por causa dos seus pais?

Al balança a cabeça.

— Não. Acho que foi porque... acredito que seja importante proteger as pessoas. Defendê-las. Como você fez comigo. — Ele sorri para mim. — É isso o que a Audácia deveria fazer, não é? Isso sim é coragem. Não... machucar os outros sem motivo.

Lembro-me do que Quatro me disse, que o trabalho em equipe costumava ser uma prioridade na Audácia. Como será que era a Audácia naquela época? O que eu teria aprendido se estivesse aqui quando minha mãe ainda pertencia à facção? Talvez eu não tivesse quebrado o nariz da Molly. Ou ameaçado a irmã do Will.

Sinto uma pontada de culpa.

— Talvez as coisas melhorem quando a iniciação terminar — digo.
— Pena que eu talvez fique em último lugar — afirma Al.
— Acho que vamos descobrir hoje à noite, não é?

Permanecemos sentados em silêncio, um ao lado do outro, por alguns instantes. É melhor estar aqui, em silêncio, do que no Fosso, assistindo a todo mundo se divertir com suas famílias.

Meu pai costumava dizer que, às vezes, a melhor maneira de ajudar alguém é simplesmente ficando a seu lado. Sinto-me bem quando faço algo que eu sei que lhe daria orgulho, como se isso compensasse todas as coisas que fiz das quais ele não se orgulharia.

— Sabia que me sinto mais corajoso quando estou a seu lado? — pergunta Al. — Como se eu pudesse realmente pertencer a este lugar, da mesma forma que você pertence.

Estou prestes a responder, quando ele estica o braço e o coloca sobre meus ombros. De repente, fico paralisada, com as bochechas ardendo.

Não queria que minhas suspeitas a respeito dos sentimentos que Al nutre por mim estivessem certas. Mas parece que estão.

Não me apoio nele. Apenas endireito o corpo, fazendo com que seu braço caia dos meus ombros. Então, aperto as mãos uma contra a outra sobre meu colo.

— Tris, eu... — Ele hesita. Sua voz parece cansada. Olho para ele. Seu rosto está tão vermelho quanto eu sinto que o meu deve estar, mas não está chorando. Está apenas envergonhado.

— É... desculpe — diz ele. — Eu estava tentando... é... desculpe.

Queria poder dizer-lhe que não é nada pessoal. Poderia dizer que meus pais quase nunca se davam as mãos, mesmo em nossa própria casa, e portanto me acostumei a me retrair diante de gestos afetuosos, porque eles me educaram a levar tais gestos muito a sério. Talvez, se dissesse isso, não haveria esta camada de dor sob seu rubor envergonhado.

Mas é claro que é algo pessoal. Ele é meu amigo e nada mais. O que poderia ser mais pessoal do que isso?

Eu respiro e, ao soltar o ar, forço um sorriso.

— Desculpe pelo quê? — pergunto, tentando soar o mais natural possível. Eu limpo minhas calças com a mão, embora elas não estejam sujas, e me levanto.

— É melhor eu ir embora — digo.

Ele faz que sim com a cabeça sem olhar para mim.

— Você vai ficar bem? — pergunto. — Quer dizer... por causa dos seus pais. Não por... — Corto a frase no meio. Não saberia o que dizer se continuasse falando.

— Ah, claro. — Ele acena novamente, de maneira excessivamente enfática. — Nos vemos mais tarde, Tris.

Tento não sair do dormitório rápido demais. Quando a porta se fecha atrás de mim, levo a mão à testa e sorrio um pouco. Apesar da situação constrangedora, é bom saber que alguém gosta de você.

+ + +

Falar das visitas das nossas famílias seria doloroso demais, então o único assunto entre os iniciandos à noite é a classificação final do primeiro estágio. Sempre que alguém perto de mim fala disso, olho fixamente para algum lugar do outro lado da sala e o ignoro.

Minha posição não pode ser tão ruim agora quanto era no começo, especialmente depois que derrotei Molly, mas talvez não seja boa o bastante para me classificar entre os dez primeiros no final da iniciação, especialmente quando os iniciandos nascidos na Audácia forem incluídos na conta.

Durante o jantar, sento-me em uma mesa de canto com Christina, Will e Al. Estamos desagradavelmente perto de Peter, Drew e Molly, que se sentam à mesa ao lado. Sempre que a conversa na nossa mesa morre, ouço tudo o que eles falam. Eles estão fazendo especulações a respeito das classificações. Que surpresa!

— Você não podia ter *animais de estimação*? — pergunta Christina, indignada, dando um tapa na mesa. — Por que não?

— Porque, se você parar para pensar, não faz nenhum sentido lógico — diz Will, como se fosse a coisa mais óbvia do mundo. — Qual é o sentido de alimentar e cuidar de um animal que apenas suja suas coisas, faz a sua casa feder e, invariavelmente, acaba morrendo?

— O *sentido* é... — Christina perde o fio da meada e inclina a cabeça para o lado. — Bem, eles são divertidos. Eu tinha um buldogue chamado Chunker. Uma vez, deixamos um frango assado inteiro sobre a copa da cozinha para esfriar e, quando minha mãe foi ao banheiro, ele o puxou para o chão e o devorou inteiro, com os ossos, a pele e tudo mais. Nós morremos de rir.

— Nossa, isso realmente me fez mudar de ideia. Por que eu não iria querer morar com um animal que come toda a minha comida e destrói a minha cozinha? — Will balança a cabeça. — Por que você não arruma um cachorro depois da iniciação, se está se sentindo tão nostálgica?

— Porque não. — Christina desfaz o sorriso e cutuca a batata com o garfo. — Minha simpatia por cachorros meio que já era. Depois... vocês sabem, do teste de aptidão.

Nós trocamos olhares. Todos sabemos que não devemos discutir o teste, nem mesmo agora que já escolhemos. Para eles, no entanto, a regra talvez não seja tão séria quanto para mim. Meu coração bate loucamente. Para mim, a regra significa proteção. Ela evita que eu seja obrigada a mentir para meus amigos a respeito do resultado. Sempre que penso na palavra "Divergente", ouço a advertência de Tori, e agora a da minha mãe também. *Não conte para ninguém. É perigoso.*

— Você quer dizer... matar o cachorro, não é? — pergunta Will.

Havia praticamente me esquecido disso. Os que tiveram como resultado a aptidão para a Audácia pegaram a faca durante a simulação e esfaquearam o cachorro quando ele atacou. Não me admira que Christina não queira mais ter um cachorro de estimação. Eu cubro minhas mãos com as mangas da camisa e entrelaço os dedos.

— É — responde ela. — Quer dizer, vocês todos tiveram que fazer aquilo, não tiveram?

Ela olha primeiro para o Al, depois para mim. Seus olhos escuros se estreitam, e ela diz:

— *Você* não teve.
— Oi?
— Você está escondendo alguma coisa — afirma ela. — Está inquieta.
— O quê?
— Na Franqueza, nós aprendemos a ler a linguagem corporal das pessoas, para sabermos quando alguém está mentindo ou escondendo algo de nós — diz Al, cutucando-me com o cotovelo. Pronto. Agora as coisas entre nós já parecem normais novamente.
— Ah. — Eu coço a nuca. — Bem...
— Viu, você está se entregando de novo! — diz ela, apontando para minha mão.

Sinto como se estivesse engolindo a batida do meu próprio coração. Como conseguirei mentir sobre o resultado se eles sabem identificar quando não estou sendo sincera? Terei que controlar minha linguagem corporal. Abaixo uma das mãos, depois prendo as duas entre as pernas. Será que é isso que uma pessoa honesta faria?

Posso pelo menos falar a verdade a respeito do cachorro.

— Não, eu não matei o cachorro.
— Como o seu resultado foi Audácia se você não usou a faca? — diz Will, encarando-me com os olhos semicerrados.

Eu o encaro de volta e digo de maneira natural:
— Meu resultado não foi Audácia, foi Abnegação.

Isso é uma meia verdade. Tori registrou o meu resultado como Abnegação, portanto, é o que consta no sistema.

Qualquer um que tenha acesso aos dados pode conferir. Eu continuo encarando Will por alguns segundos. Desviar o olhar seria suspeito. Depois, dou de ombros e enfio meu garfo em um pedaço de carne. Espero que eles tenham acreditado em mim. Precisam acreditar.

— Mas você escolheu a Audácia mesmo assim? — diz Christina. — Por quê?

— Eu já disse — respondo, sorrindo debochadamente. — Por causa da comida.

Ela solta uma risada.

— Vocês sabiam que a Tris nunca tinha visto um hambúrguer antes de chegar aqui?

Ela começa a contar a história do nosso primeiro dia, e eu relaxo o corpo, embora ainda me sinta pesada. Não deveria mentir para os meus amigos. Isso cria mais uma barreira entre nós, e já há barreiras demais para o meu gosto. Barreiras como a que foi erguida quando Christina pegou a bandeira ou quando eu rejeitei Al.

Depois do jantar, voltamos para o dormitório. É difícil não ir correndo, sabendo que as colocações estarão no quadro-negro quando chegarmos. Quero acabar logo com isso. Na porta do dormitório, Drew me empurra contra a parede para passar na minha frente. Meu ombro raspa contra a pedra, mas continuo andando.

Sou baixa demais para conseguir enxergar alguma coisa por trás da multidão de iniciandos que está em pé no fundo da sala, mas, quando consigo achar um espaço entre duas cabeças, vejo que o quadro-negro está no chão, apoiado na perna de Quatro e virado para o outro lado. Ele está parado, com um pedaço de giz na mão.

— Para os que acabaram de chegar, vou explicar como a classificação foi determinada — diz ele. — Depois do primeiro ciclo de lutas, nós os classificamos de acordo com seus níveis de habilidade. O número de pontos que vocês receberam depende do seu nível de habilidade e do nível de habilidade do oponente que você derrotou. Vocês ganham mais pontos por demonstrarem progresso, ou quando derrotam alguém com um nível alto de habilidade. Eu não recompenso ninguém por se aproveitar dos mais fracos. Isso não passa de covardia.

Acho que seus olhos param em Peter quando ele fala esta última frase, mas Quatro desvia o olhar tão rapidamente que não há como ter certeza.

— Se você está em uma posição alta, perde pontos se for derrotado por alguém de uma posição baixa.

Molly faz um som desagradável com a boca, como um grunhido ou um murmúrio.

— O segundo estágio terá um peso maior do que o primeiro, porque está mais intimamente relacionado com a superação da covardia — continua ele. — Dito isso, é extremamente difícil atingir uma alta colocação no final da iniciação se sua colocação no primeiro estágio tiver sido baixa.

Eu troco meu pé de apoio, tentando conseguir uma visão melhor dele. Quando consigo, desvio imediatamente o olhar. Seus olhos já estão voltados para mim, provavelmente atraídos pelo meu movimento irrequieto.

— Nós anunciaremos os cortes amanhã — diz Quatro. — O fato de que vocês são transferidos e os outros iniciandos são nascidos na Audácia não será levado em consideração. Quatro de vocês poderão ficar sem facção amanhã, e nenhum deles. Ou quatro deles poderão ficar sem facção, e nenhum de vocês. Ou qualquer outra combinação entre estas duas. Dito isso, eis as suas colocações.

Ele pendura o quadro em um gancho e se afasta para que possamos ver:

1. Edward
2. Peter
3. Will
4. Christina
5. Molly
6. Tris

Sexta? Não é possível que eu seja a sexta colocada. Derrotar Molly deve ter me ajudado mais do que eu imaginava. E parece que perder para mim a prejudicou. Volto a ler o final da lista.

7. Drew
8. Al
9. Myra

Al não está em último, mas, a não ser que os iniciandos nascidos na Audácia tenham falhado terrivelmente em sua versão do primeiro estágio, ele já é um sem-facção.

Olho para Christina. Ela inclina a cabeça e olha com uma cara intrigada para o quadro-negro. E ela não é a única. Um silêncio inquietante paira sobre o quarto, como se estivesse equilibrado precariamente sobre a beirada de um desfiladeiro.

De repente, ele cai.

— O quê? — pergunta Molly, irada. Ela aponta para Christina. — Eu a derrotei! Eu a derrotei em *minutos*, e ela está em uma colocação *melhor* que a minha?

— Se quiser assegurar uma boa colocação para si mesma, eu sugiro que pare de perder para oponentes com colocações baixas — diz Quatro, entre os lamentos e murmúrios dos outros iniciandos. Ele guarda o giz no bolso e passa direto por nós, sem olhar para mim. Suas palavras me magoam um pouco, já que eu sou a oponente de colocação baixa a qual ele se refere.

Parece que Molly se dá conta disso também.

— Você — diz ela, voltando seus olhos semicerrados para mim. — *Você* vai pagar caro por isso.

Fico esperando que ela me ataque ou me bata, mas apenas gira o corpo para o outro lado e se retira do dormitório. Isso é ainda pior. Se ela tivesse explodido para cima de mim, sua raiva se esgotaria rapidamente depois de um ou dois socos. Mas sua saída significa que ela quer planejar algo. Sua saída significa que eu precisarei estar constantemente em alerta.

Peter não disse nada quando as posições foram reveladas, o que é algo surpreendente, dada sua inclinação para reclamar de tudo o que vá contra a sua vontade. Ele apenas caminha até seu beliche e se senta, desamarrando os cadarços de seus sapatos. Isso faz com que eu fique ainda mais inquieta. Não existe a menor chance de ele estar satisfeito com o segundo lugar. Não o Peter.

Will e Christina batem um na mão do outro, depois Will dá um tapinha nas minhas costas, com sua mão enorme, que é maior do que a minha omoplata.

— Olha só! Número seis, hein! — diz ele, sorrindo.

— Pode não ser o bastante — lembro a ele.

— Vai ser, não se preocupe — diz ele. — Vamos comemorar.

— Isso, vamos — diz Christina, segurando meu braço com uma mão e o braço de Al com a outra. — Vamos, Al. Você ainda não sabe como os nascidos na Audácia se saíram. Não há como ter certeza de nada ainda.

— Eu só quero me deitar — murmura ele, soltando seu braço.

Já no corredor, é fácil esquecer Al, a vingança da Molly e a calma suspeita do Peter, e é fácil também fingir que o que nos separa como amigos não existe. Mas, bem no fundo, não consigo deixar de pensar que Christina e Will são meus concorrentes. Se quero batalhar para chegar aos dez primeiros colocados, terei que derrotá-los primeiro.

Só espero que eu não seja obrigada a traí-los durante o processo.

+ + +

Tenho dificuldade em dormir à noite. Eu costumava achar o dormitório barulhento, com todas as respirações dos outros, mas hoje ele parece silencioso. Quando fica assim, penso na minha família. Felizmente, o barulho no complexo da Audácia costuma ser constante.

Se minha mãe era da Audácia, por que ela escolheu a Abnegação? Será que ela amava o clima de paz, de rotina, de bondade, e todas estas coisas das quais sinto falta quando me permito lembrar do meu passado?

Pergunto-me se alguém aqui a conheceu quando jovem e pode me dizer como ela era. Mesmo se alguém lembrasse, provavelmente não iria querer falar sobre o assunto. Os transferidos de facção não devem falar sobre suas antigas facções depois de se tornarem membros. Isso supostamente torna mais fácil transferir a lealdade da família para a facção e aceitar o princípio de "facção antes do sangue".

Enterro o rosto no travesseiro. Ela pediu para que eu pedisse a Caleb para pesquisar o soro de simulação. Mas por quê? Será que isso tem algo a ver com o fato de eu ser uma Divergente, de eu estar em perigo, ou será que é algo completamente diferente? Solto um suspiro. Tenho milhares de perguntas a fazer, e ela foi embora antes que eu pudesse perguntar qualquer uma delas. Agora, elas flutuam na minha cabeça, e duvido que conseguirei dormir antes que consiga respondê-las.

Ouço um tumulto do outro lado do quarto e levanto a cabeça do travesseiro. Meus olhos não estão acostumados com o escuro, então encaro o breu absoluto como se estivesse olhando para o lado de dentro das minhas pálpebras. Ouço os ruídos de uma confusão e de um tênis arrastando no chão. Depois, o ruído surdo de uma grande pancada.

De repente, ouço um urro que faz o meu sangue gelar e o meu cabelo arrepiar. Jogo o lençol para o lado e me levanto, com os pés descalços no chão de pedra. Ainda não consigo enxergar bem o bastante para descobrir a origem do som, mas vejo um monte escuro no chão a alguns beliches de distância. Outro urro invade meus ouvidos.

— Acendam as luzes! — grita alguém.

Caminho em direção ao som, vagarosamente, para não tropeçar em nada. Sinto-me como se estivesse em transe. Não quero ver de onde estão vindo os urros. Urros assim costumam ser acompanhados de sangue e ossos e dor; é um tipo de urro que vem do fundo do estômago e se estende por cada centímetro do corpo.

As luzes se acendem.

Edward está caído no chão ao lado da cama, com as mãos sobre o rosto. Ao redor da sua cabeça há uma poça de sangue e, entre os dedos que cobrem seu rosto, o cabo prateado de uma faca. Com o coração batendo em meus ouvidos, reconheço o objeto como uma faca de manteiga do refeitório. A navalha está cravada em seu olho.

Myra, que se encontra aos pés de Edward, solta um grito. Mais alguém grita, outra pessoa chama por socorro, e Edward continua no chão, contorcendo-se e urrando de dor. Eu me ajoelho ao lado de sua cabeça, com os joelhos dentro da poça de sangue, e apoio a mão em seu ombro.

— Fique parado — digo.

Estou calma, embora não consiga ouvir nada, como se a minha cabeça estivesse debaixo d'água. Edward se debate outra vez, e repito mais alto e com mais firmeza:

— Eu disse para você ficar *parado*. Respire.

— Meu olho! — grita ele.

Sinto um cheiro pútrido. Alguém vomitou.

— Tira isso do meu olho! — grita. — Arranca, arranca, arranca!

Sacudo a cabeça, depois me dou conta de que ele não consegue me ver. Uma gargalhada brota de dentro de mim. Estou histérica. Preciso reprimir a histeria se quiser ajudá-lo. Preciso me esquecer de mim mesma.

— Não — digo. — Você precisa esperar que o médico a retire. Está escutando? Deixe que o médico a retire. E respire.

— Está doendo — soluça ele.

— Eu sei que está. — Ouço a voz da minha mãe no lugar da minha. Vejo-a ajoelhada diante de mim na calçada em frente à nossa casa, enxugando as lágrimas do meu rosto no dia em que ralei o joelho. Eu tinha cinco anos.

— Vai ficar tudo bem. — Tento falar de maneira firme, como se não estivesse apenas tranquilizando-o, mas a verdade é que estou. Não sei se vai ficar tudo bem. Na verdade, suspeito que não.

Quando a enfermeira chega e pede para eu me afastar, obedeço. Minhas mãos e meus joelhos estão ensopados de sangue. Quando olho ao redor, percebo que apenas dois dos transferidos não estão entre nós.

Drew.
E Peter.

+ + +

Depois que levam Edward embora, levo uma muda de roupas para o banheiro e lavo as mãos. Christina me acompanha e fica parada ao lado da porta, mas não fala nada, e prefiro assim. Não há muito o que dizer.

Esfrego as linhas da minha mão e raspo a parte de baixo das unhas para limpar o sangue. Visto as calças que eu trouxe e jogo as sujas no lixo. Pego o máximo de toalhas de papel que consigo carregar. Alguém precisa limpar a sujeira no dormitório e, como duvido que conseguirei voltar a dormir algum dia, resolvo tomar a iniciativa.

Quando estico o braço para girar a maçaneta da porta, Christina diz:

— Você sabe quem fez isso, não sabe?
— Sei.
— Será que devemos contar para alguém?
— Você realmente acha que alguém da Audácia vai fazer algo a respeito? — digo. — Depois que eles a penduraram do abismo? Depois que nos obrigaram a espancar uns aos outros até desmaiarmos?

Ela não diz nada.

Depois disso, passo meia hora ajoelhada no chão do dormitório, esfregando o sangue de Edward. Christina joga fora as toalhas sujas e me traz outras limpas. Não vejo Myra; ela deve ter acompanhado Edward até o hospital.

Ninguém dorme muito aquela noite.

+ + +

— Sei que isso vai soar estranho — diz Will —, mas eu preferia não ter o dia de folga hoje.

Faço que sim com a cabeça. Sei o que ele quer dizer. Ter algo para fazer ajudaria a me distrair e, se há uma coisa de que preciso agora, é de distração.

Eu ainda não passei muito tempo sozinha com Will, mas Christina e Al estão cochilando no dormitório, e nenhum de nós dois queria ficar naquele quarto por muito tempo. Will não me disse isso, mas eu sei.

Raspo uma unha na parte de baixo de outra. Eu esfreguei bem as mãos depois de limpar o sangue de Edward, mas ainda sinto como se elas estivessem sujas. Will e eu andamos a esmo. Não há para onde ir.

— Nós poderíamos ir visitá-lo — sugere Will. — Mas o que diríamos? "Eu não conheço você muito bem, mas lamento por você ter sido esfaqueado no olho"?

Isso não tem graça. Percebo isso assim que as palavras saem de sua boca, mas mesmo assim uma risada brota da minha garganta, e eu deixo que ela saia porque é mais fácil do que reprimi-la. Will me encara por um instante, depois começa a rir também. Às vezes, rir e chorar são as nossas únicas opções, e rir parece ser a melhor das duas agora.

— Desculpe — digo. — Mas é que tudo isso é simplesmente tão absurdo.

Não quero chorar pelo Edward. Pelo menos não da maneira profunda e pessoal que choramos por um amigo ou uma pessoa amada. Quero chorar porque algo de terrível aconteceu, e eu testemunhei aquilo e não pude fazer nada para resolver a situação. Ninguém que gostaria de punir Peter tem a autoridade para fazê-lo. A Audácia conta com leis para evitar que as pessoas ataquem outras desta maneira, mas com pessoas como Eric no poder, eu duvido que tais regras sejam cumpridas.

— O mais absurdo é que, em qualquer outra facção, o fato de nós contarmos a alguém o que aconteceu seria considerado um ato de coragem. Mas logo aqui... na *Audácia*... a coragem não nos ajudaria em nada — digo, com mais seriedade.

— Você já leu os manifestos das facções? — pergunta Will.

Os manifestos das facções foram escritos logo depois que elas se formaram. Aprendemos sobre eles na escola, mas nunca li nenhum deles.

— Você já? — franzo a sobrancelha ao olhar para ele.

Depois, lembro que Will já memorizou o mapa da cidade por pura diversão, e digo:

— Ah, é claro que já. Esquece.

— Em um dos trechos de que me lembro do manifesto da Audácia, está escrito: "Nós acreditamos nos atos simples de bravura, na coragem que leva uma pessoa a se levantar em defesa de outra".

Will suspira.

Ele não precisa dizer mais nada. Sei o que quer dizer. Talvez a Audácia tenha sido criada com boas intenções, com os ideais e os objetivos certos. Mas ela já se afastou muito deles. Dou-me conta de que o mesmo pode ser dito da Erudição. Há muito tempo, a Erudição buscava o conhecimento e a engenhosidade com o objetivo de fazer o bem. Hoje, eles buscam o conhecimento e a engenhosidade com a ganância em seus corações. Será que as outras facções sofrem do mesmo mal? Nunca havia pensado nisso antes.

No entanto, apesar da corrupção de ideais que vejo na Audácia, não conseguiria abandonar a facção. Não é apenas pelo fato de que uma vida sem facção, em total isolamento, pareça-me um destino pior do que a morte. É também porque, nos breves instantes em que amei estar aqui, percebi uma facção que vale a pena lutar para salvar. Talvez possamos voltar a ser bravos e honráveis.

— Vamos para o refeitório comer bolo — diz Will.
— Vamos. — Eu sorrio.

Ao andarmos em direção ao Fosso, repito para mim mesma o trecho citado por Will, para não esquecê-lo.

Acredito nos atos simples de bravura, na coragem que leva uma pessoa a se levantar em defesa de outra.

É uma linda maneira de se pensar.

+ + +

Mais tarde, quando volto ao dormitório, o beliche de Edward está sem roupas de cama e sua gaveta está aberta e vazia. Do outro lado do quarto, o beliche de Myra está do mesmo jeito.

Quando pergunto a Christina aonde eles foram, ela diz:
— Eles desistiram.
— Myra também?

— Ela disse que não queria continuar sem ele. E ela seria cortada de qualquer maneira. — Ela dá de ombros, como se não soubesse mais o que fazer. Se esse for realmente o motivo, sei como ela se sente. — Pelo menos eles não cortaram Al.

Al seria cortado, mas a saída de Edward o salvou. A Audácia decidiu poupá-lo até o próximo estágio.

— Quem mais foi cortado? — pergunto.

Christina dá de ombros novamente.

— Dois nascidos na Audácia. Não me lembro de seus nomes.

Aceno com a cabeça e olho para o quadro-negro. Alguém riscou os nomes de Edward e Myra e mudou os números ao lado dos outros nomes. Agora, Peter é o primeiro. Will é o segundo. Eu sou a quinta. Começamos o primeiro estágio com nove iniciandos.

Agora somos sete.

CAPÍTULO DEZESSETE

Meio-dia. Hora do almoço. Estou sentada em um corredor que não conhecia. Andei até aqui porque precisava sair do dormitório. Talvez, se trouxesse as minhas roupas de cama até aqui, nunca mais precisaria ver o dormitório. Talvez seja a minha imaginação, mas acho que o lugar continua cheirando a sangue, embora eu tenha esfregado o chão até minhas mãos doerem e alguém tenha passado água sanitária nele hoje de manhã.

Belisco o dorso do meu nariz. Esfregar o chão quando ninguém mais queria limpá-lo é algo que minha mãe teria feito. Se não posso estar com ela, o mínimo que posso fazer é agir como ela de vez em quando.

Ouço ruídos de pessoas se aproximando, de suas pegadas ecoando no chão de pedra, e olho para baixo, para meus pés. Troquei meu par de tênis cinza por um preto há uma semana, mas guardei-o no fundo de uma das minhas gavetas. Não consigo me desfazer dele, embora eu saiba que é besteira se apegar tanto a um par de tênis, como se tivesse o poder de me guiar até minha casa.

— Tris?

Levanto a cabeça. Uriah para na minha frente. Ele faz um sinal para que os outros iniciandos nascidos na Audácia continuem sem eles. Eles trocam olhares, mas continuam andando.

— Você está bem? — ele diz.

— Tive uma noite difícil.

— É, eu fiquei sabendo o que aconteceu com aquele cara, o Edward. — Uriah olha para o corredor. Os dois iniciandos da Audácia desaparecem depois de uma curva. Ele esboça um sorriso. — Você quer dar o fora daqui?

— O quê? — pergunto. — Aonde você está indo?

— Para um pequeno ritual de iniciação — diz ele. — Vamos. Temos que correr.

Considero rapidamente minhas opções. Posso ficar parada aqui. Ou posso sair do complexo da Audácia.

— Os únicos iniciandos que eles costumam deixar participar são os que têm irmãos mais velhos dentro da Audácia — diz ele. — Mas talvez eles nem percebam. Apenas aja como uma de nós.

— O que exatamente vamos fazer?

— Algo perigoso — diz ele. Seus olhos brilham com algo que eu só poderia descrever como Audaciamania, mas em vez de fugir de seu olhar, como eu talvez fizesse há algumas semanas, sou cativada por ele, como se fosse contagioso. A excitação substitui o sentimento pesado dentro de mim.

Começamos a correr mais devagar ao alcançarmos os outros iniciandos.

— O que a *Careta* está fazendo aqui? — pergunta um garoto com uma argola de metal entre suas narinas.

— Ela acabou de ver aquele cara levar uma facada no olho, Gabe — diz Uriah. — Deixe ela em paz, ok?

Gabe dá de ombros e vira-se para o outro lado. Ninguém diz nada, embora alguns deles me olhem de relance, como se estivessem me julgando. Os iniciandos nascidos na Audácia são como uma matilha de cães. Se eu agir da forma errada, não permitirão que eu ande com eles. Mas, por enquanto, estou segura.

Viramos em outra curva e vemos um grupo de membros parados no final do próximo corredor. Há um número grande demais deles para que sejam todos parentes de algum iniciando, mas percebo certas semelhanças entre alguns dos rostos.

— Vamos nessa — diz um dos membros. Ele gira o corpo e se atira para dentro de uma porta escura. Os outros membros seguem-no, e nós os seguimos. Mantenho-me na cola de Uriah ao adentrar a escuridão, e os dedos do meu pé esbarram em um degrau. Eu me apoio antes de cair para a frente e começo a subir.

— A escada dos fundos — diz Uriah, quase sussurrando. — Ela costuma ficar trancada.

Eu concordo com a cabeça, embora saiba que ele não consegue me ver, e subo até que os degraus terminem. A essa altura, uma porta no final da escada já foi aberta, permitindo que a luz do sol invada o espaço. Saímos a algumas centenas de metros de distância do edifício de vidro sobre o Fosso, perto da linha do trem.

Sinto-me como se já tivesse feito isso um milhão de vezes. Ouço o apito do trem. Sinto a vibração no chão. Vejo a luz da locomotiva. Estalo os dedos da mão e dou um salto com a ponta dos pés.

Corremos em um único grupo ao lado do trem e, em ondas, membros e iniciandos saltam juntos para dentro do vagão. Uriah entra antes, e as pessoas se apertam atrás de mim. Não posso cometer nenhum erro; jogo meu corpo para o lado, agarrando a barra na lateral do vagão, e me puxo para dentro. Uriah segura meu braço para me ajudar a me equilibrar.

O trem acelera. Uriah e eu nos sentamos, encostados em uma das paredes.

Eu grito para ser ouvida em meio ao ruído do vento:

— Aonde estamos indo?

Uriah ergue os ombros.

— Zeke não me disse.

— Zeke?

— Meu irmão mais velho — diz ele. Ele aponta para o outro lado do vagão, para um garoto sentado na porta, com as pernas penduradas para o lado de fora. Ele é franzino e baixo e não se parece em nada com Uriah, a não ser pela cor da pele.

— Não é para vocês saberem. Estragaria a surpresa! — grita a garota à minha esquerda. Ela me oferece a mão. — Meu nome é Shauna.

Aperto sua mão, mas não imprimo força o suficiente e solto-a rápido demais. Duvido que um dia consiga melhorar meu aperto de mão. Dar a mão a um estranho não me parece natural.

— Meu nome é... — começo a dizer.

— Eu sei quem você é — diz ela. — Você é a Careta. Quatro me falou de você.

Eu espero que o calor que sobe para o meu rosto não seja visível.

— Ah, é? E o que ele disse?

Ela sorri debochadamente.

— Ele disse que você é uma Careta. Por que pergunta?

— Se o meu instrutor está falando de mim — digo, com o máximo de firmeza que consigo —, quero saber o que ele está dizendo. — Espero que a minha mentira tenha sido convincente o bastante. — Ele não vem conosco, né?

— Não, ele nunca vem conosco — responde ela. — Já deve ter perdido a graça para ele. Não há muitas coisas que o assustem, sabe?

Ele não vem. Algo dentro de mim se esvazia como um balão furado. Eu ignoro o sentimento e faço que sim com a cabeça. Sei muito bem que Quatro não é um covarde. Mas também sei que pelo menos uma coisa ainda o assusta: alturas. O que quer que seja que vamos fazer, deve ter alguma coisa a ver com alturas, se é algo que ele evita. Ela não deve saber disso, se fala dele com tanto respeito.

— Você o conhece bem? — pergunto. Sou curiosa demais; sempre fui.

— Todos conhecem o Quatro — diz ela. — Fomos iniciandos juntos. Eu não sabia lutar muito bem, então ele me dava aulas particulares todas as noites, depois que todos já estavam dormindo. — Ela coça a nunca, com a expressão repentinamente séria. — Foi legal da parte dele.

Ela se levanta e fica em pé atrás dos membros que estão na porta. Em uma questão de segundos, sua expressão séria se desfaz, mas continuo abalada pelo que ela disse. Por um lado, acho estranho pensar em Quatro como alguém "legal" e, por outro, quero socar Shauna sem entender exatamente por quê.

— Lá vamos nós! — grita ela. O trem não desacelera, mas Shauna se lança para fora do vagão mesmo assim. Os outros membros seguem-na, em uma onda de pessoas de roupas pretas e cheias de *piercings*, não muito mais velhas do que eu. Fico parada diante da porta, ao lado de Uriah. O trem está andando muito mais rápido do que jamais esteve nas outras vezes em que pulei, mas não posso perder a coragem agora, na frente de todos esses membros da Audácia. Então, pulo, aterrissando com força no chão e pisando em falso por alguns passos antes de recuperar o equilíbrio.

Uriah e eu corremos para alcançar os membros junto com os outros iniciandos, que mal olham para mim.

Ao andar, olho ao redor. O Eixo está atrás de nós. Sua silhueta negra contrasta com as nuvens ao fundo. Os prédios ao nosso redor, no entanto, são escuros e silenciosos. Isso significa que devemos estar ao norte da ponte, onde a cidade está abandonada.

Viramos uma esquina e nos espalhamos ao caminharmos pela Michigan Avenue. Ao sul da ponte, a Michigan Avenue é uma rua movimentada e cheia de pessoas, mas aqui ela é completamente vazia.

Assim que levanto os olhos para observar os prédios, sei aonde estamos indo: o abandonado edifício Hancock, um pilar negro de vigas entrelaçadas, o mais alto edifício ao norte da ponte.

Mas o que será que faremos? Será que o escalaremos?

Ao nos aproximarmos, os membros começam a correr, e Uriah e eu disparamos para tentar alcançá-los. Esbarrando os ombros uns contra os outros, eles se espremem por um conjunto de portas na base do edifício. O vidro em uma das portas está quebrado, e tudo o que sobrou foi uma moldura vazia. Eu a atravesso sem precisar abri-la e sigo os membros por um saguão de entrada macabro e escuro, esmagando pedaços de vidro sob meus pés.

Eu achava que íamos subir pelas escadas, mas paramos no saguão de elevadores.

— Os elevadores funcionam? — pergunta Uriah, o mais baixo possível.

— Claro que eles funcionam — diz Zeke, girando os olhos para cima. — Você acha que sou burro o bastante para esquecer de vir aqui mais cedo e ligar o gerador de emergência?

— O pior é que eu acho, sim — diz Uriah.

Zeke encara o irmão, depois dá uma gravata em seu pescoço e esfrega o punho em sua cabeça. Zeke pode até ser menor que Uriah, mas ele deve ser mais forte. Ou mais rápido. Uriah dá um tapa na lateral do seu corpo e ele o solta.

Eu sorrio ao ver o cabelo desarrumado de Uriah, e as portas dos elevadores se abrem. Amontoamo-nos no interior dos elevadores, os membros em um e os iniciandos em outro. Uma menina com a cabeça raspada pisa os dedos do meu pé e não se desculpa. Seguro o pé, fazendo uma careta de dor, e penso em chutar sua canela de volta. Uriah olha para o próprio reflexo na porta do elevador e ajeita o cabelo.

— Qual será o andar? — diz a garota com a cabeça raspada.

— Cem — digo.

— E como é que *você* sabe?

— Lynn, vamos — diz Uriah. — Seja simpática.

— Estamos em um edifício abandonado de cem andares com membros da Audácia — respondo. — Como é que *você* não sabe?

Ela não responde. Apenas aperta o botão certo com força.

O elevador dispara para o alto tão rápido que meu estômago afunda e meus ouvidos entopem. Seguro uma barra na lateral do elevador, vendo os números aumentarem no monitor. Passamos do vinte, do trinta, e Uriah termina de arrumar seu cabelo. Cinquenta, sessenta, e os dedos do meu pé param de doer. Noventa e oito, noventa e nove, e o elevador para no cem. Ainda bem que não fomos de escada.

— Como será que chegaremos até o telhado da... — Uriah interrompe a frase no meio.

Um forte vento atinge meu corpo, fazendo com que meu cabelo voe sobre meu rosto. Há um buraco enorme no teto do centésimo andar. Zeke apoia uma escada de alumínio na beirada do buraco e começa a subir. A escada estala e balança sob seus pés, mas ele continua subindo e assobiando. Ao chegar ao telhado, vira-se e segura o topo da escada para a pessoa seguinte.

Começo a me perguntar se isso não é uma missão suicida disfarçada de brincadeira.

Não é a primeira vez que me pergunto isso desde a Cerimônia de Escolha.

Subo a escada depois de Uriah. Isso me lembra da escada que subi na roda-gigante, com Quatro vindo atrás de mim. Lembro-me mais uma vez dos seus dedos em meu quadril, me segurando, e quase erro um dos degraus da escada. *Idiota.*

Mordendo o lábio, chego ao final da escada e fico em pé sobre o telhado do edifício Hancock.

O vento é tão possante que não consigo ouvir ou sentir mais nada além dele. Sou obrigada a me apoiar em Uriah para impedir que o vento me derrube. A princípio, tudo o que vejo é o pântano, vasto e marrom por todos os lados, tocando o horizonte, sem vida. Do outro lado, fica a cidade, que não difere muito do pântano, inanimada e com limites que desconheço.

Uriah aponta para algo. Ligado a um dos mastros sobre a torre, há um cabo de aço da grossura do meu pulso. No chão, há uma pilha de arneses de tecido grosso, grandes o bastante para segurar uma pessoa. Zeke pega um deles e prende-o a uma roldana pendurada no cabo de aço.

Sigo o cabo com os olhos, passando pela aglomeração de edifícios e pela Lake Shore Drive. Não consigo ver onde ele termina, mas tenho certeza de uma coisa: se eu realmente encarar isso, vou descobrir.

Vamos descer em uma tirolesa, em um cabo de aço, apoiados por um arnês preto, de uma altura de trezentos metros.

— Meu Deus do céu! — diz Uriah.

A única coisa que consigo fazer é acenar com a cabeça.

Shauna é a primeira a vestir o arnês. Ela se contorce para a frente, de barriga para baixo, até que a maior parte de seu corpo esteja apoiada no tecido escuro. Em seguida, Zeke prende uma cinta ao redor dos seus ombros, outra na parte mais estreita de suas costas e outras duas nas suas coxas. Então a puxa, no arnês, até a beirada do edifício, contando regressivamente a partir de cinco. Shauna levanta o polegar, sinalizando que está pronta, e ele a empurra para a frente, em direção ao nada.

Lynn fica sem ar enquanto Shauna voa de cabeça em direção ao chão, em um ângulo fechado de inclinação. Passo à sua frente para conseguir enxergar melhor. Ela permanece presa de maneira segura ao arnês até onde consigo ver, mas depois fica longe demais, tornando-se apenas um pontinho preto sobre a Lake Shore Drive.

Os membros comemoram, levantando os punhos no ar, e formam uma fila, ocasionalmente empurrando uns aos outros para conseguir um lugar melhor. Não sei como, mas acabo sendo a primeira entre os iniciandos da fila, logo à frente de Uriah. Apenas sete pessoas se encontram entre mim e o cabo.

Mesmo assim, algo dentro de mim reclama: *ainda preciso esperar sete pessoas?* É uma mistura estranha de terror e ansiedade, que eu nunca havia sentido até agora.

O próximo membro, um rapaz de aparência jovem e cabelo comprido até os ombros, prende-se ao arnês de costas, e não de barriga para baixo. Ele estica bem os braços à medida que Zeke o empurra pelo cabo de aço.

Nenhum dos membros demonstra qualquer sinal de medo. Eles agem como se já tivessem feito isso milhares de vezes, e talvez realmente tenham. Mas, quando olho para trás, vejo que a maioria dos iniciandos parece pálida e preocupada, mesmo conversando animadamente. O que acontece entre a iniciação e o momento de se tornar um membro da facção que faz com que o pânico se transforme em diversão? Ou será que as pessoas simplesmente aprendem a esconder melhor seus medos?

Três pessoas na minha frente. Outro arnês; o membro entra com os pés primeiro e cruza os braços sobre o seu peito. Duas pessoas. Um rapaz alto e largo pula feito uma criança antes de prender-se no arnês e solta um grito agudo ao desaparecer no ar, fazendo a garota na minha frente rir. Uma pessoa.

Ela se prende ao arnês com a cabeça para a frente e mantém as mãos esticadas enquanto Zeke aperta as cintas. Depois, é minha vez.

Meu corpo estremece à medida que Zeke prende meu arnês no cabo. Tento colocá-lo em volta do meu corpo, mas tenho dificuldade; minhas mãos estão tremendo demais.

— Não se preocupe — diz Zeke, próximo ao meu ouvido. Ele segura o meu braço e me ajuda a me preparar, prendendo-me de barriga para baixo.

Zeke aperta as cintas no meio do meu corpo e me empurra para a frente, até a beirada do telhado. Olho para baixo, para as vigas de aço e as janelas escuras do edifício, até a calçada rachada. Sou uma idiota por fazer isso. E uma idiota por gostar de sentir meu coração batendo contra minha caixa torácica e o suor se acumulando nas linhas das minhas mãos.

— Está pronta, Careta? — Zeke sorri de maneira jocosa para mim. — Devo admitir que estou impressionado por você não estar gritando e chorando.

— Eu falei — Uriah diz. — Ela é cem por cento Audácia. Agora, vamos logo com isso!

— Cuidado, irmãozinho, ou eu talvez não aperte sua cinta forte o bastante — diz Zeke. Ele dá um tapa no próprio joelho. — E aí, *ploft*!

— Está bem, está bem — diz Uriah. — Mamãe cozinharia você vivo.

Ouvi-lo falar de sua mãe, de sua família intacta, faz meu peito doer por um instante, como se alguém tivesse enfiado uma agulha nele.

— Só se ela descobrisse. — Zeke dá um puxão na roldana ligada ao cabo de aço. Para minha sorte, ela aguenta o peso, porque, se tivesse partido, minha morte seria rápida e certa.

Ele olha para mim e diz:

— Um, dois, três e j...

Antes de terminar a palavra "já", ele solta o arnês e me esqueço dele, esqueço-me do Uriah, da minha família e de todas as coisas que poderiam dar errado agora e causar minha morte. Ouço o som de metal deslizando em metal e sinto um vento tão intenso que faz com que lágrimas brotem dos meus olhos à medida que voo em direção ao chão.

Sinto-me como se meu corpo estivesse sem substância, sem peso. À minha frente, o pântano parece gigantesco, com seus trechos marrons se estendendo até os limites da minha visão, mesmo desta altura. O vento é tão frio e tão veloz que machuca meu rosto. Eu acelero, e um grito de júbilo brota dentro de mim, mas é interrompido pelo vento que entra na minha boca assim que ela se abre.

Segura pelas cintas, estendo os braços para os lados e imagino que estou voando. Mergulho em direção à rua, que está rachada e depredada, e segue perfeitamente a curva do pântano. Posso imaginar, daqui de cima, como o pântano deveria parecer quando ainda estava cheio de água, como aço derretido refletindo a cor do céu.

Meu coração bate tão forte que o peito dói, e não consigo gritar ou respirar, mas ao mesmo tempo sinto tudo, cada veia e cada fibra, cada osso e cada nervo, todos vivos e alertas em meu corpo, como se tivessem recebido uma carga elétrica. Eu sou pura adrenalina.

O chão cresce e se aproxima de mim, e consigo ver as pessoas, pequenininhas, na calçada abaixo. Eu deveria gritar de pavor, como qualquer pessoa normal faria, mas ao abrir a boca solto apenas um urro de alegria. Grito mais alto, e as pessoas no chão levantam os punhos e gritam de volta, mas elas estão tão distantes que mal consigo ouvi-las.

Olho para baixo, e o chão se torna um borrão cinza, branco e preto, de vidro, cimento e aço. Cachos de vento, tão macios quanto se fossem feitos de cabelo, enroscam-se entre meus dedos e puxam meus braços para trás. Tento puxar os braços para a frente outra vez, mas não tenho força o suficiente. O chão se torna cada vez maior.

Antes de começar a desacelerar, cerca de um minuto depois, ainda voo em linha paralela ao chão, como um pássaro.

Quando começo a voar mais devagar, corro os dedos pelos cabelos. O vento o deixou completamente emaranhado. Ao parar, fico pendurada a cerca de cinco metros do chão, mas a altura parece insignificante agora. Estico os braços para trás e me esforço para desfazer as cintas que estão me sustentando. Meus dedos tremem, mas mesmo assim consigo afrouxá-las. Uma multidão de membros da Audácia me espera no chão. Eles seguram os braços uns dos outros, formando uma rede humana sob meu corpo.

Para descer, preciso acreditar que vão me segurar. Preciso aceitar que essas pessoas são minhas e que sou delas. O ato exige mais coragem do que descer na tirolesa.

Eu contorço o corpo para a frente e caio. Meu corpo se choca violentamente contra seus braços. Ossos de mãos e antebraços pressionam minhas costas, até que algumas mãos seguram meus braços e me colocam de pé. Não sei de quem são as mãos que me seguram; vejo sorrisos e ouço risadas.

— O que você achou? — pergunta Shauna, dando um tapinha em meu ombro.

— É... — Todos os membros me encaram. Parecem tão excitados com a experiência quanto eu, com um brilho de adrenalina em seus olhos e os cabelos bagunçados. Eu entendo por que meu pai considerava a Audácia um bando de loucos. Ele não entendia, nem poderia entender, o tipo de camaradagem que se forma depois que um grupo de pessoas arriscou junto suas vidas.

— Quando posso ir de novo? — digo. Abro um sorriso grande o bastante para mostrar meus dentes e, quando eles riem, começo a rir junto. Lembro-me de subir as escadas com a Abnegação, onde todos os pés seguiam o mesmo ritmo e todas as pessoas eram iguais. Isto aqui é completamente diferente. Mas também somos, de alguma maneira, um só ser.

Olho para o edifício Hancock, que agora está tão longe que não consigo ver as pessoas no telhado.

— Olhem! Lá vem ele! — diz alguém, apontando o dedo sobre meu ombro. Sigo o dedo até uma pequena forma escura descendo pelo fio de aço. Alguns segundos depois, ouço um grito de gelar o coração.

— Aposto que ele vai chorar.
— O irmão do Zeke, chorar? Duvido. Ele apanharia muito.
— Ele está se debatendo!
— Parece um gato sendo estrangulado — digo. Todos riem novamente. Sinto um pouco de culpa por caçoar do Uriah pelas costas, mas eu teria dito a mesma coisa se ele estivesse aqui embaixo. Pelo menos, espero que sim.

Quando Uriah finalmente chega, junto-me aos membros para recebê-lo. Alinhamo-nos sob seu corpo e erguemos os braços no espaço entre nós. Shauna prende uma de suas mãos em meu cotovelo. Eu seguro outro braço, que já não sei a quem pertence em meio a tantas mãos entrelaçadas, e olho para ela.

— Acho que já não podemos mais chamar você de "Careta", Tris — diz Shauna.

+ + +

Ainda sinto o cheiro do vento ao entrar no refeitório à noite. Logo que entro, vejo que estou no meio de um grupo de pessoas da Audácia e me sinto uma delas. Shauna acena para mim e o grupo se dispersa, então caminho até a mesa onde Christina, Al e Will estão sentados, me olhando, boquiabertos.

Não pensei neles quando aceitei o convite de Uriah. De certa maneira, é agradável ver seus olhares de estupefação. Mas também não quero que eles fiquem chateados comigo.

— Onde você esteve? — pergunta Christina. — O que você estava fazendo com eles?

— Uriah... sabe, o iniciando da Audácia que estava na nossa equipe de caça-bandeira? — digo. — Ele estava saindo com alguns dos membros e implorou para que eu fosse com ele. Mas os outros não queriam muito a minha companhia. Uma garota chamada Lynn pisou em mim.

— Eles podiam até não querer que você fosse — diz Will calmamente —, mas parecem gostar de você agora.

— É — digo. Não há como negar. — Mas estou feliz em estar de volta.

Espero que eles não notem que estou mentindo, mas é difícil esconder. Vi meu reflexo em uma janela ao voltar para o complexo, e tanto minhas bochechas quanto meus olhos estavam brilhando, e meu cabelo estava bagunçado. Minha aparência é de quem acabou de passar por uma experiência poderosa.

— Bem, você perdeu Christina quase socando um cara da Erudição — diz Al. Há um tom de ansiedade em sua voz. Sempre posso contar com Al para amenizar as tensões. — Ele veio aqui para perguntar a nossa opinião a respeito da liderança da Abnegação, e Christina disse a ele que deveria se preocupar com coisas mais importantes.

— Ela tem toda a razão — afirma Will. — Mas ficou irritado com ela, o que não é uma boa ideia.

— De fato, é uma péssima ideia — digo, concordando com a cabeça. Se eu sorrir o bastante, talvez possa fazê-los esquecer a inveja, a mágoa ou o que quer que seja que está fervendo agora por trás dos olhos de Christina.

— É — diz ela. — Enquanto você estava lá se divertindo, eu estava me encarregando do trabalho sujo de defender sua antiga facção, eliminando o conflito entre facções...

— Ah, fala sério! Você sabe que gostou de fazer aquilo — diz Will, cutucando-a com o cotovelo. — Se não for contar a história direito, deixa que eu conto. Ele estava parado...

Will começa a contar sua versão dos fatos, e eu mexo a cabeça como se estivesse ouvindo, mas a única coisa que consigo pensar é em estar no topo do edifício Hancock, olhando para baixo, e a imagem que passou pela minha cabeça do pântano cheio de água, de volta à sua antiga glória. Olho para os membros da Audácia, por trás dos ombros de Will, que agora estão lançando pedaços de comida uns nos outros com seus garfos.

É a primeira vez que me sinto realmente ansiosa para me tornar um deles.

Isso significa que terei que sobreviver ao próximo estágio da iniciação.

CAPÍTULO DEZOITO

Ao que me parece, o segundo estágio da iniciação consiste em ficarmos sentados com outros iniciandos em um corredor escuro, imaginando o que irá acontecer por trás de uma porta fechada.

Uriah senta-se de frente para mim, com Marlene à sua esquerda e Lynn à sua direita. Os iniciandos nascidos na Audácia e os transferidos foram separados durante o primeiro estágio, mas de agora em diante treinaremos juntos. Foi isso o que Quatro nos informou antes de desaparecer para dentro da tal porta.

— E então — diz Lynn, raspando os sapatos no chão —, qual de vocês está na primeira colocação?

A princípio, ninguém responde, então Peter limpa a garganta.

— Sou eu — responde ele.

— Aposto que eu conseguiria derrotar você. — Ela diz isso de maneira casual, girando o anel em sua sobrancelha com as pontas dos dedos. — Estou na segunda colocação, mas aposto que qualquer um de nós conseguiria derrotar você, transferido.

Quase solto uma risada. Se eu ainda estivesse na Abnegação, consideraria o comentário grosseiro e descabido, mas dentro da Audácia desafios como este são comuns. Já aprendi a praticamente esperar que eles ocorram.

— Se eu fosse você, não teria tanta certeza disso — diz Peter, com os olhos brilhando. — Quem é o primeiro entre vocês?

— Uriah — afirma ela. — E tenho certeza, sim. Você sabe há quantos anos estamos nos preparando para isso?

Se o seu objetivo é nos intimidar, ela conseguiu. Estou até sentindo mais frio.

Antes que Peter consiga responder, Quatro abre a porta e diz:

— Lynn.

Ele faz um gesto para que ela o acompanhe, atravessando o corredor, e uma luz azul distante rebate em sua cabeça careca.

— Então, você é o primeiro — Will se dirige a Uriah.

Uriah dá de ombros.

— Sou. E daí?

— E você não acha um pouco injusto que vocês tenham passado a vida inteira se preparando para isso, enquanto nós devemos aprender tudo em poucas semanas? — pergunta Will, com os olhos semicerrados.

— Na realidade, não. As habilidades individuais realmente são importantes no primeiro estágio, mas não há como se preparar para o segundo — diz ele. — Pelo menos, foi isso o que ouvi dizer.

Ninguém comenta nada a respeito. Permanecemos sentados em silêncio durante vinte minutos. Conto cada minuto em meu relógio. De repente, a porta se abre novamente e Quatro chama outro nome.

— Peter — diz ele.

Cada minuto se arrasta sobre mim como uma lixa. Aos poucos, a quantidade de iniciandos no corredor vai se reduzindo, até que sobramos apenas eu, Uriah e Drew. Drew está balançando a perna e Uriah está batendo com os dedos em seu joelho, enquanto eu tento permanecer completamente imóvel. As únicas coisas que consigo ouvir de dentro da sala no final do corredor são murmúrios, e começo a suspeitar que isso é apenas mais uma parte do jogo ao qual eles gostam de nos submeter, aterrorizando-nos sempre que possível.

A porta se abre e Quatro acena para mim.

— Venha, Tris.

Eu me levanto com as costas doloridas depois de passar tanto tempo encostada na parede e caminho em sua direção, passando pelos outros iniciandos. Drew estica a perna para tentar me fazer tropeçar, mas salto sobre ela no último instante.

Quatro apoia a mão em meu ombro e me guia para dentro da sala, depois fecha a porta.

Assim que vejo o que há no interior da sala, recuo imediatamente, e meu ombro se choca contra o peito de Quatro.

Na centro da sala, há uma cadeira de metal, parecida com a do teste de aptidão. A seu lado, há uma máquina que também reconheço. Esta sala, no entanto, não conta com nenhum espelho e quase nenhuma iluminação. Há um monitor de computador sobre uma mesa no canto.

— Sente-se — diz Quatro. Ele aperta meu braço e me empurra adiante.

— Qual vai ser a simulação? — pergunto, tentando inutilmente evitar que minha voz soe trêmula.

— Você já ouviu a expressão "enfrente seus medos"? — pergunta ele. — É isso que você fará, literalmente. A simulação irá ensiná-la a controlar suas emoções diante de uma situação assustadora.

Levo a mão trêmula à testa. As simulações não são reais; elas não podem me fazer mal, portanto, logicamente, não devo temê-las. No entanto, a minha reação é visceral. Preciso reunir todas as forças que tenho para conseguir me aproximar da cadeira e sentar sobre ela outra vez, apoiando minha cabeça sobre o encosto. O frio do metal atravessa minhas roupas.

— Você já administrou os testes de aptidão alguma vez? — questiono. Ele parece ser bem qualificado para a tarefa.

— Não — responde ele. — Tento evitar os Caretas o máximo possível.

Não entendo por que alguém teria vontade de evitar o contato com a Abnegação. Até consigo entender alguém que queira manter distância da Audácia ou da Franqueza, já que a bravura e a honestidade podem levar as pessoas a fazer coisas estranhas. Mas a Abnegação?

— Por quê?

— Você está me perguntando isso porque acha que eu realmente irei responder?

— Por que você diz coisas de maneira tão vaga se não quer que as pessoas o questionem depois?

Seus dedos roçam meu pescoço. Meu corpo fica tenso. Será que o gesto é afetuoso? Não, ele precisa apenas afastar meu cabelo. Ele dá petelecos em alguma coisa, e me viro para ver o que é. Quatro está segurando uma seringa com uma longa agulha em uma das mãos, com o dedão encostado no êmbolo. O líquido dentro da seringa tem uma coloração alaranjada.

— Uma injeção? — Minha boca fica seca. Não costumo ter medo de agulhas, mas esta é enorme.

— Nós usamos uma versão mais avançada da simulação aqui — diz ele —, com um soro diferente e sem a necessidade de fios e eletrodos.

— Como é que ela funciona sem os fios?

— Bem, *eu* ficarei conectado a alguns fios, para acompanhar o que está acontecendo — explica ele. — Mas, no seu caso, há um transmissor minúsculo no soro que envia os dados para o computador.

Ele vira meu braço e enfia lentamente a ponta da agulha na pele macia do lado do meu pescoço. Uma dor profunda se espalha pela minha garganta. Faço uma careta e tento me concentrar em seu rosto tranquilo.

— O soro fará efeito dentro de seis segundos. Esta simulação é diferente do teste de aptidão — diz ele. — Além de conter o transmissor, o soro estimulará suas amídalas, que compõem a parte do cérebro responsável pelo processamento das emoções negativas, como o medo, induzindo assim uma alucinação. A atividade elétrica do cérebro é então transmitida para o nosso computador, que cria uma imagem a partir da sua alucinação, que eu posso ver e monitorar. Eu enviarei estas imagens gravadas para os administradores da Audácia. Você permanecerá no estado alucinatório até que consiga se acalmar, ou seja, até que seu ritmo cardíaco se reduza e você consiga controlar sua respiração.

Tento acompanhar o que ele está dizendo, mas meus pensamentos estão se embaralhando. Começo a sentir os sintomas naturais do medo: suor nas palmas das mãos, batimento cardíaco acelerado, pressão no peito, boca seca, nó na garganta, dificuldade em respirar. Ele coloca as mãos sobre os dois lados da minha cabeça e se inclina sobre mim.

— Seja corajosa, Tris — sussurra ele. — A primeira vez é sempre a mais difícil.

Seus olhos são a última coisa que vejo.

+ + +

Estou em pé, no meio de um campo de capim seco que bate na minha cintura. Há um cheiro de fumaça no ar que queima minhas narinas. Acima de mim, o céu tem a cor de bile, e olhar para ele me causa ansiedade, fazendo com que meu corpo se retraia na direção oposta.

Ouço um farfalhar, como o som de folhas de papel agitadas pelo vento, mas o vento não está soprando. O ar está imóvel e silencioso, exceto pelo ruído, e não está quente nem frio, diferente de qualquer ar que eu conheça, embora eu ainda consiga respirar. Uma sombra mergulha do céu.

Algo pousa em meu ombro. Sinto seu peso e o espetar de suas presas e balanço o braço, tentando livrar-me da criatura, estapeando-a com a mão. Sinto algo macio e frágil. Uma pena. Eu mordo o lábio e olho para o lado. Um pássaro negro do tamanho do meu antebraço vira o rosto e me encara com um de seus olhos de corça.

Eu ranjo os dentes e acerto o corvo mais uma vez com minha mão. Ele crava suas garras e não se move. Solto um grito, mais de frustração do que de dor, e bato no corvo com as duas mãos, mas ele permanece imóvel e resoluto, com o olho fixo me encarando e as penas brilhando na luz amarelada. Ouço o ronco de um trovão e o som de pingos no chão, mas não está chovendo.

O céu escurece, como se uma nuvem estivesse passando em frente ao sol. Ainda tentando afastar o meu rosto do corvo, olho para cima. Uma revoada de corvos mergulha em minha direção, em um exército de garras esticadas e bicos abertos que avança sobre mim, todos grasnando, preenchendo todo o espaço com suas vozes ensurdecedoras. Os corvos voam em uma massa única, mergulhando em direção à terra, com suas centenas de olhos de corça brilhando.

Tento correr, mas meus pés estão firmemente colados ao chão e recusam-se a se mexer, assim como o corvo em meu ombro. Eu grito à medida que eles me circundam, com suas penas agitando-se ao redor do meu ouvido, bicando meus ombros e agarrando-se às minhas roupas com suas garras. Grito até as lágrimas escorrerem dos meus olhos, agitando os braços. Minhas mãos se chocam contra corpos sólidos, mas são incapazes de afastá-los; eles estão em um número grande demais. Eu estou sozinha. Eles beliscam as pontas dos meus dedos e se apertam contra meu corpo, com as asas roçando contra minha nuca e as garras se embrenhando em meus cabelos.

Eu me debato, me contorço e desabo no chão, cobrindo a cabeça com os braços. Eles berram em minha direção. Sinto algo movimentando-se sob mim no capim: um corvo se espremendo para me alcançar sob meu braço. Abro os olhos e ele bica meu rosto, acertando o nariz. Meu sangue pinga sobre o capim e eu solto um soluço, depois acerto um tapa no animal, mas outro se enfia sob meu braço, cravando sua garra na parte de frente da minha camisa.

Solto gritos e soluços.

— Socorro! — berro. — Socorro!

Os corvos batem as asas com mais força, causando um ruído ensurdecedor em meus ouvidos. Meu corpo arde, e eles estão por toda a parte, e não consigo pensar, não consigo respirar. Abro a boca para puxar o ar e ela se enche de penas, penas descendo pela minha garganta, entrando nos meus pulmões, substituindo o meu sangue pelo seu peso morto.

— Socorro — suspiro e grito, sem sentidos, sem lógica. Estou morrendo; estou morrendo; estou morrendo.

Minha pele arde e eu estou sangrando; os grasnidos são tão altos que meus ouvidos chiam, mas eu *não* estou morrendo, e lembro-me de que isso não é real, mas parece tão real, parece tão real. *Seja corajosa.* A voz de Quatro grita na minha memória. Eu grito para ele, inalando penas e exalando um "Socorro!". Mas nenhum socorro virá; estou sozinha.

Você permanecerá no estado alucinatório até que consiga se acalmar, sua voz continua, e eu tusso, e meu rosto está molhado de lágrimas, e outro corvo conseguiu se esgueirar sob o meu braço, e sinto a ponta de seu bico afiado encostando na minha boca. Seu bico se espreme entre os meus lábios e arranha meus dentes. O corvo empurra a cabeça para dentro da minha boca e a mordo com força, sentindo um gosto putrefato. Eu cuspo e cubro os meus dentes com a mão, formando uma barreira, mas agora há outro corvo se espremendo nos meus pés, e outro bicando minhas costelas.

Acalme-se. Eu não consigo, não consigo. Minha cabeça está latejando.

Respire. Mantenho a boca fechada e puxo o ar pelo nariz. Passaram-se horas desde que estive sozinha no campo; passaram-se dias. Solto o ar pelo nariz. Meu coração bate com força em meu peito. Preciso desacelerá-lo. Respiro novamente, com o rosto molhado de lágrimas.

Soluço outra vez e forço o corpo para a frente, esticando-me no capim, que pinica a minha pele. Estico os braços e respiro. Os corvos empurram e cutucam as laterais do meu corpo, enfiando-se e esgueirando-se sob ele, e não faço mais nada para impedir. Deixo que eles continuem com as batidas de asas, os grasnidos e as bicadas, enquanto relaxo um músculo de cada vez, resignada em me tornar uma carcaça bicada.

A dor toma conta do meu corpo.

Abro os olhos e estou sentada na cadeira de metal.

Solto um grito e balanço os braços e as pernas para me livrar dos pássaros, mas eles já não estão mais lá, embora eu ainda possa sentir as penas roçando contra a minha nuca e as garras em meu ombro e na minha pele que arde. Solto um gemido e puxo os joelhos para junto do meu peito, enterrando o rosto neles.

Uma mão toca meu ombro, e lanço o punho em sua direção, atingindo algo sólido, mas macio.

— Não toque em mim! — Eu soluço.

— Acabou — diz Quatro. Sua mão acaricia meu cabelo de uma maneira desajeitada, e eu me lembro da maneira como meu pai passava a mão na minha cabeça quando me dava um beijo de boa-noite, ou da maneira como minha mãe tocava meu cabelo quando ela o aparava com a tesoura. Esfrego as palmas das mãos em meus braços, ainda tentando afastar as penas, embora saiba que elas não estão mais lá.

— Tris.

Balanço o corpo para frente e para trás na cadeira.

— Tris, vou levar você de volta ao dormitório, está bem?

— Não! — grito. Levanto a cabeça e o encaro, embora não consiga vê-lo por meio do borrão de lágrimas. — Eles não podem me ver... não desta maneira...
— Ah, acalme-se — diz ele. Ele revira os olhos. — Eu a levarei pela porta dos fundos.
— Não preciso que você me leve... — Eu balanço a cabeça. Meu corpo está tremendo e me sinto tão fraca que não sei se conseguirei me levantar, mas preciso tentar. Não posso ser a única que precisou ser levada de volta ao dormitório. Mesmo que eles não me vejam, irão descobrir, irão falar de mim...
— Isso é besteira.
Ele segura meu braço e me arrasta para fora da cadeira. Pisco os olhos para afastar as lágrimas, enxugo as bochechas com as costas da mão e deixo que ele me guie até a porta que fica atrás do monitor do computador.
Seguimos pelo corredor em silêncio. Quando estamos a certa distância do quarto, arranco meu braço da sua mão e paro.
— Por que você fez aquilo comigo? — pergunto. — Qual foi o propósito daquilo, hein? Quando escolhi a Audácia, não sabia que estava me candidatando a semanas de tortura!
— Você achou que superar a covardia seria uma tarefa fácil? — diz ele calmamente.
— Aquilo não teve nada a ver com a superação da minha covardia! A covardia se encontra em como alguém escolhe ser na vida real, e na vida real eu não seria bicada até a

morte por corvos, Quatro! – Cubro o rosto com as mãos e solto um soluço.

Ele não diz nada, apenas fica parado diante de mim enquanto eu choro. Levo poucos segundos para me recompor e enxugar o rosto mais uma vez.

– Quero ir para casa – digo de maneira fraca.

Mas voltar para casa não é mais uma opção. Minhas únicas opções são a Audácia ou os bairros pobres dos semfacção.

Ele não me encara com compaixão. Apenas me encara. Seus olhos estão escuros na penumbra do corredor, e sua boca está fixa em uma linha dura.

– Aprender a pensar em meio ao medo – diz ele – é uma lição que todos, até mesmo a sua família de Caretas, devem aprender. É isso o que estamos tentando ensinar-lhe. Se você não conseguir aprender, terá que dar o fora daqui, porque não vamos querer você.

– Estou *tentando*. – Meu lábio inferior treme. – Mas eu fracassei. Estou fracassando.

Ele suspira.

– Quanto tempo você acha que passou naquela alucinação, Tris?

– Não sei. – Balanço a cabeça. – Cerca de meia hora?

– Três minutos – responde ele. – Você acordou três vezes mais rápido do que os outros iniciandos. Você pode ser qualquer coisa, Tris, menos um fracasso.

Três minutos?

Ele esboça um sorriso.

– Amanhã você se sairá melhor. Você vai ver.

— Amanhã?

Ele apoia a mão nas minhas costas e me guia em direção ao dormitório. Sinto as pontas de seus dedos pela minha camisa. Sua pressão suave faz com que eu me esqueça dos corvos por um instante.

— O que você viu na sua primeira alucinação? — digo, olhando para ele.

— Não foi exatamente um "que" mas um "quem". — Ele dá de ombros. — Mas isso não importa.

— E você já conseguiu superar esse medo?

— Ainda não. — Nós alcançamos a porta do dormitório, e ele apoia as costas na parede, enfiando as mãos nos bolsos. — Talvez eu nunca supere.

— Então, eles não vão embora?

— Às vezes vão. E às vezes são apenas substituídos por novos medos. — Ele prende os dedões nas passadeiras de cinto da sua calça. — Mas o objetivo não é perder o medo. Isso seria impossível. Aprender a controlar seu medo e libertar-se dele é o *verdadeiro* objetivo.

Concordo com a cabeça. Eu costumava achar que os membros da Audácia eram destemidos. Pelo menos, era assim que pareciam ser para mim. Mas o que eu percebia como a falta de medo talvez fosse apenas o medo sob controle.

— De qualquer maneira, seus medos dificilmente serão exatamente o que aparece na simulação — diz ele.

— Como assim?

— Bem, você realmente tem medo de corvos? — pergunta ele, sorrindo discretamente. Sua expressão faz com que seus olhos fiquem cálidos o bastante para que eu esqueça que ele é o meu instrutor. Ele é apenas um garoto conversando de maneira natural e me acompanhando até a porta do dormitório. — Quando você vê um corvo, você sai correndo e gritando?

— Não. Acho que não. — Penso em me aproximar dele, sem um motivo específico, mas apenas porque quero saber a sensação de estarmos próximos; apenas por isso.

Seria tolice, diz uma voz dentro da minha cabeça.

Eu me aproximo e me apoio contra a parede também, inclinando a cabeça para o lado para olhá-lo. Assim como na roda-gigante, sei exatamente quanto espaço há entre nós. Quinze centímetros. Eu me inclino. Menos de quinze centímetros. Sinto-me mais quente, como se ele estivesse emanando um tipo de energia que só consigo sentir agora que estou próxima o bastante.

— Então, do que tenho medo de verdade? — pergunto.

— Não sei — diz ele. — Apenas você pode saber.

Aceno com a cabeça devagar. Poderiam ser várias coisas, mas não sei qual delas seria a certa, ou até se há mesmo uma certa.

— Eu não sabia que me tornar um membro da Audácia seria tão difícil — digo, e imediatamente me surpreendo por ter falado isso; por ter admitido isso. Mordo o lado interno da minha bochecha e encaro Quatro cuidadosamente. Será que foi um erro dizer isso a ele?

— Dizem que nem sempre foi assim — fala ele, levantando um dos ombros. Minha confissão parece não incomodá-lo. — Quer dizer, se tornar um membro da Audácia.

— O que mudou?

— A liderança — diz ele. — A pessoa que controla o treinamento estabelece o padrão de comportamento da Audácia. Há seis anos, Max e outros líderes mudaram os métodos de treinamento para torná-los mais competitivos e brutais, afirmando que isso testaria a força das pessoas. E isso modificou as prioridades da Audácia como um todo. Aposto que você consegue adivinhar quem é o novo protegido dos líderes.

A resposta é óbvia: Eric. Eles treinaram-no para ser perverso, e agora ele nos treinará para sermos tão perversos quanto ele.

Olho para Quatro. O treinamento deles não funcionou com ele.

— Se você ficou em primeiro lugar entre os iniciandos da sua turma — digo —, então em que posição ficou Eric?

— Em segundo.

— Então, ele era a segunda opção de liderança deles — balanço a cabeça lentamente. — E você era a primeira.

— Por que acha isso?

— Pela maneira como Eric se comportou durante o jantar na primeira noite. Ele estava com inveja, mesmo já tendo o que quer.

Quatro não me contradiz. Devo estar certa. Queria perguntar a ele por que não assumiu a posição que os líderes lhe ofereceram; por que é tão resistente à liderança quando parece ser um líder nato. Mas sei como Quatro encara perguntas pessoais.

Eu fungo e enxugo o rosto mais uma vez, depois aliso meu cabelo.

— Parece que eu estive chorando? — pergunto.

— Bem... — Ele se inclina para perto de mim, cerrando os olhos como se estivesse inspecionando meu rosto. Um pequeno sorriso surge no canto de sua boca. Ele se aproxima ainda mais, tão próximo que estaríamos respirando o mesmo ar, se eu não houvesse esquecido completamente de respirar.

— Não, Tris — diz ele. Ele substitui o sorriso por uma expressão mais séria e fala: — Você parece dura como uma pedra.

CAPÍTULO DEZENOVE

Ao entrar no dormitório, vejo que a maioria dos outros iniciandos, tanto os nascidos na Audácia quanto os transferidos, estão aglomerados entre as fileiras de beliches e Peter está no centro deles. Ele segura uma folha de papel em suas mãos.

— *O êxodo em massa dos filhos dos líderes da Abnegação não pode ser ignorado ou atribuído ao acaso* — lê ele. — *A recente transferência de Beatrice e Caleb Prior, filhos de Andrew Prior, levanta dúvidas sobre a solidez dos valores e ensinamentos da Abnegação.*

Um calafrio invade minha espinha. Christina, em pé no canto do grupo, olha para o lado e me vê. Ela me olha com preocupação. Não consigo me mexer. Meu pai. Agora, a Erudição está atacando meu pai.

— *Por qual outro motivo, senão este, teriam os filhos de um homem tão importante decidido que o estilo de vida que ele escolheu para eles não é admirável?* — Peter continua a leitura. — *Molly Atwood, outra transferida dentro da Audácia, sugere que a culpa pode ser atribuída a uma criação perturbada e abusiva.* "*Eu a ouvi falar durante o sono uma vez*", *diz Molly.* "*Ela estava pedindo para que o pai parasse de fazer algo. Não sei o que era, mas fez com que tivesse pesadelos.*"

Então, é assim que Molly resolveu se vingar. Ela deve ter falado com o repórter da Erudição com quem Christina discutiu.

Molly abre um sorriso. Seus dentes são tortos. Se eu os arrancasse com um soco, talvez estivesse fazendo um favor a ela.

— O quê? — pergunto. Na verdade, tento perguntar, porque minha voz sai abafada e rouca, e preciso limpar a garganta para falar novamente. — *O quê?*

Peter para de ler e algumas pessoas se viram. Parte delas, incluindo Christina, olha para mim com pena, com as sobrancelhas inclinadas e os cantos das bocas voltados para baixo. Mas a maioria sorri debochadamente, encarando-me de maneira sugestiva. Peter é o último a se virar para mim, com um largo sorriso no rosto.

— Me dá isso — exijo, estendendo a mão. Meu rosto está fervendo.

— Mas não acabei de ler — responde ele, com um tom jocoso. Seus olhos voltam a sondar o papel. — *No entanto, a resposta talvez não se encontre em um homem desprovido de moralidade, mas nos ideais corrompidos de toda uma facção. Talvez a resposta esteja no fato de termos confiado nossa cidade a um grupo de tiranos pró-elitistas que não têm a capacidade de nos guiar da pobreza à prosperidade.*

Avanço sobre ele e tento arrancar o papel de suas mãos, mas ele o levanta bem acima da minha cabeça, para que eu não consiga alcançá-lo a não ser que pule. Mas não vou pular. Em vez disso, levanto o calcanhar e piso o mais forte que consigo no local onde os ossos dos seus pés ligam-se aos seus dedos. Ele range os dentes e reprime um gemido de dor.

Então, lanço-me em direção a Molly, esperando que a força do impacto a surpreenda e a derrube no chão, mas antes que eu consiga alcançá-la, duas mãos frias agarram meu pulso.

— Você está falando do meu *pai*! — grito. — Meu pai, sua covarde!

Will me afasta dela, levantando-me do chão. Respiro intensamente e me esforço para agarrar o papel antes que alguém leia mais uma palavra daquilo. Preciso queimá-lo; destruí-lo; preciso.

Will me arrasta para fora do dormitório, até o corredor, com as unhas fincadas na minha pele. Depois que as portas se fecham atrás de nós, ele me solta, e eu o empurro com toda a minha força.

— O que foi? Você acha que eu não consigo me defender contra aquele lixo da Franqueza?

— Não é isso — diz Will. Ele bloqueia a porta com o corpo. — Só achei melhor impedir que você começasse uma pancadaria dentro do dormitório. Acalme-se.

Eu solto uma pequena risada.

— Me acalmar? Me *acalmar*? Eles estão falando da minha *família*, da minha *facção*!

— Não, não estão. — Ele está com olheiras escuras sob os olhos e parece exausto. — Estão falando da sua antiga facção, e não há nada que você possa fazer a respeito, então o melhor é ignorá-los.

— Você por acaso ouviu o que eles disseram? — Meu rosto já não está mais quente e a minha respiração está voltando ao normal. — A porcaria da sua antiga facção não está mais apenas insultando a Abnegação. Eles estão incitando a derrubada de todo o governo.

Will solta uma risada.

— Não estão nada. Eles são arrogantes e enfadonhos, e é por isso que os deixei, mas não são revolucionários. Eles apenas desejam ter mais voz e se irritam com a Abnegação porque recusam-se a lhes dar ouvidos.

— Eles não querem que as pessoas os ouçam, querem que as pessoas concordem com eles — respondo. — E não é certo intimidar as pessoas para que elas concordem com você. — Eu cubro o rosto com as mãos. — Não consigo acreditar que o meu irmão tenha se juntado a eles.

— Ei. Eles não são de todo mal — diz ele de maneira dura.

Eu aceno com a cabeça, mas não acredito nele. Não consigo imaginar que alguém possa sair da Erudição ileso, embora Will pareça uma pessoa legal.

A porta se abre outra vez e Christina e Al se juntam a nós no corredor.

— É a minha vez de me tatuar — diz ela. — Quer vir conosco?

Eu ajeito o cabelo. Não posso voltar para o dormitório. Mesmo que Will deixasse, eu estaria em menor número lá dentro. Minha única opção é ir com eles e tentar esquecer o que está acontecendo fora do complexo da Audácia. Já tenho bastante com o que me preocupar além da minha família.

+ + +

À frente de mim, Al carrega Christina nas costas. Ela grita enquanto ele corre em meio à multidão. As pessoas que conseguem sair a tempo abrem passagem para eles.

Meu ombro ainda está ardendo. Christina me convenceu a tatuar o selo da Audácia junto com ela. O símbolo consiste em um círculo com uma chama dentro. Minha mãe nem reagiu à tatuagem na minha clavícula, então não me preocupo mais tanto com isso. As tatuagens fazem parte da vida aqui e são tão importantes para a minha iniciação quanto aprender a lutar.

Christina também me convenceu a comprar uma camisa que deixa tanto os meus ombros quanto a minha clavícula à mostra, e a passar delineador preto nos olhos novamente. Nem tento mais me opor às suas tentativas de me embelezar. Até porque já comecei a gostar delas.

Will e eu caminhamos atrás da Christina e do Al.

— Não acredito que você fez outra tatuagem — diz ele, balançando a cabeça.

— Por quê? — pergunto. — Porque sou uma Careta?
— Não. Porque você é... uma pessoa sensata. — Ele sorri. Seus dentes são retos e brancos. — E então, qual foi o seu medo hoje, Tris?
— Muitos corvos — respondo. — E o seu?
Ele começa a rir.
— Muito ácido.
Não pergunto o que ele quer dizer com isso.
— É realmente fascinante como tudo aquilo funciona — diz ele. — É basicamente um duelo entre o seu tálamo, que produz o medo, e o seu lobo frontal, que toma as decisões. Mas a simulação se passa toda dentro da sua cabeça, por isso você acha que alguém está fazendo aquilo com você, mas é apenas você, fazendo aquilo a si mesmo... — Ele perde o fio da meada. — Desculpe. Estou falando como alguém da Erudição. É apenas o hábito.
Dou de ombros.
— É interessante — digo.
Al quase derruba Christina, e ela agarra com força a primeira coisa que consegue alcançar, que por acaso é o rosto dele. Ele faz uma careta e segura melhor as pernas dela. Olhando assim, Al parece até feliz, mas há um peso até mesmo em seus sorrisos. Estou preocupada com ele.
Vejo Quatro em frente ao abismo, com um grupo de pessoas ao seu redor. Ele ri tanto que precisa segurar a grade para manter o equilíbrio. A julgar pela garrafa em sua mão e a expressão alegre em seu rosto, ele está bêbado ou a caminho de ficar. Eu havia começado a ver Quatro

como uma pessoa dura, como um soldado, e tinha me esquecido de que ele tem apenas dezoito anos.

— Opa! — diz Will. — Instrutor à vista!

— Pelo menos não é o Eric — digo. — Ele provavelmente nos obrigaria a participar de algum tipo de desafio.

— É verdade, mas Quatro também é assustador. Lembra-se de quando ele apontou uma arma para a cabeça do Peter? Acho que ele fez xixi nas calças.

— Peter mereceu — digo com firmeza.

Will não argumenta. Talvez há algumas semanas houvesse argumentado, mas agora todos já vimos do que Peter é capaz.

— Tris! — grita Quatro. Will e eu trocamos olhares de surpresa e apreensão. Quatro solta a grade e caminha em minha direção. À frente de nós, Al para de correr e Christina desce das suas costas. Não os culpo por me encarar. Há quatro de nós, e Quatro está falando apenas comigo.

— Você está diferente. — Suas palavras, que costumam ser límpidas, soam confusas.

— Você também — digo. E ele realmente parece mais relaxado, mais jovem. — O que está fazendo?

— Desafiando a morte — responde ele, rindo. — Bebendo ao lado do abismo. Não deve ser uma boa ideia.

— Realmente, não é. — Não sei se gosto do Quatro assim. Há algo de inquietante nele.

— Não sabia que você tinha uma tatuagem — diz, olhando para minha clavícula.

Ele toma um pequeno gole da garrafa. Seu hálito é denso e forte. Como o hálito do homem sem-facção.

— É claro. Os *corvos* — diz ele. Vira o rosto e olha para os amigos, que, ao contrário dos meus, continuam a conversar sem ele. — Eu a convidaria a se juntar a nós, mas não é certo você me ver assim — continua.

Fico com vontade perguntar-lhe por que ele quer que eu me junte a ele, mas suspeito que a resposta tenha algo a ver com a garrafa em sua mão.

— Assim como? — pergunto. — Bêbado?

— É... bem, não. — Sua voz se atenua. — Verdadeiro, eu acho.

— Vou fingir que não vi.

— É muito gentil da sua parte.

Ele aproxima os lábios do meu ouvido e diz:

— Você está bonita, Tris.

Suas palavras me surpreendem, e meu coração salta de repente. Eu preferia que não saltasse, porque, pela maneira como seu olhar passa direto pelo meu, percebo que ele não tem a menor ideia do que acabou de falar. Eu solto uma risada.

— Só me faça o favor de manter-se longe do abismo, está bem?

— É claro. — Ele pisca para mim.

Não consigo conter um sorriso. Will limpa a garganta, mas não quero desviar o olhar de Quatro, nem quando ele começa a caminhar de volta para seus amigos.

De repente, Al voa em minha direção como uma rocha rolando ladeira abaixo e me ergue em seu ombro. Eu solto um grito, com o rosto fervendo.

— Vem cá, garotinha — diz ele. — Vou te levar para jantar.

Eu apoio os cotovelos nas costas de Al e aceno para Quatro à medida que sou levada embora.

— Achei melhor salvar você — diz Al ao nos afastarmos. Ele me coloca de volta no chão. — O que foi aquilo?

Ele tenta parecer tranquilo, mas sua pergunta tem um tom quase triste. Ele ainda gosta demais de mim.

— É, acho que todos nós queremos saber a resposta para *esta* pergunta — diz Christina de uma maneira cantarolada. — O que ele disse?

— Nada. — Balanço a cabeça. — Ele estava bêbado. Não sabia o que estava falando. — Limpo a garganta. — É por isso que eu estava sorrindo. Foi... engraçado vê-lo daquele jeito.

— Certo — diz Will. — Será que não seria porque...

Dou uma cotovelada forte nas costelas de Will antes que ele termine a frase. Estava perto o bastante para ouvir o que Quatro falava sobre mim. Não quero que saia contando para todo mundo, especialmente para o Al. Não quero que ele se sinta ainda pior.

Em casa, eu costumava passar noites calmas e agradáveis com minha família. Minha mãe tricotava cachecóis para as crianças vizinhas. Meu pai auxiliava Caleb em seu dever de casa. Havia fogo na lareira e paz no meu coração, já que estava fazendo exatamente aquilo que deveria, e tudo era tranquilo.

Eu nunca havia sido carregada nas costas por um garoto enorme, ou gargalhado tanto na mesa de jantar que minha barriga doesse, ou escutado o tumulto de centenas de pessoas falando ao mesmo tempo. A paz é contida; isso aqui é liberdade.

CAPÍTULO VINTE

RESPIRO PELO NARIZ. Para dentro, para fora. Para dentro.

— É apenas uma simulação, Tris — diz Quatro com serenidade.

Ele está errado. A última simulação vazou para dentro da minha vida, tanto quando estou acordada quanto quando estou dormindo. Tive pesadelos, não apenas com os corvos, mas com as sensações que tive durante a simulação, de terror e impotência. Acredito que seja desta impotência que eu tenha medo de verdade. Tive ataques repentinos de terror no chuveiro, durante o café da manhã e no caminho até aqui. Roí tanto as unhas que feri os dedos. E não sou a única que se sente assim; dá para perceber.

Mesmo assim, concordo com a cabeça e fecho os olhos.

+ + +

Estou no escuro. As últimas coisas das quais me lembro são a cadeira de metal e a agulha no meu braço. Desta vez, não há nenhum campo; não há nenhum corvo. Meu coração dispara por antecipação. Quais serão os monstros que surgirão da escuridão para me roubar a racionalidade? Por quanto tempo serei obrigada a esperar por eles?

Uma esfera azul se acende poucos metros à minha frente e depois mais uma, enchendo o recinto de luz. Estou no chão do Fosso, perto do abismo, e os iniciandos estão ao meu redor, com os braços cruzados e os rostos inexpressivos. Procuro Christina e encontro-a entre eles. Nenhum deles se move. Sua imobilidade faz com que um nó se forme em minha garganta.

Vejo algo diante de mim: meu reflexo indistinto. Eu o toco, e meus dedos encostam em um vidro, frio e liso. Olho para cima. Há uma chapa de vidro sobre mim; estou dentro de uma caixa de vidro. Eu a empurro para cima, para tentar abri-la. Ela nem se move. Estou trancada aqui dentro.

Meu coração dispara. Não quero ficar enclausurada. Alguém bate no vidro diante de mim. Quatro. Ele aponta para meus pés, sorrindo com deboche.

Alguns segundos atrás, meus pés estavam secos, mas agora estou dentro de um centímetro e meio de água, e minhas meias estão encharcadas. Eu me agacho para ver de onde está vindo a água, mas ela parece não estar vindo de lugar nenhum, apenas surgindo do chão de vidro da caixa. Levanto a cabeça e olho para Quatro, e ele dá de ombros. Ele se junta ao grupo de iniciandos.

A água sobe rapidamente. Agora já cobre meus tornozelos. Bato com os punhos contra o vidro.

— Ei! — grito. — Me tirem daqui!

A água continua a subir, fria e macia, até minhas panturrilhas nuas. Bato no vidro com mais força.

— Me tirem daqui!

Encaro Christina. Ela se inclina na direção de Peter, que está a seu lado, e sussurra algo em seu ouvido. Os dois riem.

A água cobre minhas coxas. Bato com os dois punhos contra o vidro. Não estou mais tentando chamar a atenção deles; estou tentando quebrar o vidro. Desesperada, bato contra o vidro com o máximo de força que consigo. Dou um passo para trás e jogo o ombro contra a parede, uma, duas, três, quatro vezes. Bato na parede de vidro até meu ombro começar a doer, gritando por socorro, vendo a água subir até a cintura, as costelas, o peito.

— Socorro! — grito. — Por favor! Por favor, me ajudem!

Dou um tapa no vidro. Vou morrer neste tanque. Corro as mãos trêmulas pelos cabelos.

Vejo Will entre os iniciandos e algo atiça as profundezas da minha memória. Algo que ele disse. *Vamos, pense.* Paro de tentar quebrar o vidro. É difícil respirar, mas preciso tentar. Precisarei do máximo de ar possível daqui a alguns segundos.

Meu corpo é erguido com leveza pela água. Eu flutuo para mais perto do teto e inclino a cabeça para trás à medida que a água cobre meu queixo. Arfando, aperto o rosto contra o vidro acima de mim, sugando o máximo de ar que consigo. E então a água me cobre, envolvendo-me completamente dentro da caixa.

Não entre em pânico. Não adianta, meu coração acelera e meus pensamentos embaralham. Eu me debato dentro da água, batendo contra as paredes. Chuto o vidro com o máximo de força que consigo, mas a água desacelera meu pé. *A simulação está toda dentro da sua cabeça.*

Solto um grito, e minha boca se enche de água. Se está tudo na minha cabeça, então posso tomar o controle da situação. A água queima meus olhos. Os rostos passivos dos iniciandos me encaram. Eles não ligam para mim.

Eu grito novamente e empurro a parede com a palma da mão. Ouço alguma coisa. O ruído de algo rachando. Quando recolho a mão, vejo que há uma rachadura no vidro. Bato com a outra mão ao lado da rachadura e trinco o vidro novamente. Desta vez, no entanto, a rachadura cresce, a partir da minha mão, em linhas longas e tortuosas. Meu peito arde, como se eu tivesse acabado de engolir fogo. Chuto a parede de vidro. Os dedos do meu pé doem com o impacto, e ouço um ronco baixo e longo.

O vidro arrebenta, e a força da água contra minhas costas me lança para a frente. Consigo respirar novamente.

Eu arquejo e levanto o tronco. Estou na cadeira. Respiro profundamente e balanço os braços para a frente. Quatro está à minha direita, mas, em vez de me ajudar a levantar, ele apenas me encara.

— O que foi? — pergunto.

— Como você conseguiu fazer aquilo?

— Fazer o quê?
— Quebrar o vidro.
— Não sei. — Quatro finalmente me oferece a mão. Jogo as pernas para o lado da cadeira e, ao me levantar, sinto-me segura. Calma.

Ele solta um suspiro e agarra o meu ombro, guiando-me e me arrastando para fora da sala ao mesmo tempo. Caminhamos rapidamente pelo corredor, e, então, paro, puxando o braço. Ele me encara em silêncio. Não me dará nenhuma informação a não ser que eu pergunte.

— O que foi? — pergunto.
— Você é Divergente — responde ele.

Eu o encaro, o medo pulsando dentro de mim como eletricidade. Ele sabe. Como ele sabe? Devo ter me entregado. Devo ter falado algo de errado.

Preciso agir com naturalidade. Eu me reclino, apoiando os ombros contra a parede, e digo:

— O que é um Divergente?
— Não se faça de idiota — diz ele. — Suspeitei da última vez, mas agora ficou óbvio. Você manipulou a simulação; você é Divergente. Vou apagar a gravação, mas a não ser que você queira acabar *morta* no fundo do abismo, é melhor arrumar um jeito de esconder isso durante as simulações. Agora, me dá licença.

Ele volta para a sala de simulação e bate a porta. Sinto o coração batendo na minha garganta. Eu manipulei a simulação; quebrei o vidro. Não sabia que isso era uma atitude Divergente.

Como será que ele soube?

Afasto-me da parede e começo a descer o corredor. Preciso de respostas, e sei exatamente quem as terá.

+ + +

Caminho diretamente para o estúdio de tatuagens onde vi Tori pela última vez.

Não há muitas pessoas ao redor, porque estamos no meio da tarde e a maioria delas está no trabalho ou na escola. Há três pessoas no estúdio: o outro tatuador, um homem em cujo braço ele está desenhando um leão e Tori, que está ordenando uma pilha de papéis no balcão. Ela olha para mim quando entro.

— Olá, Tris — diz ela, e olha para o outro tatuador, que está concentrado demais no que está fazendo para nos dar atenção. — Vamos para os fundos.

Eu a sigo para trás da cortina que separa as duas salas. A sala dos fundos conta com algumas cadeiras, agulhas de tatuagem sobressalentes, tinta, blocos de papel e obras de arte emolduradas. Tori fecha a cortina e senta-se em uma das cadeiras. Eu me sento ao seu lado, batendo com os pés no chão para me ocupar com alguma coisa.

— O que foi? — pergunta ela. — Como estão indo as simulações?

— Muito bem. — Aceno com a cabeça algumas vezes. — Parece que bem até demais.

— Ah.

— Por favor, ajude-me a entender — digo rapidamente. — O que significa ser... — Hesito. Não deveria pronunciar a palavra "Divergente" aqui. — O que diabos eu sou? O que isso tem a ver com as simulações?

O comportamento de Tori muda de repente. Ela apoia as costas na cadeira e cruza os braços. Sua expressão se fecha.

— Entre outras coisas, você... você é alguém que tem consciência, quando está em uma simulação, que o que está vivendo não é real — diz ela. — Alguém que pode, portanto, manipular a simulação ou até mesmo encerrá-la. E também... — Ela se inclina para a frente e me encara. — Alguém que, por também ser da Audácia... provavelmente irá morrer.

Um peso se instala em meu peito, como se cada frase que ela dissesse se empilhasse sobre mim. A tensão se acumula dentro de mim até eu não conseguir mais contê-la e precisar chorar, gritar, ou...

Solto uma risada rápida e seca que morre quase tão repentinamente quanto surge, e digo:

— Então, eu vou morrer?

— Não necessariamente — diz ela. — Os líderes da Audácia ainda não sabem a respeito de você. Eu apaguei os resultados do teste de aptidão do sistema imediatamente e cadastrei o seu resultado manualmente como Abnegação. Mas pode ter certeza: se eles descobrirem o que você é, eles *vão* te matar.

Eu a encaro em silêncio. Ela não parece ser louca. Parece sã, mesmo que um pouco nervosa, e nunca suspeitei de que fosse desequilibrada. Mas só pode ser. Não há nenhum registro de assassinato em nossa cidade desde que nasci. Mesmo que alguns indivíduos sejam capazes disso, os líderes de uma facção nunca seriam.

— Você está paranoica — digo. — Os líderes da Audácia não me matariam. As pessoas não fazem essas coisas. Não mais. É por isso que temos tudo isso... todas as facções.

— Você acha que não? — Ela pousa as mãos sobre os joelhos e me encara diretamente, com as feições subitamente tomadas por certa ferocidade. — Eles pegaram meu irmão, então, por que não pegariam você? Por acaso você é tão especial assim?

— Seu irmão? — digo, cerrando os olhos.

— É. Meu irmão. Nós dois nos transferimos da Erudição, mas o teste de aptidão dele foi inconclusivo. No último dia das simulações, eles acharam o corpo dele no abismo. Disseram que foi suicídio. Meu irmão estava indo bem nos treinamentos, estava namorando outra inicianda, estava *feliz*. — Ela balança a cabeça. — Você tem um irmão, não tem? Você não acha que saberia se ele tivesse tendências suicidas?

Tento imaginar Caleb se matando. A ideia, por si só, já me parece absurda. Mesmo que Caleb estivesse extremamente triste, isso nunca seria uma opção para ele.

Suas mangas estão dobradas, e eu consigo ver a tatuagem de um rio em seu braço direito. Será que ela tatuou isso depois que o irmão morreu? Será que o rio foi outro medo que ela superou?

Ela baixa a voz.

— No segundo estágio do treinamento, Georgie começou a se sair bem muito rápido. Ele disse que as simulações nem o amedrontavam... elas eram como um jogo. Então, os instrutores começaram a prestar mais atenção nele. Eles se amontoavam na sala durante as simulações, em vez de apenas deixar que o instrutor registrasse os resultados. Sussurravam a respeito dele o tempo todo. No último dia das simulações, um dos líderes da Audácia veio vê-lo com os próprios olhos. E no dia seguinte Georgie se foi.

Eu poderia me aperfeiçoar nas simulações se aprendesse a controlar a força que me ajudou a quebrar o vidro. Eu poderia me tornar tão boa que os instrutores reparassem em mim. Eu poderia, mas será que eu farei isso?

— E essa é a nossa única característica? — questiono. — Apenas conseguir mudar as simulações?

— Duvido de que seja — diz ela —, mas é a única que conheço.

— Quantas pessoas sabem sobre isso? — digo, pensando em Quatro. — Sobre a manipulação das simulações.

— Dois tipos de pessoa — diz ela. — As pessoas que querem matar você. Ou quem já passou por isso, diretamente ou indiretamente, como eu.

Quatro disse que apagaria a gravação na qual eu quebro o vidro. Ele não me quer morta. Será que ele é um Divergente? Ou será que é alguém da família dele? Ou um amigo? Ou uma namorada?

Afasto esse pensamento da minha cabeça. Não posso me distrair com ele agora.

— Não entendo — falo devagar — por que os líderes da Audácia se importam se eu consigo ou não manipular as simulações.

— Se eu tivesse descoberto isso, já teria contado para você. — Ela contrai os lábios. — A única coisa que consegui descobrir é que não é com a manipulação da simulação que eles estão preocupados; ela é apenas o sintoma de outra coisa. É esta outra coisa que os preocupa.

Tori segura minha mão e a aperta entre as suas.

— Pense bem — diz ela. — Essas pessoas lhe ensinaram a usar uma arma. Eles lhe ensinaram a lutar. Você realmente acha que não seriam capazes de machucar você? De matar você?

Ela solta minha mão e se levanta.

— Preciso ir agora, ou Bud vai começar a fazer perguntas. Tome cuidado, Tris.

CAPÍTULO
VINTE E UM

A PORTA DO FOSSO se fecha atrás de mim e estou sozinha. Desde o dia da Cerimônia de Escolha não ando por este túnel. Lembro-me de como andei por ele naquele dia, com os passos instáveis, procurando por luz. Agora caminho com firmeza. Não preciso mais de luz.

Faz quatro dias que conversei com Tori. Desde então, a Erudição publicou mais dois artigos a respeito da Abnegação. O primeiro acusava a Abnegação de reter artigos de luxo, como carros e frutas frescas, das outras facções, com o objetivo de impor sua crença de sacrifício sobre todos os outros. Quando o li, lembrei de Cara, a irmã do Will, acusando minha mãe de reter produtos.

O segundo artigo discutia as questões por trás da escolha dos líderes governamentais baseada em suas facções, questionando os motivos pelos quais apenas as pessoas que se definem como altruístas deveriam estar no poder. O texto promovia o retorno aos sistemas políticos de eleições democráticas do passado. Na verdade, isso faz muito sentido, o que me faz pensar que tudo não passa de uma incitação revolucionária sendo vendida como algo racional.

    Alcanço o final do túnel. A rede se estende sob o enorme buraco, da mesma maneira que estava quando a vi pela última vez. Subo as escadas até a plataforma de madeira para onde Quatro me puxou depois da minha aterrissagem e seguro a barra na qual a rede está ligada. Eu não teria conseguido erguer meu corpo apenas com os braços quando cheguei aqui, mas agora faço isso quase automaticamente, rolando em seguida para o centro da rede.

    Acima de mim vejo os prédios vazios ao redor da borda do buraco e o céu. Ele está azul-escuro e sem estrelas. Também não vejo a lua.

    Os artigos me incomodaram, mas pude contar com meus amigos para me animar, o que é algo admirável. Quando o primeiro foi publicado, Christina seduziu um dos cozinheiros da Audácia, e ele deixou que nós experimentássemos um pouco de massa de bolo. Depois do segundo artigo, Uriah e Marlene me ensinaram um jogo de cartas, que jogamos por duas horas seguidas no refeitório.

    Mas hoje à noite quero ficar sozinha. Além disso, quero me lembrar dos motivos que me fizeram vir para cá, e por que eu estava tão determinada a ficar aqui que cheguei a pular de um prédio para isso, mesmo antes de saber o que significava pertencer à Audácia. Enfio os dedos nos buracos da rede sob o meu corpo.

Eu queria ser como os alunos da Audácia que eu via na escola. Queria ser barulhenta, ousada e livre como eles. Mas eles ainda não eram membros; estavam apenas brincando de ser da Audácia. Assim como eu, quando pulei do telhado do prédio. Não sabia o que é o medo.

Nos últimos quatro dias, enfrentei quatro medos. Em um deles, estava amarrada a um poste e Peter acendia uma fogueira sob meus pés. Em outro, eu estava me afogando novamente, mas desta vez no meio do oceano, com a água se agitando ao meu redor. No terceiro, assisti à minha família sangrar lentamente até a morte. No quarto, alguém apontava uma arma para mim e me obrigava a atirar neles. Agora, sei o que é o medo.

O vento atinge a beirada do buraco e me alcança, e eu fecho os olhos. Na minha mente, estou novamente na beirada do telhado. Desabotoo a camisa cinza da Abnegação, deixando os braços à mostra, expondo mais do meu corpo do que qualquer outra pessoa jamais havia visto. Enrolo a camisa e jogo-a contra o peito do Peter.

Abro os olhos. Não, eu estava errada; não pulei do prédio porque queria ser como os membros da Audácia. Pulei porque já era como eles, e queria me mostrar para eles. Eu queria reconhecer uma parte de mim que a Abnegação me obrigava a esconder.

Estico as mãos acima da cabeça e seguro a rede outra vez. Flexiono os dedos do pé até o limite, tomando o máximo de espaço da rede que consigo. O céu noturno está vazio e silencioso e, pela primeira vez em quatro dias, minha mente também está.

+ + +

Seguro minha cabeça com as mãos e respiro profundamente. Hoje a simulação foi a mesma de ontem: alguém apontava uma arma para mim e ordenava que eu atirasse contra minha família. Quando levanto a cabeça, vejo que Quatro está me observando.

— Eu sei que a simulação não é real — digo.

— Você não precisa me explicar isso — responde ele. — Você ama sua família e não quer atirar neles. Não há nada de absurdo nisso.

— A simulação é o único momento que tenho para vê-los — falo. Embora ele diga que não preciso, sinto que devo lhe explicar por que tenho tanta dificuldade em enfrentar esse medo. Retorço os dedos e depois os separo. As pontas das minhas unhas estão completamente comidas. Eu as tenho roído enquanto durmo. Acordo com as mãos sangrando todos os dias. — Sinto falta deles. Você às vezes... não sente falta da sua família?

Quatro olha para o chão.

— Não — diz ele depois de um tempo. — Não sinto. Mas sei que isso não é comum.

Não, não é comum. É tão incomum que eu me esqueço da simulação em que fui obrigada a apontar uma arma para o peito de Caleb. Como será que era sua família, se ele nem liga mais para eles?

Paro com a mão na maçaneta da porta e olho para ele.

Você é como eu? Pergunto em silêncio. *Você é Divergente?* Sinto que estou correndo perigo só em pensar esta palavra. Seus olhos encaram os meus e, enquanto os segundos passam silenciosamente, sua expressão vai se tornando cada vez menos severa. Ouço a batida do meu coração. Estou encarando-o a mais tempo do que deveria, mas ele devolve o olhar, e sinto que nós dois estamos tentando dizer algo que o outro não consegue ouvir, embora eu possa estar errada. Continuo encarando-o, e agora o coração bate ainda mais forte, enquanto seus olhos tranquilos me engolem inteira.

Eu abro a porta e desço o corredor apressada.

Não deveria me distrair tão facilmente com ele. Não deveria pensar em nada além da iniciação. As simulações deveriam me perturbar mais; elas deveriam estilhaçar minha mente, como têm feito com os outros iniciandos. Drew não consegue dormir e fica apenas encarando a parede em posição fetal. Al grita todas as noites por causa dos pesadelos e chora em seu travesseiro. Em comparação, meus pesadelos e unhas roídas não são nada.

Os gritos do Al sempre me acordam, e olho para as molas da cama acima da minha e me pergunto o que há de errado comigo, se continuo me sentindo forte mesmo quando todos ao meu redor estão desmoronando. Será que essa confiança que sinto tem a ver com o fato de eu ser Divergente ou será outra coisa?

Ao voltar para o dormitório, espero encontrar a mesma coisa que vi no dia anterior: alguns iniciandos deitados em suas camas, encarando o vazio. No entanto, encontro-os em pé em meio a um grupo no outro canto do quarto. Eric está diante deles com um quadro-negro nas mãos, mas ele está virado para o outro lado, então não consigo ler o que está escrito. Paro ao lado do Will.

— O que está acontecendo? — sussurro. Espero que não seja outro artigo, porque não sei se consigo aguentar mais hostilidades contra mim.

— Estão divulgando as colocações do segundo estágio — diz ele.

— Pensei que não haveriam mais cortes a partir do segundo estágio — digo baixinho.

— E não haverão. É apenas um tipo de relatório de como as coisas estão indo.

Eu concordo com a cabeça.

Ver o quadro-negro faz com que me sinta inquieta, como se algo estivesse nadando dentro do meu estômago. Eric levanta o quadro e o pendura em um prego na parede. Quando ele se afasta, o silêncio domina o recinto, e estico o pescoço para ver o que está escrito.

Meu nome está em primeiro lugar.

As pessoas olham para mim. Continuo lendo a lista. Christina e Will estão em sétimo e nono, respectivamente. Peter está em segundo, mas, quando olho para o tempo que está escrito ao lado do seu nome, percebo que minha vantagem sobre ele está suspeitamente larga.

A média de tempo dele é de oito minutos. A minha é de dois minutos e quarenta e cinco segundos.

— Parabéns, Tris — diz Will baixinho.

Eu balanço a cabeça, ainda encarando o quadro. Deveria estar feliz por ter ficado em primeiro lugar, mas sei o que isso significa. Se Peter e seus amigos já me detestavam antes, agora eles vão me odiar ainda mais. Agora eu sou o Edward. O próximo olho furado pode ser o meu. Ou algo ainda pior.

Procuro o nome do Al e vejo que ele está em último lugar. A aglomeração de iniciandos se dispersa lentamente, até que apenas eu, Peter, Will e Al permanecemos. Quero consolar Al. Quero dizer a ele que o único motivo para eu estar indo tão bem é que há algo de diferente com meu cérebro.

Peter vira-se lentamente, emanando tensão de cada um de seus membros. Ele poderia ter apenas me encarado, mas me lança um olhar muito mais ameaçador; um olhar de puro ódio. Caminha em direção ao seu beliche, mas no último instante arranca para cima de mim, empurrando-me contra a parede, com as mãos em meus ombros.

— Não serei desbancado por uma Careta. — Sua voz chia, e seu rosto se aproxima tanto do meu que consigo sentir seu hálito pútrido. — Como foi que você conseguiu, hein? Como diabos você conseguiu?

Ele me puxa um pouco para a frente, depois me lança contra a parede novamente. Eu travo os dentes para evitar soltar um grito, embora a dor do impacto tenha percorrido toda a minha espinha. Will agarra a gola da camisa de Peter e o arrasta para longe de mim.

— Deixe-a em paz — diz ele. — Só um covarde intimidaria uma garotinha desse jeito.

— Uma garotinha? — diz Peter com escárnio, arrancando a mão do Will de sua camisa. — Você é cego ou é só burro mesmo? Ela vai empurrá-lo para as últimas colocações e para fora da *Audácia*, e você perderá *tudo*, só porque ela sabe como manipular as pessoas e você, não. Portanto, me procure quando você finalmente se der conta de que ela está querendo mesmo é arruinar a todos nós.

Peter sai do dormitório, furioso. Molly e Drew o seguem, com expressões de repugnância.

— Obrigada — digo, acenando a cabeça para Will.

— O que ele disse é verdade? — diz Will baixinho. — Você está tentando nos manipular?

— E como diabos eu faria algo assim? — brigo com ele. — Só estou fazendo o melhor que posso, como todos os outros.

— Eu não sei. — Ele ergue um pouco os ombros. — Talvez agindo como se fosse fraca, para que tenhamos pena de você, depois agindo de maneira forte, para ganhar vantagem sobre nós?

— Ganhar vantagem sobre vocês? — repito. — Sou sua *amiga*. Eu não faria isso.

Ele não diz nada, mas percebo que não acredita completamente em mim.

— Não seja idiota, Will — diz Christina, pulando do beliche.

Ela olha para mim sem compaixão e diz:
— Ela não está atuando.
Christina vira-se e sai do dormitório sem bater a porta. Will vai atrás dela. Fico sozinha no quarto com Al. A primeira e o último.

Al nunca pareceu pequeno para mim, mas agora ele parece, com seus ombros rebaixados e o corpo dobrado sobre si mesmo como um pedaço amassado de papel. Ele se senta na beirada da cama.
— Você está bem? — pergunto.
— Claro — responde ele.
Seu rosto está muito vermelho. Eu desvio o olhar. Minha pergunta foi apenas uma formalidade. Só um cego não veria que ele não está nada bem.
— Ainda não acabou — digo. — Você pode melhorar a sua posição na tabela se você...
Perco a voz quando ele levanta o rosto e olha para mim. Nem sei o que diria a ele caso eu terminasse a frase. Não existem estratégias para o segundo estágio. Eles penetram nas profundezas do que nós realmente somos e testam qualquer coragem que encontram por lá.
— Viu? — diz ele. — Não é tão simples assim.
— Sei que não é.
— Não, acho que você não sabe — diz ele, balançando a cabeça. Seu queixo treme. — Para você é fácil. Tudo isso é fácil.
— Isso não é verdade.
— É, sim. — Ele fecha os olhos. — Fingir que não é não me ajuda em nada. Eu nem... Eu nem acredito que você possa realmente me ajudar.

Sinto como se um forte temporal caísse sobre mim e minhas roupas estivessem pesadas e encharcadas; como se eu estivesse pesada e desajeitada e inútil. Não sei se ele quis dizer que ninguém pode ajudá-lo ou que eu, especificamente, não posso ajudá-lo, mas qualquer uma dessas possibilidades me incomoda. Quero ajudá-lo. Mas sou incapaz.

— Eu... — começo a falar, tentando me desculpar, mas pelo quê? Por pertencer mais à Audácia do que ele? Por não saber o que dizer?

— Eu só... — As lágrimas que vinham se acumulando em seus olhos escorrem, molhando suas bochechas — ...quero ficar sozinho.

Eu faço que sim com a cabeça e me viro. Deixá-lo sozinho não é uma boa ideia, mas não há nada que eu possa fazer. Ouço o som da porta se fechando atrás de mim e continuo caminhando.

Passo pelo bebedouro e pelos túneis que pareciam intermináveis no dia em que cheguei aqui, mas nos quais eu mal reparo agora. Essa não é a primeira vez em que traio os ensinamentos da minha família desde que cheguei, mas, por algum motivo, sinto como se fosse. Em todas as outras vezes, eu soube o que deveria fazer, mas optei por não fazê-lo. Desta vez, não sabia o que fazer. Será que perdi a habilidade de reconhecer o que as pessoas precisam? Será que eu perdi parte de mim mesma?

Continuo andando.

+ + +

Não sei como, mas encontro o mesmo corredor em que me sentei no dia em que Edward foi embora. Não queria ficar sozinha, mas acho que não tenho opção. Fecho os olhos e me concentro no chão frio de pedra sob meu corpo, enquanto respiro o ar bolorento do subsolo.

— Tris! — grita alguém do fim do corredor. Uriah corre lentamente em minha direção. Atrás dele, estão Lynn e Marlene. Lynn está segurando um bolinho.

— Pensei que a encontraria aqui. — Ele se agacha perto dos meus pés. — Fiquei sabendo que você ficou em primeiro lugar.

— Então, você queria apenas me parabenizar? — Rio de maneira debochada. — Bem, obrigada.

— Acho que *alguém* deveria parabenizá-la — diz ele. — E eu acredito que seus amigos não estejam muito a fim, já que as posições deles não estão entre as melhores. Então, pare de se lamentar e venha conosco. Vou acertar um bolinho na cabeça da Marlene com um tiro.

A ideia é tão absurda que não consigo deixar de rir. Eu me levanto e sigo Uriah até o final do corredor, onde Marlene e Lynn estão esperando. Lynn cerra os olhos quando olha para mim, mas Marlene sorri.

— Por que você não saiu para comemorar? — pergunta ela. — Você já está praticamente garantida entre os dez melhores se continuar assim.

— Ela é Audácia demais para os outros transferidos — diz Uriah.

— E Abnegação demais para comemorar — comenta Lynn.

Eu a ignoro.

— Por que você quer atirar em um bolinho na cabeça da Marlene?

— Ela duvidou que eu conseguisse atingir um pequeno objeto a uma distância de trinta metros — explica Uriah. — Apostei que ela não teria a coragem de ficar na frente quando eu tentasse. Tudo se encaixou perfeitamente.

A sala de treinamento onde atirei com uma arma pela primeira vez não fica muito longe do meu corredor secreto. Chegamos lá em menos de um minuto, e Uriah acende a luz. O lugar está exatamente igual à última vez em que estive aqui: alvos em um lado da sala, e uma mesa com armas no outro.

— Eles realmente deixam essas coisas largadas desse jeito? — pergunto.

— Deixam, mas elas não estão carregadas. — Uriah levanta a camisa. Há uma arma presa à cintura de sua calça, logo abaixo de uma tatuagem. Observo o desenho, tentando desvendar o que é, mas ele abaixa a camisa antes que eu consiga decifrá-lo.

— Pronto — diz ele. — Vá para a frente de um dos alvos.

Marlene se afasta, saltitante.

— Você não vai realmente atirar nela, vai? — pergunto para Uriah.

— Não é uma arma de verdade — diz Lynn tranquilamente. — Ela está carregada com bolinhas de plástico. O máximo que pode acontecer é machucar um pouco o rosto dela ou talvez deixá-lo um pouco vermelho. Você acha que nós somos idiotas?

Marlene se posiciona em frente a um dos alvos e pousa o bolinho sobre a cabeça. Uriah fecha um olho ao mirar.

— Espere! — grita Marlene. Ela arranca um pedaço do bolinho e enfia-o em sua boca. — Pronto! — grita de novo, com a boca cheia. Ela faz um sinal de positivo com o dedão.

— Imagino que suas posições na tabela sejam boas — digo para Lynn.

Ela acena com a cabeça.

— Uriah está em segundo. Eu estou em primeiro. Marlene é a quarta.

— Você está vencendo de mim por muito pouco — diz Uriah, enquanto continua a mirar. Ele aperta o gatilho. O bolinho cai da cabeça de Marlene. Ela nem pisca.

— Nós dois ganhamos! — grita ela.

— Você sente saudade da sua antiga facção? — Lynn me pergunta.

— Às vezes — digo. — As coisas eram mais tranquilas por lá. Não era tão exaustivo.

Marlene pega o bolinho do chão e o enfia na boca.

— Que nojo! — grita Uriah.

— O objetivo da iniciação é nos reduzir ao que verdadeiramente somos. Pelo menos, é isso que diz o Eric — diz Lynn. Ela levanta uma das sobrancelhas.

— Quatro diz que o objetivo é nos preparar.

— Bem, eles não costumam se entender.

Eu concordo com a cabeça. Quatro me disse que as projeções de Eric a respeito da Audácia são equivocadas, mas eu gostaria de que ele me dissesse como, então, acha que elas deveriam ser. De vez em quando, consigo captar alguns momentos do que eu acredito que seja, como quando os membros da Audácia festejaram o meu salto do telhado do prédio, ou quando formaram uma rede com os braços para me segurar depois que desci na tirolesa, mas isso não é o bastante. Será que ele já leu o manifesto da Audácia? Será que é nisso em que ele acredita? Nos atos simples de bravura?

A porta da sala de treinamento se abre. Shauna, Zeke e Quatro entram no exato momento em que Uriah atira em um dos alvos. A bolinha de plástico quica no centro do alvo e rola no chão.

— Bem que eu pensei ter ouvido alguma coisa daqui de dentro — diz Quatro.

— Parece que é o idiota do meu irmão — diz Zeke. — Vocês não deveriam estar aqui tão tarde. Cuidado, ou Quatro pode contar para Eric, e aí vocês vão se ferrar.

Uriah torce o nariz ao olhar para o irmão e guarda a arma de brinquedo. Marlene atravessa a sala, dando mordidas em seu bolinho, e Quatro se afasta da porta para que nós saiamos.

— Você não nos deduraria ao Eric — diz Lynn, olhando desconfiadamente para Quatro.

— Não, eu não faria isso — diz. Quando passo por ele, ele apoia a mão nas minhas costas para me guiar para fora, encostando a palma entre as minhas omoplatas. Eu me arrepio. Espero que ele não tenha notado.

O grupo desce o corredor. Zeke e Uriah se empurram, Marlene divide o bolinho com Shauna e Lynn caminha na frente de todos. Eu começo a segui-los.

— Espere um pouco — diz Quatro. Eu me viro e olho para ele, imaginando qual versão de Quatro verei agora: o que me dá broncas ou o que escala rodas gigantes comigo. Ele esboça um sorriso, mas isso não altera seu olhar, que parece estar tenso e preocupado.

— Você sabe que aqui é o seu lugar, não sabe? — ele diz.

— Seu lugar é conosco. Logo, isso tudo vai terminar, então aguente só mais um pouco, está bem?

Ele coça a parte de trás da orelha e desvia o olhar, como se estivesse envergonhado do que disse.

Eu o encaro. Sinto a batida do meu coração por todo o corpo, até mesmo nos dedos do pé. Sinto vontade de fazer algo ousado, mas poderia também simplesmente ir embora. Não sei qual opção seria a mais inteligente, ou a mais sensata. Eu não sei nem se me importo com isso.

Estendo a mão e seguro a dele. Seus dedos se entrelaçam nos meus. Não consigo respirar.

Olho para cima, para ele, e ele para baixo, para mim. Ficamos assim por um longo tempo. Então, eu recolho a mão e corro atrás de Uriah, Lynn e Marlene. Talvez agora ele me considere idiota ou estranha. Mas talvez tenha valido a pena.

+ + +

Sou a primeira pessoa a chegar ao dormitório e, quando outros começam a chegar, deito-me e finjo estar dormindo. Não preciso de nenhum deles, se forem continuar a agir assim sempre que eu me sair bem em alguma coisa.

Se conseguir terminar a iniciação, vou me tornar um membro da Audácia e não precisarei mais vê-los.

Não preciso mais deles, mas continuo querendo sua companhia? Cada tatuagem que fiz com eles é um lembrete da nossa amizade, e quase todas as vezes em que ri neste lugar escuro foi por causa deles. Não quero perdê-los. Mas sinto como se já tivesse perdido.

Depois de pelo menos meia hora de pensamentos intensos, deito-me de barriga para cima e abro os olhos. O dormitório está escuro agora, e todos já se deitaram. *Devem estar exaustos de tanto me odiar*, penso, com um sorriso torto. Além de vir da mais odiada das facções, agora também os estou humilhando.

Levanto-me para beber água. Não tenho sede, mas preciso fazer alguma coisa. Meus pés descalços fazem um som grudento no chão enquanto caminho, e encosto a mão na parede para me orientar. Há uma lâmpada azul acesa sobre o bebedouro.

Seguro os cabelos sobre um dos ombros e me inclino. Assim que a água encosta em meus lábios, ouço vozes no final do corredor. Me esgueiro para mais perto delas, esperando que a escuridão me mantenha escondida.

— Até agora, não houve nenhum sinal disso. — A voz é de Eric. Sinal de quê?

— Bem, ainda não haveria como você ter certeza — responde alguém. Uma voz feminina; fria e familiar, mas como algo que ouvi em um sonho, e não como a voz de uma pessoa real. — O treinamento de combate não revela nada. As simulações, no entanto, são capazes de revelar quem são os rebeldes Divergentes, se é que há algum. Portanto, teremos que examinar as gravações várias vezes para ter certeza.

A palavra "Divergente" faz com que eu congele. Inclino-me para a frente, com as costas encostadas na pedra, para ver de quem é a voz que me parece tão familiar.

— Não esqueça o motivo que me levou a pedir ao Max que nomeasse você como líder — diz a voz. — Sua prioridade máxima será sempre encontrá-los. Sempre.

— Não esquecerei.

Eu me movimento alguns centímetros para a frente, esperando ainda estar escondida. Seja quem for a dona dessa voz, é ela que está no comando; ela é responsável pela posição de liderança do Eric; é ela que me quer morta. Inclino a cabeça para a frente, esforçando-me para vê-los antes que virem o corredor.

De repente, alguém me agarra por trás.

Tento gritar, mas uma mão cobre minha boca. A mão cheira a sabão e é grande o bastante para cobrir toda a parte de baixo do meu rosto. Eu me debato, mas os braços que me prendem são fortes demais, e mordo um de seus dedos.

— Ai! — grita uma voz rouca.

— Cale-se e mantenha a boca dela coberta. — A voz que diz isso é mais aguda e limpa que outras vozes masculinas. Peter.

Uma venda preta cobre meus olhos, e as mãos de outra pessoa a amarram atrás da minha cabeça. Eu me esforço para respirar. Há pelo menos duas mãos segurando meus braços e me arrastando para a frente, outra nas minhas costas, empurrando-me, e uma outra cobrindo minha boca e evitando que eu grite. Três pessoas. Meu peito dói. Não consigo lutar contra três pessoas sozinha.

— Como será o som de uma Careta implorando por piedade? — diz Peter, soltando uma risadinha. — Vamos, depressa.

Tento me concentrar na mão que cobre minha boca. Deve haver algo de diferente nela que me ajude a identificar de quem é. Descobrir sua identidade é uma maneira de me concentrar em algo. Preciso ocupar meus pensamentos ou entrarei em pânico.

A palma da mão está suada e é macia. Eu cerro os dentes e respiro pelo nariz. O cheiro de sabão me parece familiar. Erva-cidreira e sálvia. O mesmo cheiro que sinto ao redor do beliche do Al. Um peso atinge meu estômago.

Ouço o som de água se chocando contra pedras. Estamos perto do abismo. Provavelmente bem acima dele, pela altura do som. Aperto os lábios um contra o outro, para reprimir um grito. Se estamos acima do abismo, já sei o que eles pretendem fazer comigo.

— Vamos, levantem-na.

Eu me debato, e a pele áspera deles arranha a minha, mas sei que não há nada que eu possa fazer. Grito também, embora saiba que ninguém pode me ouvir daqui.

Conseguirei sobreviver até amanhã. Conseguirei.

As mãos me empurram para os lados e para cima e eu bato com as costas em algo duro e frio. Pela sua largura e curvatura, percebo que é uma grade de metal. É *a* grade de metal acima do abismo. Respiro com dificuldade enquanto o vapor de água atinge minha nuca. As mãos forçam minhas costas a se dobrarem sobre a grade. Meus pés saem do chão, e meus agressores são a única coisa evitando que eu caia na água.

Uma mão pesada apalpa meus peitos.

— Você tem certeza de que tem dezesseis anos, Careta? Pelo que estou sentindo, você não parece ter mais do que doze.

Os outros garotos riem.

Sinto o gosto amargo de bile na minha garganta e engulo.

— Espera aí, acho que encontrei alguma coisa! — Sua mão me aperta. Mordo a língua para não gritar. Mais risadas.

A mão do Al solta minha boca.

— Pare com isso — grita ele. Reconheço sua voz, grave e inconfundível.

Quando Al me solta, eu me debato novamente e escorrego até o chão. Desta vez, mordo com o máximo de força possível o primeiro braço que encontro. Ouço um grito e cravo os dentes ainda mais, sentindo o gosto de sangue. Algo duro atinge meu rosto. Um calor claro invade minha cabeça. A sensação seria de dor, se a adrenalina não estivesse correndo nas minhas veias como ácido.

O garoto arranca o braço da minha boca e me empurra no chão. Bato com o cotovelo na pedra e levo as mãos à cabeça para arrancar a venda dos olhos. Um pé atinge o lado do meu corpo, forçando o ar para fora dos meus pulmões. Eu arquejo, tusso e tento agarrar o nó atrás da minha cabeça. Alguém segura uma mecha dos meus cabelos e bate com minha cabeça contra algo duro. Um grito de dor explode da minha boca e fico tonta.

Desnorteada, tateio o lado da minha cabeça para encontrar a ponta da venda. Arrasto minha mão pesadamente para cima, levantando a venda, e pisco os olhos. A cena que encontro diante de mim está virada de lado, e balança para cima e para baixo. Vejo alguém correndo em nossa direção e alguém fugindo; alguém grande: Al. Agarro a grade ao meu lado e puxo o corpo para cima, até conseguir me levantar.

Peter agarra meu pescoço e me levanta, com o dedão cravado sob meu queixo. Seu cabelo, que costuma ser limpo e arrumado, está bagunçado e gruda na testa. Seu rosto pálido está retorcido e os dentes estão cerrados, e ele me segura sobre o abismo. Manchas coloridas começam a surgir nos cantos da minha vista, amontoando-se ao redor do seu rosto, verdes e rosas e azuis. Ele não diz nada. Tento chutá-lo, mas minhas pernas são curtas demais. Meus pulmões clamam por ar.

Ouço um grito, e ele me solta.

Estico os braços ao cair, arquejando, e minhas axilas se chocam contra a grade. Prendo os cotovelos na grade e solto um grunhido. O vapor da água toca meus calcanhares. O mundo despenca e balança ao meu redor, e alguém está no chão do Fosso: Drew, gritando. Ouço pancadas. Chutes. Gemidos.

Pisco algumas vezes e me esforço para focalizar o único rosto que consigo enxergar. Ele está retorcido de raiva. Seus olhos são azul-escuro.

— Quatro — resmungo.

Fecho os olhos e sinto suas mãos segurando meus braços, logo abaixo dos ombros. Ele me puxa por cima da grade e para junto do seu peito, me envolvendo em seus braços, depois passando o braço por trás dos meus joelhos. Eu apoio o rosto em seu ombro, depois mergulho em um silêncio vazio e repentino.

CAPÍTULO
VINTE E DOIS

ABRO OS OLHOS e vejo as palavras "Tão Somente Temei ao Senhor" pintadas em uma parede branca. Ouço mais uma vez o som de água corrente, mas desta vez o ruído vem de uma torneira, e não do abismo. Passam-se alguns segundos até que eu consiga ver os contornos das coisas ao redor com mais clareza: as linhas do batente de uma porta, de uma bancada e do teto.

A dor lateja continuamente na minha cabeça, bochecha e costelas. Eu não deveria me mover; só vai piorar as coisas. Vejo uma colcha de retalhos azul sob minha cabeça e faço uma careta de dor ao tentar virar o rosto para ver de onde está vindo o barulho de água.

Quatro está no banheiro com as mãos na pia. O sangue nas juntas de seus dedos faz com que a água fique rosa. Ele tem um corte no canto da boca, mas, fora isso, parece estar inteiro. Mantém uma expressão plácida enquanto examina o corte, depois desliga a água e enxuga as mãos com uma toalha.

Só tenho uma lembrança de como cheguei aqui, que se resume a uma única imagem: tinta preta ondulando no lado de um pescoço, a ponta de uma tatuagem, o suave balançar que só pode significar que ele me carregou.

Ele apaga a luz do banheiro e pega um pacote de gelo na geladeira, que fica no canto do quarto. Quando caminha em minha direção, penso em talvez fechar os olhos e fingir que estou dormindo, mas nossos olhares se encontram antes que eu consiga fazer isso.

— Suas mãos — resmungo.

— Você não precisa se preocupar com minhas mãos — responde ele. Apoia o joelho sobre o colchão e se inclina sobre mim, colocando o saco de gelo sob a minha cabeça. Antes que se afaste, estico a mão para tocar o corte no lado do seu lábio, mas paro, com a mão suspensa no ar, quando me dou conta do que estou fazendo.

O que você tem a perder? pergunto-me, e encosto levemente os dedos em sua boca.

— Tris — diz ele, com boca colada aos meus dedos —, eu estou bem.

— Por que você estava lá? — pergunto, abaixando a mão.

— Eu estava voltando da sala de controle. Ouvi um grito.

— O que você fez com eles? — digo.

— Deixei Drew em uma enfermaria há meia hora — responde. — Peter e Al correram. Drew disse que eles estavam apenas tentando assustar você. Pelo menos, eu acho que era isso o que estava tentando dizer.

— Ele está muito machucado?

— Ele vai sobreviver — responde, e depois conclui, amargamente —, só não sei em que condições.

Não é correto desejar a dor a outra pessoa só porque ela me machucou primeiro. Mas uma sensação incandescente de triunfo toma conta de mim quando penso em Drew na enfermaria, e aperto o braço de Quatro.

— Que bom — digo. Minha voz soa firme e feroz. A raiva se acumula dentro de mim, substituindo o meu sangue por um líquido amargo e me preenchendo, consumindo-me. Quero destruir algo ou bater em algo, mas tenho medo de me mexer, então começo a chorar.

Quatro se agacha ao lado da cama e me observa. Não vejo nenhuma compaixão em seus olhos. Teria ficado desapontada se tivesse visto. Ele solta o pulso e, para minha surpresa, pousa a mão sobre meu rosto, acariciando-o com o dedão. Seu toque é delicado.

— Eu poderia prestar queixa contra eles — diz ele.

— Não — peço. — Não quero que pensem que estou com medo.

Ele acena com a cabeça e move o dedão distraidamente sobre a maçã do meu rosto, para frente e para trás.

— Pensei que você fosse dizer isso.

— Você acha que seria uma má ideia eu me sentar?

— Eu ajudo.

Quatro segura meu ombro com uma mão e apoia minha cabeça com a outra, enquanto empurro o corpo para cima. A dor se espalha em pontadas violentas, mas tento ignorá-la, reprimindo um gemido.

Ele me entrega o saco de gelo.

— Você pode se permitir sentir dor — diz ele. — Estamos sozinhos aqui.

Eu mordo o lábio. Há lágrimas em meu rosto, mas nenhum de nós fala delas ou repara nelas.

— Sugiro que você conte com seus amigos transferidos para protegê-la de agora em diante — fala.

— Eu pensei que contava — suspiro. Sinto novamente a mão do Al em meu rosto, e um soluço lança meu corpo para a frente. Encosto a mão na testa e balanço para frente e para trás. — Mas Al...

— Ele queria que você fosse uma garota pequena e tímida da Abnegação — diz Quatro suavemente. — Ele a machucou porque sua força fez com que se sentisse fraco. Só por isso.

Concordo com a cabeça e tento acreditar nele.

— Os outros não sentirão tanta inveja se você deixar transparecer um pouco de vulnerabilidade. Mesmo que não seja real.

— Você acha que eu devo *fingir* ser vulnerável? — pergunto, levantando a sobrancelha.

— Sim, acho. — Ele pega o saco de gelo da minha mão, roçando os dedos contra os meus, e encosta-o na minha cabeça. Eu abaixo a mão, com tanta vontade de relaxar o braço que nem reclamo. Quatro se levanta. Eu encaro a bainha da sua camiseta.

Às vezes, vejo-o como uma pessoa qualquer, e, às vezes, sinto sua imagem na boca do meu estômago, como uma dor profunda.

— Amanhã, é bom você chegar confiante no café da manhã e mostrar para seus agressores que não se abalou com o que fizeram — diz ele —, mas você deve deixar que vejam o machucado em seu rosto e manter a cabeça abaixada.

Só de pensar nisso, fico enojada.

— Acho que não serei capaz de fazer isso — digo friamente. Levanto o rosto e olho para ele.

— Mas você precisa.

— Acho que você não está *entendendo*. — Meu rosto esquenta. — Eles me tocaram.

Seu corpo inteiro se contrai ao ouvir o que eu digo, e sua mão aperta o saco de gelo com força.

— Tocaram em você — repete ele, com um olhar frio.

— Não... da maneira que você está pensando. — Eu limpo a garganta. Ao levantar esse assunto, não me dei conta do quão constrangedor seria. — Mas... quase.

Desvio o olhar.

Ele fica parado e calado por tanto tempo, que sinto que preciso falar alguma coisa.

— O que foi?

— Não queria dizer isso, mas sinto que devo. — Ele suspira. — É mais importante que você esteja segura do que certa, por enquanto. Entendeu?

Suas sobrancelhas retas estão rebaixadas sobre seus olhos. Meu estômago se contorce, em parte porque sei que ele está certo, embora eu não queira admitir, e em parte porque desejo algo que não sei expressar. Quero me apertar contra o espaço que há entre nós até que ele desapareça.

Faço que sim com a cabeça.

— Mas, por favor, quando você tiver a oportunidade...
— Ele apoia a mão no meu rosto, frio e forte, e inclina minha cabeça para cima para que eu olhe para ele. Seus olhos brilham. Eles parecem quase predatórios. — Acabe com eles.

Eu rio nervosamente.

— Você é um pouco assustador, Quatro.

— Faça-me um favor — diz ele — e não me chame assim.

— Então, como devo lhe chamar?

— De nada. — Ele afasta a mão do meu rosto. — Por enquanto.

CAPÍTULO
VINTE E TRÊS

NÃO VOLTO PARA o dormitório. Dormir no mesmo quarto que meus agressores só para parecer corajosa seria burrice. Quatro dorme no chão e eu durmo em sua cama, sobre a colcha, respirando o cheiro da fronha. Ela cheira a detergente e a algo pesado, doce e fortemente masculino.

O ritmo da respiração de Quatro diminui, e eu ergo o corpo um pouco para ver se ele está dormindo. Ele está deitado de barriga para baixo, com um dos braços apoiando a cabeça. Seus olhos estão fechados e seus lábios separados. Pela primeira vez, parece tão jovem quanto realmente é, e me pergunto quem ele é de verdade. Quem será ele quando não é um membro da Audácia, ou um instrutor, ou Quatro, ou qualquer definição dessas?

Quem quer que seja, gosto dele. Agora é mais fácil admitir isso a mim mesma, no escuro, depois de tudo o que aconteceu. Ele não é doce, gentil ou especialmente bondoso. Mas é esperto e corajoso e, embora tenha me salvado, tratou-me como uma pessoa forte. Isso é tudo que eu preciso saber.

Assisto aos músculos das suas costas subindo e descendo até eu cair no sono.

Acordo cheia de dores. Faço uma careta ao me levantar, com a mão sobre as costelas, e caminho até um pequeno espelho do outro lado do quarto. Sou quase baixa demais para conseguir enxergar meu reflexo, mas, quando fico na ponta dos pés, consigo ver meu rosto. Como eu já esperava, há um hematoma azul-escuro na minha bochecha. Odeio a ideia de ter que entrar no refeitório assim, mas as instruções de Quatro fixaram-se na minha mente. Preciso recuperar minhas amizades. Preciso parecer fraca para me proteger.

Prendo o cabelo em um coque. A porta se abre e Quatro entra, com uma toalha na mão e o cabelo brilhando com a água do banho. Sinto um frio no estômago ao ver o pedaço de pele que aparece acima do seu cinto quando ele levanta a mão para enxugar o cabelo e me esforço para olhar para seu rosto.

— Olá — digo. Minha voz soa travada. Eu queria que não soasse.

Ele toca minha bochecha machucada com as pontas dos dedos.

— Nada mal — fala. — Como está sua cabeça?

— Bem — respondo. Estou mentindo. Minha cabeça está latejando. Passo os dedos sobre o galo e sinto uma pontada de dor no couro cabeludo. Poderia ser pior. Eu poderia estar boiando no rio.

Todo o meu corpo enrijece quando a mão dele desce até o lado do meu corpo, onde fui chutada. Faz isso de maneira natural, mas não consigo me mover.

— E aqui? — pergunta, com a voz baixa.

— Só dói quando eu respiro.

Ele sorri.

— Não há muito o que você possa fazer a esse respeito.

— Peter provavelmente daria uma festa se eu parasse de respirar.

— Bem — diz ele —, eu só iria se tivesse bolo.

Solto uma risada, depois faço uma careta, cobrindo a mão dele com a minha para fixar minha caixa torácica. Ele afasta a mão lentamente, deslizando as pontas dos dedos na lateral do meu corpo. Quando seus dedos se afastam, sinto uma dor no peito. Passado esse momento, sou obrigada a me lembrar do que aconteceu ontem à noite. E desejo ficar aqui com ele.

Ele acena de leve e guia meu caminho para fora do quarto.

— Eu entro primeiro — avisa, quando já nos encontramos do lado de fora do refeitório. — Nos vemos em breve, Tris.

Ele atravessa a porta e fico sozinha. Ontem ele me disse que achava que eu deveria fingir ser fraca, mas ele estava errado. Já sou fraca. Eu me encosto na parede e apoio a testa nas mãos. É difícil respirar fundo, então minha respiração é curta e rasa. Não posso deixar que isso aconteça. Eles me atacaram para fazer com que me sinta fraca. Posso fingir que eles conseguiram, para me proteger, mas não posso fazer disso uma verdade.

Afasto-me da parede e entro no refeitório sem pensar duas vezes. Logo depois, lembro-me de que preciso parecer intimidada, então desacelero os passos e me aproximo da parede, mantendo a cabeça abaixada. Uriah, na mesa ao lado do Will e da Christina, levanta a mão para acenar para mim. Depois a abaixa.

Sento-me ao lado do Will.

Al não está lá. Ele não está em parte alguma.

Uriah se senta ao meu lado, deixando seu bolinho meio comido e seu copo de água pela metade na outra mesa. Por um instante, os três apenas olham para mim.

— O que aconteceu? — diz Will, baixando a voz.

Olho para a mesa atrás dele. Peter está sentado lá, comendo uma torrada enquanto sussurra algo para Molly. Minha mão aperta o canto da mesa. Quero bater nele. Mas agora não é o momento.

Drew não está com ele, o que só pode significar que ainda está na enfermaria. Uma onda de prazer malicioso invade meu corpo quando penso nisso.

— Peter, Drew... — digo baixinho. Apoio a mão sobre minhas costelas ao esticar o braço para pegar uma torrada do outro lado da mesa. Estender a mão dói, então me permito fazer uma careta e inclinar o corpo para a frente.

— E... — Engulo em seco. — E Al.

— Meu Deus! — diz Christina, com os olhos arregalados.

— Você está bem? — pergunta Uriah.

Os olhos de Peter encontram os meus do outro lado do refeitório, e preciso me esforçar para desviar o olhar. Mostrar a ele que me amedronta traz um gosto amargo à minha boca, mas preciso fazer isso. Quatro estava certo. Preciso fazer o possível para evitar ser atacada novamente.

— Não muito — digo.

Meus olhos ardem e, ao contrário da careta de dor de antes, desta vez não estou exagerando. Agora acredito na advertência de Tori. Peter, Drew e Al quase me lançaram do abismo por inveja. Por que seria tão impensável que os líderes da Audácia cometessem um assassinato?

Sinto-me desconfortável, como se estivesse na pele de outra pessoa. Se eu não tomar cuidado, posso acabar morta. Não posso nem confiar nos líderes da minha facção. Da minha nova família.

— Mas você é apenas... — Uriah contrai os lábios. — Não é justo. Três contra um?

— E todos sabemos que Peter é a pessoa mais justa do mundo. Por isso ele atacou Edward na cama e enfiou uma faca em seu olho. — Christina bufa e balança a cabeça. — Mas Al? Você tem certeza, Tris?

Encaro o prato. Sou o Edward da vez. Mas, ao contrário dele, não vou embora.

— Sim — digo. — Tenho certeza.

— Só pode ser desespero — fala Will. — Ele tem agido... Não sei. Como uma pessoa diferente. Desde o começo do segundo estágio.

De repente, Drew entra no refeitório. Solto a torrada, e meu queixo cai.

Dizer que ele está "machucado" seria pouco. Seu rosto está inchado e roxo. Seu lábio está ferido e há um corte em sua sobrancelha. Ele mantém os olhos no chão enquanto caminha até a mesa, sem levantá-los nem para olhar para mim. Eu olho para Quatro, do outro lado do refeitório. Ele ostenta o sorriso de satisfação que eu gostaria de ter agora.

— *Você* fez isso? — sussurra Will.

Eu balanço a cabeça.

— Não. Alguém, que não consegui ver, me encontrou logo antes... — Engulo em seco. Falar disso só piora as coisas e torna-as mais reais — ...que eles me atirassem do abismo.

— Eles iam *matar* você? — diz Christina baixinho.

— Talvez. Ou talvez estivessem apenas planejando me pendurar do abismo para me amedrontar. — Levanto um ombro. — Só sei que funcionou.

Christina lança um olhar triste para mim. Will apenas encara a mesa.

— Precisamos fazer algo a respeito disso — diz Uriah em um tom baixo.

— Fazer o quê? Espancá-los? — Christina sorri maliciosamente. — Parece que alguém já se encarregou disso.

— Não. Eles conseguiriam se recuperar de uma dor assim — responde Uriah. — Precisamos derrubá-los na classificação. Isso manchará seus futuros. Permanentemente.

Quatro se levanta e se posiciona entre as mesas. O silêncio domina o refeitório.

— Transferidos. Hoje faremos algo diferente — diz ele. — Sigam-me.

Nos levantamos, e Uriah franze a testa.
— Cuidado — ele aconselha.
— Não se preocupe — diz Will. — Nós cuidaremos dela.

+ + +

Quatro nos guia para fora do refeitório pelos caminhos que circundam o Fosso. Will está à minha esquerda e Christina à minha direita.
— Nunca cheguei a me desculpar — diz Christina suavemente. — Por ter pegado a bandeira quando era sua por merecimento. Não sei o que deu em mim.

Não sei se é uma boa ideia perdoá-la ou não; ou perdoar qualquer um dos dois, depois do que me falaram quando as colocações foram divulgadas ontem. Mas minha mãe diria que as pessoas têm defeitos e que eu devo ser compreensiva. E Quatro me disse para me apoiar nos meus amigos.

Não sei mais em quem me apoiar, porque já não sei bem quem são meus verdadeiros amigos. Uriah e Marlene, que ficaram ao meu lado mesmo quando eu parecia forte, ou Christina e Will, que sempre me protegeram quando eu parecia fraca?

Quando os olhos grandes e castanhos de Christina encontram os meus, eu aceno com a cabeça.
— Esquece isso — digo.

Ainda quero continuar nervosa, mas preciso deixar minha raiva de lado.

Subimos até uma altura do Fosso na qual eu nunca havia estado antes, tão alto que o rosto do Will fica pálido sempre que ele olha para baixo. Costumo gostar de alturas, então seguro o braço de Will como se precisasse de apoio, mas, na verdade, quem está dando apoio a ele sou eu. Ele me lança um sorriso de gratidão.

Quatro vira-se e caminha de costas brevemente. De costas, em uma passagem estreita e sem grade de proteção. O quão familiarizado será que ele está com este lugar?

Ele olha para Drew, que se arrasta atrás do grupo, e diz:

—Acelere o passo, Drew!

É uma piada cruel, mas não consigo deixar de sorrir. Mas, quando Quatro vê meu braço ao redor do braço de Will, seu olhar alegre some, e ele faz uma cara que me dá calafrios. Será que ele está... com ciúmes?

Aproximamo-nos cada vez mais do teto de vidro e, pela primeira vez em vários dias, vejo o sol. Quatro sobe uma escada que atravessa um vão no teto. Os degraus rangem sob seus pés, e olho para baixo para ver o Fosso e o abismo.

Caminhamos sobre o vidro, que agora é o chão e não mais o teto, atravessando um salão cilíndrico, cujas paredes também são de vidro. Os prédios ao redor estão em ruínas e parecem abandonados, e é provavelmente por isso que nunca havia notado o complexo da Audácia antes. Além disso, o setor da Abnegação fica bem longe daqui.

Os membros da Audácia estão espalhados pelo salão de vidro, conversando em grupos. No canto da sala, dois membros lutam com varas de madeira, rindo quando um deles erra o outro. Sobre nossas cabeças, duas cordas se estendem no recinto, uma delas poucos metros mais alta que a outra. Elas devem ter algo a ver com as acrobacias mortais pelas quais os membros da Audácia são conhecidos.

Quatro nos guia por outra porta. Do outro lado, há um espaço enorme e úmido, com paredes grafitadas e tubulações expostas. O lugar é iluminado por uma série de antiquados tubos fluorescentes com coberturas de plástico, que devem realmente ser muito velhos.

— Este — diz Quatro, com os olhos brilhando na luz opaca — é um tipo diferente de simulação, conhecido como paisagem do medo. Ela foi desativada para nós agora, mas o lugar estará bem diferente da próxima vez que vocês vierem aqui.

Atrás dele, a palavra "Audácia" está grafitada em letras vermelhas estilizadas em uma parede de concreto.

— Por suas simulações, nós coletamos dados a respeito de seus piores medos. A paisagem do medo acessa estes dados e cria uma série de obstáculos virtuais. Alguns deles serão medos que vocês já enfrentaram anteriormente em suas simulações. Alguns podem ser medos novos. A diferença é que vocês terão consciência, na paisagem do medo, de que tudo não passa de uma simulação, então terão o juízo a seu favor durante o processo.

Isso significa que todos serão como os Divergentes na paisagem do medo. Não sei se isso serve de alívio, porque não haverá como me detectarem, ou se é um problema, pois não estarei em vantagem.

— O número de medos que surgirão na sua paisagem dependerá do número de medos que vocês têm — continua Quatro.

Quantos medos será que eu terei? Penso em enfrentar os corvos novamente e sinto um calafrio, embora o ar esteja quente.

— Avisei a vocês que o terceiro estágio é voltado para o preparo mental — diz ele. Eu me lembro de quando ele disse isso. No primeiro dia. Logo antes de apontar uma arma para a cabeça do Peter. Eu queria que ele tivesse apertado o gatilho.

— Isso significa que vocês terão que controlar tanto o lado emocional quanto o corporal, para combinar as habilidades físicas que aprenderam no primeiro estágio com o controle emocional que vocês aprenderam no segundo. Para manter uma mente sã.

Um dos tubos de luz sobre a cabeça de Quatro cintila e pisca. Quatro para de olhar para os outros iniciandos e se concentra em mim.

— Na semana que vem, vocês atravessarão a sua paisagem do medo o mais rápido possível, diante de uma banca de líderes da Audácia. Esta será sua prova final, que determinará a colocação no terceiro estágio. Assim como a pontuação do segundo estágio teve um peso maior do que a do primeiro, o terceiro estágio terá um peso maior do que o segundo. Entenderam?

Todos acenamos nossas cabeças. Até mesmo Drew, que se move com uma expressão de dor.

Se eu for bem na prova final, terei uma boa chance de terminar entre os dez primeiros e consequentemente me tornar um membro. Entrar para a Audácia. Só de pensar nisso, sinto-me quase tonta de alívio.

— Existem duas maneiras de passar por um obstáculo. Ou vocês conseguem se acalmar o bastante para que a simulação registre um ritmo cardíaco normal e estável ou vocês encontram uma maneira de encarar o medo, o que pode forçar a simulação a avançar. Uma maneira de encarar o medo de afogamento, por exemplo, é nadando ainda mais fundo. — Quatro dá de ombros. — Então, sugiro que vocês usem a próxima semana para pensar a respeito dos seus medos e desenvolver maneiras de encará-los.

— Isso não parece justo — diz Peter. — E se uma pessoa tem apenas sete medos e outra tem vinte? Não é culpa dela.

Quatro o encara por um breve instante, depois solta uma risada.

— Você realmente quer me ensinar o que é justo e o que não é?

O grupo de iniciandos abre caminho enquanto ele se aproxima de Peter, dobra os braços e diz, com uma voz macabra:

— Entendo que você esteja preocupado, Peter. Os acontecimentos da noite de ontem certamente provaram que você não passa de um maldito covarde.

Peter o encara de volta, inexpressivo.

— Então, agora todos já sabem — diz Quatro, tranquilamente — que você tem medo de uma menina baixinha e magricela da Abnegação.

Sua boca forma um sorriso.
Will me envolve em um de seus braços. Os ombros de Christina sacodem com sua risada contida. E, em alguma parte dentro de mim, eu também encontro um sorriso.

+ + +

Quando voltamos ao dormitório no final da tarde, Al está lá.
Will se posiciona atrás de mim e segura meu ombro suavemente, para me assegurar de que está perto. Christina também se aproxima de mim.
Al está com olheiras e seu rosto está inchado de tanto chorar. Sinto uma pontada no estômago quando o vejo. Não consigo me mexer. O cheiro de erva-cidreira e sálvia, que eu costumava achar agradável, tornou-se amargo em minhas narinas.
— Tris — diz Al, com a voz trêmula. — Posso falar com você?
— Você está falando sério? — Will aperta meu ombro. — Você nunca mais poderá chegar perto dela, entendeu?
— Não vou machucar você. Nunca foi minha intenção... — Al cobre o rosto com as mãos. — Eu só queria pedir desculpa. Lamento muito. Eu não... Não sei o que há de errado comigo. Eu... Por favor, perdoe-me. *Por favor...*
Ele estende a mão, como se fosse tocar meu ombro, o rosto molhado de lágrimas.
Em algum lugar dentro de mim há uma pessoa misericordiosa e clemente. Em algum lugar, há uma garota que tenta entender pelo que as pessoas estão passando,

que aceita o fato de que as pessoas fazem coisas más e que o desespero leva-as a lugares mais escuros do que jamais puderam imaginar. Eu juro que essa pessoa existe, e ela sofre por esse garoto arrependido que vejo diante de mim.

Mas se eu a visse, não a reconheceria.

— Fique longe de mim — digo baixinho. Meu corpo está duro e frio, e não sinto raiva, não sinto dor, não sinto nada.

— Nunca mais chegue perto de mim — repito com a voz ainda mais baixa.

Nossos olhares se encontram. Seus olhos estão escuros e reluzentes. Eu não sinto nada.

— Se você chegar, juro por Deus que te mato — digo. — Seu covarde.

CAPÍTULO
VINTE E QUATRO

— Tris.

Em meu sonho, minha mãe diz meu nome. Ela me chama, e eu atravesso a cozinha para ficar a seu lado. Ela aponta para a panela no fogão, e abro a porta para olhar. O olho brilhante de um corvo me encara de volta, enquanto as penas de suas asas se espremem contra os lados da panela e seu corpo gordo se cobre de água fervendo.

— O jantar — diz ela.

— Tris! — ouço novamente. Abro os olhos. Christina está em pé ao lado da minha cama, com as bochechas borradas de maquiagem e lágrimas.

— É o Al — diz ela. — Vamos.

Alguns dos outros iniciandos estão acordados, e outros dormem. Christina segura minha mão e me puxa para fora do dormitório. Corro descalça sobre o chão de pedra, piscando, com olhos ainda nebulosos e o corpo pesado de sono. Algo de terrível aconteceu. *É o Al*.

Atravessamos correndo o chão do Fosso, e então Christina para. Uma multidão se juntou ao redor da beirada do abismo, mas estão todos um pouco afastados uns dos outros, então há espaço o bastante para que eu passe por Christina e por um homem alto e de meia-idade e chegue até a frente.

Dois homens estão perto da beirada, puxando uma corda e erguendo alguma coisa. Ambos soltam grunhidos com o esforço, jogando seus corpos para trás para que a corda deslize sobre a grade. Uma forma enorme e escura aparece na beirada, e alguns outros membros da Audácia correm para ajudar os homens a levantá-la sobre a grade.

A forma desaba com um ruído seco sobre o chão do Fosso. Um braço pálido, inchado de água, bate contra a pedra. Um corpo. Christina cola seu corpo ao meu, agarrando meu braço com força. Ela vira a cabeça para meu ombro e soluça, mas eu não consigo desviar o olhar. Alguns dos homens viram o corpo, e a cabeça gira para o lado.

Os olhos estão abertos e vazios. Escuros. Olhos de brinquedo. E o nariz tem um arco alto, um dorso curto e uma ponta redonda. Os lábios estão azuis. O rosto em si parece algo não humano, metade cadáver e metade criatura. Meus pulmões ardem; minha respiração seguinte é trêmula. *O Al*.

— Um dos iniciandos — diz alguém atrás de mim. — O que aconteceu?

— A mesma coisa que acontece todo ano — responde alguém. — Ele se atirou no abismo.

— Não seja tão mórbido. Pode ter sido um acidente.

— Eles o encontraram no meio do rio. Você acha que ele tropeçou no próprio cadarço e... opa... simplesmente voou cinco metros para a frente?

As mãos de Christina apertam meu braço cada vez mais forte. Eu deveria pedir para ela me soltar; está começando a doer. Alguém se ajoelha ao lado do rosto de Al e fecha seus olhos. Deve ser para fazer parecer que ele está dormindo. Que idiotice. Por que as pessoas cismam em fingir que a morte é um tipo de sono? Não é. Não é.

Algo dentro de mim desmorona. Meu peito está apertado, sufocando-me, não consigo respirar. Desabo de joelhos no chão, carregando Christina comigo. Sinto a aspereza da pedra sob meus joelhos. Ouço algo, a lembrança de um som. Os soluços do Al; seus gritos à noite. Eu deveria ter percebido. Ainda não consigo respirar. Aperto as mãos contra o peito e balanço para frente e para trás, para liberar a tensão que se acumula sobre ele.

Quando pisco, vejo o topo da cabeça do Al enquanto ele me carrega até o refeitório. Sinto o movimento de seus passos. Ele é grande e caloroso e desajeitado. É não, *era*. Isso é a morte: quando o "é" se transforma em "era".

Solto um chiado. Alguém trouxe um saco preto para envolver o corpo. Dá para perceber que o saco é pequeno demais. Uma risada brota da minha garganta e derrama da minha boca, tensa e gorgolejada. Al é grande demais para o saco; que tragédia. Na metade da risada, eu tapo a boca com as mãos, e ela passa a soar mais como um lamento. Solto o braço e me levanto, deixando Christina no chão. Começo a correr.

+ + +

— Tome — diz Tori. Ela me entrega uma caneca quente com cheiro de menta. Seguro-a com as duas mãos, e meus dedos formigam com o calor.

Ela se senta de frente para mim. Quando se trata de funerais, a Audácia não perde tempo. Tori diz que eles desejam reconhecer a morte assim que ela acontece. Não há ninguém na sala da frente do estúdio de tatuagem, mas o Fosso está repleto de pessoas, e a maioria delas está bêbada. Não sei por que isso ainda me surpreende.

De onde venho, um funeral é uma ocasião triste. Todos se reúnem para oferecer apoio à família do falecido, e ninguém fica desocupado, e não há risadas, gritos e brincadeiras. Os membros da Abnegação não bebem, então todos ficam sóbrios. É claro que os funerais aqui são exatamente o oposto.

— Beba — diz ela. — Prometo que fará você se sentir melhor.

— Não acho que chá seja a solução — digo lentamente. Mas dou um pequeno gole mesmo assim. A bebida aquece minha boca e minha garganta e desce para meu estômago. Não havia percebido o quanto eu estava com frio, até me aquecer.

— Eu disse que faria você se sentir melhor, não completamente bem. — Ela sorri para mim, mas os cantos dos seus olhos não enrugam como normalmente. — Acho que você não irá se sentir bem por um bom tempo.

Mordo o lábio.

— Quanto tempo... — Tenho dificuldade em encontrar as palavras certas. — Quanto tempo demorou para você ficar bem depois que o seu irmão...

— Não sei. — Ela balança a cabeça. — Alguns dias sinto que ainda não estou bem. Outros, sinto-me ótima. Feliz, até. Mas demoraram alguns anos até eu desistir de planejar uma vingança.

— E por que você desistiu? — pergunto.

Seus olhos se esvaziam enquanto ela encara a parede atrás de mim. Ela bate com as pontas dos dedos em sua perna por alguns segundos, depois diz:

— Acho que eu não desisti de verdade. Acho que estou apenas... esperando a oportunidade certa.

Ela sai de seu estado de torpor e olha para o relógio.

— Está na hora de ir — diz ela.

Derramo o resto do chá na pia. Quando solto a caneca, percebo que estou tremendo. Isso não é bom. Minhas mãos costumam tremer quando estou prestes a chorar, e não posso chorar na frente de todo mundo.

Sigo Tori para fora do estúdio e descemos a passagem que leva ao andar térreo do Fosso. Todas as pessoas que estavam espalhadas antes se aglomeram perto do abismo, e o ar está carregado com o cheiro de álcool. Uma mulher na minha frente cambaleia para a direita, perdendo o equilíbrio, depois cai na gargalhada ao desabar em cima do homem ao seu lado. Tori segura meu braço e me guia para longe dela. Encontro Uriah, Will e Christina entre os outros iniciandos. Os olhos de Christina estão inchados. Uriah está segurando um frasco prateado. Ele me oferece um gole. Balanço a cabeça.

— Nossa, que surpresa! — diz Molly, atrás de mim. Ela bate o cotovelo contra o de Peter. — Uma vez Careta, sempre Careta.

Eu deveria ignorá-la. Não deveria me importar com suas opiniões a meu respeito.

— Li um artigo interessante hoje — diz ela, mais perto do meu ouvido. — Algo sobre seu pai e sobre os *verdadeiros* motivos que levaram você a deixar sua antiga facção.

Defender-me não é a coisa mais importante na minha cabeça no momento. Mas é a mais fácil de resolver.

Eu giro o corpo, e meu punho encaixa no queixo de Molly. As juntas dos meus dedos ardem com o impacto. Não me lembro de ter decidido socá-la. Não me lembro nem de ter fechado a mão.

Ela se atira para cima de mim, com os braços abertos, mas não chega muito longe. Will agarra a gola da sua camisa e a puxa para trás. Ele olha para ela, depois para mim, e diz:

— Parem com isso, vocês duas.

Uma parte de mim preferia que ele não a tivesse segurado. Uma luta seria uma boa distração, especialmente agora que Eric está subindo em uma tribuna ao lado da grade. Eu olho para ele, cruzando os braços para não tremer. O que será que ele vai dizer?

Na Abnegação, não há nenhum registro de suicídios recentes, mas a posição da facção é clara quanto a isso: o suicídio, para eles, é um ato egoísta. Alguém que seja verdadeiramente altruísta não pensa em si mesmo o bastante para desejar a morte. Ninguém diria isso se alguém realmente se suicidasse, mas é o que todos pensariam.

— Calados, todos! — grita Eric. Alguém toca algo que soa como um gongo, e os gritos lentamente cessam, mas não os murmúrios.

— Obrigado. Como vocês sabem, estamos reunidos aqui hoje porque Albert, um iniciando, saltou para dentro do abismo ontem à noite — diz Eric.

Os murmúrios cessam também, e apenas o som da água correndo sob o abismo continua.

— Não sabemos o motivo — afirma Eric. — E seria fácil chorarmos sua morte esta noite. Mas não escolhemos uma vida fácil ao nos juntarmos à Audácia. E a verdade é...

— Eric sorri. Se eu não o conhecesse, acreditaria que seu sorriso é verdadeiro. Mas eu o conheço bem. — A verdade é que, neste mesmo instante, Albert está explorando um lugar desconhecido e incerto. Ele mergulhou em águas turbulentas para chegar lá. Quem de nós é corajoso o bastante para se aventurar na escuridão, sem saber o que jaz além? Albert ainda não era um dos nossos membros, mas certamente era um dos mais *bravos* entre nós!

Um grito surge no meio da multidão, seguido de outro. O grito de comemoração da Audácia em vários tons: alto e baixo, agudo e grave. Seu grito imita o ronco da água. Christina toma o frasco da mão de Uriah e bebe. Will coloca o braço ao redor de seus ombros e a puxa para perto. As vozes enchem meus ouvidos.

— Nós o celebraremos agora, e o lembraremos para sempre! — grita Eric. Alguém lhe entrega uma garrafa escura e ele a levanta. — Para Albert, o Corajoso!

— Para Albert! — grita a multidão. As pessoas erguem os braços ao meu redor, e a Audácia grita o seu nome. — Albert! Al-bert! Al-bert! — Eles gritam até que seu nome perca o sentido e pareça mais o grito primitivo de uma raça antiga.

Eu me viro para o outro lado. Não consigo mais aguentar isso.

Não sei para onde estou indo. Acho que não estou indo para lugar nenhum, só para longe daqui. Caminho por um corredor escuro. No final, encontro o bebedouro, banhado na luz azul da lâmpada acima.

Balanço a cabeça. Corajoso? Ele seria corajoso se tivesse admitido a sua fraqueza e deixado a Audácia, sem se importar com a vergonha que isso lhe traria. Al morreu por orgulho: uma falha que está em todos os corações da Audácia. Inclusive no meu.

— Tris.

Uma corrente de energia atravessa meu corpo, e eu me viro. Quatro está atrás de mim, nos limites do círculo azul de luz. A iluminação lhe confere uma aparência macabra, escurecendo as órbitas de seus olhos e criando sombras sob as maçãs de seu rosto.

— O que você está fazendo aqui? — pergunto. — Você não deveria estar prestando as condolências?

Essas palavras trazem um gosto ruim à minha boca, e eu as digo como se precisasse cuspi-las para fora.

— E você, não deveria? — diz ele. Quatro se aproxima de mim e eu vejo seus olhos outra vez. Sob esta luz, eles parecem pretos.

— Não posso prestar condolências a alguém que não respeito — respondo. Sinto uma pontada de culpa e balanço a cabeça. — Desculpe, isso não é verdade.

— Ah. — Pela maneira que ele me olha, percebo que não acredita em mim. Não o culpo por isso.

— Isso é ridículo — digo, enquanto o calor invade meu rosto. — Ele se joga de um abismo e Eric o chama de corajoso? Eric, que tentou fazer com que você atirasse facas na cabeça do Al? — Sinto gosto de bile. O sorriso falso do Eric, suas palavras artificiais, seus ideais doentios, tudo isso me enoja. — Ele não era corajoso! Estava deprimido, era um covarde e quase me matou! É esse o tipo de coisa que devemos respeitar aqui?

— O que você quer que eles façam? — pergunta ele. — O condenem? Al já está morto. Ele não poderá ouvir sua condenação. Já é tarde demais para isso.

— A questão não é o Al — digo, irada. — A questão são todas as pessoas que estão assistindo! Todas as pessoas que agora acreditam que se jogar do abismo é uma opção válida. Quer dizer, por que não se matar se todos o chamarão de herói depois? Por que não se matar, se todos lembrarão o seu nome? É... não consigo...

Eu balanço a cabeça. Meu rosto está fervendo e meu coração dispara, e tento me controlar, mas não consigo.

— Isso *nunca* teria acontecido na Abnegação! — quase grito. — Nada disso! Nunca. Este lugar o transformou e o destruiu, e eu não me importo se dizer isso faz de mim uma Careta, não me importo, não me importo!

Os olhos de Quatro se voltam para a parede sobre o bebedouro.

— Cuidado, Tris! — diz ele, ainda encarando a parede.

— Isso é tudo o que você tem a dizer? — pergunto, brigando com ele. — Que eu devo ter *cuidado*? Só isso?

— Você é pior do que um membro da Franqueza, sabia? — Ele agarra meu braço e me arrasta para longe do bebedouro. Sua mão me machuca, mas não sou forte o bastante para soltá-lo.

Seu rosto se aproxima tanto do meu que consigo ver algumas sardas em seu nariz.

— Só vou dizer isso uma vez, então escute bem. — Ele pousa a mão em meu ombro, segurando-me com os dedos, apertando. Sinto-me pequena. — Eles estão observando você. *Você*, em especial.

— Me solta — digo, com a voz fraca.

Seus dedos se abrem, e ele ajeita o corpo. Meu peito fica um pouco mais leve depois que ele não está mais tocando em mim. Tenho medo das suas mudanças repentinas de humor. Elas me mostram que há algo de instável dentro dele, e a instabilidade é perigosa.

— Eles também estão observando você? — digo, tão baixo que ele não conseguiria me ouvir se não estivesse tão próximo de mim.

Ele não responde a minha pergunta.

— Eu fico tentando te ajudar — reclama ele —, mas você se recusa a ser ajudada.

— Ah, tá. Que *ajuda*! — digo. — Cortar minha orelha com uma faca, me provocar e gritar comigo mais do que com qualquer outra pessoa realmente são coisas que me ajudam muito.

— Provocar você? Você quer dizer, quando eu atirei as facas? Eu não estava provocando você — diz ele, irritado.

— Eu estava tentado fazer você se lembrar de que, se você fracassasse, outra pessoa teria que tomar o seu lugar.

Eu cubro a nuca com a mão, tentando visualizar o incidente com a faca. Cada vez que ele falou comigo, foi para me lembrar de que, se eu desistisse, Al teria que tomar o meu lugar na frente do alvo.

— Por quê? — pergunto.

— Porque você é da Abnegação — explica ele —, e é exatamente nos momentos em que você está agindo de maneira altruísta que você é mais corajosa.

Agora eu entendo. Ele não estava tentando me convencer a desistir. Ele estava me lembrando o motivo pelo qual eu não podia desistir, por que eu precisava proteger Al. Pensar nisso me causa sofrimento. Proteger Al. O meu amigo. O meu agressor.

Não posso odiar Al tanto quanto eu gostaria.

Mas também não posso perdoá-lo.

— Se eu fosse você, me esforçaria mais para fingir que esse impulso altruísta está passando — diz ele —, porque, se as pessoas erradas descobrirem... bem, não será nada bom para você.

— Por quê? Por que eles estão tão interessados nas minha intenções?

— As únicas coisas que interessam a eles são as intenções. Eles tentam convencê-los de que se importam com o que vocês fazem, mas não é verdade. Eles não querem que vocês ajam de uma determinada maneira. Querem que vocês *pensem* de uma determinada maneira. Para que seja fácil decifrá-los. Para que vocês não sejam uma ameaça para eles. — Ele encosta a mão na parede ao lado da minha cabeça e se apoia nela. Sua camisa é apertada o bastante para que eu possa ver o contorno da sua clavícula e o pequeno vão entre o músculo do seu ombro e o seu bíceps.

Eu gostaria de ser mais alta. Se eu fosse alta, meu físico magro seria considerado esbelto, e não infantil, e talvez ele não me visse como uma irmã mais nova que ele precisa proteger.

Não quero que ele me veja como uma irmã.

— Eu não entendo — digo — por que eles se importam tanto com o que estou pensando, se eu estiver agindo de acordo com o que eles querem.

— Você está agindo como eles querem agora — responde ele —, mas o que acontecerá quando seu cérebro com inclinação para a Abnegação a levar a fazer algo diferente, algo que eles não querem que você faça?

Não sei responder a sua pergunta, nem sei se ele está certo a respeito de mim. Será que eu tenho inclinação para a Abnegação ou para a Audácia?

Talvez para nenhuma das duas. Talvez a minha inclinação seja para a Divergência.

— Talvez eu não precise da sua ajuda! Já pensou nisso? — questiono. — Não sou fraca, sabia? Posso encarar isso sozinha.

Ele balança a cabeça.

— Você pensa que o meu instinto imediato é proteger você. Porque você é pequena, ou uma menina, ou uma Careta. Mas você está enganada.

Ele aproxima o seu rosto do meu e segura o meu queixo. Sua mão cheira a metal. Quando foi a última vez que ele segurou uma arma ou uma faca? Minha pele estremece no ponto em que ele a toca, como se sua pele me transmitisse eletricidade.

— Meu instinto *imediato* é de pressionar você até que você ceda, só para ver o quanto terei que empurrar — diz ele, apertando os dedos ao falar a palavra "ceda". Meu corpo fica tenso com a aspereza da sua voz e se contrai como uma mola, fazendo com que me esqueça de respirar.

Ele abaixa os olhos até que encontram os meus e diz:

— Mas eu me contenho.

— Por que... — Engulo em seco. — Por que é este o seu instinto imediato?

— Porque o medo não faz com que você se apague; ele faz com que você acenda. Já vi isso acontecendo com você. É fascinante. — Ele solta meu queixo, mas não afasta a mão, acariciando levemente meu rosto, depois meu pescoço. — Às vezes, eu quero apenas... ver de novo. Ver você acesa.

Coloco as mãos em sua cintura. Não me lembro de tomar esta decisão. Mas não consigo me afastar. Aproximo o meu corpo do seu peito, envolvendo-o em meus braços. Meus dedos acariciam os músculos das suas costas. Depois de alguns segundos, ele toca as minhas costas estreitas, apertando-me para mais perto de si, e acaricia meus cabelos com sua outra mão. Sinto-me pequena outra vez, mas agora isso não me assusta. Fecho os olhos com força. Ele não me assusta mais.

— Será que eu deveria estar chorando? — pergunto, com a voz abafada pela sua camisa. — Será que há algo de errado comigo?

As simulações abriram uma ferida tão grande em Al que ele não conseguiu fechá-la. Por que o mesmo não ocorreu comigo? Por que não sou como ele, e por que esse pensamento faz com que me sinta tão inquieta, como se fosse eu que estivesse me equilibrando na beirada de um abismo?

— Você acha que eu entendo alguma coisa de lágrimas? — diz ele baixinho.

Fecho os olhos. Não espero que Quatro me tranquilize, e ele não se esforça para isso, mas me sinto melhor aqui do que me senti no meio daqueles que são meus amigos, minha facção. Aperto a testa contra seu ombro.

— Se eu o houvesse perdoado — pergunto —, você acha que ele estaria vivo agora?

— Não sei — responde ele. Quatro coloca a mão sobre minha bochecha, e eu viro o rosto para ele, mantendo os olhos fechados.

— Sinto que isso tudo é minha culpa.

— Não é sua culpa — diz ele, encostando a testa na minha.

— Mas eu devia. Devia tê-lo perdoado.

— Talvez. Talvez todos nós pudéssemos ter feito mais por ele — afirma ele —, mas nós devemos apenas fazer com que a culpa nos ajude a fazer mais no futuro.

Eu franzo as sobrancelhas e afasto o corpo. Esta é uma lição que aprendemos na Abnegação: usar a culpa como uma ferramenta, e não como uma arma contra si mesmo. É exatamente o que meu pai disse em um dos seus sermões nos nossos encontros semanais.

— De que facção você veio, Quatro?

— Isso não importa — responde ele, olhando para o chão. — É aqui que estou agora. E você deveria se lembrar disso também.

Ele me encara com um olhar indeciso e encosta os lábios entre minhas sobrancelhas. Fecho os olhos. Não entendo isso, seja lá o que for. Mas não quero estragar o momento, então não falo nada. Ele não se move; apenas fica ali, com a boca encostada na minha pele, e eu fico ali, com as mãos na sua cintura, por muito tempo.

CAPÍTULO
VINTE E CINCO

Eu, Will e Christina nos encontramos diante da grade sobre o abismo, tarde da noite, depois que a maioria dos membros da Audácia já foi dormir. Meus dois ombros ardem por causa da agulha da tatuagem. Nós três fizemos novas tatuagens há meia hora.

Tori era a única pessoa no estúdio, então me senti à vontade para tatuar o símbolo da Abnegação em meu ombro direito: um par de mãos, com as palmas voltadas para cima, como se estivessem ajudando alguém a se levantar, unidas por um círculo. Sei que é arriscado fazer uma tatuagem assim, principalmente depois de tudo o que aconteceu. Mas esse símbolo é parte da minha identidade, e me pareceu importante carregá-lo na pele.

Subo em uma das barras transversais da grade, encostando as coxas no metal para manter o equilíbrio. Foi daqui que Al saltou. Olho para o fundo do abismo, para a água escura e as pedras escarpadas. A água se choca contra o paredão, lançando uma nuvem de vapor para o alto e molhando meu rosto. Será que ele teve medo ao ficar em pé aqui? Ou será que estava tão seguro de que queria pular que foi fácil?

Christina me entrega uma pilha de papéis. Juntei uma cópia de cada relatório publicado pela Erudição nos últimos seis meses. Jogá-los no abismo não vai me livrar deles para sempre, mas talvez me ajude a me sentir melhor.

Eu encaro o primeiro deles. Nele, há uma foto de Jeanine, a representante da Erudição. Seus olhos mordazes, mas bonitos, encaram-me de volta.

— Você já a viu alguma vez? — pergunto a Will. Christina amassa este primeiro relatório e o lança para dentro da água.

— A Jeanine? Sim, uma vez — responde ele. Pega o relatório seguinte e o rasga completamente. Os pedaços voam para dentro do rio. Ele faz isso sem a mesma malícia da Christina. Sinto que ele está participando só para provar para mim que não concorda com as táticas da sua antiga facção. Não dá para perceber se ele acredita ou não no que eles estão pregando, e tenho medo de perguntar.

— Antes de se tornar uma líder, ela trabalhou com minha irmã. Elas estavam tentando desenvolver um soro com uma duração mais longa para as simulações — diz ele. — A Jeanine é tão esperta que dá para perceber mesmo antes de ela abrir a boca. Ela parece... um computador que fala e anda.

— O que... — Jogo uma das páginas para o fundo do abismo, contraindo os lábios. É melhor eu perguntar logo.
— O que você acha do que ela diz?
Ele dá de ombros.
— Não sei. Talvez seja mesmo uma boa ideia ter mais de uma facção controlando o governo. E seria bom também se nós tivéssemos mais carros e... frutas frescas e...
— Mas você sabe que não existe um armazém secreto onde guardamos todas essas coisas, não sabe? — pergunto, enquanto uma onda de calor invade o meu rosto.
— Sim, eu sei — diz ele. — Só acho que a Abnegação não considera o conforto e a prosperidade como prioridades, mas talvez elas seriam se outras facções também participassem das decisões.
— Porque dar um carro a um garoto da Erudição é mais importante que dar comida aos sem-facção — retruco, irritada.
— Ei — diz Christina, acariciando o ombro do Will com os dedos. — Isso aqui é para ser uma sessão leve e descompromissada de destruição simbólica de documentos, e não um debate político.
Eu engulo o que estava prestes a dizer e encaro a pilha de papéis na minha mão. Notei que Will e Christina têm trocado muitas carícias ultimamente. Será que eles também notaram?
— Mas tudo aquilo que ela falou a respeito do seu pai — diz ele — faz com que eu a odeie um pouco. Não consigo imaginar o que a levaria a dizer coisas terríveis assim.

Eu consigo. Se a Jeanine conseguir fazer as pessoas acreditarem que meu pai e todos os outros líderes da Abnegação são corruptos e horríveis, ela terá todo o apoio de que precisa para qualquer revolução que queira fazer, se é que este é mesmo o seu plano. Mas não quero continuar discutindo, então apenas aceno com a cabeça e jogo o resto dos papéis para dentro do abismo. Eles deslizam no ar, para frente e para trás, para frente e para trás, até alcançarem a água. Serão filtrados na parede do abismo e descartados.

— Hora de ir dormir — diz Christina, sorrindo. — Estão prontos para voltar? Acho que quero botar a mão do Peter em um pote de água morna para ver se ele molha a cama esta noite.

Eu me viro para o lado oposto do abismo e vejo um movimento no lado direito do Fosso. Uma pessoa sobe em direção ao teto de vidro, e pela maneira suave com que caminha, como se os pés mal tocassem o chão, sei que é Quatro.

— Parece uma ótima ideia, mas preciso conversar com Quatro a respeito de algo — digo, apontando para a sombra que sobe a passagem. Os olhos dela seguem minha mão.

— Você tem certeza de que é uma boa ideia ficar correndo sozinha por aí à noite? — pergunta ela.

— Eu não estarei sozinha. Estarei com Quatro. — Mordo o lábio.

Christina olha para Will, e ele a encara de volta. Nenhum dos dois está realmente escutando o que estou dizendo.

— Tudo bem — diz Christina distraidamente. — Bem, nos vemos mais tarde, então.

Christina e Will caminham em direção ao dormitório. Ela bagunça o cabelo dele e ele dá pequenos socos nas costelas dela. Observo-os por alguns instantes. Sinto que estou testemunhando o começo de algo, mas não sei exatamente o quê.

Corro até a passagem do lado esquerdo do Fosso e começo a subir. Tento pisar o mais silenciosamente possível no chão. Ao contrário de Christina, não tenho dificuldade em mentir. Minha intenção não é falar com Quatro. Pelo menos, não até eu descobrir aonde ele está indo, a esta hora, no prédio de vidro acima de nós.

Corro em silêncio, perdendo o fôlego ao alcançar a escada, depois me encontro em um canto do salão de vidro, e Quatro está no canto oposto. Pelas janelas, vejo as luzes da cidade, ainda acesas, mas já começando a se apagar lentamente. Todas elas deverão ser apagadas até a meia-noite.

Do outro lado do salão, Quatro está parado diante da porta da paisagem do medo. Ele segura uma caixa preta em uma das mãos e uma seringa em outra.

— Já que você está aqui — diz ele, sem olhar para trás —, é melhor que venha comigo de uma vez.

Mordo o lábio.

— Para dentro da paisagem do medo?

— É.

Ao caminhar em sua direção, pergunto:

— Eu posso fazer isso?

— O soro nos conecta ao programa — diz ele —, mas é ele que determina de quem será a paisagem na qual entraremos. E agora ele está programado para reproduzir a minha.

— Você vai deixar que eu veja a sua paisagem do medo?

— Por que você acha que eu estou entrando? — pergunta ele em um tom baixo. Ele não levanta os olhos. — Quero te mostrar algumas coisas.

Ele segura a seringa, e eu inclino a cabeça para expor melhor o meu pescoço. Sinto uma dor aguda quando a agulha entra, mas já me acostumei a ela. Quando ele termina, me entrega a caixa preta. Dentro dela, há outra seringa.

— Nunca fiz isso antes — aviso, ao retirá-la da caixa. Não quero machucá-lo.

— Bem aqui — diz ele, tocando o local em seu pescoço com a unha. Eu me levanto na ponta dos pés e enfio a agulha, com as mãos tremendo um pouco. Ele parece nem sentir.

Seus olhos se mantêm fechados o tempo todo, e, quando eu termino, ele guarda as duas seringas na caixa e a coloca ao lado da porta. Ele sabia que eu iria segui-lo até aqui. Sabia ou esperava que o seguisse. Seja qual for o caso, fico feliz.

Ele me oferece a mão, e eu a seguro. Seus dedos estão frios e inseguros. Sinto que deveria dizer algo, mas estou zonza demais para encontrar as palavras. Ele abre a porta com a mão livre e eu o sigo para dentro da escuridão. Já me acostumei a entrar em lugares desconhecidos sem hesitar.

Mantenho a respiração estável e seguro firmemente sua mão.

— Tente descobrir por que me chamam de Quatro — pede ele.

A porta se fecha atrás de nós, levando com ela o pouco de luz que havia. O ar é frio dentro do corredor; sinto cada partícula dele invadir meus pulmões. Aproximo-me de Quatro, até que meu braço toque o seu e meu queixo esteja perto de seu ombro.

— Qual é o seu verdadeiro nome?

— Tente descobrir isso também.

A simulação nos absorve. O chão que eu piso não é mais feito de cimento. Ele range como metal. A luz derrama de todos os lados; a cidade se desdobra ao nosso redor com seus prédios de metal e o arco dos trilhos de trem, e estamos muito acima dela. Há muito tempo não vejo um céu azul, então, quando ele se estende à minha volta, sinto a respiração travar em meus pulmões e o efeito é estonteante.

De repente, começa a ventar. O vento bate tão forte que preciso me apoiar em Quatro para não cair. Ele solta a mão da minha e coloca o braço sobre meus ombros. A princípio, penso que está fazendo isso para me proteger, mas então percebo que ele está respirando com dificuldade e precisa que eu o sustente. Ele força o ar para dentro e para fora da boca, mas seus dentes permanecem cerrados.

Para mim, a altura é linda, mas se está aqui é porque é um dos piores pesadelos do Quatro.

— Precisamos pular, não é? — grito, para que ele me ouça apesar do uivo do vento.

Ele faz que sim com a cabeça.

— No três, está bem?

Ele faz que sim outra vez.

— Um... dois... *três*! — Eu o puxo comigo e começo a correr. Depois que damos os primeiros passos, fica fácil. Nós dois saltamos da beirada do prédio. Caímos como pedras, rápido, com o vento se chocando contra nossos corpos e o chão crescendo abaixo. De repente, a cena desaparece, e eu me encontro de quatro no chão, sorrindo. Adorei essa explosão de adrenalina no dia em que escolhi a Audácia, e continuo adorando.

Ao meu lado, Quatro arqueja e aperta a mão contra o peito.

Fico em pé e ajudo-o a se levantar.

— E o que vem em seguida?

— É...

Algo sólido atinge minha espinha. Eu me choco com Quatro, batendo com a cabeça em sua clavícula. Paredes surgem à minha esquerda e à minha direita. O espaço é tão apertado que ele precisa dobrar os braços na frente do peito para caber nele. Um teto desaba sobre as paredes ao nosso redor com um estrondo, e Quatro se curva para a frente, soltando um gemido. O espaço é grande o bastante para acomodá-lo, e nada mais.

— Confinamento — falo.

Ele faz um som gutural. Eu inclino a cabeça para trás, até conseguir olhar para ele. Está tão escuro que mal consigo ver seu rosto, e o ar está abafado; respiramos o mesmo ar. Ele faz uma careta, como se estivesse sentindo dor.

— Ei — digo. — Está tudo bem. Veja...
Eu puxo o seu braço para o lado do meu corpo para lhe dar mais espaço. Ele agarra minhas costas e coloca o rosto ao lado do meu, ainda agachado para a frente. Seu corpo está quente, mas sinto apenas seus ossos e os músculos que os envolvem; ele não cede sob meu peso. Meu rosto arde. Será que ele consegue sentir que ainda tenho o corpo de uma criança?
— É a primeira vez que me sinto feliz por ser tão pequena. — Eu rio. Talvez eu possa acalmá-lo com piadas. E me distrair também.
— Mmhmm — faz ele. Sua voz soa travada.
— Não tem como escaparmos daqui — digo. — É mais fácil encarar o medo diretamente, não é? — Não espero por uma resposta. — Então, o que você precisa fazer é tornar o espaço ainda menor. Tornar a situação pior, para que ela melhore. Certo?
— Sim. — Sua curta resposta soa presa e tensa.
— Tudo bem. Então, teremos que nos agachar. Está pronto?
Eu aperto sua cintura para puxá-lo para baixo junto comigo. Sinto a linha dura da sua costela contra minha mão e ouço o ranger de uma tábua após a outra, à medida que o teto desce junto conosco. Percebo que não há como cabermos aqui com tanto espaço entre nós, então me viro e me curvo como uma bola, com a espinha contra o peito de Quatro. Um dos seus joelhos está dobrado ao lado da minha cabeça e o outro está enfiado sob mim, fazendo com que eu me sente em seu calcanhar. Somos um

emaranhado de membros. Ouço uma respiração pesada em meu ouvido.

— Ai — geme ele, com a voz rouca. — Isto é pior. Isto é muito...

— Silêncio — peço. — Coloque os braços ao redor de mim.

Obedientemente, ele desliza os dois braços ao redor da minha cintura. Eu sorrio enquanto encaro a parede. Não estou gostando disso. Não estou, nem um pouco, não.

— A simulação mede sua resposta ao medo — digo suavemente. Estou apenas repetindo o que ele nos disse, mas talvez lembrá-lo ajude de alguma maneira. — Portanto, se você conseguir baixar o ritmo do seu batimento cardíaco, ela irá seguir para o próximo medo. Lembra? Então tente se esquecer de que estamos aqui.

— É mesmo? — Sinto seus lábios movendo-se contra minha orelha enquanto ele fala, e uma onda de calor atravessa meu corpo. — É fácil assim, não é?

— Sabe, a maioria dos garotos adoraria estar trancada em um lugar fechado com uma garota. — Giro os olhos para cima.

— Não os claustrofóbicos, Tris! — Ele soa desesperado agora.

— Tudo bem, tudo bem. — Coloco minha mão sobre a sua e a guio para o meu peito, colocando-a sobre o meu coração. — Sinta o ritmo do meu coração. Você consegue senti-lo?

— Sim.

— Você percebe como ele está estável?

— Ele está acelerado.

— É, bem, mas isso não tem nada a ver com a caixa. — Faço uma careta assim que digo isso. Acabei de me entregar. Espero que ele não tenha notado. — Toda vez que você me sentir respirar, respire junto. Concentre-se nisso.

— Está bem.

Eu respiro com força, e seu peito sobe e desce junto com o meu. Depois de alguns segundos fazendo isso, falo calmamente:

— Por que você não me diz de onde vem este medo? Talvez falar sobre isso nos ajude... de alguma maneira.

Não sei como ajudaria, mas me parece uma boa ideia.

— Bem... está bem. — Ele respira comigo outra vez. — Vem da minha maravilhosa infância. Castigos para uma criança. O minúsculo armário do andar de cima.

Eu aperto os lábios. Lembro-me de ser castigada, de ser mandada para o quarto sem jantar, de ser proibida de fazer uma coisa ou outra, das duras broncas que recebi. Mas nunca fui trancada em um armário. A crueldade disso me abala, e sinto uma dor no peito por Quatro. Não sei o que dizer, então tento manter o clima natural.

— Minha mãe mantinha nossas roupas de inverno no armário.

— Eu não... — Ele arqueja. — Não quero mais falar sobre isso.

— Tudo bem. Então... eu posso falar. Pergunte-me alguma coisa.

— Tudo bem. — Ele dá uma risada trêmula ao lado do meu ouvido. — Por que o seu coração está batendo tão rápido, Tris?

Faço uma careta e digo:

— Bem, eu... — Procuro uma desculpa que não envolva o fato de eu estar entre seus braços. — Eu mal o conheço. — *Não foi uma desculpa boa o bastante.* — Eu mal o conheço, e estou espremida dentro de uma caixa com você, Quatro. O que você esperava?

— Se esta fosse a sua paisagem do medo — diz ele —, eu estaria nela?

— Não tenho medo de você.

— Claro que você não tem. Mas não foi isso o que eu quis dizer.

Ele ri novamente e, de repente, as paredes ao nosso redor se rompem com um estrondo e desabam, e nos encontramos sob um foco de luz. Quatro suspira e afasta os braços do meu corpo. Eu me levanto, cambaleante, e começo a me limpar, embora, que eu saiba, não tenha me sujado. Esfrego as palmas das mãos na minha calça jeans. A distância repentina do corpo de Quatro faz com que eu sinta frio nas costas.

Ele fica parado na minha frente. Está sorrindo, e eu acho que não gosto do seu olhar.

— Talvez você pertença mesmo é à Franqueza — diz ele —, porque você é uma péssima mentirosa.

— Acho que o meu teste de aptidão descartou completamente essa possibilidade.

Ele balança a cabeça.

— Os testes de aptidão não significam nada.

Meu olhar se estreita.

— O que você está tentando me dizer? Não foi por causa do seu teste que você veio parar na Audácia?

Sinto uma excitação atravessar meu corpo como o sangue em minhas veias, empurrada pela esperança de que ele vá me confirmar que é um Divergente, que ele é como eu, que podemos descobrir o que isso significa juntos.

— Não exatamente — diz ele. — Eu...

Ele olha para trás e se cala. Uma mulher aparece a alguns metros de distância, apontando uma arma para nós. Ela está completamente imóvel, com o rosto inexpressivo. Se eu saísse da simulação agora, não lembraria da sua aparência. À minha direita, surge uma mesa. Sobre ela, há uma arma e uma única bala. Por que a mulher não está atirando em nós?

Ah, eu penso. O medo de Quatro não está ligado à ameaça à sua vida. Tem a ver com a arma sobre a mesa.

— Você precisa matá-la — digo suavemente.

— Todas as vezes.

— Ela não é real.

— Ela parece real. — Ele morde o lábio. — Isso tudo parece real.

— Se ela fosse real, já teria matado você.

— Tudo bem. — Ele acena com a cabeça. — É só eu... acabar logo com isso. Esta não é... tão difícil assim. Não me causa tanto pânico.

Não causa tanto pânico, mas muito mais pavor. Vejo isso em seus olhos enquanto ele pega a arma e abre o tambor, como se já tivesse feito isso centenas de vezes. E pode ser que tenha mesmo. Ele carrega a arma e a aponta para ela, segurando-a com as duas mãos. Fecha um dos olhos com força e respira lentamente.

Ao soltar o ar, ele atira, e a cabeça da mulher é lançada para trás. Vejo uma explosão de vermelho e desvio o olhar. Ouço o som do corpo desabando no chão.

Quatro solta a arma e ela cai no chão, produzindo um ruído surdo. Encaramos o corpo caído da mulher. Ele estava certo. Isso realmente parece real. *Não seja ridícula.* Eu agarro seu braço.

— Venha — digo. — Vamos embora. Vamos seguir em frente.

Depois de mais um puxão, ele sai do seu torpor e me segue. Ao passarmos pela mesa, o corpo da mulher desaparece, embora permaneça em nossas memórias. Como será a sensação de matar alguém a cada vez que se passa pela paisagem do medo? Talvez eu descubra.

Há uma coisa, no entanto, que não entendo: estes deveriam ser os piores medos do Quatro. E, embora ele tenha entrado em pânico na caixa e no telhado, ele matou a mulher sem grandes dificuldades. Parece que a simulação está aproveitando qualquer medo que consiga encontrar dentro dele, mas não conseguiu achar muitos.

— Lá vamos nós — sussurra ele.

Uma figura escura se move diante de nós, esgueirando-se pela beirada do círculo de luz, esperando nosso próximo passo. Quem será? Quem será que frequenta os pesadelos do Quatro?

O homem que surge diante de nós é alto e magro, com o cabelo muito curto. Ele está com as mãos atrás das costas. E usa as roupas cinza da Abnegação.

— Marcus — sussurro.

— Esta é a parte — diz Quatro, com a voz trêmula — em que você descobre meu nome.

— Será que ele é... — Eu desvio o olhar de Marcus, que caminha lentamente em nossa direção, para Quatro, que se afasta devagar, e, de repente, tudo faz sentido. Marcus teve um filho que se juntou à Audácia. Seu nome era... — Tobias.

Marcus nos mostra as mãos. Há um cinto enrolado em um de seus punhos. Ele o desenrola de seus dedos, devagar.

— Isso é para o seu próprio bem — diz ele, e sua voz ecoa doze vezes.

Uma dúzia de Marcus se movimentam em direção ao centro do foco de luz, todos segurando o mesmo cinto, com o mesmo rosto inexpressivo. Quando os Marcus piscam outra vez, seus olhos se tornam cavidades vazias e escuras. Os cintos arrastam no chão, que agora está coberto de ladrilhos brancos. Sinto um arrepio em minha espinha. A Erudição acusou Marcus de crueldade. Ao menos desta vez, eles estavam certos.

Olho para Quatro, ou para Tobias, e ele parece paralisado. Sua postura murcha. Ele parece anos mais velho; parece anos mais novo. O primeiro Marcus joga o braço para trás e o cinto voa sobre seu ombro, enquanto se prepara para atacar. Tobias se encolhe, levantando os braços para proteger o rosto.

Eu me jogo na frente dele e o cinto estala em meu punho, enrolando-se em mim. Uma dor lancinante corre pelo meu braço, até o ombro. Cerro os dentes e puxo o braço com o máximo de força que consigo. O cinto é arrancado da mão de Marcus, e eu o desenrolo do meu braço e seguro-o pela fivela.

Balanço o braço o mais rápido que consigo. Meu ombro dói com o movimento repentino, e atinjo o ombro de Marcus. Ele grita e se joga sobre mim com os braços abertos e as unhas que parecem garras. Tobias me joga para trás do seu corpo, posicionando-se entre mim e Marcus. Ele parece estar com raiva, não medo.

Todos os Marcus desaparecem. As luzes se acendem, revelando o longo recinto com paredes de tijolos rachados e chão de cimento.

— Já acabou? — digo. — Estes eram os seus piores medos? Por que você só tem quatro... — Minha voz morre. Só quatro medos.

— Ah. — Eu olho para ele. — É por isso que o chamam de...

Perco as palavras ao ver a expressão em seu rosto. Seus olhos estão arregalados e parecem quase vulneráveis sob a luz do ambiente. Se não estivéssemos aqui, eu descreveria seu olhar como de estupefação. Mas por que ele estaria olhando para mim dessa maneira?

Ele segura o meu cotovelo, pressionando a pele suave sobre meu antebraço com o dedão, e me puxa para junto do seu corpo. A pele ao redor do meu pulso ainda arde, como se o cinto fosse real, mas está tão pálida quanto o resto do meu corpo. Seus lábios movem-se vagarosamente contra a minha bochecha, e então seus braços apertam meus ombros e ele mergulha o rosto no meu pescoço, respirando contra a minha clavícula.

Eu fico imóvel por um instante, depois o envolvo em meus braços e solto um suspiro.

— Ei — digo suavemente. — Nós conseguimos.

Ele levanta o rosto e acaricia meu cabelo, empurrando-o para trás da minha orelha. Encaramo-nos em silêncio. Seus dedos movem-se distraidamente sobre uma mecha do meu cabelo.

— Você me ajudou a conseguir — diz ele, finalmente.

— Bem. — Minha garganta está seca. Tento ignorar a onda de nervosismo que pulsa por todo o meu corpo a cada vez em que ele me toca. — É fácil ser corajosa quando os medos não são meus.

Abaixo as mãos e enxugo-as disfarçadamente na minha calça jeans, esperando que ele não perceba.

Se percebe, não diz nada. Prende seus dedos nos meus.

— Venha — diz ele. — Quero te mostrar outra coisa.

CAPÍTULO
VINTE E SEIS

De mãos dadas, descemos em direção ao Fosso. Controlo cuidadosamente a força com que seguro sua mão. Às vezes, penso que não estou segurando forte o bastante, depois, acho que estou apertando demais. Eu nunca havia entendido por que as pessoas andavam de mãos dadas, mas quando ele acaricia a palma da minha mão com a ponta do dedo, eu estremeço e entendo imediatamente.

— Então... — Eu me agarro ao último pensamento lógico do qual consigo me lembrar. — Quatro medos.

— Quatro medos no passado; quatro medos agora — diz ele, acenando com a cabeça. — Eles não mudaram, então continuo entrando lá, mas... ainda não progredi em nenhum deles.

— Você não pode ficar totalmente sem medo, lembra? — digo. — Afinal, você ainda se importa com as coisas ao seu redor. Com sua vida.

— Eu sei.

Caminhamos pela beirada do Fosso, por um caminho estreito que leva às pedras no fundo do abismo. Eu nunca havia reparado nele antes, porque se confundia com o paredão de pedra. Mas Tobias parece conhecê-lo muito bem.

Não quero destruir o clima do momento, mas preciso perguntar-lhe sobre seu teste de aptidão. Preciso saber se ele é Divergente.

— Você ia falar alguma coisa sobre o seu teste de aptidão... — digo.

— Ah. — Ele coça a nuca com a mão livre. — E isso importa?

— Sim. Eu quero saber.

— Você é realmente muito exigente. — Ele sorri.

Alcançamos o final da passagem e chegamos ao fundo do abismo, onde o chão de rochas é pouco seguro, com inclinações íngremes saindo da água turbulenta. Ele me guia para cima e para baixo, passando por pequenas falhas e fileiras de pedras pontiagudas. Meus sapatos grudam nas pedras ásperas. Suas solas marcam cada pedra com uma pegada molhada.

Ele encontra uma pedra relativamente plana à beira do rio, onde a corrente não é tão forte, e se senta com os pés balançando da beirada. Sento-me ao seu lado. Ele parece se sentir confortável neste lugar, apenas alguns centímetros acima do perigoso rio.

Ele solta minha mão. Observo a ponta escarpada da pedra.

— Não falo dessas coisas para qualquer um, sabia? Nem para os meus amigos — diz ele.

Eu entrelaço os dedos das minhas mãos e aperto-os uns contra os outros. Este é o lugar perfeito para ele me contar que é Divergente, se for isso mesmo o que ele é. O ronco do abismo nos protege de sermos ouvidos por alguém. Não sei por que pensar nisso me deixa tão nervosa.

— Meu resultado foi o esperado — fala ele. — Abnegação.

— Ah. — Algo murcha dentro de mim. Eu estava errada a respeito dele.

No entanto, pensei que, se ele não fosse Divergente, seu resultado teria certamente sido a Audácia. E, teoricamente, eu também tirei a Abnegação como resultado. Pelo menos, é isso o que consta no sistema. Será que a mesma coisa aconteceu com ele? E, se for isso, por que ele não conta a verdade?

— Mas você escolheu a Audácia mesmo assim? — pergunto.

— Por necessidade.

— Por que você precisava sair da Abnegação?

Seus olhos se afastam rapidamente dos meus e encaram o espaço à sua frente, como se procurassem uma resposta. Ele não precisa dizer nada. Ainda sinto a presença e a dor do cinto no meu pulso.

— Você precisava fugir do seu pai — digo. — É por isso que você não quer ser um líder da Audácia? Porque você talvez precisasse vê-lo novamente?

Ele ergue um ombro.

— Por isso e porque eu nunca me senti como se realmente pertencesse à Audácia. Pelo menos, não da maneira como ela é agora.

— Mas você é... incrível — digo. Eu paro um pouco e limpo a garganta. — Quer dizer, pelos padrões da Audácia. Quatro medos é algo inédito. Como este poderia não ser o seu lugar?

Ele dá de ombros. Não parece ligar para o seu talento ou para a sua posição dentro da Audácia, e é exatamente isso o que eu esperaria de alguém da Abnegação. Não sei bem o que pensar.

— Eu tenho a teoria de que o altruísmo e a coragem não são tão diferentes assim — diz ele. — Se você passou a vida inteira treinando para se esquecer de si mesmo quando está diante do perigo, isso se torna o seu instinto natural. Meu lugar poderia ser a Abnegação tão facilmente quanto é aqui.

Subitamente, sinto-me pesada. Uma vida inteira de treinamento não foi o bastante para mim. Meu instinto natural ainda é a autopreservação.

— Pois é — concordo. — Deixei a Abnegação porque não era altruísta o bastante, por mais que eu tentasse.

— Isso não é inteiramente verdade. — Ele sorri para mim. — E aquela garota que deixou que alguém atirasse facas contra ela para poupar um amigo; que bateu com um cinto no meu pai para me proteger; aquela garota altruísta não era você?

Ele descobriu mais a meu respeito do que eu jamais soube. E, embora, ao considerar todas as minhas falhas, pareça impossível que ele sinta algo por mim... Quem sabe? Franzo as sobrancelhas ao olhar para ele.

— Você tem prestado bastante atenção, não tem?

— Gosto de observar as pessoas.

— Talvez seu lugar seja mesmo na Franqueza, Quatro, porque você é um péssimo mentiroso.

Ele apoia a mão na pedra ao seu lado, com os dedos próximos dos meus. Eu olho para nossas mãos. Ele tem dedos longos e finos. Mãos feitas para movimentos precisos e hábeis. Não são as mãos de alguém da Audácia, que costumam ser grossas e rudes, prontas para quebrar coisas.

— Tudo bem. — Ele aproxima o rosto do meu, com o olhar concentrado em meu queixo, meus lábios e em meu nariz. — Eu a observei porque gosto de você. — Ele fala isso de maneira simples, corajosa, erguendo os olhos até os meus. — E não me chame de "Quatro", está bem? É bom ouvir meu nome novamente.

E, assim, ele finalmente se declarou para mim, e eu não sei o que responder. Com o rosto quente, a única coisa que consigo pensar em dizer é:

— Mas você é mais velho do que eu... *Tobias*.

Ele sorri para mim.

— Ah, claro. A enorme diferença de dois anos é *intransponível*, não é mesmo?

— Não estou tentando ser autodepreciativa — digo. — Mas não entendo. Eu sou mais nova. Não sou bonita. Eu...

Ele solta uma risada profunda, que soa como se viesse das profundezas do seu ser, e encosta os lábios na minha têmpora.

— Não precisa fingir — digo, ofegante. — Você sabe que eu não sou. Não sou feia, mas certamente não sou bonita.
— Tudo bem. Você não é bonita. E daí? — Ele beija minha bochecha. — Eu gosto da sua aparência. Você é extremamente esperta. Você é corajosa. E, mesmo que tenha descoberto a questão com o Marcus... — Sua voz fica mais suave. — Você não está me olhando daquele jeito. Como se eu fosse algum tipo de cachorrinho abandonado.
— Bem — digo. — Você não é.
Por um instante, seus olhos escuros encaram os meus, e ele fica em silêncio. Então, toca meu rosto e se inclina para perto de mim, roçando os lábios nos meus. O rio solta um ronco e sinto uma nuvem de água bater nos meus tornozelos. Ele sorri, depois aperta sua boca contra a minha.

A princípio, fico tensa e insegura e, quando ele se afasta, tenho certeza de que fiz algo de errado, ou malfeito. Mas ele segura meu rosto, com os dedos firmes contra a minha pele, e me beija outra vez, com mais segurança, mais certeza. Eu o envolvo em meus braços, deslizando a mão por seu pescoço, até seu cabelo curto.

Beijamo-nos por alguns minutos, no fundo do abismo, cercados pelo ronco da água ao nosso redor. Quando nos levantamos, de mãos dadas, me dou conta de que, se nós dois tivéssemos feito escolhas diferentes, talvez acabássemos fazendo a mesma coisa, em um lugar mais seguro, usando roupas cinza em vez de pretas.

CAPÍTULO VINTE E SETE

NA MANHÃ SEGUINTE, sinto-me abobalhada e leve. Sempre que tento apagar o sorriso do rosto, ele insiste em voltar. Acabo desistindo de reprimi-lo. Deixo meu cabelo solto e troco a camisa larga que costumo usar por uma que deixa meus ombros à mostra, revelando minhas tatuagens.

— O que há com você hoje? — pergunta Christina, a caminho do café da manhã. Seus olhos ainda estão inchados de sono e seu cabelo bagunçado forma uma coroa frisada ao redor de seu rosto.

— Bem, sabe como é – digo. – O sol está brilhando. Os pássaros estão cantando.

Ela levanta uma sobrancelha, como se tentasse me lembrar de que estamos dentro de um túnel subterrâneo.

— Deixe a menina ficar de bom humor — diz Will.

— Talvez isso nunca mais aconteça.

Dou um tapa em seu braço e me apresso para chegar ao refeitório. Meu coração bate forte, porque sei que, em algum momento na próxima meia hora, verei Tobias. Sento no meu lugar de costume, ao lado de Uriah e de frente para Will e Christina. O assento à minha esquerda permanece vazio. Será que Tobias sentará nele? Será que ele vai sorrir para mim durante o café da manhã? Será que ele vai me olhar da maneira secreta e furtiva que eu me imagino olhando para ele?

Pego uma torrada do prato e começo a passar manteiga nela com um entusiasmo um pouco excessivo. Sinto que estou agindo como uma louca, mas não consigo parar. Seria como parar de respirar.

De repente, ele entra. Seu cabelo está mais curto, parecendo mais escuro, quase preto. Está curto como os cabelos da Abnegação. Sorrio para ele e levanto a mão para convidá-lo a se sentar conosco, mas ele se senta ao lado de Zeke, sem nem mesmo olhar para mim, então abaixo a minha mão novamente.

Encaro a minha torrada. Não é mais tão fácil sorrir.

— Está tudo bem? — pergunta Uriah, com a boca cheia de torrada.

Balanço a cabeça e dou uma mordida na minha torrada. O que eu esperava? Só porque nos beijamos não quer dizer que as coisas vão mudar. Talvez ele não goste mais de mim. Talvez ache que foi um erro me beijar.

— Hoje é dia de paisagem do medo — diz Will. — Será que veremos nossas próprias paisagens do medo?

— Não. — Uriah balança a cabeça. — Nós passaremos pela paisagem de um dos instrutores. Meu irmão me disse.

— É mesmo? Qual instrutor? — diz Christina, animando-se de repente.

— Sabe, realmente não é justo que vocês tenham acesso a todas essas informações internas, e nós não — diz Will, encarando Uriah.

— Até parece que você não usaria uma vantagem se pudesse — responde Uriah.

Christina os ignora.

— Espero que seja a paisagem do Quatro — diz ela.

— Por quê? — pergunto. A pergunta soa incrédula demais. Eu mordo o lábio, arrependida de ter aberto a boca.

— Parece que *alguém* teve uma mudança repentina de humor. — Ela revira os olhos. — Até parece que você não quer saber quais são os medos dele. Ele age como se fosse tão durão que provavelmente tem medo de doces, um pôr do sol muito brilhante ou algo do gênero. Esse jeito durão dele deve ser só uma maneira de compensar isso.

Balanço a cabeça.

— Não será ele.

— Como você pode saber?

— É apenas um pressentimento.

Lembro-me do pai de Tobias na sua paisagem do medo. Ele não deixaria que todos vissem aquilo. Olho para ele. Por um instante, seus olhos encontram os meus. Ele me encara de maneira insensível. Depois, desvia o olhar.

+ + +

Lauren, a instrutora dos iniciandos nascidos na Audácia, está parada, com as mãos nos quadris, na entrada da sala de paisagens do medo.

— Há dois anos — diz ela —, eu tinha medo de aranhas, de sufocamento, de ser espremida lentamente entre paredes, de ser expulsa da Audácia, de sangrar incontrolavelmente, de ser atropelada por um trem, da morte do meu pai, de ser humilhada em público e de ser raptada por homens sem rosto.

Todos a encaram inexpressivamente.

— A maioria de vocês terá entre dez e quinze medos nas suas paisagens. Essa é a média, em geral — diz ela.

— Qual é o número mais baixo que alguém já teve? — pergunta Lynn.

— No passado recente — diz Lauren —, quatro.

Eu não olhei para o Tobias desde que saímos do refeitório, mas não posso evitar olhá-lo agora. Ele mantém os olhos colados no chão. Eu sabia que quatro era um número baixo, baixo o bastante para inspirar um apelido, mas não sabia que era menos da metade da média.

Eu encaro os meus pés. Ele é excepcional. E agora nem olha mais para mim.

— Vocês não descobrirão o seu número hoje — diz Lauren. — A simulação está programada para a minha paisagem do medo. Portanto, vocês vivenciarão os meus medos, e não os seus.

Lanço um olhar mordaz para Christina. Eu estava certa; nós não vamos entrar na paisagem do Quatro.

— Para este exercício, no entanto, cada um de vocês enfrentará apenas *um* dos meus medos, para sentirem como funciona a simulação.

Lauren aponta para nós aleatoriamente, designando um medo para cada um. Eu estava mais para trás do grupo, então ficarei com um dos últimos, o do rapto.

Como não estou conectada ao computador enquanto espero, não consigo ver as simulações, apenas as reações das pessoas a elas. Assisto-as para tentar me distrair da preocupação em relação ao Tobias. Cerro os punhos enquanto Will tenta afastar aranhas que não consigo ver e Uriah empurra paredes que são invisíveis para mim, e rio quando Peter fica completamente vermelho com o que quer seja que ele vivencia como uma "humilhação pública". Finalmente, é a minha vez.

O obstáculo não será agradável, mas, como fui capaz de manipular todas as simulações anteriores e como já passei pela paisagem do Tobias, não fico preocupada quando Lauren injeta a agulha no meu pescoço.

De repente, o cenário muda e o rapto começa. O chão sob meus pés torna-se um gramado, e mãos agarram meus braços e cobrem minha boca. Está escuro demais para ver qualquer coisa.

Encontro-me diante do abismo. Ouço o ronco do rio. Grito, com a boca abafada pela mão que a cobre, e me debato para tentar me libertar, mas os braços são fortes demais; meus sequestradores são fortes demais. A imagem do meu corpo caindo para dentro da escuridão surge na minha mente; a mesma imagem que eu agora carrego comigo em meus pesadelos. Grito novamente; grito até a minha garganta doer e cerro os olhos, derramando lágrimas quentes.

Eu sabia que eles viriam me pegar; sabia que eles tentariam novamente. A primeira vez não foi o suficiente. Grito outra vez, não por socorro, já que eu sei que ninguém irá me socorrer, mas porque esta é a única opção para alguém que está prestes a morrer e não pode fazer mais nada a respeito.

— Parem — diz uma voz severa.

As mãos desaparecem, e a luz se acende. Estou em pé sobre o cimento da sala de paisagens. Meu corpo treme, e eu caio de joelhos, com as mãos sobre o rosto. Eu acabei de falhar. Perdi toda a noção, toda a consciência. O medo de Lauren se transformou em um dos meus.

E todos me viram. Tobias me viu.

Ouço passos. Tobias marcha em minha direção e me levanta violentamente.

— O que diabos foi isso, Careta?

— Eu... — Soluço ao respirar. — Eu não...

— Recomponha-se! Isso é patético.

Algo rompe dentro de mim. Minhas lágrimas cessam. Uma onda de calor atravessa o meu corpo, afastando minha fraqueza, e dou um tapa tão forte no rosto de Tobias que as juntas dos meus dedos doem com o impacto. Ele me encara, com uma das faces completamente vermelha, e eu o encaro de volta.

— Cala a boca — digo. Arranco meu braço da sua mão e caminho para fora da sala.

CAPÍTULO
VINTE E OITO

Aperto a jaqueta ao redor dos meus ombros. Faz muito tempo que não vejo o ar livre. O sol brilha tenuamente em meu rosto, e observo a minha respiração se condensando no ar.

Pelo menos, consegui uma coisa: convencer Peter e seus amigos de que não sou mais uma ameaça. Só preciso me certificar de que amanhã, quando passar pela minha própria paisagem do medo, eu prove a eles que estão errados. Ontem, fracassar me parecia algo impossível. Hoje, já não tenho mais tanta certeza.

Passo as mãos pelos meus cabelos. A vontade de chorar passou. Tranço-os e amarro-os com um elástico preso ao meu pulso. Sinto-me mais como eu mesma. Isso é tudo o que eu preciso fazer: lembrar-me de quem sou. E sou alguém que não permite que coisas sem importância, como garotos e experiências de quase morte, entrem no meu caminho.

Solto uma risada e balanço a cabeça. Será que sou isso mesmo?

Ouço o apito do trem. Os trilhos fazem uma volta ao redor do complexo da Audácia, depois continuam para além da minha visão. Onde será que eles começam? Onde será que terminam? Como será o mundo para além deles? Eu me aproximo.

Quero ir para casa, mas não posso. Eric nos alertou para que não parecêssemos muito apegados aos nossos pais durante o Dia da Visita; portanto, visitar minha casa seria como trair a Audácia, e eu não posso me dar o luxo de fazer isso. Mas Eric não disse que não podíamos visitar pessoas em outras facções diferentes daquelas de onde viemos, e minha mãe realmente me pediu para visitar Caleb.

Sei que não devo sair sem ser supervisionada, mas não consigo evitar. Ando cada vez mais rápido, até que começo a correr. Balançando os braços, sigo o último vagão até que eu consiga agarrar a barra de metal e me puxar para dentro, fazendo uma careta com a pontada de dor que atravessa meu corpo moído.

Uma vez dentro do vagão, deito-me no chão ao lado da porta e vejo o complexo da Audácia se perder na distância. Não quero mais voltar, mas optar pela desistência, por me tornar uma sem-facção, seria a coisa mais corajosa que eu já fiz, e, hoje, sinto-me uma covarde.

O vento lambe meu corpo e se entranha entre meus dedos. Deixo minha mão cair para fora do vagão, permitindo que ela vá de encontro ao vento. Não posso ir para casa, mas posso encontrar parte dela. Caleb faz parte de cada memória da minha infância; é uma parte integral da minha formação.

O trem desacelera à medida que se aproxima do centro da cidade, e eu me levanto e observo os prédios menores se tornando cada vez maiores. Os membros da Erudição vivem em enormes prédios de pedra voltados para o pântano. Seguro a barra de metal e inclino o corpo para fora apenas o bastante para ver aonde os trilhos estão me levando. Eles descem até o nível do solo logo antes de se voltarem para o leste. Respiro o cheiro da calçada molhada e o ar do pântano.

O trem mergulha e desacelera, e eu salto. Minhas pernas tremem com o impacto da minha aterrissagem, e corro alguns passos para recobrar o equilíbrio. Caminho pelo meio da rua, para o sul, em direção ao pântano. O terreno vazio se estende até os limites da minha visão, uma planície marrom colidindo com o horizonte.

Eu me viro para a esquerda. Os prédios da Erudição se agigantam acima de mim, escuros e misteriosos. Como encontrarei Caleb aqui?

Os membros da Erudição mantêm registros; faz parte da natureza deles. Eles devem ter registros dos seus iniciandos. Alguém tem acesso a esses registros; só preciso encontrar essa pessoa. Examino os prédios. Pela lógica, o edifício central deve ser o mais importante. É melhor eu começar por ele.

Há membros da facção por todo lado. As normas obrigam os membros a sempre usar no mínimo uma peça de roupa azul, porque essa cor faz com que o corpo libere químicos calmantes, e "uma mente calma é uma mente lúcida". A cor também passou a simbolizar a facção, mas parece desagradavelmente clara para mim agora. Estou acostumada à iluminação escassa e a roupas escuras.

Espero atravessar a multidão normalmente, desviando-me dos cotovelos alheios e murmurando "com licença", como sempre faço, mas isso não é necessário. Tornar-me alguém da Audácia fez com que eu passasse a chamar atenção. A multidão abre passagem para mim, e seus olhares me acompanham. Eu retiro o elástico do meu cabelo e solto o seu nó antes de atravessar a porta da frente.

Paro logo depois da entrada e inclino a cabeça para trás. O salão é enorme, silencioso, e cheira a páginas cobertas de poeira. O chão de madeira corrida range sob meus pés. Prateleiras de livros cobrem as paredes em ambos os lados, mas parecem ser mais decorativas do que qualquer outra coisa, porque há computadores nas mesas no centro da sala, e ninguém está lendo os livros. Eles encaram os monitores com olhos tensos e concentrados.

Eu deveria ter adivinhado que o edifício central da Erudição seria uma biblioteca. Um retrato na parede do outro lado do salão chama minha atenção. Ele tem duas vezes a minha altura e quatro vezes a minha largura e retrata uma mulher com olhos de um cinza líquido, por trás de um par de óculos: Jeanine. Como representante da Erudição, foi ela quem publicou aquele artigo sobre meu pai. Eu já sentia antipatia por ela desde que meu pai começou a reclamar na mesa de jantar, mas agora eu a odeio.

Sob seu retrato, há uma grande placa com as palavras: O CONHECIMENTO LEVA À PROSPERIDADE.

Prosperidade. Para mim, essa palavra tem uma conotação negativa. A abnegação usa-a para descrever a autocomplacência.

Como Caleb pôde escolher ser uma dessas pessoas? As coisas que eles fazem, as coisas que querem, estão todas erradas. Mas ele provavelmente pensa a mesma coisa a respeito da Audácia.

Caminho até a mesa que fica logo abaixo do retrato de Jeanine. O jovem sentado atrás dela não levanta a cabeça ao dizer:

— Em que posso ajudá-la?

— Estou procurando uma pessoa — digo. — Seu nome é Caleb. Você sabe onde posso encontrá-lo?

— Não tenho permissão de divulgar informações pessoais — responde ele de maneira fria, cutucando o monitor à sua frente com os dedos.

— Ele é meu irmão.

— Não tenho a permi...

Eu dou um forte tapa na mesa, bem na sua frente, e ele acorda do seu torpor, olhando para mim por cima dos óculos. As pessoas ao redor me encaram.

— Eu disse — repito, de maneira curta e grossa — que estou procurando uma pessoa. Ele é um iniciando. Você poderia ao menos me dizer onde posso encontrá-lo?

— Beatrice? — diz uma voz atrás de mim.

Eu me viro e vejo Caleb com um livro na mão. Seu cabelo cresceu e se dobra sobre suas orelhas, e ele usa uma camiseta azul e um par de óculos retangulares. Embora pareça diferente e eu não possa mais amá-lo, corro até ele o mais rápido que consigo e lanço os braços ao redor de seus ombros.

— Você tem uma tatuagem — diz ele, com a voz abafada.

— Você está usando óculos — retruco. Eu me afasto e estreito o olhar. — Sua visão é perfeita, Caleb. O que você está fazendo?

— É... — Ele olha para as mesas ao redor. — Venha. Vamos sair daqui.

Saímos do prédio e atravessamos a rua. Preciso acelerar o passo para acompanhá-lo. Em frente à sede da Erudição, existe um local que costumava ser um parque. Hoje chamamos o lugar apenas de "Millenium", e ele não é nada mais que um terreno baldio com várias esculturas de metal enferrujadas. Uma delas tem a forma de um mamute metálico abstrato, e outra se parece com um feijão e é tão grande que pareço uma anã a seu lado.

Paramos sobre o concreto ao redor do feijão de metal, onde membros da Erudição se sentam em pequenos grupos com jornais e livros. Ele tira os óculos e os enfia no bolso, depois passa a mão no cabelo, encarando-me de maneira nervosa. Parece envergonhado. Talvez eu devesse estar também. Estou tatuada, de cabelo solto e vestida com roupas apertadas. Mas isso não me envergonha.

— O que você está fazendo aqui? — pergunta ele.

— Eu queria ir para casa — digo —, e você é o mais próximo disso que eu consegui.

Ele contrai os lábios.

— Não precisa ficar tão feliz em me ver — falo.
— Ei — diz ele, pousando a mão em meu ombro. — Estou muito feliz em vê-la. Só que isso não é permitido. Existem regras.
— Eu não me importo — afirmo.
— Talvez devesse se importar. — Sua voz é gentil; ele me lança seu olhar habitual de desaprovação. — Se eu fosse você, não ia querer me meter em encrenca com sua facção.
— O que você quer dizer com isso?
Sei exatamente o que ele quer dizer. Ele vê minha facção como a mais cruel das cinco, e nada mais que isso.
— Só não quero que você se machuque. Você não precisa ficar tão irritada comigo — diz, inclinando a cabeça para o lado. — O que *aconteceu* com você lá?
— Nada. Não aconteceu nada comigo. — Fecho os olhos e esfrego a mão na nuca. Mesmo que eu pudesse explicar-lhe tudo o que aconteceu, não iria querer. No momento, não consigo nem juntar forças o suficiente para pensar sobre isso.
— Você acha... — Ele encara os próprios sapatos. — Você acha que fez a escolha certa?
— Eu não acho que havia uma escolha a ser feita — digo. — E você?
Ele olha ao redor. Pessoas nos encaram ao passarem por nós. Ele as encara de maneira nervosa. Ainda está inquieto, mas talvez não seja por causa da sua aparência, ou por minha causa. Talvez sejam eles. Eu seguro seu braço e o puxo para debaixo do arco do feijão de metal. Andamos por baixo da cavidade vazia. Vejo meu reflexo por toda a

365

parte, distorcido pela curva das paredes, e interrompido aqui e ali por manchas de ferrugem e sujeira.

— O que está acontecendo? — pergunto, cruzando os braços. Eu não havia percebido as olheiras sob seus olhos.

— O que há de errado?

Caleb apoia a mão na parede de metal. No seu reflexo, um dos lados da sua cabeça parece pequena e amassada, e seu braço parece estar dobrado para trás. Meu reflexo, no entanto, parece pequeno e achatado.

— Algo grande está acontecendo, Beatrice. Algo está errado. — Seus olhos estão arregalados e embaciados. — Não sei o que é, mas as pessoas estão andando por aí de maneira estranha, sussurrando entre si, e Jeanine faz discursos sobre a corrupção da Abnegação o tempo todo, quase todos os dias.

— E você acredita nela?

— Não. Talvez. Eu não... — Ele balança a cabeça. — Não sei em que acreditar.

— É claro que você sabe — digo de maneira assertiva. — Você sabe quem são nossos pais. Você sabe quem são nossos amigos. O pai da Susan, por exemplo. Você acha que ele é corrupto?

— O quanto será que eu sei realmente? O quanto eles me permitiram saber? Nós não podíamos fazer perguntas, Beatrice; nós não podíamos saber das coisas! E aqui... — Ele olha para cima e, no círculo plano e espelhado acima de nós, vejo nossos reflexos minúsculos, do tamanho de unhas. Este, eu penso, é nosso verdadeiro reflexo; é tão pequeno quanto realmente somos. Ele continua. — Aqui, a informação é livre e está sempre disponível.

— Aqui não é a Franqueza. Existem mentirosos aqui, Caleb. Existem pessoas que são tão inteligentes que sabem como manipular você.

— Você não acha que eu saberia se estivesse sendo manipulado?

— Se eles são tão espertos que fazem você acreditar, não. Não acho que você saberia.

— Você não tem ideia do que está falando — diz ele, balançando a cabeça.

— Ah, é. Como *eu* saberia reconhecer uma facção corrupta? Estou apenas treinando para entrar na *Audácia* — afirmo. — Pelo menos, sei no que estou me metendo, Caleb. *Você* está escolhendo ignorar o que soubemos a nossa vida inteira. Que estas pessoas são arrogantes e gananciosas e não o levarão a lugar algum.

Sua voz endurece.

— Acho que é melhor você ir embora, Beatrice.

— Será um prazer — respondo. — Ah, não que você vá se importar com isso, mas mamãe me pediu para lhe falar que você deve pesquisar a respeito do soro de simulação.

— Você a viu? — Ele parece magoado. — Por que ela não...

— Porque — digo — a Erudição não permite mais a entrada de membros da Abnegação em seu complexo. Esta informação não estava disponível para você?

Eu o empurro para o lado, afastando-me da cavidade espelhada e da escultura, e começo a descer a calçada. Não devia ter saído de onde estava. O complexo da Audácia é meu lar agora. Pelo menos, lá eu sei exatamente em que pé estou, mesmo que não seja um pé muito estável.

A calçada se esvazia, e eu levanto o rosto para ver o motivo. A alguns metros de mim, dois homens da Erudição estão parados de braços cruzados.

— Com licença — diz um deles. — Você terá que nos acompanhar.

+ + +

Um dos homens me segue tão de perto que consigo sentir sua respiração na minha nuca. O outro me guia para dentro da biblioteca e por três corredores, até um elevador. Depois da biblioteca, o chão não é mais de madeira, e sim de ladrilhos brancos, e as paredes reluzem como o teto da sala onde fiz o teste de aptidão. O brilho delas reflete nas portas prateadas do elevador, e deixo os olhos semicerrados para conseguir enxergar.

Tento manter-me calma. Repito questões do treinamento da Audácia para mim mesma. *O que devemos fazer no caso de sermos atacados por trás?* Imagino-me lançando o cotovelo para trás, contra o estômago ou a virilha de alguém e, também, correndo. Gostaria de ter uma arma agora. Estes são pensamentos típicos da Audácia e se tornaram meus pensamentos também.

O que devemos fazer no caso de sermos atacados por duas pessoas ao mesmo tempo? Sigo o homem por um corredor vazio e reluzente, até um escritório. As paredes são feitas de vidro. Acho que já sei qual facção projetou minha escola.

Uma mulher está sentada atrás de uma mesa de madeira. Eu a encaro. É o mesmo rosto que domina o espaço da biblioteca da Erudição e que está impresso em cada um dos artigos divulgados pela facção. Há quanto tempo será que odeio esse rosto? Não consigo me lembrar.

— Sente-se — diz Jeanine. Sua voz me soa familiar, especialmente quando está irritada assim. Seus olhos, de um cinza líquido, concentram-se nos meus.

— Prefiro ficar em pé.

— *Sente-se* — diz ela novamente. Tenho certeza de que já ouvi sua voz antes.

Ouvi-a conversando com Eric no corredor, antes de ser atacada. Ouvi-a falando sobre os Divergentes. Mas ouvi-a outra vez antes disso; ouvi-a...

— Era a sua voz na simulação — digo. — Quer dizer, no teste de aptidão.

Ela é o perigo sobre o qual Tori e minha mãe me alertaram, o perigo de ser Divergente. E ela está sentada bem na minha frente.

— Exatamente. O teste de aptidão é de longe meu maior feito como cientista — responde. — Eu conferi os resultados do seu teste, Beatrice. Parece que houve um problema. Ele não foi gravado, e os resultados tiveram que ser cadastrados manualmente. Você sabia disso?

— Não.

— Sabia que é apenas a segunda pessoa na história que teve a Abnegação como resultado e mesmo assim escolheu a Audácia?

— Não — digo, reprimindo minha surpresa. Tobias e eu somos os únicos? Mas o resultado dele foi verdadeiro e o meu foi falso. Então, na realidade, ele foi o único.

Sinto um aperto no estômago ao pensar nele. Sua singularidade não me importa agora. Ele me chamou de patética.

— O que a fez escolher a Audácia?

— O que isso importa? — Tento suavizar minha voz, mas não consigo. — Você não vai me repreender por me afastar da minha facção e procurar meu irmão? "A facção antes do sangue", certo? — Eu faço uma pequena pausa. — Aliás, por que estou aqui no seu escritório? Você não deveria ser uma figura importante?

Talvez isso faça com que ela desça um pouco do seu pedestal.

Ela contrai o lábio por um instante.

— Deixarei que a Audácia a repreenda — diz ela, inclinando a cadeira para trás.

Eu apoio as mãos no encosto da cadeira na qual me recusei a me sentar e fecho os dedos com força. Atrás dela há uma janela com vista para a cidade. O trem faz uma curva lenta a distância.

— Quanto ao motivo da sua presença aqui... uma das qualidades da minha facção é a curiosidade — diz ela. — E, ao examinar seus dados, percebi que havia um erro em outra simulação sua. Ela também não foi registrada. Você sabia disso?

— Como você acessou meus dados? Apenas a Audácia tem acesso a eles.

— Como fomos nós da Erudição que desenvolvemos as simulações, temos um... *acordo* com a Audácia, Beatrice.
— Ela inclina a cabeça para o lado e sorri para mim. — Só estou preocupada com o funcionamento da nossa tecnologia. Se ela falhou com você, preciso me assegurar de que não voltará a falhar no futuro, entende?

Só há uma coisa que eu entendo: ela está mentindo. Não liga para a tecnologia, mas suspeita de que haja algo de errado com os resultados do meu teste. Como os líderes da Audácia, está farejando um Divergente. E, se minha mãe quer que Caleb pesquise a respeito do soro de simulação, deve ser porque foi a Jeanine que o desenvolveu.

Mas o que há de tão ameaçador na minha habilidade de manipular as simulações? Por que isso importaria logo à representante da Erudição?

Não tenho a resposta para essas perguntas. Mas a maneira com a qual ela me olha me lembra o olhar do cão bravo na sala de aptidão: um olhar perverso e predatório. Ela quer me rasgar em pedaços. Não posso me deitar submissamente agora. Preciso me tornar um cão bravo também.

Sinto o sangue pulsando em minha garganta.

— Não sei como isso funciona — digo —, mas o líquido que injetaram em mim me causou náuseas. Talvez a pessoa que administrou a minha simulação tenha ficado distraída por pensar que eu iria vomitar e se esqueceu de registrar os dados. Também me senti enjoada depois do teste de aptidão.

— Você costuma ter o estômago sensível, Beatrice? — Sua voz é como uma navalha. Ela bate com as unhas aparadas no vidro da mesa.

— Desde criança — respondo da maneira mais natural possível. Solto o encosto da cadeira e puxo-a para poder sentar. Não posso parecer nervosa, mesmo que sinta como se minhas entranhas estivessem se contorcendo dentro de mim.

— Você tem ido extremamente bem nas simulações — ela diz. — A que atribui a facilidade com que as completa?

— Sou corajosa — digo, encarando-a. As outras facções veem a Audácia de uma determinada maneira. Impertinente, agressiva, impulsiva. Pretensiosa. Devo agir da maneira que ela espera. Dou um sorriso debochado. — Sou a melhor inicianda que eles têm.

Inclino-me para a frente, apoiando os cotovelos nos joelhos. Precisarei elaborar minha mentira um pouco mais para conseguir convencê-la.

— Você quer saber por que escolhi a Audácia? — pergunto. — Porque estava entediada. — Elaborar mais, mais. As mentiras exigem comprometimento. — Eu estava cansada de ser uma mariquinhas boazinha e queria dar o fora da Abnegação.

— Então, você não sente saudades dos seus pais? — pergunta ela com cuidado.

— Você quer saber se eu sinto saudade de levar broncas por me olhar no espelho? Saudade de me mandarem calar a boca na mesa de jantar? — Balanço a cabeça. — Não, não sinto falta deles. Eles não são mais a minha família.

A mentira queima minha garganta ao atravessá-la, ou talvez a sensação venha apenas das lágrimas que estou me esforçando para conter. Imagino minha mãe atrás de mim com um pente e uma tesoura, sorrindo discretamente ao aparar meu cabelo, e sinto vontade de gritar, em vez de insultá-la dessa maneira.

— Então, isso quer dizer... — Jeanine contrai os lábios e faz uma pausa antes de continuar a falar — ...que você concorda com os relatórios que foram divulgados a respeito dos líderes desta cidade?

Os relatórios que descrevem minha família como ditadores corruptos, gananciosos e moralistas? Os relatórios carregados de ameaças sutis e insinuações revolucionárias? Eles me causam náuseas. Saber que foi ela que os divulgou faz com que eu sinta vontade de estrangulá-la.

Eu sorrio.

— Plenamente — digo.

+ + +

Um dos lacaios de Jeanine, um homem com uma camisa de gola azul e óculos escuros, me leva de volta ao complexo da Audácia em um elegante carro prateado, de um tipo que eu nunca havia visto antes. O motor praticamente não emite ruídos. Quando pergunto ao homem a respeito do carro, ele me diz que seu funcionamento é à base de energia solar e começa a discorrer longamente a respeito de como os painéis no capô convertem luz solar em energia. Paro de prestar atenção um minuto depois e volto o olhar para o lado de fora da janela.

Não sei o que farão comigo quando eu voltar. Suspeito de que não será nada agradável. Imagino meus pés pendurados sobre o abismo e mordo o lábio.

Quando o motorista estaciona ao lado do prédio de vidro sobre o complexo da Audácia, Eric está me esperando na porta. Ele agarra meu braço e me puxa para dentro do prédio sem agradecer o motorista. Aperta os dedos com tanta força que tenho certeza de que ficarei roxa.

Ele se posiciona entre o vão de entrada do Fosso e eu, depois começa a estalar as juntas dos dedos. Fora isso, fica completamente parado.

Eu estremeço involuntariamente.

O som discreto de seus dedos estalando é a única coisa que consigo escutar, além da minha própria respiração, que está cada vez mais acelerada. Quando ele termina de estalar os dedos, entrelaça-os à frente do corpo.

— Bem-vinda de volta, Tris.

— Eric.

Ele caminha na minha direção, posicionando cuidadosamente um pé à frente do outro.

— O que... — Suas primeiras palavras são silenciosas — *exatamente* — continua ele, mais alto desta vez — você estava pensando?

— Eu... — Ele está tão perto de mim que consigo ver os buracos onde se encaixam seus *piercings*. — Eu não sei.

— Sinto-me tentado a chamá-la de traidora, Tris — diz ele. — Você não conhece o ditado "facção antes do sangue"?

Já vi Eric fazer e dizer coisas terríveis. Mas nunca o havia visto assim. Ele não é mais um maníaco; está completamente controlado, perfeitamente equilibrado. Cuidadoso e tranquilo.

Pela primeira vez, reconheço o que Eric realmente é: uma pessoa da Erudição disfarçada de membro da Audácia, tão genial quanto sádico; um caçador de Divergentes.

Sinto vontade de fugir.

— Você estava insatisfeita com a vida que está levando aqui? Você, por acaso, se arrepende da escolha que fez?

— Eric ergue as duas sobrancelhas cobertas de metal, fazendo com que rugas se formem em sua testa. — Gostaria de que me explicasse o que a levou a trair a Audácia, a você mesma e a *mim*... — Ele bate contra o próprio peito — ...ao se aventurar no complexo de outra facção.

— Eu... — Respiro fundo. Ele me mataria se soubesse o que sou, tenho certeza disso. Suas mãos se fecham em punhos. Estou sozinha aqui; se algo acontecer comigo, ninguém saberá e ninguém verá.

— Se você não conseguir explicar — diz ele suavemente —, eu talvez seja obrigado a reconsiderar sua posição na tabela. Ou, já que você parece ser tão ligada à sua antiga facção... talvez eu seja obrigado a reconsiderar a posição dos seus amigos. Talvez a pequena menina da Abnegação que há dentro de você se importe mais com isso.

A primeira coisa que penso é que ele não poderia fazer isso, que não seria justo. Depois, me dou conta de que é claro que ele poderia e que não hesitaria nem um segundo antes de fazê-lo. E ele está certo. Só de pensar que a minha atitude imprudente pode fazer com que alguém seja forçado a deixar uma facção, sinto o meu peito doer de culpa.

Tento mais uma vez:
— Eu...
No entanto, tenho dificuldade em respirar.
De repente, a porta se abre. Tobias entra no salão.
— O que você está fazendo? — pergunta ele ao Eric.
— Vá embora — diz Eric, com a voz mais alta e menos calculada. Agora ele soa mais como o Eric com quem estou acostumada. Sua expressão também muda, tornando-se mais instável e viva. Eu o encaro, impressionada com sua facilidade em mudar de uma expressão para outra, perguntando-me qual será sua estratégia por trás disso.
— Não — diz Tobias. — Ela é apenas uma garota tola. Não há necessidade de arrastá-la até aqui para um interrogatório.
— Apenas uma garota tola. — Eric solta um risada curta. — Se ela fosse apenas uma garota tola não estaria em primeiro lugar, estaria?
Tobias belisca a base de seu nariz e olha para mim pelos espaços entre seus dedos. Ele está tentando me dizer algo. Eu penso rapidamente. Qual conselho Quatro me deu recentemente?
A única coisa que consigo pensar é: *finja um pouco de vulnerabilidade.*
Isso já funcionou antes.
— Eu... Eu estava apenas com vergonha e não sabia o que fazer. — Enfio as mãos nos bolsos e encaro o chão. Belisco minha perna com tanta força que lágrimas surgem em meus olhos, e então levanto a cabeça e olho para Eric, fungando. — Eu tentei... e... — Eu balanço a cabeça.

— Você tentou o quê? — pergunta Eric.
— Me beijar — diz Tobias. — E eu a rejeitei, e ela fugiu como uma menininha de cinco anos. Realmente não podemos culpá-la de nada, a não ser de ter agido de maneira estúpida.

Nós dois esperamos.

Eric olha para mim, depois para Tobias, e começa a rir muito alto e por muito tempo, de uma maneira ameaçadora, que me arranha como uma lixa.

— Quatro não é um pouco velho demais para você, Tris? — diz ele, sorrindo novamente.

Passo a mão no rosto como se estivesse enxugando uma lágrima.

— Posso ir embora agora? — pergunto.

— Tudo bem — diz Eric —, mas você está proibida de deixar este complexo novamente sem a supervisão de alguém, entendeu? — Ele se vira para Tobias. — E *você*... deve se certificar de que nenhum outro transferido deixe este complexo novamente. E que ninguém mais tente beijá-lo.

Tobias revira os olhos.

— Está certo.

Deixo o salão e me encontro ao ar livre novamente, balançando as mãos para me livrar da tensão. Sento-me na calçada e abraço meus joelhos.

Não sei por quanto tempo fico sentada ali, com a cabeça abaixada e os olhos fechados, antes que a porta se abra novamente. Não sei se passaram-se vinte minutos ou uma hora. Tobias caminha na minha direção.

Eu me levanto e cruzo os braços, esperando a bronca. Dei um tapa nele e depois me meti em encrenca com a Audácia, e sei que ele me dará uma bronca.

— O que foi?

— Você está bem? — Uma ruga aparece entre suas sobrancelhas, e ele toca suavemente a minha bochecha. Eu afasto sua mão com força.

— Bem — digo —, primeiro fui humilhada na frente de todo mundo, depois tive que bater um papo com a mulher que está tentando destruir a minha antiga facção, depois Eric quase expulsou os meus amigos da Audácia, então, acho que a resposta é sim. Parece que o meu dia está sendo maravilhoso, *Quatro*.

Ele balança a cabeça e olha para o prédio em ruínas à sua direita, que é feito de tijolos e não se assemelha em nada ao elegante pináculo de vidro atrás de mim. Ele deve ser muito antigo. Ninguém mais usa tijolos em construções.

— E por que você se importa tanto? Você pode ser um instrutor cruel ou um namorado preocupado. — Fico tensa ao falar a palavra "namorado". Eu não queria ter dito isso de maneira tão leviana, mas agora é tarde demais. — Você não pode exercer os dois papéis ao mesmo tempo.

— Não sou cruel — diz ele de maneira severa. — Eu estava protegendo você hoje de manhã. Como você acha que Peter e seus amigos idiotas reagiriam se soubessem que você e eu estamos... — Ele suspira. — Você nunca venceria. Eles diriam que sua posição é uma consequência do meu favoritismo, e não do seu próprio mérito.

Abro a boca para discutir, mas não sou capaz. Penso em algumas respostas espertas, mas as deixo de lado. Ele tem razão. Meu rosto esquenta, e eu o esfrio com as mãos.

— Você não precisava ter me insultado para provar algo a eles — digo, por fim.

— E você não precisava fugir até seu irmão só porque eu magoei você — ele diz. Ele esfrega a mão na nuca. — Além do mais, funcionou, não funcionou?

— À minha custa.

— Não imaginei que fosse afetar você dessa maneira. — Ele olha para o chão e ergue os ombros. — Às vezes, esqueço que sou capaz de ferir você. Que é possível ferir você.

Eu deslizo as mãos para dentro dos meus bolsos e balanço o corpo para frente e para trás. Uma sensação estranha toma conta de mim, como uma fraqueza doce e dolorosa. Ele fez o que fez porque acreditava na minha força.

Em casa, Caleb era o irmão forte, porque conseguia esquecer de si mesmo, e porque todas as características que meus pais valorizavam eram naturais a ele. Ninguém jamais confiou tanto na minha força.

Eu me ergo na ponta dos pés, levanto a cabeça e beijo Tobias. Apenas os nossos lábios se tocam.

— Você é genial, sabia? — Balanço a cabeça. — Você sempre sabe exatamente o que fazer.

— Só porque tenho pensado nisso há muito tempo — diz ele, dando-me um beijo rápido em seguida. — Em como eu iria lidar com isso, se eu e você... — Ele recua um pouco e sorri. — Você me chamou de namorado, Tris?

— Não exatamente. — Eu dou de ombros. — Por quê? Você quer que eu chame?

Ele coloca as mãos em meu pescoço e levanta meu queixo com seus dedões, inclinando minha cabeça para trás para encostar sua testa na minha. Por um instante, fica parado assim, com os olhos fechados, respirando o mesmo ar que eu. Sinto a rapidez da sua respiração. Ele parece estar nervoso.

— Quero — diz ele finalmente, e seu sorriso desaparece.

— Você acha que o convencemos de que você é apenas uma garota tola?

— Eu espero que sim — digo. — Às vezes, é bom ser pequena. Mas não tenho certeza de que convenci os membros da Erudição.

Os cantos da sua boca se inclinam para baixo, e ele me olha de maneira séria.

— Há algo que eu preciso lhe dizer.

— O quê?

— Agora não. — Ele olha ao redor. — Encontre-me aqui às 23h30. Não diga a ninguém aonde você está indo.

Eu concordo com a cabeça e ele se vira, partindo tão rapidamente quanto chegou.

+ + +

— Onde você *esteve* o dia todo? — pergunta Christina quando entro no dormitório. O quarto está vazio; devem estar todos jantando. — Eu procurei você lá fora, mas não a encontrei. Está tudo bem? Você se meteu em encrenca por ter batido no Quatro?

Eu balanço a cabeça. Só de pensar em contar-lhe a verdade a respeito de onde estive faz com que me sinta exausta. Como poderia explicar o impulso que senti de simplesmente saltar em um trem e visitar meu irmão? Ou a tranquilidade bizarra na voz do Eric enquanto ele me interrogava? Ou o próprio motivo que me levou a estourar e agredir Tobias?

— Eu só precisava sair um pouco. Caminhei por um longo tempo. E não, não estou encrencada. Ele gritou comigo, eu me desculpei... só isso.

Ao falar, tento manter meus olhos fixos nos dela e as mãos paradas ao lado do meu corpo.

— Que bom, porque preciso lhe dizer uma coisa.

Ela olha para a porta atrás de mim, depois fica na ponta dos pés, examinando todos os beliches, provavelmente para conferir se ainda há alguém por perto. Depois, apoia as mãos nos meus ombros.

— Você consegue ser uma garota por alguns segundos?

— Eu sou sempre uma garota. — Franzo as sobrancelhas.

— Você sabe o que quero dizer. O tipo de garota bobinha e chatinha.

Enrolo uma mecha de cabelo no meu dedo e falo:

— Tá.

Ela abre um sorriso tão grande que consigo ver a sua fileira de dentes de trás.

— Will me beijou — diz ela.

— O quê? — pergunto, surpresa. — Quando? Como? O que aconteceu?

— Você até que *consegue* ser uma garota! — Ela ajeita o corpo, tirando a mão dos meus ombros. — Bem, logo depois do seu pequeno escândalo, nós almoçamos e fomos caminhar perto dos trilhos de trem. Nós estávamos apenas conversando sobre... não lembro sobre o que estávamos conversando. De repente, ele apenas parou, aproximou o rosto de mim, e... me beijou.

— Você sabia que ele gostava de você? — pergunto.

— Quer dizer, dessa maneira.

— Não! — Ela ri. — E a melhor parte é que foi apenas isso o que aconteceu. Nós simplesmente continuamos andando e conversando, como se nada tivesse acontecido. Bem, até *eu* resolver beijá-lo.

— Há quanto tempo você sabe que gosta dele?

— Não sei. Acho que eu nem sabia. Mas aí algumas pequenas coisas... como a maneira que ele me abraçou durante o funeral, ou a maneira como ele abre as portas para mim, como se eu fosse uma menina, e não simplesmente alguém que poderia espancá-lo.

Eu solto uma risada. Sinto uma vontade súbita de contar para ela a respeito do Tobias e de tudo o que aconteceu entre nós. Mas os mesmos motivos que Tobias me deu para ter fingido que nós não estávamos juntos faz com que eu me contenha. Não quero que ela pense que a minha posição na tabela tem qualquer coisa a ver com minha relação com ele.

Por isso, apenas digo:

— Estou feliz por você.

— Obrigada. Estou feliz também. E pensei que ainda demoraria um tempo até conseguir me sentir assim novamente... você sabe.

Ela senta-se na beirada da cama e olha ao redor do dormitório. Alguns dos iniciandos já arrumaram as malas. Logo, iremos nos mudar para apartamentos do outro lado do complexo. Aqueles que forem escalados para trabalhos governamentais vão se mudar para o prédio de vidro acima do Fosso. Não precisarei me preocupar mais com a possibilidade do Peter me atacar à noite. Não precisarei mais ver a cama vazia do Al.

— Mal consigo acreditar que já está quase no fim. Parece que acabamos de chegar aqui. E, no entanto, parece... que eu não vejo a minha casa há anos.

— Você sente saudades dela? — Eu me apoio na armação da cama.

— Sinto. — Ela dá de ombros. — Mas algumas coisas são iguais. Quer dizer, as pessoas de onde eu venho são tão barulhentas quanto as daqui, e isso é bom. Mas lá as coisas são mais fáceis. Você sempre sabe em que pé está com todo mundo, porque todos simplesmente dizem. Não existe nenhuma... manipulação.

Eu concordo com cabeça. A Abnegação me preparou para esse aspecto da vida na Audácia. Os membros da Abnegação não são manipuladores, mas também não são diretos.

— Mas não sei se teria conseguido passar pela iniciação da Franqueza. — Ela balança a cabeça. — Em vez das simulações, lá eles aplicam testes com detectores de mentiras.

O dia inteiro, todos os dias. E no teste final... – Ela torce o nariz. – Elas fazem você beber um negócio chamado soro da verdade e se sentar na frente de todos, depois fazem perguntas completamente pessoais. A teoria é que, se você botar para fora todos os seus segredos, nunca mais terá vontade de mentir a respeito de nada. Se seus piores segredos já foram revelados, por que não ser sincero de uma vez?

Não sei quando foi exatamente que juntei tantos segredos. Ser Divergente. Meus medos. O que realmente sinto em relação a minha família e meus amigos, Al, Tobias. A iniciação da Franqueza desencavaria coisas que nem mesmo as simulações são capazes de tocar; ela me destruiria.

– Parece horrível.

– Eu sempre soube que não ficaria na Franqueza. Quer dizer, tento ser sincera, mas há coisas que você simplesmente não quer que as outras pessoas saibam. Além disso, gosto de ter controle sobre minha mente.

Todos gostam, afinal.

– Bom, deixa para lá – diz ela. Abre o criado-mudo do lado esquerdo de nosso beliche e uma mariposa sai voando de dentro do móvel, batendo suas asas brancas em direção ao rosto dela. Christina solta um grito tão alto que quase me mata do coração, e começa a estapear o próprio rosto.

– Tira ela de mim! Tira ela de mim!

A mariposa voa para longe.

– Ela já foi embora! – digo. Depois começo a rir. – Você tem medo de... mariposas?

— Elas são nojentas. Aquelas asas aveludadas e os corpinhos idiotas de inseto... — Ela estremece.
Eu continuo rindo. Rio tanto que preciso me sentar e botar a mão sobre a barriga.
— Não tem graça! — grita ela. — Bem... talvez tenha. Um pouco.

+ + +

Quando encontro Tobias naquela noite, ele não fala nada; apenas segura minha mão e me guia em direção à linha do trem.

Puxa o corpo para dentro de um vagão com uma facilidade impressionante quando o trem passa, depois me puxa para dentro também. Meu corpo se choca com o dele, e meu rosto encosta em seu peito. Seus dedos deslizam pelos meus braços e ele me segura pelos cotovelos enquanto o trem sacode sobre os trilhos de aço. Vejo o edifício de vidro sobre o complexo da Audácia diminuir atrás de nós.

— O que você precisava me falar? — grito para que ele consiga me ouvir em meio ao uivo do vento.

— Ainda não.

Ele desliza até o chão e me puxa junto, sentando-se com as costas apoiadas na parede enquanto eu o encaro, com as pernas para o lado, sobre o chão empoeirado. O vento solta alguns fios do meu cabelo e joga-os sobre meus olhos. Ele encosta as palmas das mãos no meu rosto, deslizando os dedos indicadores para trás das minhas orelhas, e puxa minha boca até a sua.

Ouço o guincho dos trilhos enquanto o trem desacelera, o que quer dizer que devemos estar nos aproximando do centro da cidade. O ar está frio, mas seus lábios e suas mãos estão quentes. Ele inclina a cabeça e beija a pele logo abaixo do meu queixo. Ainda bem que o ruído do vento está tão alto, abafando o som do meu suspiro.

O vagão sacode, fazendo com que eu perca o equilíbrio, e me apoio com a mão para não cair. De repente, vejo que estou apoiada em seu quadril. Sinto seu osso pressionando a palma da minha mão. Deveria tirá-la dali, mas não quero. Ele me disse certa vez para ser corajosa, mas, embora eu já tenha ficado imóvel enquanto facas eram lançadas na minha direção e tenha pulado do topo de um prédio, nunca pensei que precisaria de coragem nos momentos pequenos da minha vida. É preciso.

Eu me movo, jogando uma das pernas sobre as dele e me sentando em seu colo e, com o coração quase saltando pela garganta, eu o beijo. Ele levanta um pouco o corpo e sinto suas mãos em meus ombros. Seus dedos deslizam pela minha espinha e um arrepio segue-os até a parte de baixo das minhas costas. Ele abre um pouco o zíper da minha jaqueta, e aperto as mãos contra minhas pernas para evitar que elas tremam. Eu não deveria estar nervosa. É apenas o Tobias.

O vento frio atinge minha pele exposta. Ele afasta o rosto e examina cuidadosamente as tatuagens logo acima da minha clavícula. Seus dedos deslizam sobre elas e ele sorri.

— Pássaros — diz. — São gralhas? Sempre me esqueço de perguntar.

Tento sorrir de volta para ele.

— São corvos. Um para cada membro da minha família. Você gosta deles?

Ele não responde. Puxa-me para mais perto, encostando os lábios em cada um dos pássaros. Eu fecho os olhos. Seu toque é leve e delicado. Uma sensação pesada e quente preenche meu corpo, como se alguém estivesse derramando mel dentro de mim, retardando meus pensamentos. Ele encosta a mão no meu rosto.

— Odeio ter que dizer isso, mas nós precisamos levantar agora.

Eu balanço a cabeça e abro os olhos. Nós dois nos levantamos, e ele me puxa até a porta aberta do trem. O vento não está tão forte agora que o trem desacelerou. Já passa da meia-noite, então todas as luzes das ruas estão apagadas, e os prédios erguem-se como mamutes acima da escuridão, depois mergulham novamente para dentro dela. Tobias levanta a mão e aponta para um conjunto de edifícios, tão longe que parecem ser do tamanho de uma unha. Eles são o único ponto luminoso no mar de escuridão ao redor de nós. É o complexo da Erudição, mais uma vez.

— Parece que os regulamentos da cidade não se aplicam a eles porque costumam deixar as luzes acesas a noite inteira.

— Será que ninguém mais notou? — pergunto, franzindo a sobrancelha.

— Tenho certeza de que sim, mas não fizeram nada para impedi-los. Talvez seja porque não querem criar um problema por algo tão insignificante. — Tobias dá de ombros. — Mas comecei a me perguntar o que eles estão fazendo para precisar tanto de luzes à noite.

Ele se vira para mim, reclinando-se na parede.

— Há duas coisas que você precisa saber a meu respeito. A primeira é que, de uma maneira geral, sou extremamente desconfiado com as pessoas — diz ele. — Eu costumo esperar o pior delas. E a segunda coisa é que sou mais habilidoso com computadores do que as pessoas costumam imaginar.

Eu aceno com a cabeça. Ele já havia dito que seu outro trabalho é com computadores, mas ainda tenho dificuldade em imaginá-lo sentado em frente a um monitor o dia inteiro.

— Há algumas semanas, antes do treinamento começar, eu estava no trabalho e encontrei uma maneira de acessar os arquivos protegidos da Audácia. Parece que a Audácia não é tão eficiente quanto a Erudição quando o assunto é segurança — diz ele. — E eu descobri arquivos que pareciam planos de guerra. Ordens pouco veladas, listas de suprimentos, mapas. Coisas desse tipo. E os arquivos haviam sido enviados pela Erudição.

— Guerra? — Afasto o cabelo que cai sobre meu rosto. Escutar o meu pai falando mal da Erudição durante toda a minha vida fez com que eu os encarasse com desconfiança, e minhas experiências no complexo da Audácia fizeram com que eu encarasse todas as autoridades, e até mesmo os seres humanos de uma maneira geral, com desconfiança. Portanto, não fico surpresa em ouvir que uma facção esteja planejando uma guerra.

Lembro-me do que Caleb me disse mais cedo. *Algo grande está acontecendo, Beatrice.* Eu encaro Tobias.

— Guerra contra a Abnegação?

Ele segura minha mão, entrelaçando os dedos nos meus, e diz:

— É, contra a facção que controla o governo.

Um peso cai sobre meu estômago.

— O propósito de todos aqueles relatórios era levantar suspeitas contra a Abnegação — diz ele, com os olhos fixos na cidade ao redor do vagão. — Parece que a Erudição agora quer acelerar o processo. Não tenho a menor ideia do que fazer a respeito... ou até mesmo do que qualquer um poderia fazer.

— Mas por que a Erudição uniria suas forças às da Audácia? — pergunto.

De repente, me dou conta de algo. Algo que me atinge como um soco na boca do estômago e me remói por dentro. A Erudição não tem armas, e eles não sabem lutar, mas a Audácia sabe.

Encaro Tobias com os olhos arregalados.

— Eles vão nos usar — digo.

— Eu me pergunto como eles planejam nos convencer a lutar — diz ele.

Eu disse ao Caleb que a Erudição sabe como manipular as pessoas. Eles poderiam convencer alguns de nós a lutar com informações falsas, apelando para a ganância ou de muitas outras maneiras. Mas a Erudição é tão meticulosa quanto manipuladora, e sei que eles não deixariam isso ao acaso. Teriam que se assegurar de que todos os seus pontos fracos estarão protegidos. Mas como?

O vento empurra meu cabelo para a frente do meu rosto, fazendo com que minha visão fique entrecoberta, mas eu não me preocupo em afastá-lo.

— Eu não sei — digo.

CAPÍTULO
VINTE E NOVE

FREQUENTEI AS CERIMÔNIAS de iniciação da Abnegação durante todos os anos da minha vida, menos este. É um evento tranquilo. Os iniciandos, que passam trinta dias fazendo trabalhos comunitários antes de se tornarem verdadeiros membros, sentam-se uns ao lado dos outros em um banco. Um dos membros mais velhos lê o manifesto da Abnegação: um pequeno parágrafo a respeito de se esquecer de si mesmo e dos perigos da autoindulgência. Em seguida, todos os membros mais velhos lavam os pés dos iniciandos. Mais tarde, todos compartilham uma refeição, em que cada um serve a comida da pessoa à sua esquerda.

Na Audácia não é assim.

O dia da iniciação mergulha o complexo da Audácia em um clima de loucura e caos. Há pessoas por toda a parte, e a maioria delas já está bêbada ao meio-dia. Eu abro passagem entre elas para pegar um prato de comida na hora do almoço e o carrego até o dormitório comigo. Durante o caminho, vejo uma pessoa cair da passagem na parede do Fosso e, a julgar pelos seus gritos e pela maneira como agarra a perna, ela quebrou alguma coisa.

Pelo menos o dormitório está silencioso. Encaro meu prato de comida. Simplesmente peguei as primeiras coisas que me pareceram gostosas, mas, ao examiná-las melhor agora, percebo que escolhi um peito de frango simples, uma porção de ervilhas e uma fatia de pão integral. Um típico prato da Abnegação.

Solto um suspiro. A Abnegação é o que sou. É o que sou quando não estou pensando no que estou fazendo. É o que sou quando sou posta à prova. É o que sou quando pareço corajosa. Será que estou na facção errada?

Pensar na minha antiga facção faz com que as minhas mãos tremam. Preciso avisar minha família a respeito da guerra que a Erudição está planejando, mas não sei como. Vou descobrir um jeito, mas não hoje. Preciso me concentrar no que me espera. Uma coisa de cada vez.

Alimento-me como um robô, indo do frango às ervilhas e ao pão, depois começando tudo de novo. Não importa a qual facção eu realmente pertença. Daqui a duas horas, caminharei até a sala da paisagem do medo junto com os outros iniciandos, passarei pela minha paisagem do medo e me tornarei um membro da Audácia. É tarde demais para voltar atrás.

Quando termino de comer, enterro o rosto no travesseiro. Não quero dormir, mas acabo caindo no sono um pouco depois e sou acordada pela Christina, que sacode meu ombro.

— Hora de ir — diz. Ela está pálida.

Esfrego os olhos para afastar o sono. Já estou calçada. Os outros iniciandos estão no dormitório, amarrando os cadarços, abotoando as jaquetas e sorrindo de maneira forçada. Prendo o cabelo em um coque e visto minha jaqueta preta, fechando o zíper até a altura do pescoço. A tortura logo vai acabar, mas será que seremos capazes de esquecer as simulações? Será que voltaremos a dormir tranquilos, com a memória dos nossos medos em nossas mentes? Ou será que hoje finalmente esqueceremos nossos medos, como deveríamos?

Andamos até o Fosso e subimos o caminho que leva ao prédio de vidro. Levanto os olhos e encaro o teto. Não consigo ver a luz do sol, porque há solas de pés cobrindo cada centímetro de vidro acima de nós. Por um instante, penso ouvir o vidro rangendo, mas é apenas a minha imaginação. Subo as escadas com Christina, e a multidão me espreme.

Sou baixa demais para conseguir enxergar acima da cabeça das pessoas, então apenas encaro as costas do Will e o acompanho. O calor de tantos corpos dificulta minha respiração. Gotas de suor acumulam-se na minha testa. Um clarão no meio da multidão revela-se em volta de todos os que estão amontoados: uma série de monitores na parede à minha esquerda.

Ouço um grito de comemoração e paro para olhar os monitores. O monitor da esquerda mostra uma menina com roupas pretas na sala de paisagens do medo: Marlene. Vejo-a mover-se, com os olhos arregalados, mas não consigo ver qual obstáculo ela está enfrentando. Ainda bem que ninguém aqui conseguirá ver meus medos também, apenas minhas reações a eles.

O monitor do meio mostra o ritmo do seu batimento cardíaco. Ele acelera por um instante, depois desacelera. Quando alcança um ritmo normal, o monitor fica verde e os membros da Audácia comemoram. O monitor da direita mostra o tempo de simulação.

Eu arranco os olhos do monitor e corro um pouco para alcançar Will e Christina. Tobias está do lado de dentro de uma porta à esquerda do salão, que eu mal havia notado da outra vez em que estive aqui. Fica ao lado da sala de paisagens do medo. Entro sem olhar para ele.

A sala é grande e conta com outro monitor, parecido com o que havia lá fora. Uma fila de pessoas se senta em cadeiras viradas para ele. Eric está entre elas, assim como Max. Os outros também são mais velhos. A julgar pelos fios conectados às suas cabeças, e por seus olhares distantes, eles estão observando a simulação.

Atrás deles há outra fileira de cadeiras, que agora já estão completamente ocupadas. Sou a última a entrar, então não consigo um lugar.

— Ei, Tris! — grita Uriah do outro lado da sala. Ele está sentado com os outros iniciandos nascidos na Audácia. Só restam quatro deles aqui; os outros já passaram por suas paisagens do medo. Ele bate com a mão em sua perna.

— Você pode se sentar no meu colo, se quiser.

— É tentador — grito de volta, sorrindo. — Mas estou bem. Gosto de ficar em pé.

Também não quero que Tobias me veja sentada no colo de outra pessoa.

As luzes se acendem na sala de paisagens do medo, e consigo ver Marlene agachada, com o rosto manchado de lágrimas. Max, Eric e alguns outros se recuperam do torpor da simulação e se retiram da sala. Alguns segundos depois, vejo-os no monitor, parabenizando-a por ter completado a simulação.

— Transferidos, a ordem na qual vocês irão fazer o teste final foi baseada nas suas colocações atuais — anuncia Tobias. — Portanto, Drew será o primeiro e Tris será a última.

Isso quer dizer que cinco pessoas irão antes de mim.

Fico em pé no fundo da sala, a poucos metros de Tobias. Trocamos olhares enquanto Eric injeta a agulha em Drew e o envia para a sala de paisagens. Quando chegar minha vez, já terei visto o quão bem as outras pessoas se saíram, e saberei o quão bem terei que me sair para derrotá-las.

As paisagens do medo não são muito interessantes de se assistir de fora. Vejo que Drew está se movendo, mas não sei a que ele está reagindo. Depois de alguns minutos, fecho os olhos, paro de assistir e tento não pensar em nada. Tentar prever quais medos eu terei que enfrentar ou quantos deles serão é inútil agora. Só preciso me lembrar de que tenho o poder de manipular as simulações e que já pratiquei isso antes.

Molly é a próxima. Ela leva metade do tempo de Drew, mas até mesmo ela enfrenta dificuldades. Perde tempo demais respirando com dificuldade, tentando controlar o pânico. Em certo momento, até grita com toda a força.

Fico impressionada com minha facilidade em ignorar todas as outras coisas que estão acontecendo em minha vida. Meus pensamentos sobre a guerra contra a Abnegação, Tobias, Caleb, meus pais, meus amigos, minha nova facção, tudo isso desaparece da minha cabeça. A única coisa que posso fazer agora é vencer este obstáculo.

Christina é a próxima. Depois Will. Depois Peter. Não os assisto. Sei apenas o tempo que levam para terminar: doze minutos, dez minutos, quinze minutos. E, então, o meu nome.

— Tris.

Abro os olhos e caminho até a frente da sala de observação, onde Eric carrega uma seringa cheia de líquido laranja. Mal sinto a agulha entrar no meu pescoço, vejo o rosto perfurado de Eric enquanto ele injeta o líquido. Imagino o soro como uma adrenalina líquida correndo pelas minhas veias, tornando-me forte.

— Está pronta? — pergunta ele.

CAPÍTULO TRINTA

EU ESTOU PRONTA. Entro na sala, armada não com uma pistola ou uma faca, mas com o plano que bolei ontem à noite. Tobias disse que o terceiro estágio requer preparação mental, ou seja, a criação de estratégias para superar nossos medos.

Eu gostaria de saber em que ordem os medos virão. Dou pequenos saltos enquanto espero que o primeiro apareça. Já estou sem fôlego.

O chão se transforma sob meus pés. O capim surge do concreto e balança com um vento que não consigo sentir. O céu verde substitui os canos acima de mim. Tento ouvir os pássaros e sinto o medo como uma coisa distante, o coração disparado e um aperto no peito, e não algo que realmente exista em minha mente. Tobias me disse que eu deveria tentar descobrir o que a simulação significa. Ele estava certo; não tem nada a ver com pássaros. A questão é o controle.

Sinto as asas batendo ao lado do meu ouvido, e as garras do corvo cravam em meu ombro.

Desta vez, não bato no corvo com toda a força. Eu me agacho, ouvindo o ronco das asas atrás de mim, e corro as mãos pelo capim, logo acima do chão. O que será capaz de derrotar a impotência? A potência. E a primeira vez que me senti potente no complexo da Audácia foi quando segurei uma arma.

Um nó se forma em minha garganta e quero que as garras me *soltem*. O pássaro grasna e meu estômago aperta, mas então sinto algo duro e metálico em meio ao capim. Minha arma.

Aponto-a para o pássaro em meu ombro e ele se solta da minha camisa em uma explosão de sangue e penas. Giro o corpo, apontando a arma para o céu, e então vejo uma nuvem de penas negras mergulhando em minha direção. Aperto o gatilho, atirando várias vezes contra o mar de pássaros acima de mim, vendo seus corpos escuros tombarem sobre o capim.

Enquanto miro e atiro, sinto a mesma sensação de poder que senti quando segurei uma arma pela primeira vez. Meu coração desacelera e o campo, a arma e os pássaros desaparecem. Estou no escuro novamente.

Troco o meu pé de apoio e algo range sob ele. Agacho-me e passo a mão em um painel frio e liso: vidro. Pressiono as mãos nos vidros que agora se encontram dos dois lados do meu corpo. O tanque outra vez. Não tenho medo de me afogar. O problema não é a água, e sim a minha incapacidade de escapar do tanque. A questão é a minha fraqueza. Só preciso me convencer de que sou forte o bastante para quebrar o vidro.

As luzes azuis se acendem e a água brota do chão, mas não deixarei a simulação ir muito longe. Bato com a mão contra a parede na minha frente, esperando que o vidro estilhasse.

Minha mão quica de volta, sem causar nenhum dano.

Meu coração acelera. E se o que funcionou na primeira simulação não funcionar nesta? E se eu não conseguir quebrar o vidro a não ser que esteja me sentindo aprisionada? A água passa dos meus calcanhares, subindo cada vez mais rápido. Preciso me acalmar e me concentrar. Eu apoio as costas na parede atrás de mim e chuto com o máximo de força que consigo. Chuto outra vez. Os dedos do meu pé latejam, mas nada acontece.

Tenho outra opção. Posso esperar que a água, que já chegou aos meus joelhos, encha o tanque, e tentar me acalmar enquanto me afogo. Me apoio na parede de vidro, balançando a cabeça. Não. Não posso me permitir me afogar. Não posso.

Cerro os punhos e soco a parede. Sou mais forte que o vidro. O vidro é tão fino quanto uma camada de água recém-congelada. Minha mente fará com que isso se torne realidade. Fecho os olhos. O vidro é gelo. O vidro é gelo. O vidro é...

O vidro se estilhaça sob o peso da minha mão e a água derrama sobre o chão. E então a escuridão retorna.

Sacudo as mãos. Deveria ter sido um obstáculo fácil de superar. Já o encarei outras vezes em simulações. Não posso perder tempo assim novamente.

Algo, que parece ser uma parede sólida, atinge o lado do meu corpo, forçando o ar para fora dos meus pulmões, e caio com força, arquejando. Não sei nadar; só vi quantidades de água tão grandes e tão poderosas assim em fotos. Sob mim há uma pedra escarpada, molhada e escorregadia. A água puxa minhas pernas, e eu me agarro à pedra, sentindo o gosto de sal nos lábios. De relance, vejo um céu escuro e uma lua cor de sangue.

Outra onda quebra sobre mim, atingindo minhas costas com violência. Bato com o queixo na pedra e faço uma careta de dor. O mar está gelado, mas meu sangue está fervendo, correndo pelo meu pescoço. Estico o braço e alcanço a ponta da pedra. A água puxa minhas pernas com uma força descomunal. Agarro-me da melhor forma que consigo, mas não sou forte o suficiente. A água me puxa e a onda joga meu corpo para trás. Ela joga minhas pernas por sobre minha cabeça e meus braços para os lados, e eu me choco contra a pedra, com as costas sobre ela e a água jorrando na minha cara. Meus pulmões clamam por ar. Giro o corpo e agarro a ponta da pedra, puxando-me para além do nível da água. Arquejo e outra onda me atinge, mais forte que a primeira, mas estou mais segura na pedra desta vez.

Realmente não devo ter medo de água. Eu devo ter medo de perder o controle. Para encarar isso, preciso recuperá-lo.

Soltando um grito de frustração, lanço a mão para a frente e encontro um buraco na pedra. Meus braços tremem violentamente enquanto eu me arrasto para cima, e puxo meu pé para debaixo do corpo antes que a onda o agarre. Quando meus pés ficam livres da água, levanto-me e me lanço em uma corrida, rápida, com os pés ágeis sobre a pedra e a lua vermelha à minha frente, e o mar desaparece.

De repente, tudo desaparece, e meu corpo está imóvel. Imóvel até demais.

Tento mexer os braços, mas eles estão atados fortemente ao lado do meu corpo. Olho para baixo e vejo uma corda amarrada ao redor do meu peito, dos meus braços, das minhas pernas. Uma pilha de toras de madeira surge ao redor dos meus pés, e vejo uma mastro atrás de mim. Estou a muitos metros do chão.

Figuras surgem das sombras, e reconheço seus rostos. São os iniciandos, carregando tochas. Peter está à frente do bando. Seus olhos parecem covas negras, e seu sorriso de deboche é grande demais para seu rosto, fazendo com que as bochechas se enruguem. Uma risada surge de algum lugar do centro do grupo e aumenta de volume, à medida que as outras vozes se juntam a ela. A única coisa que consigo ouvir é o cacarejar das risadas.

Enquanto o som fica mais alto, Peter abaixa sua tocha até a madeira, e as chamas se erguem perto do chão. Elas tremeluzem na beirada de cada tora, depois se espalham pela madeira. Não tento me livrar das cordas, como fiz da primeira vez em que enfrentei esse medo. Em vez disso, fecho os olhos e inalo o máximo de ar possível. Isto é uma simulação. Não há como eu me machucar. O calor das chamas aumenta a meu redor. Balanço a cabeça.

— Está sentindo este cheiro, Careta? — diz Peter, com a voz ainda mais alta que o som das risadas.
— Não — digo. As chamas estão ficando mais altas.
Ele funga o ar.
— É o cheiro de pele queimando.
Quando abro os olhos, minha visão está borrada pelas lágrimas.
— Sabe do que sinto cheiro? — Minha voz se esforça para se sobrepor às risadas a minha volta, que me oprimem tanto quanto o calor. Meus braços tremem, e sinto vontade de lutar contra as amarras, mas não vou, não vou lutar inutilmente, não vou entrar em pânico.
Olho para Peter através das chamas, e o calor faz com que o sangue suba até a superfície da minha pele, lambendo meu corpo, derretendo os dedos dos meus pés.
— Sinto cheiro de chuva — digo.
Um trovão ruge acima da minha cabeça, e grito quando uma das chamas atinge a ponta dos meus dedos, lançando uma pontada de dor pela minha pele. Inclino a cabeça para trás e me concentro nas nuvens que se acumulam sobre mim, pesadas e negras de chuva. Um raio atravessa o céu e eu sinto o primeiro pingo na minha testa. *Mais rápido, mais rápido!* O primeiro pingo escorre pelo lado do meu nariz, e o segundo atinge meu ombro, tão grande que parece feito de gelo ou pedra, e não de água.
Lençóis de chuva caem ao meu redor, e ouço um som sibilante mais alto do que as risadas. Sorrio, aliviada, enquanto a chuva apaga o fogo e alivia a dor das

queimaduras nas minhas mãos. As cordas se soltam e caem, e passo as mãos pelos cabelos.

Gostaria de ser como Tobias, e ter que enfrentar apenas quatro medos, mas não sou tão destemida.

Eu aliso minha camisa e, ao levantar o rosto, estou no meu antigo quarto, no setor da Abnegação. Nunca enfrentei este medo antes. As luzes estão apagadas, mas o quarto está iluminado pelos raios de lua que atravessam a janela. Uma das paredes está coberta de espelhos. Eu me viro para ela, confusa. Isso não está certo. Não posso ter espelhos.

Examino meu reflexo: meus olhos arregalados, a cama com o lençol cinza bem esticado, a cômoda com minhas roupas, a estante de livros, as paredes vazias. Meus olhos saltam para a janela atrás de mim.

E para o homem do lado de fora dela.

Uma onda fria desce minha espinha como uma gota de suor, e meu corpo fica rígido. Eu o reconheço. É o homem com as cicatrizes no rosto do meu teste de aptidão. Ele está vestido de preto e está imóvel como uma estátua. Eu pisco, e dois homens surgem à sua esquerda e à sua direita, tão imóveis quanto ele, mas seus rostos não têm qualquer feição; são apenas crânios cobertos de pele.

Eu giro o corpo, e eles estão dentro do meu quarto. Aperto os ombros contra o espelho.

Por um instante, a sala fica silenciosa, e então vários punhos começam a esmurrar minha janela. Não apenas dois ou quatro ou seis, mas dezenas de punhos com centenas de dedos, batendo contra o vidro. O som é tão alto que ecoa na minha caixa torácica, e então o homem desfigurado e seus dois companheiros começam a caminhar com movimentos lentos e calculados em minha direção.

Ele vieram me buscar, como Peter, Drew e Al, para me matar. Tenho certeza.

Simulação. Isto é uma simulação. Com o coração martelando no meu peito, encosto a palma da mão no vidro atrás de mim e o deslizo para a esquerda. Não é um espelho, mas a porta de um armário. Eu digo a mim mesma onde encontrar a arma. Ela estará pendurada na parede direita, a apenas alguns centímetros da minha mão. Não desvio o olhar do homem desfigurado, mas encontro a arma com as pontas dos dedos e seguro o cabo.

Mordo o lábio e atiro no homem desfigurado. Não quero ver se o tiro o atingiu. Em seguida, miro em cada um dos homens sem feições, o mais rápido que consigo. Estou mordendo o lábio com tanta força que ele está doendo. As batidas na janela param, mas um ruído estridente toma o seu lugar, e os punhos se tornam dedos contorcidos, arranhando o vidro, lutando para conseguir entrar. O vidro range sob a pressão das mãos, depois racha e se rompe.

Solto um grito.

Não tenho munição o suficiente.

Corpos pálidos e humanos, mas deformados, com braços retorcidos em ângulos estranhos, bocas grandes demais com dentes afiados e cavidades oculares vazias caem para dentro do meu quarto, um após o outro, e erguem-se desajeitadamente, movimentando-se em minha direção. Eu recuo para dentro do armário e fecho a porta na minha frente. Uma solução. Preciso de uma solução. Eu me agacho e pressiono o lado da arma contra a cabeça. Não conseguirei lutar contra eles. Não conseguirei lutar contra eles, então preciso me acalmar. A paisagem do medo vai registrar meu coração desacelerando e minha respiração se estabilizando e seguirá adiante para o próximo obstáculo.

Eu me sento no chão do armário. A parede atrás de mim range. Ouço pancadas; seus punhos estão batendo novamente, desta vez contra a porta do armário. Mas eu me viro e examino, no escuro, o painel atrás de mim. Não é uma parede, mas outra porta. Eu tateio o armário até conseguir abri-la e vejo o corredor do andar de cima. Sorrindo, atravesso a abertura e me levanto. Sinto o cheiro de algo cozinhando. Estou em casa.

Respirando fundo, vejo minha casa desaparecer. Por um segundo, esqueci que me encontro no complexo da Audácia.

De repente, vejo Tobias diante de mim.

Mas não tenho medo do Tobias. Olho para trás. Talvez haja alguma coisa atrás de mim na qual preciso me concentrar. Mas não há. A única coisa que vejo atrás de mim é uma cama com um dossel.

Uma cama?

Tobias caminha em minha direção, devagar.

O que está acontecendo?

Eu o encaro, paralisada. Ele sorri para mim. Seu sorriso parece gentil. Familiar.

Ele encosta a boca na minha, e meus lábios se afastam. Pensei que seria impossível esquecer que estou em uma simulação. Eu estava errada; ele faz com que tudo no mundo se desintegre.

Seus dedos encontram o zíper da minha jaqueta e o abrem em um movimento rápido, até que a parte de baixo se solte. Ele retira a jaqueta dos meus ombros.

Oh, é tudo o que consigo pensar enquanto ele me beija outra vez. *Oh*.

Meu medo é estar com ele. Durante toda a minha vida, sempre desconfiei do afeto, mas não sabia que essa desconfiança era tão profunda.

Mas esse obstáculo não parece ser igual aos outros. É um tipo diferente de medo, como um ataque de pânico, e não um terror cego.

Ele desliza as mãos pelos meus braços e aperta meu quadril, acariciando com os dedos a pele logo acima do meu cinto, e eu estremeço.

Empurro-o gentilmente para trás e levo a mão à testa. Já fui atacada por corvos e homens com rostos grotescos; já fui incendiada pelo garoto que quase me jogou de um abismo; já quase me afoguei *duas vezes*, e é realmente com isso que eu não consigo lidar? É *esse* o medo para o qual não tenho nenhuma solução: um garoto de quem eu gosto, que quer... fazer sexo comigo?

A Simulação do Tobias beija meu pescoço.

Tento pensar. Preciso encarar o medo. Preciso assumir o controle da situação e descobrir uma maneira de torná-la menos assustadora.

Encaro os olhos da Simulação do Tobias e digo com firmeza:

— Eu *não* vou dormir com você em uma alucinação. Está bem?

Em seguida, seguro seus ombros e viro nossos corpos para o outro lado, empurrando ele contra a armação da cama. Sinto algo diferente de medo: uma pontada no meu estômago, uma bolha de risadas. Eu aperto o meu corpo contra o dele e lhe dou um beijo, com as mãos agarrando os seus braços. Ele parece tão forte. Parece tão... bom.

De repente, ele desaparece.

Eu rio, tapando a boca com a mão, até meu rosto esquentar. Devo ser a única inicianda com esse medo.

Um gatilho estala em meu ouvido.

Eu tinha quase me esquecido desse medo. Sinto o peso de uma arma em minha mão e fecho os dedos em volta de sua empunhadura, deslizando o dedão por cima do gatilho. Um foco de luz brilha do teto, embora eu não consiga ver sua origem, e, no centro de seu círculo luminoso, estão a minha mãe, o meu pai e o meu irmão.

— Atire — chia uma voz ao meu lado. É uma voz feminina, mas dura, como se fosse coberta por pedras e vidro quebrado. Parece a voz da Jeanine.

Há um cano de arma encostado na minha têmpora; um círculo frio contra minha pele. O frio atravessa meu corpo, fazendo os pelos da minha nuca se arrepiarem. Enxugo as palmas suadas das minhas mãos nas calças e olho para a mulher de relance. É Jeanine. Seus óculos estão tortos, e seus olhos são desprovidos de sentimentos.

Meu maior medo: que minha família morra e que eu seja a responsável.

— Atire — diz ela novamente, de maneira mais insistente. — Atire ou eu mato você.

Eu encaro Caleb. Ele acena com a cabeça, com as sobrancelhas voltadas para dentro, de maneira compreensiva.

— Vamos, Tris — ele diz suavemente. — Eu entendo. Não tem problema.

Meus olhos ardem.

— Não — digo, com a garganta tão apertada que dói. Balanço a cabeça.

— Eu vou contar até dez! — grita a mulher. — Dez! Nove!

Meus olhos saltam do meu irmão para meu pai. Na última vez em que o vi, ele me olhou com desprezo, mas agora seus olhos estão grandes e amenos. Nunca o vi com essa expressão na vida.

— Tris — diz ele. — Você não tem outra escolha.

— Oito!

— Tris — chama minha mãe. Ela sorri. Seu sorriso é doce. — Nós amamos você.

— Sete!

— Cale a boca! — grito, levantando a arma. Eu consigo. Consigo atirar neles. Eles entendem. Estão pedindo para eu atirar. Não desejariam que me sacrificasse por eles. Eles nem são reais. Isto é apenas uma simulação.

— Seis!

Isto não é real. Não significa nada. Os olhos bondosos do meu irmão parecem duas brocas abrindo buracos na minha cabeça. Meu suor torna a arma escorregadia.

— Cinco!

Não tenho outra opção. Fecho os olhos. Pensar. Preciso pensar. A urgência que faz meu coração disparar é causada por uma coisa, e nada mais: a ameaça à minha vida.

— Quatro! Três!

O que foi mesmo que Tobias disse? *O altruísmo e a coragem não são tão diferentes assim.*

— Dois!

Eu solto o gatilho da minha arma e deixo que ela caia no chão. Antes que eu consiga me desesperar, giro o corpo e pressiono a testa contra o cano da arma.

Atire em mim, então.

— Um!

Ouço um clique, seguido pelo estrondo de um tiro.

CAPÍTULO TRINTA E UM

As luzes se acendem. Estou sozinha, na sala vazia com paredes de concreto, tremendo. Ajoelho-me no chão, cruzando os braços na frente do peito. Não estava frio quando entrei aqui, mas parece estar frio agora. Esfrego os braços para me livrar dos arrepios.

Nunca me senti tão aliviada. Todos os meus músculos relaxam ao mesmo tempo e eu consigo respirar livremente outra vez. Não consigo me imaginar atravessando minha paisagem do medo no meu tempo livre, como Tobias faz. Antes isso me pareceu coragem, mas agora parece mais masoquismo.

A porta se abre e eu me levanto. Max, Eric, Tobias e algumas outras pessoas que não conheço entram na sala em fila, e se aglomeram ao redor de mim. Tobias sorri para mim.

— Parabéns, Tris — diz Eric. — Você completou sua avaliação final com sucesso.

Tento sorrir. Não consigo. Não consigo afastar a lembrança da arma contra minha cabeça. Ainda consigo sentir o cano entre minhas sobrancelhas.

— Obrigada.

— Há mais uma coisa antes que a liberemos para ir se arrumar para o banquete de boas-vindas — diz. Ele acena para uma das pessoas desconhecidas atrás dele. Uma mulher com cabelo azul lhe entrega um pequeno estojo preto. Ele abre o estojo e retira uma seringa e uma agulha comprida.

Fico tensa ao ver aquilo. O líquido laranja-amarronzado na seringa me lembra do soro que eles injetam na gente antes das simulações. E elas já deveriam ter terminado.

— Pelo menos, você não tem medo de agulhas. A injeção colocará um rastreador dentro de você, que será ativado apenas se você for tida como desaparecida. É apenas uma precaução.

— Com que frequência as pessoas desaparecem?

— Não muita. — Eric sorri de maneira sarcástica. — É uma nova invenção; uma cortesia da Erudição. Passamos o dia hoje injetando todos da Audácia, e eu imagino que as outras facções farão o mesmo assim que puderem.

Meu estômago dobra. Não posso deixar que ele me injete com nada, especialmente algo desenvolvido pela Erudição e talvez até pela própria Jeanine. Mas também não posso recusar. Se eu recusar, ele poderá duvidar mais uma vez da minha lealdade.

— Tudo bem — digo, com um nó na garganta.

Eric se aproxima de mim com a agulha e a seringa na mão. Eu afasto o cabelo do meu pescoço e inclino a cabeça para o lado. Desvio o olhar enquanto Eric limpa a minha pele com um líquido antisséptico e enfia a agulha. A dor profunda se espalha pelo meu pescoço, forte, mas ligeira. Ele guarda a agulha novamente no estojo e cola um curativo no local da injeção.

— O banquete será em duas horas — diz ele. — Sua posição entre os outros iniciandos, incluindo os nascidos na Audácia, será anunciada lá. Boa sorte.

O pequeno grupo sai da sala em uma fileira, mas Tobias fica para trás. Ele para perto da porta e faz um sinal para que o siga, e eu vou. O salão de vidro acima do Fosso está repleto de integrantes da Audácia, alguns deles caminhando nas cordas acima de nós, outros conversando e rindo em grupos. Ele sorri para mim. Não deve ter me assistido.

— Ouvi dizer que você teve que enfrentar apenas sete obstáculos — diz ele. — É um feito quase inédito.

— Você... você não assistiu à simulação?

— Apenas nos monitores. Os líderes da Audácia são os únicos que veem tudo — explica ele. — Eles pareceram ficar impressionados.

— Bem, ter sete medos não é tão impressionante quanto ter quatro — respondo —, mas será o suficiente.

— Eu ficaria surpreso se você não tirasse o primeiro lugar — diz ele.

Nós entramos no salão de vidro. A multidão continua lá, mas está mais reduzida agora que a última pessoa — ou seja, eu — já terminou.

As pessoas reparam em mim depois de alguns segundos. Mantenho-me ao lado do Tobias, mas não consigo andar rápido o bastante para evitar os gritos de apoio, alguns tapas no ombro e alguns parabéns. Ao olhar para as pessoas ao meu redor, penso no quão estranhas elas pareceriam para meu pai e meu irmão, e o quão normais elas parecem para mim, apesar de todos os brincos de metal em seus rostos e das tatuagens em seus braços e pescoços e peitos. Sorrio de volta para elas.

Descemos os degraus até o Fosso e eu digo:

— Preciso fazer uma pergunta.

Mordo meu lábio.

— O que exatamente eles falaram a respeito da minha paisagem do medo?

— Na verdade, nada. Por quê?

— Por nada. — Chuto uma pedrinha para além da beirada do caminho.

— Você precisa voltar para o dormitório? — pergunta ele. — Porque, se estiver procurando paz e tranquilidade, pode ficar comigo até a hora do banquete.

Meu estômago dobra.

— O que foi? — quer saber ele.

Não quero voltar para o dormitório, e não quero ter medo dele.

— Vamos — digo.

+ + +

Ele fecha a porta atrás de nós e tira os sapatos.

— Quer um pouco de água? — pergunta.

— Não, obrigada. — Seguro as mãos em frente ao meu corpo.

— Você está bem? — diz ele, tocando meu rosto. Sua mão apoia o lado da minha cabeça, deslizando seus dedos longos entre meus cabelos. Ele sorri e segura minha cabeça enquanto me beija. O calor se espalha pelo meu corpo lentamente. E o medo soa como um alarme em meu peito.

Com os lábios imóveis sobre os meus, ele puxa a jaqueta dos meus ombros. Eu me contraio ao ouvi-la caindo no chão, e o afasto, com os olhos ardendo. Não sei por que me sinto assim. Não me senti assim quando ele me beijou no trem. Eu levo as palmas das mãos ao rosto, cobrindo meus olhos.

— O que foi? O que há de errado?

Eu balanço a cabeça.

— Não me diga que não é nada. — Sua voz tem um tom frio. Ele agarra meu braço. — Ei. Olha para mim.

Eu afasto as mãos do rosto e ergo os olhos ao encontro dos seus. Seu olhar de dor e a raiva em sua mandíbula contraída me surpreendem.

— Às vezes, eu me pergunto — digo, com o máximo de calma que consigo —, o que você está ganhando com isso. Isso... seja lá o que isso for.

— O que eu estou ganhando — repete ele, e se afasta de mim, balançando a cabeça. — Você é uma idiota, Tris.

— Eu *não* sou uma idiota — digo. — E é por isso que eu sei que é um pouco estranho que, de todas as garotas que você poderia ter escolhido, você tenha escolhido a mim. Então, se você estiver apenas atrás de... bem, você sabe... *daquilo*...

— O quê? Sexo? — retruca ele, com raiva. — Sabe, se isso fosse a única coisa que eu quisesse, você provavelmente não seria a primeira pessoa que eu procuraria.

Sinto como se ele tivesse acabado de socar meu estômago. É claro que eu não seria a primeira pessoa que ele procuraria. Nem a primeira, nem a mais bonita, nem a mais desejável. Aperto as mãos contra o abdômen e desvio o olhar, segurando as lágrimas. Não sou do tipo que chora. Também não sou do tipo que grita. Pisco algumas vezes, abaixo as mãos, e o encaro.

— Eu vou embora agora — digo baixinho, depois me viro para a porta.

— Não, Tris. — Ele agarra meus pulsos e me puxa de volta. Eu o empurro com força, mas ele segura meu outro pulso, mantendo os nossos braços cruzados.

— Desculpe-me por ter dito isso. O que eu *quis* dizer é que você não é assim. E eu já sabia disso desde que a conheci.

— Você foi um dos obstáculos na minha paisagem do medo. — Meu lábio inferior treme. — Você sabia disso?

— O quê? — Ele solta meus pulsos, e seu olhar de dor retorna. — Você tem *medo* de mim?

— Não de você — digo. Mordo o lábio para fazê-lo parar de tremer. — De estar com você... com qualquer pessoa. Eu nunca me envolvi com alguém antes, e... você é mais velho, e eu não sei quais são suas expectativas, e...

— Tris — diz ele severamente —, não sei que tipo de loucura você enfiou na sua cabeça, mas tudo isso é novidade para mim também.

— Loucura? — repito. — Quer dizer que você nunca...
— Levanto uma sobrancelha. — Ah. *Ah*. Apenas imaginei
que... — *Que só porque eu sou tão obcecada por ele, todo mundo
deve ser também.* — Bem... você sabe.
— É, mas você imaginou errado. — Ele desvia o olhar.
Suas bochechas estão vermelhas, como se ele estivesse
envergonhado. — Você sabe que pode me falar qualquer
coisa, não sabe? — diz. Ele segura meu rosto em suas mãos,
com os dedos gelados e as palmas quentes. — Sou mais
gentil do que pareço no treinamento, prometo.

Eu acredito nele. Mas isso não tem nada a ver com sua
gentileza.

Ele me beija entre as sobrancelhas, depois na ponta do
nariz, depois encaixa cuidadosamente a boca na minha.
Estou no meu limite. Há eletricidade correndo em minhas
veias. Quero que ele me beije, quero; mas tenho medo da
direção que isso pode tomar.

Suas mãos deslizam até meus ombros, e seus dedos
esbarram na ponta das minhas bandagens. Ele se afasta de
mim, com as sobrancelhas contraídas.

— Você está machucada?

— Não. É outra tatuagem. Ela já sarou, mas eu só estava
tentando... mantê-la coberta.

— Posso ver?

Eu faço que sim com a cabeça, com a garganta apertada. Abaixo a manga da camisa e deslizo o ombro para
fora. Ele encara o meu ombro por um instante, depois
corre os dedos sobre ele. Eles sobem e descem sobre meus
ossos, que são mais saltados do que eu gostaria. Quando

me toca, sinto como se cada parte em que sua pele encosta na minha fosse modificada pela conexão entre nós. Seu toque faz com que uma vibração atravesse meu estômago. Não é apenas medo. É algo mais. Um desejo.

Ele solta a ponta das bandagens. Seus olhos vagueiam pelo símbolo da Abnegação e sorri.

— Eu tenho uma igual — diz ele, rindo. — Nas costas.
— Sério? Posso ver?

Ele pressiona as bandagens contra a tatuagem e cobre novamente meu ombro com a camisa.

— Você está pedindo para eu tirar a roupa, Tris?

Uma risada nervosa brota da minha garganta.

— Só... uma parte.

Ele acena com a cabeça, e seu sorriso subitamente desaparece. Seus olhos encontram os meus e ele abre o zíper do seu suéter. A peça desliza do seu ombro, e ele a joga sobre a cadeira em frente à mesa. Não sinto mais vontade de rir. A única coisa que consigo fazer é olhar para ele.

Suas sobrancelhas se voltam para o centro da testa, e ele agarra a borda da sua camiseta. Em um movimento rápido, ele a puxa por cima da cabeça.

Algumas chamas da Audácia cobrem o lado direito, mas, fora isso, seu peito não é tatuado. Ele desvia o olhar.

— O que foi? — pergunto, franzindo a testa. Ele parece... desconfortável.

— Eu não costumo me exibir assim para muitas pessoas — diz ele. — Na verdade, nunca me exibo para ninguém.

— Não consigo entender por que não — digo suavemente. — Quer dizer, olha só para você.

Caminho lentamente ao redor dele. Nas suas costas, há mais tinta do que pele. Os símbolos de todas as facções estão desenhadas nela: o da Audácia no topo da espinha, o da Abnegação logo abaixo dele, e os outros três, menores, mais abaixo. Por alguns instantes, observo a balança que representa a Franqueza, o olho que representa a Erudição, e a árvore que simboliza a Amizade. Faz sentido que ele se tatue com o símbolo da Audácia, o seu refúgio, e até mesmo com o símbolo da Abnegação, o seu lugar de origem, como eu. Mas e as outras três?

— Eu acho que nós cometemos um erro — diz suavemente. — Nós todos passamos a rebaixar as virtudes das outras facções no processo de reforçar a nossa. Não quero fazer isso. Quero ser corajoso *e* altruísta *e* esperto *e* bondoso *e* honesto. — Ele limpa a garganta. — Eu me esforço continuamente para ser bondoso.

— Ninguém é perfeito — sussurro. — As coisas não funcionam assim. Quando nos livramos de uma coisa ruim, outra a substitui.

Eu troquei a covardia pela crueldade; troquei a fraqueza pela ferocidade.

Corro os dedos sobre o símbolo da Abnegação.

— Precisamos alertá-los. Logo — digo.

— Eu sei — responde ele. — Vamos alertá-los.

Ele se vira para mim. Quero tocá-lo, mas tenho medo da sua nudez; tenho medo de que ele me deixe nua também.

— Isso está assustando você, Tris?
— Não. — Minha voz sai rouca. Limpo a garganta. — Não muito. Só estou... com medo do que quero.
— E o que você quer? — Seu rosto se contrai. — Você me quer?

Eu faço que sim lentamente com a cabeça.

Ele também assente e segura minhas mãos com delicadeza entre as suas. Guia as palmas das minhas mãos até sua barriga. Com os olhos abaixados, puxa minhas mãos para cima, sobre seu abdômen e sobre seu peito, e as segura contra seu pescoço. As palmas das minhas mãos formigam com a sensação da sua pele, macia, quente. Meu rosto está quente, mas mesmo assim estou tremendo. Ele olha para mim.

— Um dia — diz ele —, se você ainda me quiser, nós podemos... — Ele para de falar e limpa a garganta. — Nós podemos...

Sorrio um pouco e o envolvo em meus braços antes que ele termine de falar, pressionando o lado do meu rosto contra seu peito. Sinto o bater do seu coração na minha bochecha, tão rápido quanto o meu.

— Você também tem medo de mim, Tobias?
— Tenho pavor — responde ele, sorrindo.

Eu viro a cabeça para a frente e beijo a cavidade sob sua garganta.

— Talvez você não continue na minha paisagem do medo — murmuro.

Ele inclina a cabeça para baixo e me beija devagar.

— Aí, todos poderão chamar você de Seis.

— Quatro e Seis — digo.

Beijamo-nos outra vez e, desta vez, a sensação parece natural. Sei exatamente como nossos corpos se encaixam, com o seu braço ao redor da minha cintura, minhas mãos em seu peito, a pressão de seus lábios nos meus. Nós já memorizamos um ao outro.

CAPÍTULO TRINTA E DOIS

OBSERVO ATENTAMENTE o rosto do Tobias enquanto caminhamos até o refeitório, procurando qualquer sinal de decepção. Passamos as últimas duas horas deitados em sua cama, conversando, nos beijando e, por fim, cochilando, até que ouvimos os gritos das pessoas a caminho do banquete no corredor.

Mas a verdade é que ele parece mais leve agora do que antes. Pelo menos, está sorrindo mais.

Quando chegamos à porta, nos separamos. Eu entro primeiro e corro até a mesa que compartilho com Will e Christina. Ele entra um minuto depois e se senta ao lado do Zeke, que lhe oferece uma garrafa escura. Ele recusa.

— Onde você esteve? — pergunta Christina. — Todos nós estávamos no dormitório.

— Apenas andando por aí — digo. — Eu estava nervosa demais para conversar com qualquer um.

— Você não tem nenhum motivo para ficar nervosa — diz Christina, balançando a cabeça. — Eu me virei para conversar com Will por um segundo, e você já tinha terminado.

Detecto um tom de inveja em sua voz e mais uma vez gostaria de poder explicar para ela que eu estava bem preparada para a simulação, por causa do que sou. Mas apenas dou de ombros.

— Qual emprego você irá escolher? — pergunto-lhe.

— Acho que quero um emprego como o do Quatro. Treinando iniciandos — diz ela. — Aterrorizando-os. Sabe, algo divertido. E você?

Eu estava tão concentrada em concluir a iniciação que mal pensei nisso. Poderia trabalhar para os líderes da Audácia, mas eles me matariam se descobrissem o que sou. O que mais posso fazer?

— Acho... que eu poderia ser uma embaixadora para as outras facções — digo. — Acho que o fato de eu ser uma transferida me ajudaria.

— Eu esperava que você dissesse que queria treinar para ser uma líder da Audácia — diz Christina, suspirando. — Porque é isso o que Peter quer. Ele não parava de tagarelar a respeito disso hoje mais cedo no dormitório.

— E é o que eu quero — diz Will. — Espero que eu consiga uma posição mais alta do que a dele na tabela... ah, e do que todos os iniciandos nascidos na Audácia também. Esqueci deles. — Ele solta um gemido. — Ai, meu Deus. Isso vai ser impossível.

— Não vai, não — diz ela. Christina segura a mão do Will e entrelaça os dedos nos dele, como se fosse a coisa mais natural do mundo. Ele aperta a mão dela.

— Uma pergunta — diz Christina, inclinando o corpo para a frente. — Os líderes que estavam assistindo à sua paisagem do medo... eles estavam rindo de alguma coisa.

— É? — Mordo o lábio com força. — Que bom que eles se divertiram com o meu pavor.

— Você tem alguma ideia de qual foi o obstáculo?

— Não.

— Você está *mentindo* — diz ela. — Você sempre morde a parte de dentro da boca quando está mentindo. É o que te entrega.

Paro de morder a parte de dentro da boca.

— Se serve de consolo para você, o que entrega Will é quando ele contrai os lábios — fala.

Will cobre imediatamente a boca.

— Está bem. Eu estava com medo de... intimidade — digo.

— Intimidade — repete Christina. — Tipo... sexo?

Eu fico tensa. Forço-me a concordar com a cabeça. Mesmo se só a Christina estivesse aqui, e mais ninguém, eu ainda iria querer estrangulá-la agora. Penso em algumas maneiras de causar o máximo de dano a ela, com o mínimo de força. Tento lançar chamas dos meus olhos.

Will solta uma risada.

— E como foi *isso*? — pergunta. — Quer dizer, alguém simplesmente... tentou fazer com você? Quem foi?

— Bem, você sabe. Um homem sem rosto... não consegui identificar quem era — digo. — E como estavam as suas mariposas?

— Você prometeu que nunca diria nada a ninguém! — grita Christina, dando um tapa no meu braço.

— Mariposas — repete Will. — Você tem medo de mariposas?

— Não apenas de uma mariposa — diz ela. — Mas, tipo... um *enxame* delas. Por toda a parte. Todas aquelas asas e pernas e... — Ela estremece e balança a cabeça.

— Apavorante! — diz Will, sarcasticamente. — Esta é a minha garota. Dura como manteiga derretida.

— Ah, cala a boca.

Um microfone chia em algum lugar, tão alto que tampo os ouvidos. Vejo Eric do outro lado do salão, sobre uma das mesas com o microfone na mão, batendo nele com as pontas dos dedos. Depois que ele para de bater e a multidão da Audácia se cala, Eric limpa a garganta e começa a falar.

— Não somos muito bons de discursos aqui. A eloquência é uma especialidade da Erudição — ele diz. A multidão ri. Será que eles sabem que ele um dia já pertenceu à Erudição? Que por baixo de toda essa suposta imprudência, e até mesmo dessa brutalidade que ele vende como sendo da Audácia, Eric está mais para a Erudição do que para qualquer outra coisa? Se eles soubessem, duvido de que ririam da piada. — Portanto, vou ser breve. É um novo ano, e temos um novo grupo de iniciandos. E um grupo ligeiramente menor de novos membros. Oferecemos a eles os nossos parabéns.

Com a palavra "parabéns", o salão irrompe, não com aplausos, mas com murros nos topos das mesas. O som faz meu peito vibrar, e eu sorrio.

— Nós acreditamos na coragem, na ação, em sermos livres do medo e em aprender as habilidades necessárias para expurgar o mal do mundo, para que o bem possa crescer e prosperar. Se você também acredita nestas coisas, nós os recebemos de braços abertos.

Embora Eric provavelmente não acredite em nada disso, não consigo deixar de sorrir, porque eu acredito nestas coisas. Não importa o quanto os líderes tenham deturpado os ideais da Audácia, estes ideais ainda podem pertencer a mim.

Mais punhos batem nas mesas, desta vez acompanhados de gritos.

— Amanhã, em sua primeira atividade como membros, nossos dez iniciandos vão escolher suas profissões, de acordo com a classificação que tiverem na tabela — diz Eric. — Eu sei que todos estão esperando a divulgação das posições. Elas foram determinadas por uma combinação de três notas: a primeira, do estágio de combate; a segunda, do estágio de simulações; e a terceira, do exame final: a paisagem do medo. As posições aparecerão no monitor atrás de mim.

Assim que ele termina de pronunciar a palavra "mim", os nomes surgem no monitor, que é quase tão grande quanto a própria parede. Ao lado do número um está a minha foto, e o nome "Tris".

Um enorme peso some do meu peito. Não havia percebido que ele estava lá, até que ele se foi, e eu me livrei dele. Sorrio, e um formigamento se espalha pelo meu corpo. Primeira. Divergente ou não, é a esta facção que pertenço.

Esqueço a guerra; esqueço a morte. Will me dá um abraço apertado. Ouço comemorações, risadas e gritos.

Christina aponta para o monitor, com os olhos arregalados e cheios de lágrimas.

1. Tris
2. Uriah
3. Lynn
4. Marlene
5. Peter

O Peter ficou. Eu reprimo um suspiro. Mas, em seguida, leio os outros nomes.

6. Will
7. Christina

Dou um sorriso, e Christina se inclina sobre a mesa para me abraçar. Estou distraída demais para protestar contra seu afeto. Ela ri.

Alguém me agarra por trás e grita em meu ouvido. É Uriah. Não consigo me virar, então jogo o braço para trás e aperto seu ombro.

— Parabéns! — grito.

— Você os derrotou! — grita ele de volta. Ele me solta, gargalhando, e corre para o meio do grupo de iniciandos nascidos na Audácia.

Estico o pescoço para tentar ver o monitor novamente. Leio o resto da lista.

Os números oito, nove e dez são nascidos na Audácia, cujos nomes eu mal reconheço.

Os números onze e doze são Molly e Drew.

Molly e Drew foram eliminados. Drew, que tentou fugir enquanto Peter me segurava pela garganta sobre o abismo, e Molly, que alimentou as mentiras da Erudição a respeito do meu pai, tornaram-se sem-facção.

Não é exatamente a vitória que eu queria, mas não deixa de ser uma vitória.

Will e Christina se beijam de uma maneira um pouco lambona demais para o meu gosto. Por toda a minha volta, os punhos da Audácia batem nas mesas. De repente, sinto alguém cutucando meu ombro e, ao virar o rosto, vejo Tobias atrás de mim. Levanto-me, radiante.

— Você acha que seria muito descarado eu te dar um abraço? — diz ele.

— Sabe — digo —, realmente não me importo.

Fico na ponta dos pés e pressiono meus lábios contra os dele.

É o melhor momento da minha vida.

Logo em seguida, o dedão de Tobias roça o ponto da injeção em meu pescoço, e algumas coisas se encaixam de uma vez só dentro da minha cabeça. Não sei como eu não havia me dado conta antes.

Um: O soro colorido contém transmissores.

Dois: Os transmissores conectam a mente a um programa de simulação.

Três: A Erudição desenvolveu o soro.

Quatro: Eric e Max estão trabalhando para a Erudição.

Eu interrompo o beijo e encaro Tobias com os olhos arregalados.

— Tris? — diz ele, confuso.

Balanço a cabeça.

— Agora não. — Na verdade, o que eu quero dizer é *aqui não*. Não com Will e Christina a meio metro de mim, olhando-me boquiabertos, provavelmente porque beijei Tobias, e todo o clamor da Audácia ao nosso redor. Mas ele precisa saber o quão importante é a minha descoberta.

— Depois — digo. — Está bem?

Ele concorda com a cabeça. Nem sei como vou explicar isso depois. Nem sei como organizar meus pensamentos a respeito disso.

Mas eu já tenho certeza de como a Erudição nos fará lutar.

CAPÍTULO
TRINTA E TRÊS

TENTO FICAR SOZINHA com Tobias depois que as posições são anunciadas, mas a multidão de iniciandos e membros é grande demais, e a força dos seus cumprimentos me afastam dele. Decido sair escondida do dormitório depois que todos já tenham ido dormir para encontrá-lo, mas a paisagem do medo me exauriu mais do que eu imaginava, e logo caio no sono junto com os outros.

Acordo com o som de colchões rangendo e pés se movendo. Está escuro demais para eu conseguir enxergar bem, mas à medida que meus olhos se acostumam com o breu, vejo que Christina está amarrando os sapatos. Abro a boca para perguntar a ela o que está acontecendo, mas então percebo que Will está vestindo uma camisa na minha frente. Todos estão acordados, mas ninguém diz uma palavra.

— Christina — sussurro. Ela não olha para mim, então seguro seu ombro e a sacudo. — Christina!

Ela simplesmente continua amarrando os sapatos. Meu estômago aperta quando vejo seu rosto. Seus olhos estão abertos, mas inexpressivos, e seus músculos faciais estão frouxos. Ela se move sem olhar para o que está fazendo, com a boca semiaberta, inconsciente, mas parecendo acordada. E todos os outros estão do mesmo jeito.

— Will? — digo, atravessando o dormitório. Todos os iniciandos formam uma fila quando terminam de se vestir. Eles começam a sair silenciosamente do dormitório. Eu seguro o braço do Will para impedir que saia, mas ele se move com uma força irreprimível. Ranjo os dentes e o seguro com o máximo de força que consigo, cravando os calcanhares no chão. Ele apenas me arrasta junto com a fila.

Eles se tornaram sonâmbulos.

Procuro meus sapatos. Não posso ficar aqui sozinha. Amarro-os correndo, visto uma jaqueta e corro para fora do quarto, alcançando rapidamente a fila de iniciandos e imitando seus passos. Demora um pouco até eu perceber que eles se movem em uníssono, movendo os pés e os braços ao mesmo tempo. Tento imitá-los da melhor forma que consigo, mas o ritmo parece estranho para mim.

Nós marchamos em direção ao Fosso, mas, ao alcançarmos a entrada, a parte da frente da fila vira para a esquerda. Max está no corredor, nos observando. Meu coração dispara, e eu olho para a frente da maneira mais inexpressiva que consigo, concentrando-me no ritmo dos meus pés. Fico tensa ao passar por ele. Ele vai perceber que não me tornei uma zumbi como todos, e então algo terrível vai acontecer comigo, tenho certeza.

Os olhos escuros de Max passam direto por mim.

Subimos um lance de escadas e seguimos no mesmo ritmo por quatro corredores. De repente, o corredor se abre em uma enorme caverna. Dentro dela, há uma multidão de integrantes da Audácia.

Há fileiras de mesas com montes pretos sobre elas. Não consigo ver o que há nas pilhas até que eu estou a meio metro delas. Armas.

Claro. Eric disse que todos da Audácia haviam tomado a injeção ontem. Por isso, agora todos da facção se tornaram zumbis, obedientes e treinados para matar. Soldados perfeitos.

Eu pego uma arma, um coldre e um cinto, imitando Will, que está logo à minha frente. Tento seguir seus movimentos, mas não consigo prever o que ele irá fazer, então acabo me enrolando mais do que deveria. Eu travo os dentes. Preciso acreditar que ninguém está me observando.

Quando já estou armada, sigo Will e os outros iniciandos em direção à saída.

Não posso lutar em uma guerra contra a Abnegação, contra minha família. Eu preferiria morrer. A minha paisagem do medo provou isso. Minhas opções se tornam cada vez mais escassas, e vejo o caminho que devo trilhar. Eu vou atuar durante o tempo necessário pra chegar ao setor da Abnegação. Salvarei minha família. E o que quer que aconteça depois disso não importa. Uma onda de tranquilidade toma conta de mim.

A fila de iniciandos entra em um corredor escuro. Não consigo enxergar Will à minha frente ou qualquer outra coisa ao meu redor. Dou uma topada com o pé em algo duro e caio para a frente, com os braços esticados. Meu joelho atinge outra coisa, um degrau. Ajeito o corpo, tão tensa que os meus dentes estão quase batendo. Eles não viram isso. Torço para que esteja escuro demais para eles terem visto minha queda.

À medida que fazemos uma curva na escada, a luz invade a caverna, até que eu consigo finalmente enxergar os ombros do Will na minha frente novamente. Concentro-me em combinar meu ritmo ao seu, enquanto alcanço o topo da escada, passando por outro líder da Audácia. Agora sei quem são os líderes, porque eles são os únicos que estão acordados.

É, eles não são exatamente os únicos. Eu devo estar acordada porque sou Divergente. E, se estou acordada, isso quer dizer que Tobias também está, a não ser que eu esteja errada a seu respeito.

Preciso encontrá-lo.

Paro em frente aos trilhos do trem, em meio a um grupo de pessoas que se estende até onde minha visão periférica alcança. O trem está parado diante de nós, com todos os vagões abertos. Um por um, os iniciandos entram no vagão à nossa frente.

Não posso virar a cabeça para procurar Tobias no meio da multidão, mas deixo meus olhos se voltarem um pouco para o lado. Não reconheço os rostos à minha esquerda, mas vejo um garoto alto com cabelo curto alguns metros à minha direita. Talvez não seja ele, e não posso me certificar, mas é a melhor chance que tenho. Não sei como chegar até ele sem chamar a atenção dos líderes, mas preciso tentar.

O carro na nossa frente fica cheio, e Will se dirige ao próximo. Acompanho seus movimentos, mas, em vez de parar onde ele para, chego um pouco mais para a direita. As pessoas ao redor de mim são todas mais altas do que eu; elas vão me esconder. Dou mais um passo para a direita, travando os dentes. Movimentei-me demais. Eles vão me pegar. *Por favor, não me peguem.*

Um membro da Audácia com o rosto inexpressivo dentro do vagão oferece a mão ao garoto à minha frente, e ele a segura com movimentos robóticos. Eu seguro a próxima mão sem olhar para ela, e subo no vagão com o máximo de graciosidade que consigo.

Fico parada, encarando a pessoa que me ajudou. Meus olhos se voltam para cima por apenas um instante, para ver seu rosto. Tobias, com o rosto tão inexpressivo quanto todos os outros. Será que eu estava errada? Será que ele não é um Divergente? Lágrimas se acumulam em meus olhos, e pisco para reprimi-las ao me virar para o outro lado.

Pessoas se espremem no vagão à minha volta, e nos posicionamos em quatro fileiras, com os ombros alinhados. De repente, algo estranho acontece: dedos se entrelaçam aos meus, e a palma de uma mão aperta a minha. Tobias, segurando minha mão.

Meu corpo inteiro se enche de energia. Aperto a sua mão, e ele aperta a minha de volta. Ele está acordado. Eu estava certa.

Quero olhar para ele, mas me obrigo a ficar parada e olhar para a frente, enquanto o trem começa a se mover. Ele acaricia as costas da minha mão com o dedão, em um movimento circular lento. Parece estar tentando me acalmar, mas está apenas me deixando mais frustrada. Preciso falar com ele. Preciso olhar para ele.

Não consigo ver aonde o trem está nos levando porque a garota na minha frente é alta demais, então apenas encaro a parte de trás da sua cabeça e me concentro na mão de Tobias até que os trilhos soltam um ruído. Não sei há quanto tempo estou em pé ali dentro, mas minhas costas doem, então deve ter sido muito tempo. O trem faz um ruído alto e freia, e meu coração bate tão forte que sinto dificuldade de respirar.

Logo antes de descermos do trem, vejo com o canto do olho a cabeça de Tobias se voltar para mim e devolvo seu olhar. Seus olhos escuros parecem insistir comigo quando ele diz:

— Corra.

— Minha família — digo.

Eu olho novamente para a frente e pulo do vagão quando chega a minha vez. Tobias caminha à minha frente. Eu deveria me manter focada na sua nuca, mas reconheço as ruas em que caminhamos agora, e minha atenção se desvia da fila de membros da Audácia na minha frente. Passo pelo local que eu visitava com minha mãe a cada seis meses para buscar roupas novas para nossa família; o ponto onde eu costumava esperar o ônibus que me levava para a escola; o trecho de calçada tão rachado que eu e Caleb fazíamos um jogo de pular e saltar para poder atravessá-lo.

Todos esses lugares estão diferentes agora. Os prédios estão escuros e vazios. As ruas estão repletas de soldados da Audácia, todos marchando no mesmo ritmo, com exceção dos oficiais, que vejo a mais ou menos cada cem metros, observando-nos enquanto passamos ou se reunindo em grupos para discutir alguma coisa. Será que realmente viemos aqui para travar uma guerra?

Caminho cerca de um quilômetro antes de descobrir a resposta para esta pergunta.

Começo a ouvir estouros. Não posso olhar ao redor para descobrir de onde eles estão vindo, mas, quanto mais eu ando, mais altos e nítidos eles se tornam, até que eu os reconheço como tiros. Cerro os dentes. Preciso continuar andando; preciso olhar diretamente para frente.

Muitos metros a nossa frente, vejo uma mulher da Audácia empurrar um homem com roupas cinza, deixando-o de joelhos sobre o chão. Eu reconheço o homem. Ele é um dos membros do conselho. A mulher saca sua arma do coldre e, com um olhar inexpressivo, atira contra a parte de trás do crânio do homem.

Ela tem uma mecha cinza em seus cabelos. É Tori. Quase perco o passo.

Continue andando. Meus olhos ardem. *Continue andando.*

Nosso grupo passa marchando por Tori e pelo corpo caído do membro do conselho. Quando piso em sua mão inerte, quase me desfaço em lágrimas.

De repente, os soldados à minha frente param de andar, e eu os imito. Mantenho-me o mais imóvel possível, mas a única coisa que quero fazer é encontrar Jeanine, Eric e Max e atirar em todos eles. Minhas mãos estão tremendo e não consigo controlá-las. Respiro rápido pelo nariz.

Outro tiro. De relance, vejo outra massa cinza tombar sobre a calçada. Se isso continuar, todos da Abnegação vão morrer.

Os soldados da Audácia seguem ordens não ditas sem qualquer hesitação ou questionamento. Alguns membros adultos da Abnegação são empurrados em direção a um dos prédios próximos junto com crianças. Um mar de soldados de preto guarda as portas. As únicas pessoas que não vejo são os líderes da Abnegação. Talvez eles já estejam mortos.

Um por um, os soldados da Abnegação na minha frente se afastam para exercer algum tipo de tarefa. Logo, os líderes irão perceber que, qualquer que sejam os sinais que todos estão recebendo, eles não estão funcionando comigo. O que farei quando isso acontecer?

— Isso é uma loucura — sussurra uma voz masculina à minha direita. Vejo uma mecha de cabelo comprido e ensebado e um brinco prateado. Eric. Ele cutuca minha bochecha com o dedo indicador, e eu reprimo a vontade de estapear sua mão.

— Eles realmente não conseguem ver a gente? Nem ouvir a gente? — pergunta uma voz feminina.

— Eles conseguem ver e ouvir. Apenas não estão processando o que veem e ouvem da mesma maneira — diz Eric. — Eles recebem ordens dos nossos computadores por meio dos transmissores que injetamos neles... — Ao falar isso, ele pressiona o dedo contra o ponto da injeção no meu pescoço para mostrar à mulher onde fica. *Fique parada*, digo a mim mesma. *Parada, parada, parada* — ...e as executam com perfeição.

Eric dá um passo para o lado e se inclina para perto do rosto de Tobias, sorrindo.

— Que visão maravilhosa — diz ele. — O lendário Quatro. Ninguém mais vai lembrar que fiquei em segundo, não é mesmo? Ninguém vai me perguntar: "Como foi treinar com o cara que só tem *quatro medos*?" — Ele saca a arma e a aponta para a têmpora direita do Tobias. Meu coração bate tão forte que consigo senti-lo em meu crânio. Ele não pode atirar; não faria isso. Eric inclina a cabeça para o lado. — Será que alguém notaria se ele levasse um tiro acidental?

— Atire logo — diz a mulher, com um tom entediado. Ela deve ser uma líder da Audácia, se tem o poder de dar permissão ao Eric. — Ele não é nada agora.

— É uma pena que você não tenha aceitado a oferta do Max, Quatro. É, uma pena para *você*, pelo menos — fala Eric baixinho, enquanto engatilha sua arma.

Meus pulmões ardem; faz quase um minuto que eu não respiro. Vejo a mão de Tobias contrair-se com o canto do olho, mas minha mão já está na minha arma. Aperto o cano contra a testa do Eric. Seus olhos se arregalam e seu rosto fica inexpressivo, e, por um segundo, ele se parece com mais um soldado inconsciente da Audácia.

Meu dedo indicador paira sobre o gatilho.

— Afaste a arma da cabeça dele — digo.

— Você não vai atirar em mim — responde Eric.

— É uma teoria interessante — digo. Mas não posso assassiná-lo; não posso. Eu travo os dentes e abaixo a arma, atirando no seu pé. Ele grita e segura o pé com as duas mãos. Assim que a arma do Eric se afasta da sua cabeça, Tobias saca a própria arma e atira na perna da amiga dele. Não espero para ver se a bala a atinge. Agarro o braço do Tobias e começo a correr.

Se conseguirmos chegar ao beco, desapareceremos em meio aos prédios, e eles não conseguirão nos encontrar. É um trajeto de cerca de duzentos metros. Ouço pés movimentando-se atrás de nós, mas não olharei para ver de quem são. Tobias agarra a minha mão e a aperta contra a sua, puxando-me para a frente, mais rápido do que eu jamais corri. Corro cambaleante atrás dele. Ouço um tiro.

A dor é aguda e repentina, começando no meu ombro e se espalhando, rajadas elétricas, para fora. Um grito fica preso na minha garganta, e eu desabo, arranhando a bochecha no chão. Levanto a cabeça e vejo o joelho de Tobias ao lado do meu rosto.

— Corra! — grito.

— Não — responde ele, com uma voz calma e baixa.

Em uma questão de segundos, estamos cercados. Tobias me ajuda a levantar, sustentando meu peso. Tenho dificuldade em me concentrar com tanta dor. Soldados da Audácia nos cercam, apontando suas armas para nós.

— Rebeldes Divergentes — diz Eric, apoiado em um pé só. Seu rosto está doentiamente pálido. — Entreguem suas armas.

CAPÍTULO TRINTA E QUATRO

Eu apoio todo o peso em Tobias. Um cano de arma pressionado contra minha espinha me empurra para frente, pelo portão da sede da Abnegação, um edifício cinza simples de dois andares. Sangue escorre da lateral do meu corpo. Não tenho medo do que está por vir; a dor é grande demais para eu conseguir pensar a respeito disso.

O cano da arma me empurra em direção a uma porta vigiada por dois soldados da Audácia. Tobias e eu a atravessamos e entramos em um escritório simples, com apenas uma mesa, um computador e duas cadeiras vazias. Jeanine está sentada atrás da mesa, falando ao telefone.

— Bem, então envie alguns deles de *volta* pelo trem — diz ela. — Precisamos proteger isso direito. É a parte mais importante. Eu não vou falar... Preciso desligar. — Ela desliga o telefone com força e volta os olhos cinzentos para mim. Eles me lembram aço derretido.

— Rebeldes Divergentes — diz um dos membros da Audácia. Ele deve ser um líder da Audácia ou talvez um recruta que tenha sido tirado da simulação.

— Sim, já percebi. — Ela tira os óculos, dobra-os e os coloca sobre a mesa. Ela provavelmente usa os óculos apenas por vaidade, porque eles fazem com que pareça mais esperta. Pelo menos, foi isso o que meu pai disse.

— *Você* — diz ela, apontando para mim — eu já esperava. Todos aqueles problemas com o seu teste de aptidão me fizeram suspeitar desde o princípio. Mas *você*...

Ela balança a cabeça ao voltar os olhos para Tobias.

— Você, Tobias... Ou devo chamá-lo de Quatro? Você conseguiu me enganar — diz ela em um tom moderado. — Tudo a seu respeito parecia impecável: os resultados nos testes, as simulações de iniciação... tudo. Mas, apesar disso, aqui está você. — Ela dobra as mãos e apoia o queixo sobre elas. — Será que você poderia me explicar como isso pôde ocorrer?

— Você é o gênio — diz ele friamente. — Por que não me explica?

A boca de Jeanine forma um sorriso.

— Minha teoria é que você realmente pertence à Abnegação. Que a sua Divergência é mais fraca.

Seu sorriso se alarga, como se ela estivesse se divertindo. Eu ranjo os dentes e considero a ideia de saltar sobre a mesa e estrangulá-la. Se eu não estivesse com uma bala cravada no ombro, talvez fosse isso mesmo que eu fizesse.

— Seus poderes dedutivos são impressionantes — diz Tobias, cuspindo as palavras. — Estou realmente embasbacado.

Olho para ele de relance. Já havia quase me esquecido desse lado dele, dessa faceta que explodiria antes de se entregar para a morte.

— Agora que você já provou a sua inteligência, que tal acabar logo com isso e nos matar de uma vez? — Tobias fecha os olhos. — Afinal de contas, você ainda tem muitos líderes da Abnegação para assassinar.

Se seus comentários incomodam Jeanine, ela não deixa isso transparecer. Ela continua sorrindo e se levanta calmamente. Está usando um vestido azul grudado ao corpo, dos ombros aos joelhos, revelando uma camada de gordura em sua cintura. A sala gira enquanto eu tento me concentrar no seu rosto, e me apoio ainda mais em Tobias. Ele coloca o braço ao redor do meu corpo, sustentando-me pela cintura.

— Não seja tolo. Não há pressa alguma — diz ela de maneira tranquila. — Vocês dois estão aqui por um motivo extremamente importante. Veja só. Eu fiquei perplexa em saber que os Divergentes eram imunes ao soro que desenvolvi, então tenho trabalhado para corrigir isso. Pensei que eu tinha conseguido com a última leva, mas, como vocês já perceberam, estava errada. Por sorte, agora tenho uma nova leva para testar.

— E por que você se importaria com isso? — Ela e os líderes da Audácia não tiveram nenhum problema em matar os Divergentes no passado. Por que isso seria diferente agora?

Ela lança um sorriso sarcástico para mim.

— Uma questão me preocupa desde que eu comecei o projeto Audácia, e ela é a seguinte. — Jeanine desvia o corpo da mesa, passando o dedo sobre sua superfície. — Por que será que a maioria dos Divergentes são pessoas de vontade fraca, insignificantes e tementes a Deus e, de todas as facções possíveis, geralmente originárias logo da *Abnegação*?

Eu não sabia que a maioria dos Divergentes vinha da Abnegação e não entendo qual seria o motivo disso. E provavelmente não sobreviverei tempo o bastante para descobrir.

— Vontade fraca — fala Tobias com deboche. — Ao que me parece, é necessária uma vontade bastante *forte* para manipular uma simulação. Vontade fraca é controlar a mente de um exército inteiro porque é difícil demais treinar um por conta própria.

— Não sou uma tola — diz Jeanine. — Uma facção de intelectuais não é nenhum exército. Nós estamos cansados de ser dominados por um bando de idiotas moralistas que rejeitam a riqueza e o avanço, mas não conseguiríamos fazer isso sozinhos. E todos os líderes da Audácia ficaram felizes em ajudar, desde que eu lhes garantisse um lugar em nosso governo renovado e melhorado.

— Melhorado — diz Tobias, com escárnio.

— Sim, melhorado — responde Jeanine. — Melhorado e trabalhando em prol de um mundo no qual as pessoas viverão com riqueza, conforto e prosperidade.

— À custa de quem? — pergunto, com a voz grossa e arrastada. — Toda essa riqueza... não brota do chão.

— No momento, os sem-facção representam um dispêndio de nossos recursos — Jeanine responde. — Assim como a Abnegação. Tenho certeza de que, uma vez que os que sobrarem da sua antiga facção forem absorvidos pelo exército da Audácia, a Franqueza também irá cooperar e nós finalmente poderemos seguir adiante.

Absorvidos pelo exército da Audácia. Eu sei o que ela quer dizer. Ela quer controlá-los também. Ela quer que todos se tornem manipuláveis e fáceis de controlar.

— Seguir adiante — repete Tobias amargamente. Ele levanta a voz. — Pode ter certeza. Você estará morta antes do fim do dia, sua...

— Talvez, se você conseguisse se controlar — diz Jeanine, cortando as palavras de Tobias secamente com as suas —, você nem estaria nesta situação.

— Estou nesta situação porque você me colocou aqui — grita ele. — No instante em que resolveu organizar um ataque contra pessoas inocentes.

— Pessoas inocentes. — Jeanine solta uma gargalhada. — Eu acho isso um pouco cômico, vindo de você. Eu esperaria que o filho do Marcus entendesse que nem todas aquelas pessoas eram inocentes. — Ela se senta na beirada da mesa, e sua saia se levanta acima dos joelhos, que são marcados por estrias. — Você poderia me dizer, com toda a honestidade, que não ficaria feliz em descobrir que seu pai foi morto durante o ataque?

— Não — diz Tobias, por entre dentes cerrados. — Mas pelo menos a maldade dele não envolvia a manipulação generalizada de toda uma facção e o assassinato calculado de cada líder político que nós temos.

Eles se encaram durante alguns segundos, tempo o bastante para eu me sentir tensa até o osso, e então Jeanine limpa a garganta.

— O que eu ia dizer é que logo dezenas de membros da Abnegação e seus filhos estarão sob minha responsabilidade, para que eu os mantenha em ordem, e não cai bem para mim se um grande número deles for Divergente como vocês, incapazes de serem controlados pelas simulações.

Ela se levanta e dá alguns passos para a esquerda, com as mãos presas uma à outra na frente do corpo. Suas unhas, como as minhas, estão roídas até o talo.

— Portanto, tornou-se necessário desenvolver uma nova forma de simulação à qual eles não são imunes. Fui obrigada a rever minhas próprias hipóteses. É aí que vocês se encaixam. — Ela caminha um pouco para a direita. — Você está certo em dizer que vocês têm uma vontade forte. Eu não posso controlar a sua vontade. Mas existem algumas coisas que posso controlar.

Ela para e se vira para nós. Eu encosto a cabeça no ombro de Tobias. O sangue escorre pelas minhas costas. A dor tem sido tão constante nos últimos minutos que já me acostumei a ela, como uma pessoa se acostuma ao soar de uma sirene, se for contínua.

Jeanine junta uma palma da mão à outra. Não vejo nenhum traço de prazer doentio em seus olhos ou do sadismo que eu esperaria dela. É mais uma máquina do que uma maníaca. Vê problemas e cria soluções, baseada nos dados que coleta. A Abnegação estava atrapalhando sua busca por poder, então ela encontrou uma maneira de eliminá-la. Ela não tinha um exército, então encontrou um na Audácia. Sabia que precisaria controlar grupos enormes de pessoas para se manter segura, então encontrou uma maneira de fazer isso com soros e transmissores. A Divergência é apenas mais um problema que ela precisa solucionar, e é isso o que a torna tão assustadora: é inteligente o bastante para solucionar qualquer coisa, até mesmo o problema da nossa existência.

— Posso controlar o que vocês veem e ouvem — diz ela. — Então, criei um novo soro que adaptará seu ambiente para manipular suas vontades. Aqueles que se recusarem a aceitar nossa liderança deverão ser monitorados cuidadosamente.

Monitorados ou privados de vontade própria. Ela sabe usar bem as palavras.

— Você será a primeira cobaia, Tobias. Beatrice, no entanto... — Ela sorri. — Você está machucada demais para ser útil para mim, então a executaremos assim que terminarmos esta reunião.

Tento esconder o tremor que atravessa meu corpo quando a ouço falar em "execução" e, com o ombro ardendo de dor, olho para Tobias. É difícil conter as lágrimas quando vejo o pavor nos seus olhos arregalados e escuros.

— Não — diz Tobias. Sua voz treme, mas seu semblante é severo enquanto ele balança a cabeça. — Eu preferiria morrer.

— Temo que você não tenha muita escolha — responde Jeanine, leviana.

Tobias toma meu rosto em suas mãos e me beija, e a pressão dos seus lábios faz os meus se separarem. Esqueço a dor e o terror da minha morte iminente e, por um instante, sinto gratidão pelo fato de que a memória deste beijo estará fresca na minha mente quando chegar o meu fim.

De repente, ele me solta, e eu preciso me apoiar na parede para sustentar o corpo. Com um movimento tão repentino quanto o contrair de um músculo, Tobias se lança pelo lado da mesa e agarra o pescoço de Jeanine com as duas mãos. Os guardas da Audácia que estavam na porta saltam sobre ele, com suas armas em riste, e eu grito.

São necessários dois soldados da Audácia para afastar Tobias de Jeanine e empurrá-lo contra o chão. Um dos soldados o imobiliza, com os joelhos em seus ombros e as mãos segurando sua cabeça, pressionando o rosto dele contra o tapete. Eu me atiro contra eles, mas outro guarda empurra meus ombros, jogando-me contra a parede. Perdi muito sangue e sou pequena demais.

Jeanine se apoia na mesa, arquejando e balbuciando algo. Ela esfrega a garganta, que está muito vermelha, com as marcas dos dedos de Tobias. Não importa o quão mecânica ela pareça, ainda é humana; há lágrimas em seus olhos e ela retira uma caixa da gaveta da mesa e a abre, revelando uma seringa e uma agulha.

Ainda ofegante, ela a carrega até Tobias, que range os dentes e dá uma cotovelada no rosto de um dos guardas. O guarda dá uma coronhada na cabeça de Tobias, e Jeanine enfia a agulha em seu pescoço. Seu corpo fica mole.

Um som escapa da minha garganta. Não um soluço ou um grito, mas um lamento áspero e arrastado que soa distante, como se estivesse vindo de outra pessoa.

— Deixem-no se levantar — diz Jeanine, com a voz rouca.

O guarda se levanta, assim como Tobias. Ele não se parece com os soldados sonâmbulos da Audácia; seus olhos estão alerta. Ele olha ao redor por alguns segundos, como se estivesse confuso com o que vê.

— Tobias — digo. — Tobias!

— Ele não reconhece você — diz Jeanine.

Tobias olha para trás. Seus olhos se estreitam e ele começa a se aproximar de mim, rápido. Antes que os guardas consigam detê-lo, ele agarra o meu pescoço com uma de suas mãos, apertando minha traqueia com as pontas dos dedos. Eu perco o ar e meu rosto esquenta com o sangue.

— A simulação está manipulando-o — diz Jeanine. Mal consigo ouvi-la por trás da pulsação nos meus ouvidos.

— Alterando o que vê e fazendo-o confundir seus amigos com seus inimigos.

Um dos guardas afasta Tobias de mim. Eu arquejo, puxando ruidosamente o ar para dentro dos meus pulmões.

Ele se foi. Controlado pela simulação, ele agora irá matar as pessoas que chamou de inocentes há menos de três minutos. Seria menos doloroso para mim se Jeanine simplesmente o tivesse matado.

— A vantagem desta versão da simulação — diz ela, com o olhar aceso —, é que ele pode agir de maneira independente e, portanto, é muito mais efetivo do que um soldado irracional. — Ela olha para os guardas que seguram Tobias. Ele luta para se soltar, com os músculos tesos e os olhos focados em mim, mas sem me ver, sem me ver da maneira como via antes. — Mandem-no para a sala de controle. — Precisaremos de um senciente para monitorar as coisas e, ao que me consta, ele costumava trabalhar lá.

Jeanine junta as palmas das mãos em frente ao seu corpo.

— E levem-*na* para a sala B13 — diz ela. Faz um gesto com a mão para me dispensar. Seu gesto é uma ordem para me executarem. Para ela, no entanto, não passa de um item a menos na lista de coisas para fazer: a única progressão lógica do caminho que ela está trilhando. Jeanine me examina de maneira fria enquanto dois soldados da Audácia me puxam para fora da sala.

Eles me arrastam pelo corredor. Sinto-me anestesiada por dentro, mas, por fora, sou uma força de determinação gritante e esperneante. Mordo a mão do homem da Audácia à minha direita e sorrio ao sentir o gosto de sangue. Em seguida, ele me bate, e então não vejo mais nada.

CAPÍTULO TRINTA E CINCO

Acordo no escuro, largada em um canto duro. O chão sob mim é liso e frio. Levo a mão à minha cabeça latejante e um líquido desliza das pontas dos meus dedos. Vermelho: sangue. Quando abaixo novamente a mão, meu cotovelo esbarra em uma parede. Onde estou?

Uma luz tremula acima de mim. Uma lâmpada se acende, azul e fraca. Vejo as paredes de vidro de um tanque ao redor de mim, e meu reflexo escuro na minha frente. O quarto é pequeno, com paredes de concreto e sem janelas, e estou sozinha dentro dele. Bem, quase sozinha. Há uma pequena câmera presa a uma das paredes de concreto.

Vejo uma pequena abertura perto dos meus pés. Há um tubo ligado a ela que leva a um enorme tanque no canto da sala.

O tremor começa na ponta dos meus dedos e se espalha pelos meus braços, e logo o meu corpo inteiro está tremendo.

Desta vez, não é uma simulação.

Meu braço direito está dormente. Quando me arrasto para fora do canto onde estava, vejo uma poça de sangue. Não posso entrar em pânico agora. Eu me levanto, apoiando-me na parede, e respiro. O pior que pode acontecer comigo agora é me afogar neste tanque. Apoio a testa no vidro e começo a rir. Esta é a pior coisa que consigo imaginar. Minha risada se transforma em um soluço.

Se eu me recusar a desistir agora, parecerei corajosa para quem quer que seja que está me assistindo pela câmera, mas, às vezes, a coragem não está em lutar, mas em aceitar a morte inevitável. Eu suspiro com a cara no vidro. Não tenho medo de morrer, mas quero morrer de outra maneira, de qualquer outra maneira.

É melhor gritar do que chorar, então grito e bato com o calcanhar na parede de vidro atrás de mim. Meu pé rebate no vidro e chuto outra vez, tão forte que meu calcanhar lateja. Chuto outra vez, e outra e outra, depois recuo o corpo e lanço o ombro esquerdo contra a parede. O impacto faz a ferida no meu ombro direito arder como se tivesse sido cutucada com um atiçador quente.

Um fio de água começa a invadir o fundo do tanque.

A câmera significa que eles estão me observando. Não, estão me estudando, como apenas a Erudição faria. Para ver se a minha reação no mundo real está de acordo com minha reação na simulação. Para provar que sou uma covarde.

Eu abro as mãos e deixo-as caírem. Não sou covarde. Levanto a cabeça e encaro a câmera apontada para mim. Se eu me concentrar na respiração, conseguirei esquecer que estou prestes a morrer. Eu encaro a câmera até minha visão se estreitar, e ela se torna a única coisa que consigo ver. A água faz cócegas nos meus calcanhares, depois nas minhas canelas, depois nas minhas coxas. Ela cobre as pontas dos meus dedos. Eu inspiro; depois expiro. A água é suave como seda.

Inspiro. A água vai lavar minhas feridas. Expiro. Minha mãe me mergulhou em água quando eu era uma bebê, para me oferecer a Deus. Há muito tempo não penso em Deus, mas penso Nele agora. É normal. De repente, fico feliz em ter atirado no pé do Eric, e não na cabeça.

Meu corpo é levantado pela água. Em vez de balançar os pés para me manter na superfície, expulso todo o ar dos pulmões e desço até o fundo do tanque. A água abafa meus ouvidos. Sinto seu movimento em meu rosto. Penso em inalar a água e encher meu pulmão com ela, para que me mate mais rápido, mas não consigo fazer isso. Solto bolhas da minha boca.

Relaxe. Fecho os olhos. Meus pulmões ardem.

Deixo minhas mãos flutuarem até o topo do tanque. Deixo que a água me envolva em seus braços de seda.

Quando eu era jovem, meu pai costumava me erguer acima de sua cabeça e correr comigo, e eu sentia como se estivesse voando. Lembro-me da sensação do ar ao meu redor, acariciando o meu corpo, e perco o medo. Abro os olhos.

Uma figura escura se encontra diante de mim. Devo estar perto da morte, se estou tendo alucinações. Sinto uma pontada de dor em meus pulmões. A sensação de sufocar é dolorosa. Alguém encosta a palma da mão no vidro à minha frente e, por um instante, enquanto encaro o vulto através da água, penso ver o rosto borrado da minha mãe.

Ouço o barulho de uma pancada, e o vidro racha. A água esguicha para fora de um buraco no topo do tanque, e o painel de vidro se rompe em dois. Viro o rosto quando o vidro estilhaça, e a força da água lança meu corpo contra o chão. Eu arquejo, engolindo água e ar, depois tusso e arquejo novamente. Duas mãos agarram meus braços, e eu ouço sua voz.

— Beatrice — diz ela. — Beatrice, precisamos correr.

Ela coloca meu braço sobre seus ombros e me levanta. Está vestida como minha mãe e se parece com minha mãe, mas está segurando uma arma, e seu olhar de determinação é desconhecido para mim. Eu caminho, mancando, ao seu lado, sobre cacos de vidro e água e por uma porta aberta. Há corpos de guardas da Audácia mortos ao lado da porta.

Meus pés escorregam e deslizam no chão ladrilhado enquanto descemos um corredor, o mais rápido que minhas pernas fracas permitem. Quando dobramos o corredor, ela atira nos dois homens que guardam a porta de saída. As balas atingem suas cabeças, e eles desabam no chão. Ela me apoia na parede e tira sua jaqueta cinza.

Ela está usando uma camisa sem mangas. Quando levanta o braço, vejo a ponta de uma tatuagem sob a sua axila. Agora entendo por que ela nunca trocou de roupa na minha frente.

— Mãe — digo, com a voz sufocada. — Você era da Audácia.

— Sim — responde, sorrindo. Ela usa sua jaqueta para fazer uma tipoia para o meu braço, amarrando as mangas ao redor do meu pescoço. — E hoje isso me ajudou muito. Seu pai, Caleb e alguns outros estão escondidos em um porão na esquina da North com a Fairfield. Precisamos ir buscá-los.

Eu a encaro. Eu me sentei ao seu lado na mesa da cozinha, duas vezes por dia, durante dezesseis anos, e nunca considerei a possibilidade de ela ter nascido em qualquer outra facção que não a Abnegação. O quanto será que eu realmente sabia sobre minha mãe?

— Teremos tempo para perguntas depois — diz ela. Levanta a camisa e saca uma arma da cintura de sua calça, oferecendo-a para mim. — Agora, precisamos ir.

Ela corre até o final do corredor, e eu a sigo.

Estamos no porão da sede da Abnegação. Minha mãe trabalha neste lugar há tantos anos que não fico surpresa quando ela me guia, sem hesitar, por uma série de corredores escuros e uma escada úmida, até a luz do sol do lado de fora. Em quantos guardas da Audácia será que ela atirou antes de me encontrar?

— Como você conseguiu me encontrar?

— Tenho observado os trens desde que o ataque começou — responde ela, olhando para mim. — Não sabia o que faria quando a encontrasse. Mas meu objetivo sempre foi salvar você.

Sinto um aperto na garganta.

— Mas eu traí vocês. Abandonei vocês.

— Você é minha filha. Não me importo com as facções. — Ela balança a cabeça. — Veja só para onde elas nos levaram. Os seres humanos, de uma maneira geral, não conseguem ser bons por muito tempo antes que o mal penetre novamente entre nós e nos envenene.

Ela para na esquina do beco com a rua.

Sei que esta não é uma boa hora para conversas. Mas há algo de que preciso saber.

— Mãe, como você sabe a respeito da Divergência? — pergunto. — O que ela é? Por que...

Ela abre o tambor de munição e confere o interior, contando quantas balas ainda tem. Depois, tira algumas balas do bolso e recarrega a arma. Em seu rosto, reconheço a mesma expressão que ela faz quando está passando uma linha em uma agulha.

— Eu sei a respeito deles porque sou Divergente — diz ela, encaixando uma bala no tambor. — Só consegui me manter em segurança porque minha mãe era uma líder da Audácia. No Dia da Escolha, ela me disse que eu deveria deixar a nossa facção e escolher uma mais segura. Eu escolhi a Abnegação. — Ela guarda uma bala sobressalente em seu bolso e endireita o corpo. — Mas eu queria que você escolhesse por conta própria.

— Não entendo por que somos uma ameaça tão grande aos líderes.

— Todas as facções condicionam seus membros a pensar e agir de determinada maneira. E a maioria das pessoas fazem exatamente isso. Para a maior parte das pessoas, não é difícil aprender, encontrar uma linha de pensamento que funcione e seguir por ela. — Ela apoia a mão no meu ombro que não está machucado e sorri. — Mas nossas mentes movem-se em dezenas de direções diferentes. Não podemos ficar confinados a uma única maneira de pensar, e isso apavora nossos líderes. Isso significa que não podemos ser controlados. E significa também que, não importa o que eles façam, nós sempre causaremos problemas para eles.

Sinto como se alguém tivesse enchido o meu pulmão com novos ares. Não sou da Abnegação. Não sou da Audácia.

Eu sou Divergente.

E não posso ser controlada.

— Lá vêm eles — diz ela, espiando da esquina. Estico a cabeça por trás de seu ombro e vejo alguns membros da Audácia carregando armas e se aproximando de nós, com movimentos idênticos. Minha mãe olha para trás. A distância, atrás de nós, outro grupo de membros da Audácia desce o beco em nossa direção, correndo em sincronia.

Ela segura minha mão e me olha nos olhos. Vejo seus cílios longos se movendo enquanto ela pisca. Eu gostaria de carregar algum traço dela em meu rosto pequeno e simples. Mas pelo menos carrego traços dela em meu cérebro.

— Encontre seu pai e seu irmão. No corredor à direita, descendo até o porão. Bata na porta duas vezes, depois mais três e mais seis. — Ela envolve meu rosto em suas mãos. Elas estão geladas, e suas palmas são ásperas. — Vou distraí-los. Você precisa correr o mais rápido que puder.

— Não. — Balanço a cabeça. — Não vou a lugar nenhum sem você.

Ela sorri.

— Seja corajosa, Beatrice. Eu amo você.

Sinto seus lábios na minha testa, e então ela corre até o meio da rua. Levanta a arma acima da sua cabeça e atira para o alto três vezes. Os soldados da Audácia começam a correr.

Eu atravesso a rua em disparada e entro no beco. Ao correr, olho para trás para ver se estou sendo seguida por algum dos soldados da Audácia. Minha mãe atira em direção ao grupo de soldados, e eles se concentram demais nela para reparar em mim.

Volto minha cabeça novamente para trás quando os ouço disparar de volta. Meus pés vacilam e eu paro.

O corpo da minha mãe se enrijece e suas costas se curvam. Sangue jorra de uma ferida em seu abdômen, manchando sua camisa de vermelho-escuro. Uma mancha de sangue se espalha por seu ombro. Eu pisco, e o tom agressivo de vermelho mancha o interior das minhas pálpebras. Pisco novamente, e vejo o sorriso da minha mãe enquanto ela varre meus cabelos cortados do chão, formando uma pequena pilha com eles.

Ela desaba, primeiro de joelhos, com as mãos caindo frouxas do lado do seu corpo, depois com o corpo inteiro contra o chão, jogada para o lado como uma boneca de pano. Ela permanece imóvel, sem respirar.

Cubro a boca com as mãos e solto um grito abafado. Minhas bochechas estão quentes e molhadas de lágrimas que eu não havia sentido começarem a correr dos meus olhos. Meu sangue parece gritar que pertence a ela e lutar para retornar a ela, e eu ouço sua voz dentro da minha cabeça enquanto corro, dizendo-me que devo ser corajosa.

A dor atravessa meu corpo enquanto tudo aquilo do que sou feita desmorona, todo o meu universo é subitamente desmantelado. O asfalto arranha meu joelho. Se eu me deitar agora, tudo isso poderá acabar. Talvez Eric tivesse razão, e escolher a morte seja como explorar um lugar desconhecido e incerto.

Sinto a mão de Tobias tocando meu cabelo antes da primeira simulação. Ouço sua voz me dizendo que devo ser corajosa. Ouço a voz da minha mãe me dizendo que devo ser corajosa.

Os soldados da Audácia viram seus corpos como se fossem movidos por uma única mente. De alguma maneira, consigo me levantar e voltar a correr.

Eu sou corajosa.

CAPÍTULO TRINTA E SEIS

TRÊS SOLDADOS DA Audácia me perseguem. Eles correm em uníssono, e o som de seus pés ecoa pelo beco. Um deles atira, e eu mergulho, arranhando as palmas das mãos no chão. A bala atinge o muro à minha direita, e pedaços de tijolo voam por toda a parte. Eu dobro a esquina em um salto e engatilho minha arma.

Eles mataram minha mãe. Aponto a arma para o beco e atiro cegamente. Não foram exatamente eles, mas isso não importa, não pode importar e, assim como a própria morte, não pode parecer real neste instante.

Ouço apenas uma pessoa correndo agora. Seguro a arma com as duas mãos e me posiciono no final do beco, apontando-a para o soldado da Audácia. Meu dedo aperta o gatilho, mas não com força o suficiente para atirar. O homem correndo na minha direção não é um homem, mas um garoto. Um garoto com o cabelo desarrumado e uma ruga entre as sobrancelhas.

Will. Seu olhar é vago e sua mente está vazia, mas mesmo assim é Will. Ele interrompe a corrida e me encara, com os pés fixos no chão e a arma levantada. Imediatamente, vejo seu dedo sobre o gatilho e ouço o som de sua arma sendo engatilhada, e atiro. Meus olhos estão bem fechados. Não consigo respirar.

A bala atingiu sua cabeça. Sei disso porque foi onde eu mirei.

Viro-me sem abrir os olhos e me afasto do beco, cambaleante. Esquina da North com a Fairfield. Preciso conferir a placa de rua para descobrir onde estou, mas não consigo lê-la; minha visão está embaçada. Pisco algumas vezes. Estou a apenas alguns metros do prédio onde se encontra o que sobrou da minha família.

Ajoelho-me ao lado da porta. Tobias diria que é tolice fazer qualquer barulho, pois poderia atrair os soldados da Audácia.

Encosto a testa na parede e solto um grito. Depois de alguns segundos, cubro a boca com as mãos para abafar o som e solto outro grito, um grito que se transforma em soluço. A arma cai ruidosamente no chão. Ainda posso ver o Will.

Nas minhas lembranças, ele sorri. Seu lábio está curvado. Seu dentes são retos. Há luz em seus olhos. Ele ri, graceja, mais vivo em minha memória do que eu estou no mundo real. Era ele ou eu. Eu escolhi a mim. Mas me sinto morta também.

+ + +

Esmurro a porta duas vezes, depois mais três vezes e depois mais seis, como a minha mãe disse que eu deveria fazer.

Enxugo as lágrimas do meu rosto. Esta será a primeira vez em que verei meu pai desde que o abandonei e não quero que ele me veja arrasada e soluçando.

A porta se abre e vejo Caleb diante de mim. Fico atordoada ao vê-lo. Ele me encara por alguns segundos, depois me agarra em seus braços, pressionando a mão contra a ferida em meu ombro. Mordo o lábio para reprimir um grito de dor, mas mesmo assim deixo escapar um gemido, e Caleb se afasta repentinamente.

— Beatrice. Meu Deus, você levou um tiro?

— Vamos entrar — digo, com a voz fraca.

Ele passa o dedão sob os olhos, enxugando-os. A porta bate atrás de nós.

A sala está mal iluminada, mas vejo rostos conhecidos, de antigos vizinhos, colegas de escola, companheiros de trabalho do meu pai. Meu pai, que me encara como se eu fosse uma assombração. Marcus. Só de olhar para ele, sinto uma pontada no peito. Tobias...

Não. Não farei isso; não pensarei nele.

— Como você descobriu este lugar? — diz Caleb. — Mamãe encontrou você?

Eu concordo com a cabeça. Também não quero pensar na minha mãe.

— Meu ombro — digo.

Agora que estou segura, a adrenalina que me ajudou a chegar até aqui está diminuindo e a dor está piorando. Eu caio de joelhos. A água pinga da minha roupa sobre o chão de cimento. Um soluço surge dentro de mim, desesperado para ser liberado, e eu o angulo de volta.

Uma mulher chamada Tessa, que vivia na nossa rua, desenrola uma esteira para mim. Ela era casada com um membro do conselho, mas não o vejo aqui. Ele provavelmente está morto.

Outra pessoa traz uma luminária de um canto da sala até o outro, para que tenhamos luz. Caleb pega um kit de primeiros socorros e Susan traz uma garrafa de água para mim. Não há lugar melhor para precisar de ajuda do que um recinto cheio de membros da Abnegação. Eu olho para Caleb. Ele está usando roupas cinza novamente. A lembrança dele no complexo da Erudição parece ter sido apenas um sonho agora.

Meu pai vem até mim, coloca meu braço sobre seus ombros e me ajuda a atravessar o quarto.

— Por que você está molhada? — pergunta Caleb.

— Eles tentaram me afogar — respondo. — Por que você está aqui?

— Fiz o que você pediu. O que mamãe pediu. Eu pesquisei o soro de simulação e descobri que a Jeanine estava desenvolvendo transmissores de longa distância para que seu alcance fosse maior, o que me levou a descobrir informações a respeito da Erudição e da Audácia... de qualquer maneira, eu abandonei a iniciação quando descobri o que estava acontecendo. Eu queria avisar você, mas já era tarde demais — diz ele. — Sou um sem-facção agora.

— Não, você não é — diz meu pai severamente. — Você está conosco.

Ajoelho-me na esteira e Caleb corta um pedaço da minha camisa com uma tesoura médica. Ele retira o pedaço quadrado de tecido, revelando primeiro a tatuagem da Abnegação no meu ombro direito, depois os três pássaros na minha clavícula. Caleb e meu pai encaram as duas tatuagens com o mesmo olhar de fascinação e susto, mas não dizem nada a respeito.

Deito-me de barriga para baixo. Caleb aperta minha mão contra a sua enquanto meu pai pega o soro antisséptico do kit de primeiros socorros.

— Você já retirou balas de alguém alguma vez na vida? — pergunto, com uma risada trêmula por trás da minha voz.

— Você ficaria surpresa com as coisas que eu sei fazer — responde ele.

Eu poderia me surpreender com muitas coisas a respeito dos meus pais. Penso na tatuagem da minha mãe e mordo o lábio.

— Isso irá doer — diz ele.

Não vejo a faca entrando, mas sinto. A dor se espalha pelo meu corpo e grito por entre dentes cerrados, esmagando a mão de Caleb. Por trás do meu grito, ouço a voz do meu pai me pedindo para relaxar as costas. Lágrimas escorrem dos cantos dos meus olhos e sigo sua ordem.

A dor começa novamente e sinto a faca mexendo-se sobre a minha pele, e continuo gritando.

— Consegui — diz ele. E solta algo no chão, que faz um som metálico.

Caleb olha para meu pai, depois para mim e então solta uma risada. Faz tanto tempo que não o ouço rir que o som faz com que eu chore.

— Qual é a graça? — digo, fungando.

— Pensei que nunca mais veria a gente juntos novamente — diz ele.

Meu pai limpa a pele ao redor da ferida com algo gelado.

— Hora de costurar — fala.

Faço que sim com a cabeça. Ele passa o fio na agulha com tanta facilidade que parece já ter feito isso um milhão de vezes.

— Um — começa ele —, dois... *três*.

Eu contraio a mandíbula e me mantenho quieta desta vez. De todas as dores que senti hoje, desde a dor de levar um tiro, quase morrer afogada e retirar a bala, à dor de encontrar e perder minha mãe e Tobias, esta é a mais fácil de suportar.

Meu pai termina de suturar a ferida, dá um nó no fio e cobre os pontos com um curativo. Caleb me ajuda a sentar e separa as bainhas de suas duas camisas, tirando a de manga comprida e oferecendo-a para mim.

Meu pai me ajuda a passar o braço direito pela manga da camisa, e a gola pela minha cabeça. Ela é larga e tem um cheiro fresco, o cheiro do Caleb.

— E então — diz meu pai suavemente. — Onde está sua mãe?

Eu abaixo a cabeça. Não quero dar-lhe a notícia. Não queria nem saber dela eu mesma.

— Ela se foi — digo. — Ela me salvou.

Caleb fecha os olhos e respira fundo.

A expressão do meu pai é de dor, mas ele rapidamente se recompõe, desviando os olhos úmidos e acenando com a cabeça.

— Isso é bom — diz ele, com a voz contida. — É uma boa morte.

Se eu falar agora, irei me descontrolar, e não posso fazer isso agora. Então, apenas aceno de volta.

Eric disse que o suicídio de Al foi um ato de coragem, mas ele estava errado. A morte da minha mãe foi um ato de coragem. Lembro o quão calma e determinada ela estava. Não foi corajosa apenas por ter morrido por mim; foi corajosa por ter feito isso sem dizer nada, sem hesitar e sem ter aparentado considerar outra opção.

Meu pai me ajuda a levantar. Agora é hora de encarar os outros que estão ali. Minha mãe me pediu que os salvasse. Por isso e por que sou da Audácia, é minha responsabilidade liderá-los. Mas não tenho ideia de como assumir essa responsabilidade agora.

Marcus se levanta. A imagem dele atingindo meu braço com um cinto invade minha mente quando o vejo, e meu peito aperta.

— Não estaremos seguros aqui por muito tempo — diz Marcus finalmente. — Precisamos sair da cidade. Nossa melhor opção é alcançar o complexo da Amizade e esperar que eles nos acolham. Você sabe alguma coisa a respeito da estratégia da Audácia, Beatrice? Eles irão parar de lutar à noite?

— Isso não tem nada a ver com a estratégia da Audácia — digo. — Tudo isso foi bolado pela Erudição. E eles não estão exatamente dando ordens.

— Não estão dando ordens? — diz meu pai. — O que você quer dizer com isso?

— O que eu estou tentando dizer é que noventa por cento da Audácia agora é composta de sonâmbulos — digo. — Eles estão em uma simulação e não sabem o que estão fazendo. O único motivo para eu não estar como eles é que eu sou... — Hesito antes de terminar a frase. — O controle mental não me afeta.

— Controle mental? Então eles não sabem que estão matando pessoas? — pergunta meu pai, com os olhos arregalados.

— Não.

— Isso é... terrível. — Marcus balança a cabeça. O tom solidário de sua voz soa falso para mim. — Imagina quando eles acordarem e descobrirem o que fizeram...

O silêncio toma conta da sala, provavelmente enquanto os membros da Abnegação se imaginam no lugar dos soldados da Audácia, e é aí que eu me dou conta do que devemos fazer.

— Precisamos acordá-los — digo.

— O quê?

— Se nós acordarmos os membros da Audácia, eles provavelmente se revoltarão quando descobrirem o que está acontecendo — explico. — A Erudição não terá mais um exército. Os membros da Abnegação não serão mais assassinados. Tudo isso irá terminar.

— Não será tão simples assim — diz meu pai. — Mesmo sem a Audácia para ajudá-los, a Erudição encontrará outra maneira de...

— E como iremos acordá-los? — pergunta Marcus.

— Encontramos os computadores que controlam a simulação e destruímos os dados — digo. — O programa. Tudo.

— Isso é mais difícil do que parece — diz Caleb. — Ele poderia estar em qualquer lugar. Não podemos simplesmente ir até o complexo da Erudição e começar a vasculhar tudo.

— Ele está... — Franzo as sobrancelhas. Jeanine. Jeanine estava falando algo importante quando eu e Tobias entramos em seu escritório. Importante o bastante para desligar o telefone assim que chegamos. *Não podemos simplesmente deixá-lo desprotegido*. E, então, quando ela estava mandando Tobias embora: *enviem-no para a sala de controle*. A sala de controle onde Tobias costumava trabalhar. Com os monitores de segurança da Audácia. E os computadores da Audácia.

— Ele está na sede da Audácia — digo. — Faz sentido. É lá que todos os dados a respeito dos membros da Audácia estão armazenados, então por que não controlar eles de lá?

Percebo vagamente que eu usei a palavra *eles*. Desde ontem, me tornei tecnicamente um membro da Audácia, mas não me sinto um. Também não sou da Abnegação.

— Você tem certeza? — pergunta meu pai.

— É um palpite informado, e é a melhor teoria que eu posso oferecer agora.

— Então, precisamos decidir quem vai e quem segue até a Amizade — fala ele. — De que tipo de ajuda você vai precisar, Beatrice?

A pergunta me surpreende, assim como a expressão em seu rosto. Ele me encara como uma igual. Ele se dirige a mim como uma igual. Ou ele aceitou o fato de que eu agora sou uma adulta, ou aceitou o fato de que não sou mais sua filha. A segunda opção é a mais provável, e a mais dolorosa.

— Qualquer um que saiba e esteja disposto a disparar uma arma — digo —, e que não tenha medo de altura.

CAPÍTULO TRINTA E SETE

AS FORÇAS DA Erudição e da Audácia estão concentradas no setor da Abnegação, então, se conseguirmos escapar dele, teremos menos chances de encontrar dificuldades.

Não cheguei a decidir quem viria comigo. Caleb foi uma escolha óbvia, já que ele conhece boa parte do plano da Erudição. Marcus insistiu em vir, apesar da minha oposição, porque ele é bom com computadores. E meu pai agiu como se seu lugar no grupo já estivesse implícito desde o princípio.

Observo por alguns segundos os outros correrem na direção contrária, em direção à Amizade e à segurança, depois me viro, em direção à cidade e à guerra. Encontramo-nos ao lado dos trilhos do trem, que nos levarão até o perigo.

— Que horas são? — pergunto a Caleb.

Ele confere o relógio.

— Três e doze.
— Ele vai passar a qualquer instante.
— Ele vai parar? — pergunta ele.
Balanço a cabeça.
— Ele passa devagar pela cidade. Nós seguiremos o vagão por alguns metros, depois subiremos nele.

Pular para dentro de trens em movimento parece algo fácil para mim agora, natural. Não será tão fácil para os outros, mas não podemos parar agora. Eu olho para trás e vejo os faróis brilhando, dourados, em meio ao cinza dos prédios e das ruas. Faço um pequeno aquecimento com as pernas enquanto as luzes dos faróis aumentam cada vez mais, e então o vagão dianteiro passa por mim, e começo a correr. Assim que vejo um vagão aberto, acelero o passo para me manter ao lado dele e seguro a barra de metal à minha esquerda, lançando o corpo para dentro.

Caleb pula, caindo com força no chão e rolando o corpo para o lado para entrar, depois ajuda Marcus. Meu pai cai de barriga no chão, depois puxa as pernas para dentro. Eles se afastam da porta, mas eu me mantenho na beirada, com uma mão segurando a barra, assistindo à cidade passar por mim.

Se eu fosse Jeanine, mandaria a maior parte dos soldados da Audácia para a entrada acima do Fosso, no prédio de vidro. Seria mais inteligente entrar pela porta de trás, que requer que saltemos do topo de um prédio.

— Imagino que agora você se arrependa de ter escolhido a Audácia — diz Marcus.

Fico surpresa de não ter sido meu pai a dizer isso, mas ele, como eu, está assistindo a cidade passar. O trem passa pelo complexo da Erudição, que está escuro agora. O lugar parece tranquilo a distância, e deve estar tudo tranquilo mesmo dentro das suas paredes, distantes do conflito e da realidade que seus membros causaram.

Eu balanço a cabeça.

— Nem mesmo após os líderes da sua facção decidirem se juntar a uma conspiração para derrubar o governo? — pergunta Marcus rispidamente.

— Eu precisava aprender algumas coisas.

— Como ser corajosa? — diz meu pai suavemente.

— Como ser altruísta — digo. — As duas qualidades muitas vezes são a mesma coisa.

— É por isso que você tatuou o símbolo da Abnegação no ombro? — Caleb pergunta. Estou quase certa de que vejo o traço de um sorriso no semblante do meu pai.

Eu também esboço um sorriso e aceno com a cabeça.

— E o da Audácia no outro.

+ + +

O prédio de vidro acima do Fosso reflete a luz do sol que bate em meus olhos. Eu estou em pé, segurando a barra ao lado da porta para manter o equilíbrio. Estamos quase lá.

— Quando eu disser para vocês pularem — digo —, pulem, o mais longe que conseguirem.

— Pular? — pergunta Caleb. — Estamos a sete andares de altura, Tris.

— Até um telhado... — continuo. Ao ver seu olhar de espanto, explico: — É isso o que eles chamam de teste de coragem.

Boa parte da coragem depende da perspectiva. Na primeira vez em que fiz isso, foi uma das coisas mais difíceis que eu já havia feito na vida. Agora, me preparar para saltar de um trem em movimento me parece algo insignificante, porque fiz coisas mais difíceis nas últimas semanas do que a maioria das pessoas farão em todas as suas vidas. Mesmo assim, nada disso se compara ao que estou prestes a fazer no complexo da Audácia. Se eu sobreviver, provavelmente farei coisas ainda mais difíceis no futuro, como viver sem uma facção, algo que nunca imaginei que fosse possível.

— Pai, vá você primeiro — digo, dando um passo para trás para ele poder se aproximar da beirada. Se ele e Marcus forem primeiro, posso calcular o tempo para que eles saltem da distância mais curta. Se tudo der certo, eu e Caleb conseguiremos pular longe o bastante para conseguir também, já que somos mais jovens. É um risco que preciso assumir.

O trem faz uma curva e, quando ele se alinha à beirada do prédio, eu grito:

— Pule!

Meu pai dobra os joelhos e se lança para a frente. Eu não espero para ver se ele conseguiu. Empurro Marcus para a frente e grito:

— Pule!

Meu pai aterrissa no telhado, tão perto da beirada que fico sem ar. Ele se senta sobre os cascalhos, e empurro Caleb para a frente. Ele caminha até a beirada do vagão e salta sem que eu tenha que pedir. Dou alguns passos para trás para ter espaço para pegar impulso e me lanço para fora do carro logo que o trem alcança o final do telhado.

Por um instante, fico suspensa no vazio, depois, meus pés se chocam no cimento e eu caio para o lado oposto da beirada do telhado. Meus joelhos doem, e o impacto faz meu corpo estremecer e meu ombro latejar. Eu me sento, com a respiração pesada, e olho para o resto do telhado. Caleb e meu pai estão na beirada, com as mãos agarradas aos braços de Marcus. Ele não alcançou o telhado, mas também não caiu.

Alguma parte maligna dentro de mim torce: *caia, caia, caia*.

Mas ele não cai. Meu pai e Caleb o puxam para cima. Eu me levanto, limpando os cascalhos da calça. Pensar no que faremos a seguir me preocupa. Uma coisa é pedir para que pessoas pulem de um trem, e outra do telhado de um prédio.

— O que faremos a seguir é o motivo pelo qual perguntei se vocês têm medo de altura — digo, caminhado até a beirada do telhado. Ouço o som confuso dos seus passos atrás de mim e subo na mureta sobre a beirada. O vento atinge a lateral do prédio e afasta o tecido da camisa da minha pele. Eu olho para baixo, encarando o buraco no chão sete andares abaixo de mim, depois fecho os olhos enquanto o vento atinge meu rosto.

— Há uma rede no fundo — digo, olhando para trás. Eles parecem confusos. Ainda não entenderam o que estou pedindo que eles façam.

— Não pensem. Apenas pulem.

Eu me viro e, ao fazer isso, inclino o corpo para trás, desequilibrando-o. Desabo como uma pedra, com os olhos fechados e um dos braços esticados para sentir o vento. Relaxo os músculos o máximo possível antes de atingir a rede, que parece uma barra de cimento contra meu ombro. Eu cerro os dentes e rolo o corpo até a beirada, agarrando a barra de metal que sustenta a rede e lançando a perna para fora. Caio de joelhos na plataforma, com lágrimas embaçando meus olhos.

Caleb solta um grito curto, enquanto a rede se estende sob seu corpo, depois volta à posição original. Eu me levanto com certa dificuldade.

— Caleb! — sussurro. — Aqui!

Com a respiração pesada, Caleb se arrasta até a beirada da rede e joga o corpo para fora, atingindo a plataforma com força. Com uma careta de dor, ele se levanta com dificuldade e me encara, boquiaberto.

— Quantas vezes... você... já fez isso? — pergunta ele, arfando.

— Contando com esta, duas — respondo.

Ele balança a cabeça.

Quando meu pai atinge a rede, Caleb o ajuda a sair. Ao se levantar na plataforma, ele inclina o corpo para fora e vomita. Eu desço a escada e, ao terminar, ouço Marcus atingindo a rede e soltando um grunhido.

A caverna está vazia e os corredores se estendem em direção à escuridão.

Pelo que Jeanine disse, não há mais ninguém no complexo da Audácia além dos soldados que ela mandou de volta para vigiar os computadores. Se conseguirmos encontrar os soldados da Audácia, encontraremos os computadores. Eu olho para trás. Marcus está parado sobre a plataforma, branco como um fantasma, mas inteiro.

— Então, este é o complexo da Audácia — diz.

— Sim — falo. — E daí?

— E daí que eu nunca pensei que o conheceria — responde ele, passando a mão em uma das paredes. — Não precisa ser tão defensiva, Beatrice.

Eu nunca havia percebido que seus olhos eram tão frios.

— Você tem algum plano, Beatrice? — diz meu pai.

— Tenho. — E eu tenho mesmo. Só não sei quando exatamente o bolei.

Também não sei se ele irá funcionar. Posso contar com alguns fatores: não há muitos membros da Audácia no complexo, eles não costumam ser muito sutis, e eu farei de tudo para pará-los.

Descemos o corredor que leva ao Fosso, que conta com um foco de luz branca a cada três metros. Quando alcançamos o primeiro, ouço o som de um disparo e me atiro no chão. Alguém deve ter visto a gente. Eu me arrasto até a faixa de escuridão seguinte. A centelha do disparo brilhou no fundo do corredor, perto da porta que leva ao Fosso.

— Estão todos bem? — pergunto.

— Sim — responde meu pai.

— Então, fiquem aqui.

Eu corro até o canto do corredor. Os focos de luz são projetados da parede e, por isso, diretamente abaixo de cada um, há um fiapo de sombra. Sou pequena o bastante para me esconder neles se eu me virar de lado. Posso me esgueirar pelo canto do corredor e surpreender o guarda que atirou em nós antes que ele consiga ter a oportunidade de acertar um tiro no meu cérebro. Talvez.

Uma das coisas que eu devo à Audácia é a minha capacidade de estar sempre preparada para o perigo, o que ajuda a eliminar meu medo.

— Quem quer que esteja aí — grita uma voz —, entregue suas armas e levante as mãos sobre a cabeça!

Eu viro o corpo de lado e encosto as costas contra a parede de pedra. Eu me movimento rapidamente, passando um pé na frente do outro e me esforçando para enxergar à meia-luz. Outro tiro rompe o silêncio. Eu alcanço o último foco de luz e paro por um instante sob a sombra, permitindo que meus olhos se adaptem à escuridão.

Não conseguirei vencer uma luta, mas, se eu me mover rápido o bastante, nem precisarei lutar. Pisando com cuidado, caminho em direção ao guarda que se encontra ao lado da porta. Quando me encontro a poucos metros de distância, percebo que, mesmo na escuridão, *reconheço* o seu cabelo escuro, que está sempre brilhante, e seu nariz comprido com uma haste estreita.

É Peter.

Um calafrio atravessa a minha pele, passando em volta do meu coração, até as profundezas do meu estômago.

Seu rosto está tenso; ele não é um sonâmbulo. Olha ao redor, mas seus olhos vasculham o espaço acima e atrás de mim. A julgar pelo silêncio, ele não pretende negociar conosco; irá nos matar com certeza.

Molho os lábios com a língua, corro os últimos passos e jogo as costas da mão para cima. O golpe atinge seu nariz e ele grita, cobrindo o rosto com as duas mãos. Meu corpo é impulsionado por uma energia nervosa e, enquanto ele se esforça para tentar enxergar o que está acontecendo, eu chuto a sua virilha. Ele cai de joelhos e sua arma desaba no chão. Eu a agarro e encosto o cano na parte de cima da sua cabeça.

— Como você está acordado?

Ele levanta a cabeça e eu engatilho a arma, movendo uma sobrancelha enquanto o encaro.

— Os líderes da Audácia... avaliaram meu histórico e me retiraram da simulação — ele diz.

— Porque eles perceberam que você já tem tendências homicidas e não se importaria em assassinar algumas centenas de pessoas em plena consciência — digo. — Faz sentido.

— Não sou... homicida!

— Nunca conheci alguém da Franqueza que mentisse tanto. — Bato levemente com o cano da arma em sua cabeça. — Onde estão os computadores que controlam a simulação, Peter?

— Você não vai atirar em mim.

— As pessoas costumam superestimar meu caráter — digo baixinho. — Elas pensam que só porque eu sou pequena, ou uma menina ou uma Careta, eu não consigo ser cruel. Mas elas estão erradas.

Miro a arma oito centímetros para a esquerda e atiro em seu braço.

Seus gritos preenchem o corredor. Seu sangue jorra da ferida e ele solta outro grito, encostando a testa no chão. Volto a apontar a arma para sua cabeça, ignorando a pontada de culpa que sinto no peito.

— Agora que você já percebeu o seu erro — digo —, vou lhe dar mais uma chance de me dizer o que quero saber, antes que eu atire em algum lugar pior.

Há ainda mais um fato com o qual eu posso contar: o Peter não é altruísta.

Ele vira a cabeça e me encara com um de seus olhos brilhantes. Seus dentes mordem o lábio inferior e ele exala o ar de maneira trêmula. Depois inala e exala novamente, da mesma maneira.

— Eles estão escutando — diz, rispidamente. — Se você não me matar, eles matarão. Eu só falarei se você me ajudar a sair daqui.

— O quê?

— Me leve... *ai*... com você — diz ele, com uma careta de dor.

— Você quer que eu leve *você*, a pessoa que tentou me matar... *comigo*?

— Quero — grunhe ele. — Se você quiser uma resposta para a sua pergunta.

Parece ser uma escolha, mas não é. Cada minuto que eu gastar encarando Peter, pensando em como ele assombra meus pesadelos e como me fez mal, significa a morte de dezenas de membros da Abnegação nas mãos do exército de sonâmbulos da Audácia.

— Tudo bem — digo, quase engasgada com as palavras.

— Tudo bem.

Ouço passos atrás de mim. Segurando a arma com firmeza, olho para trás. Meu pai e os outros caminham em nossa direção.

Meu pai retira sua camisa de manga comprida. Ele está usando uma camiseta cinza por baixo. Ele se ajoelha ao lado do Peter e passa a camisa sob seu braço, amarrando-a firmemente. Ao pressionar o tecido contra o sangue que escorre do braço de Peter, ele olha para mim e diz:

— Você realmente precisava ter atirado nele?

Eu não respondo.

— Às vezes, a dor serve a um bem maior — diz Marcus calmamente.

Na minha cabeça, vejo-o diante de Tobias com um cinto em punho e ouço o eco da sua voz. *Isso é para o seu próprio bem.* Eu o encaro por alguns segundos. Será que ele realmente acredita nisso? Parece-me algo que alguém da Audácia diria.

— Vamos — digo. — Levante-se, Peter.

— Você quer que ele *caminhe*? — Caleb pergunta. — Você está louca?

— Eu atirei na perna dele? — digo. — Não. Ele vai caminhar. Para onde vamos, Peter?

Caleb ajuda-o a se levantar.

— Para o prédio de vidro — diz ele, com uma careta de dor. — Oitavo andar.

Ele lidera o caminho, atravessando a porta.

Eu entro no Fosso, banhado pelo ronco do rio e pela luz azul do prédio, que está mais vazio agora do que eu jamais havia visto. Passo os olhos pelos seus paredões, procurando algum sinal de vida, mas não vejo nenhum movimento e nenhuma pessoa em meio a escuridão. Mantenho a minha arma na mão e me direciono ao caminho que leva ao teto de vidro. O vazio me faz tremer. Ele me lembra os campos intermináveis dos meus pesadelos com os corvos.

— O que a faz pensar que você tem o direito de atirar em alguém? — diz meu pai, enquanto me segue pelo caminho. Passamos em frente ao estúdio de tatuagens. Onde estará Tori agora? E Christina?

— Agora não é a hora de discutirmos ética — digo.

— Agora é a hora perfeita — diz ele — porque em breve você terá a chance de atirar em outra pessoa, e se você não se der conta de que...

— Me der conta de quê? — pergunto, sem me virar. — De que cada segundo que eu perco significa mais um membro da Abnegação morto e mais um membro da Audácia transformado em assassino? Já me dei conta disso. Agora é a sua vez.

— Há uma maneira certa de fazer as coisas.

— E o que o faz ter tanta certeza de que sabe qual é? — digo.

— Por favor, parem de brigar — interrompe Caleb, com um tom de reprovação. — Temos coisas mais importantes para fazer agora.

Eu continuo subindo, com o rosto quente. Há algumas semanas, eu nunca teria falado com o meu pai desta maneira. Nem há algumas horas. Mas algo mudou quando eles atiraram na minha mãe. Quando eles levaram Tobias.

Ouço meu pai bufando por trás do ruído da corrente de água. Eu havia me esquecido de que ele é mais velho do que eu, de que sua estrutura não consegue mais sustentar o peso de seu corpo.

Antes de subir a escada de metal que atravessa o teto de vidro, espero na escuridão, observando a luz que o sol projeta nas paredes do Fosso. Observo até uma sombra se mover na parede iluminada pelo sol e conto o tempo até que a sombra seguinte apareça. Os guardas fazem as rondas a cada um minuto e meio, ficam parados por vinte segundos, depois seguem adiante.

— Há homens com armas lá em cima. Quando eles me virem, irão tentar me matar — digo ao meu pai, silenciosamente. Eu estudo seus olhos. — Devo permitir que eles façam isso?

Ele me encara por alguns segundos.

— Vá — diz ele. — E que Deus a ajude.

Eu subo as escadas cuidadosamente, parando logo antes que minha cabeça surja no andar de cima. Espero, vendo as sombras se movendo, e, quando uma delas para, subo o resto da escada, aponto minha arma e atiro.

O tiro não atinge o guarda, mas quebra o vidro atrás dele. Atiro novamente, desviando, enquanto balas atingem o chão ao meu redor e produzem ruídos agudos. Ainda bem que o teto de vidro é à prova de balas, ou ele estilhaçaria e eu desabaria para a morte.

Pronto, um guarda a menos. Respiro fundo e mantenho o corpo sob o teto de vidro, levantando apenas a mão acima do vão e olhando através do vidro para localizar meu alvo. Inclino a arma para trás e atiro no guarda que vem correndo em minha direção. A bala o acerta no braço. Por sorte, é o braço com o qual atira, e ele derruba a arma, fazendo com que ela deslize no chão.

Com o corpo tremendo, eu me lanço pelo vão do teto e pego a arma caída antes que ele a alcance. Uma bala passa voando perto da minha cabeça, tão perto de me atingir que move parte do meu cabelo. Com os olhos arregalados, lanço o braço direito por cima do meu ombro, causando uma dor terrível por todo o meu corpo, e atiro três vezes para trás. Por algum milagre, um dos tiros acerta um guarda. Meus olhos enchem-se incontrolavelmente de lágrimas causadas pela dor no meu ombro. Acabei de arrebentar os pontos da minha ferida. Tenho certeza disso.

Outro guarda está diante de mim. Eu deito no chão, com a barriga para baixo, e aponto as duas armas para ele, com os braços apoiados no vidro. Eu encaro o pequeno ponto preto do tambor da sua arma a distância.

De repente, algo surpreendente acontece. Ele faz um movimento brusco com o queixo para o lado. Está indicando que devo seguir adiante.

Ele deve ser Divergente.

— Tudo limpo! — grito.

O guarda mergulha para dentro da sala de paisagens do medo e desaparece.

Eu me levanto devagar, segurando o braço direito contra o peito. Estou focada em um objetivo. Estou seguindo este caminho e não conseguirei parar, não conseguirei pensar em mais nada, até que eu alcance o final.

Eu entrego uma arma a Caleb e prendo a outra no meu cinto.

— Acho melhor você e Marcus ficarem aqui com *ele* — digo, acenando a cabeça na direção do Peter. — Ele seria apenas um atraso para nós. Certifique-se de que ninguém nos siga.

Espero que ele não entenda o que estou fazendo, mantendo-o aqui para que ele fique seguro, mesmo sabendo que daria a vida para nos ajudar. Se eu subir este prédio, provavelmente não descerei novamente. O máximo que posso esperar é que eu consiga destruir a simulação antes que alguém me mate. Quando será que decidi embarcar nesta missão suicida? Por que será que a decisão não foi mais difícil?

— Não posso ficar aqui enquanto você vai lá e arrisca a vida — diz Caleb.

— Eu preciso que você fique — retruco.

Peter cai de joelhos no chão. Seu rosto está reluzente de suor. Por um instante, quase me sinto mal por ele, mas então me lembro do Edward e do tecido pinicando meus olhos quando meus agressores os vendaram, e o ódio toma o lugar da piedade. Caleb acaba acenando com a cabeça.

Aproximo-me de um dos guardas caídos e pego sua arma, desviando o olhar da ferida que o matou. Minha cabeça lateja. Eu não comi nada; não dormi nada; não solucei ou gritei ou até mesmo parei por um segundo. Mordo o lábio e me direciono aos elevadores na lateral do salão. Oitavo andar.

Quando a porta do elevador se fecha, eu encosto a cabeça no vidro e ouço os apitos a cada andar pelo qual passamos.

Olho para meu pai.

— Obrigado. Por proteger Caleb — diz meu pai. — Beatrice, eu...

O elevador alcança o oitavo andar e a porta se abre. Dois guardas nos esperam com armas em punho e rostos inexpressivos. Meus olhos se arregalam e eu me jogo no chão, de barriga, quando os disparos começam. Ouço o som das balas atingindo o vidro. Os guardas desabam no chão, um ainda vivo e gemendo, o outro se esvaindo rapidamente. Meu pai está parado sobre eles, com a arma apontada para a frente.

Eu me levanto desajeitadamente. Guardas descem correndo pelo corredor a minha esquerda. A julgar pela sincronia dos seus passos, eles são controlados pela simulação. Eu poderia correr pelo corredor à direita, mas, se eles estão vindo da esquerda, então é lá que se encontram os computadores. Jogo-me novamente no chão, entre os guardas que o meu pai acabou de acertar, e permaneço o mais imóvel possível.

Meu pai salta do elevador e desce o corredor à direita correndo, fazendo com que os guardas da Audácia o sigam. Cubro a boca com as mãos para sufocar um grito. O corredor irá terminar.

Tento esconder o rosto para não ver, mas não consigo. Eu olho por detrás das costas do guarda caído. Meu pai atira para trás, contra os guardas que o perseguem, mas ele não é rápido o bastante. Um deles acerta um tiro em sua barriga, e ele solta um gemido tão alto que eu quase posso senti-lo ressoando em meu peito.

Ele agarra a barriga, batendo com o ombro contra a parede, e atira outra vez e mais outra. Os guardas estão sob o efeito da simulação; eles continuam correndo, mesmo depois que os tiros os acertam, até que seus corações parem, mas não alcançam meu pai. O sangue escorre da mão do meu pai e seu rosto empalidece. Seu último tiro derruba o último guarda.

— Pai — digo. Minha intenção era gritar, mas a palavra sai quase como um chiado.

Ele desliza até o chão. Nossos olhares se encontram como se não existisse qualquer distância entre nós.

Sua boca se abre, como se ele estivesse prestes a dizer algo, mas seu queixo apenas encosta no peito e seu corpo relaxa.

Meus olhos ardem e estou fraca demais para me levantar; o cheiro de suor e sangue me dá náuseas. Tenho vontade de encostar a cabeça no chão e deixar que tudo termine assim. Quero dormir agora e nunca mais acordar.

Mas o que eu disse ao meu pai mais cedo é verdade. A cada segundo que eu gasto, outro membro da Abnegação é assassinado. Só uma coisa me resta no mundo agora: destruir a simulação.

Levanto-me com dificuldade e desço o corredor correndo, virando à direita no final. Só há uma porta na minha frente. Eu a abro.

Deparo-me com uma parede composta inteiramente de monitores, cada um com cerca de trinta centímetros de altura e trinta centímetros de largura. Há dezenas deles, cada um exibindo um local diferente da cidade. A cerca. O Eixo. As ruas no setor da Abnegação, agora repletas de soldados da Audácia. O andar térreo deste edifício, onde Caleb, Marcus e Peter aguardam meu retorno. É uma parede composta de tudo o que eu já vi, tudo o que eu conheço.

Em um dos monitores, há uma linha de códigos. Atravessa o monitor tão rápido que não consigo ler. É a simulação, o código já compilado, uma lista complicada de comandos que antecipam e direcionam milhares de resultados diferentes.

Em frente a este monitor, há uma cadeira e uma mesa. Um soldado da Audácia está sentado na cadeira.

— Tobias — digo.

CAPÍTULO TRINTA E OITO

Tobias gira o pescoço, e seus olhos escuros me encontram. Suas sobrancelhas contraem-se. Ele se levanta. Parece confuso. Ergue a arma.

— Solte sua arma — diz ele.

— Tobias — digo —, você está em uma simulação.

— Solte a arma — repete ele —, ou eu atiro.

Jeanine disse que ele não me reconheceria. Jeanine também disse que a simulação faria com que Tobias confundisse seus amigos com seus inimigos. Ele irá atirar em mim, se precisar.

Coloco a arma no chão, ao lado do meu pé.

— Solte a arma! — grita Tobias.

— Já soltei — digo. Uma voz baixinha na minha cabeça me diz que ele não consegue me ouvir, não consegue me ver e não me reconhece. Labaredas ardem atrás de meus olhos. Não posso ficar parada aqui esperando ele atirar em mim.

Corro em sua direção, agarrando seus pulsos. Sinto seus músculos se contraindo quando ele aperta o gatilho e desvio a cabeça bem a tempo. O tiro acerta a parede atrás de mim. Arquejando, eu acerto um chute em suas costelas e giro seu pulso para o lado o máximo que consigo. Ele derruba a arma.

Não sou capaz de derrotar Tobias em uma luta. Já sei disso. Mas preciso destruir o computador. Eu me atiro em direção à arma, mas antes que consiga tocá-la, ele me agarra e me atira para o lado.

Encaro seus olhos escuros e confusos por um segundo antes de ele acertar um soco no meu queixo. Minha cabeça é lançada para o lado e me encolho para me proteger dele, cobrindo o rosto com as mãos. Não posso cair; se eu cair ele vai me chutar e isso será pior, bem pior. Chuto a arma para trás com o calcanhar para que ele não consiga alcançá-la e, ignorando a dor no meu queixo, chuto sua barriga.

Ele agarra meu pé e me puxa, fazendo com que eu caia sobre o ombro. A dor faz com que minha visão periférica escureça. Levanto a cabeça e olho para ele. Tobias joga o pé para trás, preparando-se para me chutar, e projeto o meu corpo, ficando de joelhos e esticando o braço para tentar pegar a arma. Não sei o que faria com ela se conseguisse alcançá-la. Não posso atirar nele, não posso atirar nele, não posso. Ele ainda está lá dentro em algum lugar.

Ele agarra meu cabelo e me joga para o lado. Estico o braço para trás e agarro seu punho, mas ele é forte demais, e minha testa se choca contra a parede.

Ele ainda está lá dentro em algum lugar.

— Tobias — digo.

Tenho a impressão de que há um momento de hesitação, em que seu punho afrouxa um pouco enquanto agarra meu cabelo. Eu giro o corpo e dou um coice para trás, acertando sua perna. Quando meu cabelo desliza entre seus dedos, mergulho em direção à arma e meus dedos se fecham em volta do metal frio. Eu me viro e, deitada de costas para o chão, aponto a arma para ele.

— Tobias, eu sei que você está aí dentro em algum lugar.

Mas, se ele estivesse, não começaria a caminhar em minha direção como se fosse realmente me matar desta vez.

Minha cabeça está latejando. Eu me levanto.

— Tobias, por favor. — Estou implorando. Estou agindo de maneira patética. As lágrimas esquentam o meu rosto. — Por favor. Me veja. — Ele caminha em minha direção com movimentos perigosos, rápidos e poderosos. A arma treme em minhas mãos. — Por favor, me veja, Tobias! Por favor!

Até mesmo com esse semblante raivoso, seus olhos parecem pensativos, e eu me lembro da maneira como seus lábios se curvavam quando ele sorria.

Não posso matá-lo. Não tenho certeza de que o amo; não sei se é este o motivo. Mas tenho certeza do que ele faria se ele estivesse no meu lugar, e eu no lugar dele. Tenho certeza de que não há nada que faça valer a pena matá-lo.

Eu já fiz isso antes, na minha paisagem do medo, com uma arma em minha mão e uma voz gritando atrás de mim que eu deveria matar as pessoas que amo. Naquela situação, eu me dispus a morrer, mas não consigo imaginar como isso poderia me ajudar agora. Mas eu apenas sei, tenho *certeza*, de qual é a coisa certa a se fazer.

Meu pai diz, ou costumava dizer, que há poder em sacrificar a si mesmo.

Eu giro a arma em minha mão e a deito sobre a palma da mão de Tobias.

Ele encosta o cano na minha testa. Minhas lágrimas cessaram e eu sinto o ar frio em minhas bochechas. Estico o braço e encosto a mão no seu peito, para que eu consiga sentir seu coração. Ao menos a batida do seu coração ainda é sua.

Ele engatilha a arma. Talvez seja tão fácil deixá-lo atirar em mim quanto foi na minha paisagem do medo ou em meus sonhos. Talvez eu ouça apenas um estouro e as luzes se acendam, e eu me encontre em outro mundo. Eu permaneço parada, esperando.

Será que eu serei perdoada por tudo o que fiz para chegar até aqui?

Eu não sei. Eu não sei.

Por favor.

CAPÍTULO
TRINTA E NOVE

O DISPARO NÃO VEM. Ele me encara com a mesma ferocidade, mas permanece imóvel. Por que não atira em mim? Com a palma da mão, sinto seu coração batendo forte. Ele é Divergente. Ele pode lutar contra esta simulação. Contra qualquer simulação.

— Tobias — digo. — Sou eu.

Dou um passo para a frente e o envolvo em meus braços. Seu corpo está rígido. Seu coração bate mais rápido. Consigo senti-lo contra minha bochecha. Um ruído surdo contra minha bochecha. Um ruído surdo da arma caindo no chão. Ele agarra meus ombros com força demais, cravando os dedos na pele sobre o local onde a bala estava enterrada. Eu solto um grito enquanto ele afasta meu corpo. Talvez ele apenas planeje me matar de uma maneira mais cruel.

— Tris — diz ele, e é o Tobias novamente. Sua boca vem de encontro à minha.

Seus braços me envolvem e ele me levanta do chão, apertando meu corpo contra o seu, com as mãos agarradas às minhas costas. Seu rosto e sua nuca estão molhados de suor, seu corpo treme, e meu ombro está ardendo de dor, mas eu não me importo, não me importo, não me importo.

Ele me coloca novamente no chão e me encara, acariciando minha testa, minhas sobrancelhas, minhas bochechas, meus lábios.

Uma mistura de soluço, suspiro e gemido escapa da sua boca e ele me beija outra vez. Seus olhos brilham com lágrimas. Nunca pensei que veria Tobias chorar. A visão dói em mim.

Eu me encosto em seu peito e choro em sua camisa. Minha cabeça volta a latejar, meu ombro volta a doer, e meu corpo parece subitamente pesar o dobro do que pesava. Eu me apoio nele, e ele me sustenta.

— Como você conseguiu? — digo.

— Não sei — fala ele. — Apenas ouvi a sua voz.

+ + +

Depois de alguns segundos, me lembro do motivo que me trouxe aqui. Eu me afasto dele e enxugo o rosto com as costas das mãos, voltando-me novamente para os monitores. Vejo que um deles filma o bebedouro. Tobias ficou muito paranoico quando eu falei mal da Audácia ali. Ele ficava olhando o tempo todo para a parede sobre o bebedouro. Agora entendo o motivo.

Ficamos parados ali por alguns instantes, e acho que sei o que ele está pensando, porque eu estou pensando a mesma coisa: como é possível algo tão pequeno controlar tantas pessoas?

— Era *eu* que estava controlando a simulação?

— Acho que você estava mais monitorando do que controlando — digo. — Ela já está completa. Não sei como, mas Jeanine a programou para rodar inteiramente sozinha.

Ele balança a cabeça.

— É... incrível. Terrível, maligno... mas incrível — diz ele.

Vejo algo se movimentando em um dos monitores e identifico meu irmão, Marcus e Peter no andar térreo do prédio. Eles estão cercados por soldados da Audácia, todos de preto e armados.

— Tobias — digo rapidamente. — Agora!

Ele corre até o monitor do computador e começa a digitar alguma coisa nele. Não consigo olhar para o que está fazendo. Só consigo olhar para meu irmão. Ele está com a arma que lhe dei apontada para a frente, pronto para atirar. Eu mordo o lábio. *Não atire.* Tobias bate os dedos contra o monitor mais algumas vezes, digitando letras que não fazem o menor sentido para mim. *Não atire.*

Vejo um clarão, uma centelha, de uma das armas, e perco o ar. Meu irmão, Marcus e Peter estão agachados no chão, com as mãos sobre as cabeças. Depois de alguns instantes, todos eles se movem, e eu percebo que estão vivos. Os soldados da Audácia avançam sobre eles. Uma mancha negra ao redor do meu irmão.

— Tobias — digo.

Ele toca o monitor mais uma vez, e todos no andar térreo ficam parados.

Seus braços desabam para o lado de seus corpos.

De repente, os membros da Audácia se movem. Suas cabeças giram de um lado para o outro, e eles soltam as armas no chão, e suas bocas movem-se como se eles estivessem gritando, e eles empurram-se, e alguns deles caem de joelhos no chão, com as mãos na cabeça, balançando os corpos para frente e para trás, para frente e para trás.

Toda a tensão em meu peito se desfaz e eu me sento, soltando um suspiro.

Tobias se agacha perto do computador e retira a lateral da torre.

— Preciso retirar os dados — diz ele —, ou vão simplesmente reiniciar a simulação.

Assisto à confusão que se desenrola no andar térreo pelo monitor. Deve estar ocorrendo a mesma confusão nas ruas. Eu procuro, entre os monitores, algum que mostre o setor da Abnegação. Há apenas um, no canto inferior da sala. Os membros da Audácia que vejo nos monitores estão atirando uns contra os outros, empurrando-se, gritando, em um cenário caótico. Homens e mulheres com roupas pretas desabam no chão. Pessoas correm em todas as direções.

— Consegui — diz Tobias, segurando o disco rígido do computador. É um pedaço de metal com o tamanho aproximado da palma da sua mão. Ele o oferece para mim, e eu o enfio no bolso de trás da minha calça.

— Precisamos ir — digo, levantando-me. Aponto para a tela à minha direita.

— Precisamos mesmo. — Ele sustenta meus ombros com o braço. — Vamos.

Caminhamos juntos e dobramos o corredor. O elevador me lembra de meu pai. Não consigo deixar de procurar seu corpo.

Encontro-o perto do elevador, cercado pelos corpos de vários guardas. Um grito sufocado escapa da minha garganta. Eu viro o rosto. Minha garganta é invadida por bile e vomito na parede.

Por um instante, sinto como se tudo dentro de mim estivesse ruindo, e eu me agacho ao lado de um cadáver, respirando pela boca para não sentir o cheiro de sangue. Cubro a boca com as mãos para abafar um soluço. Só preciso de cinco segundos. Mais cinco segundos de fraqueza e eu me levantarei. Um, dois. Três, quatro.

Cinco.

+ + +

Não tenho muita consciência do que acontece ao meu redor. Sei que há um elevador, um salão de vidro e um sopro de vento frio. Há uma multidão de soldados da Audácia, vestidos de preto e gritando. Procuro o rosto de Caleb, mas não o encontro, até que saímos do prédio de vidro e somos cercados pela luz do sol.

Caleb corre até mim quando atravesso a porta de saída, e eu caio sobre ele. Ele me abraça com força.

— E papai? — pergunta.

Eu apenas balanço a cabeça.

— Bem — diz ele, quase engasgando —, ele gostaria de que fosse assim.

Vejo Tobias atrás do Caleb, parando de repente. Seu corpo inteiro endurece e ele encara Marcus. Na minha pressa em destruir a simulação, esqueci de avisá-lo que Marcus veio junto comigo.

Marcus caminha até Tobias e envolve o filho em seus braços. Tobias continua imóvel, com os braços abaixados e uma expressão apagada. Vejo seu pomo de Adão subir e descer em seu pescoço e seus olhos se voltando para o alto.

— Filho — suspira Marcus.

Tobias faz uma careta.

— Ei — digo, me afastando de Caleb. Lembro-me do cinto queimando o meu pulso na paisagem do medo de Tobias e me coloco entre eles, empurrando Marcus para trás. — Ei. Afaste-se dele.

Sinto a respiração de Tobias no meu pescoço; ele respira de maneira forte e aguda.

— Fique longe dele — digo, com raiva.

— Beatrice, o que você está fazendo? — pergunta Caleb.

— Tris — responde Tobias.

Marcus me lança um olhar escandalizado, que me parece falso. Seus olhos estão arregalados demais e ele abre a boca de uma maneira exagerada. Se conseguisse arrancar-lhe este olhar a tapas, eu o faria.

— Nem todos aqueles artigos da Erudição eram completamente falsos — digo, encarando Marcus com olhos semicerrados.

— Do que você está falando? — diz Marcus baixinho.
— Não sei o que você ouviu falar sobre mim, Beatrice, mas...

— Eu só não atirei em você até agora porque acho que seu filho é quem deveria fazer isso — digo. — Mas se você não ficar longe dele, eu decidirei pelo contrário.

As mãos de Tobias deslizam sobre meus braços e me apertam. Marcus mantém seus olhos focados em mim por alguns instantes, mas eu só consigo enxergá-los como cavidades escuras, como na paisagem do medo de Tobias. Então, ele vira o rosto.

— Precisamos ir — diz Tobias de maneira instável. — O trem deve estar passando a qualquer momento.

Caminhamos pelo solo firme em direção aos trilhos. A mandíbula de Tobias está contraída e ele olha diretamente para a frente. Sinto uma pontada de arrependimento. Talvez eu devesse ter deixado ele lidar com o pai sozinho.

— Desculpe — murmuro.

— Você não precisa pedir desculpa — diz ele, segurando minha mão. Seus dedos ainda estão trêmulos.

— Se nós pegarmos o trem na direção oposta, em direção à saída da cidade e não ao centro, chegaremos à sede da Amizade — digo. — É para lá que os outros foram.

— E a Franqueza? — pergunta meu irmão. — O que você acha que eles farão?

Não sei como a Franqueza responderá aos ataques. Eles não se uniriam à Erudição; eles não seriam tão traiçoeiros. Mas talvez se recusem a lutar contra eles.

Ficamos parados ao lado dos trilhos por alguns minutos antes que o trem chegue. Tobias acaba me pegando no colo, porque já não me aguento mais em pé, e eu encosto a cabeça em seu ombro, respirando fundo o cheiro da sua pele. Desde que ele me salvou do ataque no Fosso, eu associo seu cheiro à segurança. Se eu me concentrar nele, conseguirei me sentir segura agora.

Mas a verdade é que não me sentirei inteiramente segura enquanto Peter e Marcus estiverem conosco. Tento não olhar para eles, mas sinto sua presença, como um cobertor cobrindo meu rosto. Por crueldade do destino, sou obrigada a viajar com pessoas que odeio e deixar pessoas que amo para trás, mortas.

Mortas ou acordando como assassinas. Onde estarão Christina e Tori agora? Vagando pelas ruas, perseguidas pela culpa de seus atos? Ou voltando as suas armas contra as pessoas que as obrigaram a praticar estes atos? Ou será que elas também estão mortas? Eu gostaria de saber.

Mas, por um lado, espero nunca descobrir. Se Christina ainda estiver viva, ela encontrará o corpo de Will. E se ela me encontrar novamente, tenho certeza de que seus olhos treinados pela Franqueza irão saber que fui eu que o matei. Tenho certeza disso, e a culpa me sufoca e me oprime, então sou obrigada a esquecer. Eu me esforço para esquecer.

O trem chega, e Tobias me coloca novamente no chão para que eu possa embarcar. Corro por alguns metros ao lado do vagão, depois jogo o corpo para o lado, aterrissando sobre meu braço esquerdo. Eu me arrasto para dentro e me sento com as costas contra a parede. Caleb senta-se à minha frente e Tobias ao meu lado, formando uma barreira entre mim, Marcus e Peter. Meus inimigos. Seus inimigos.

O trem faz uma curva e vejo a cidade atrás de nós. Ela irá se tornar cada vez menor, até conseguirmos ver o final dos trilhos, nas florestas e nos campos que eu vi pela última vez quando era jovem demais para dar valor. A bondade da Amizade nos acolherá por um tempo, embora não possamos ficar lá para sempre. Em breve, a Erudição e os líderes corruptos da Audácia vão procurar por nós, e teremos que seguir em frente.

Tobias me puxa para perto dele. Nós dobramos os joelhos e os pescoços para nos fecharmos em um pequeno espaço só nosso, sem conseguirmos ver aqueles que nos incomodam, misturando o ar que respiramos.

— Meus pais — digo. — Eles morreram hoje.

Mesmo tendo dito estas palavras e mesmo que eu saiba que elas são verdadeiras, a morte deles não parece real para mim.

— Eles morreram por *mim* — digo. Sinto que isso é algo importante.

— Eles amavam você — responde ele. — Para eles, não havia maneira melhor de demonstrar isso.

Eu concordo com a cabeça, e meus olhos seguem a linha do seu queixo.

— Você quase morreu hoje — diz ele. — Quase atirei em você. Por que você não atirou em mim, Tris?

— Eu não conseguiria. Seria como atirar em mim mesma.

Ele faz uma expressão de sofrimento e se inclina para mais perto de mim, tocando seus lábios levemente nos meus enquanto fala.

— Preciso lhe dizer uma coisa.

Acaricio os tendões da sua mão com os dedos e olho para ele.

— Eu talvez esteja apaixonado por você. — Ele esboça um sorriso. — Mas estou esperando para lhe dizer quando eu tiver certeza.

— É uma decisão sensata — digo, sorrindo de volta. — Precisamos encontrar um papel para que você possa fazer uma lista, uma tabela ou algo assim.

Sinto sua risada contra meu corpo, e ele desliza o nariz em meu queixo, depois encosta os lábios atrás da minha orelha.

— Talvez eu já tenha certeza — diz ele —, mas não queira assustar você.

Eu solto uma pequena risada.

— Até parece que você não me conhece — digo.

— Está bem — diz ele. — Então, eu te amo.

Eu o beijo enquanto o trem entra em um território desconhecido e mal-iluminado. Eu o beijo pela quantidade de tempo que desejo, por mais tempo do que eu deveria, considerando que meu irmão está a menos de um metro de distância.

Enfio a mão no bolso e pego o disco rígido que contém os dados da simulação. Giro-o em minha mão, deixando que a luz tênue do sol reflita sobre ele. Os olhos de Marcus seguem avidamente seu movimento. *Não é seguro*, penso. *Não completamente.*

Aperto o disco rígido contra o peito, encosto a cabeça no ombro de Tobias e tento dormir.

+ + +

A Abnegação e a Audácia estão fragmentadas e seus membros se dispersaram. Somos como os sem-facção agora. Não sei como serão nossas vidas, separadas de uma facção. A sensação é de rompimento, como uma folha separada da árvore que a sustenta. Somos criaturas da perda; deixamos tudo para trás. Não tenho lar, nem caminho, nem certezas. Não sou mais Tris, a altruísta, ou Tris, a corajosa.

Acho que agora terei que me tornar mais do que as duas coisas.

AGRADECIMENTOS

Obrigada, Deus, por seu Filho e por me abençoar tanto.

Gostaria de agradecer também às seguintes pessoas: Joanna Stampfel-Volpe, minha agente casca-grossa, que trabalhou mais do que qualquer pessoa que eu conheço — sua bondade e generosidade continuam a me surpreender. Molly O'Neill, também conhecida como a Editora das Maravilhas — não sei como você consegue ter um olhar editorial tão afiado e um coração tão grande ao mesmo tempo. Tenho tanta sorte de ter duas pessoas como você e a Joanna ao meu lado.

Katherine Tegen, por administrar um selo editorial tão incrível. Barb Fitzsimmons, Amy Ryan e Joel Tippie, que projetaram uma capa linda e poderosa. Brenna Franzitta, Amy Vinchesi e Jennifer Strada, minha produtora editorial, minha responsável editorial e minha revisora (respectivamente), também conhecidas como as ninjas da gramática/pontuação/formatação — o seu trabalho é tão importante. As fantásticas diretoras publicitárias e de marketing, Suzanne Daghlian, Patty Rosati, Colleen O'Connell e Sandee Roston; Allison Verost, a minha gerente de publicidade; e todo mundo dos departamentos de marketing e de publicidade.

Jean McGinley, Alpha Wong e todo o resto da equipe de *sub-rights*, que possibilitou que o meu livro fosse impresso em mais idiomas do que eu jamais conseguirei ler, e obrigada a todas as editoras internacionais que abriram as suas portas para o meu livro. A equipe de produção de *audiobooks* e *e-books* da HarperMedia, por todo o seu duro trabalho. A equipe genial de vendas, que se dedicou tanto ao meu livro, e que, pelo que eu ouvi falar, nutre um amor tão grande pelo Quatro quanto eu. E todo o resto da equipe da HarperCollins, que apoiou o meu livro — é necessário um mundo de pessoas para fazer o que vocês fazem, e eu me sinto muito feliz em fazer parte deste mundo.

Nancy Coffey, a lendária agente literária, por acreditar no meu livro e por me receber tão bem. Pouya Shahbazian, por ser um gênio dos direitos cinematográficos e por apoiar o meu vício em *Top Chef*. Shauna Seliy, Brian Bouldrey e Averill Curdy, meus professores, por me ajudarem a melhorar tanto a minha escrita. Jennifer Wood, minha companheira de escrita, por suas habilidades profissionais em *brainstorming*. Sumayyah Daud, Veronique Pettingill, Kathy Bradey, Debra Driza, Lara Erlich e Abigail Schmidt, minhas leitoras beta, por todas as suas sugestões e o seu entusiasmo. Nelson Fitch, por tirar a minha foto e me apoiar tanto.

Meus amigos, que me apoiam mesmo quando eu estou mal-humorada e antissocial. Mike, por me ensinar muito a respeito da vida. Ingrid e Karl, a minha irmã e o meu irmão, por me guiarem em momentos difíceis — o seu apoio significa mais para mim do que vocês imaginam. E Barbara, a minha mãe, que me incentivou a escrever, mesmo antes que qualquer um de nós soubesse que isso daria em alguma coisa.

Impressão e Acabamento:
EDITORA JPA LTDA.